坎特伯雷故事

The Canterbury Tales

(下)

經典文學系列32

坎特伯雷故事

The Canterbury Tales

（下）

喬叟 著

黃杲炘 譯

經典文學系列 32

坎特伯雷故事(下)
The Canterbury Tales

作　　者	傑弗瑞·喬叟 (Geoffrey Chaucer)
譯　　者	黃杲炘
系列主編	汪若蘭
責任編輯	翁淑靜
特約編輯	史怡雲
封面設計	林翠之
電腦排版	辰皓電腦排版有限公司
出　　版	貓頭鷹出版社
發　　行	城邦文化事業股份有限公司
	台北市信義路二段213號11樓
	電話：(02) 2396-5698
	傳真：(02) 2357-0954
	service@cite.com.tw
郵撥帳號	1896600-4 城邦文化事業股份有限公司
香港發行	城邦（香港）出版集團
	電話：852-25086231
	傳真：852-25789337
新馬發行	城邦（新馬）出版集團
	電話：603-90563833
	傳真：603-90562833
印　　刷	崇寶彩藝股份有限公司
登記證	行政院新聞局版北市業字第1727號
初　　版	2001年1月
定　　價	280元

ISBN　　　957-469-215-9（上冊）
　　　　　957-469-216-7（下冊）

編輯前言

享受閱讀經典的樂趣

貓頭鷹出版社繼推出卞之琳新譯的《莎士比亞四大悲劇》後，陸續推出一系列經典文學，主要是希望作爲一個介面，引導讀者重新認識經典的眞實面貌。經典之所以能夠歷經歲月熬煉流傳下來，並且在不同環境歷經不同語言翻譯移置，而仍一直吸引不同的文化族群閱讀，自有其動人之魅力。然由於目前常見之版本多爲二三十年前的舊譯，也欠缺向讀者對作品重要性與時代意義的說明，使經典令人覺得難以親近，在影音圖像風靡的世代中更顯過時。

所幸近年來精通各種語文的人才與研究學者越來越多，不但有較多新的譯本出現提供忠實可靠的文本選擇，並且有專精的學者提供清晰的導讀，讓讀者透過更流暢清楚的閱讀經驗，眞正體會經典的眞諦與涵意。另一方面，針對讀者閱讀視覺而作的重新編排與包裝設計，也賦予經典一個現代面貌，拉近讀者與經典的距離，讓經典更平易近人，讀者更容易享受閱讀的樂趣。

貓頭鷹經典文學編輯室　謹識

在那天傍晚，有二十九位旅客
來到了這客店，他們形形色色，
全都是在路上彼此萍水相逢，
全都是跨著坐騎要前去朝聖，
而坎特伯雷是他們去的地方。

坎特伯雷故事　第一組　總引

目　錄

<推薦序>英詩之父終於登陸台灣／呂健忠　　　　　11
<譯者前言>為什麼我要譯《坎特伯雷故事》／黃杲炘 14

（上冊）

第 一 組

總引 · 39
騎士的故事 · 78
磨坊主的引子 · · · · · · · · · · · · · · · · · · 168
磨坊主的故事 · · · · · · · · · · · · · · · · · · 172
管家的引子 · 200
管家的故事 · 203
廚師的引子 · 221
廚師的故事 · 223

第 二 組

律師的引子由此而來 · · · · · · · · · · · · · 227
律師的故事引子 · · · · · · · · · · · · · · · · · 233
律師的故事 · 235
海員的引子 · 281
海員的故事 · 283
修女院院長的引子 · · · · · · · · · · · · · · · 302
修女院院長的故事 · · · · · · · · · · · · · · · 303
托帕斯爵士的引子 · · · · · · · · · · · · · · · 315
托帕斯爵士 · 317
梅利別斯的引子 · · · · · · · · · · · · · · · · · 328

梅利別斯的故事‧‧‧‧‧‧‧‧‧‧‧‧‧‧‧‧‧‧‧‧‧‧‧‧‧‧‧　331

修道士的引子‧‧‧‧‧‧‧‧‧‧‧‧‧‧‧‧‧‧‧‧‧‧‧‧‧‧‧‧‧　375

修道士的故事——路濟弗爾　亞當　參孫　赫拉

　克勒斯　尼布甲尼撒　伯沙撒　芝諾比亞

　西班牙的彼得王　塞浦路斯的彼得王　倫巴

　底的伯納博　比薩的烏格　利諾伯爵　尼祿

　奧洛菲努　安條克斯‧埃畢法內斯　亞歷山

　大　尤利烏斯‧凱撒　克羅伊斯‧‧‧‧‧‧‧‧‧‧‧　380

修女院教士的故事引子‧‧‧‧‧‧‧‧‧‧‧‧‧‧‧‧‧‧‧‧‧　418

修女院教士的故事‧‧‧‧‧‧‧‧‧‧‧‧‧‧‧‧‧‧‧‧‧‧‧‧‧　421

修女院教士的故事尾聲‧‧‧‧‧‧‧‧‧‧‧‧‧‧‧‧‧‧‧‧‧　447

第　三　組

醫生的故事‧‧‧‧‧‧‧‧‧‧‧‧‧‧‧‧‧‧‧‧‧‧‧‧‧‧‧‧‧‧‧‧‧　449

旅店主人的話①‧‧‧‧‧‧‧‧‧‧‧‧‧‧‧‧‧‧‧‧‧‧‧‧‧‧‧‧‧　461

賣贖罪券教士的故事引子‧‧‧‧‧‧‧‧‧‧‧‧‧‧‧‧‧‧‧　464

賣贖罪券教士的故事‧‧‧‧‧‧‧‧‧‧‧‧‧‧‧‧‧‧‧‧‧‧‧‧　470

（下冊）

第　四　組

巴思婦人的引子‧‧‧‧‧‧‧‧‧‧‧‧‧‧‧‧‧‧‧‧‧‧‧‧‧‧‧‧‧　509

巴思婦人的故事‧‧‧‧‧‧‧‧‧‧‧‧‧‧‧‧‧‧‧‧‧‧‧‧‧‧‧‧‧　545

托鉢修士的引子‧‧‧‧‧‧‧‧‧‧‧‧‧‧‧‧‧‧‧‧‧‧‧‧‧‧‧‧‧　563

托鉢修士的故事‧‧‧‧‧‧‧‧‧‧‧‧‧‧‧‧‧‧‧‧‧‧‧‧‧‧‧‧‧　565

差役的引子‧‧‧‧‧‧‧‧‧‧‧‧‧‧‧‧‧‧‧‧‧‧‧‧‧‧‧‧‧‧‧‧‧‧‧　582

差役的故事‧‧‧‧‧‧‧‧‧‧‧‧‧‧‧‧‧‧‧‧‧‧‧‧‧‧‧‧‧‧‧‧‧‧‧　584

第　五　組

學士的引子 · 609

學士的故事 · 612

商人的引子 · 663

商人的故事 · 665

商人的故事尾聲 · 712

第　六　組

扈從的故事 · 715

平民地主的話 · 743

平民地主的引子 · 746

平民地主的故事 · 747

第　七　組

第二位修女的故事 · 785

教士跟班的引子 · 811

教士跟班的故事 · 818

第　八　組

伙食採購人的引子 · 851

伙食採購人的故事 · 856

第　九　組

堂區長的引子 · 869

堂區長的故事 · 873

附　錄

無情的美人····································· 959

向他的錢袋訴苦································· 961

巴思婦人

第 四 組

巴思婦人的引子

巴思婦人的故事引子

「要說到婚姻生活的可嘆可悲，
那麼即使世界上沒別的權威，
我憑經驗也有足夠的發言權。
各位，因為從我滿十二歲那年
5   到現在，感謝我們永生的天主，
在教堂門口我嫁了五個丈夫──
如果我能合法結這麼多次婚；
他們各有千秋，卻都是正經人。
但是不久前人家明確告訴我：
10   基督只去過一次婚禮的場合，   *10*
那是在加利利的迦拿那地方。
就根據這個情況，人家對我講：
結婚的次數不應在一次以上。
與此同時，我們還應當想一想：
15   在一口井邊，神人合一的耶穌
曾多次嚴厲地責備一名主婦。

　　『你至今有過五個丈夫，』祂說道，
　　『但是你目前的這個，你要知道，
　　不是你的丈夫。』他的確這麼講；
20　他這話什麼意思，我可說不上。
　　但我要問，為什麼那第五個人
　　不是那撒馬利亞婦女的男人。
　　那女人究竟可以結上幾次婚？
　　我活到現在，還沒碰上一個人
25　能夠告訴我一個確切的數目。
　　人們可以或多或少地去猜度。
　　可是我知道，主曾講得很明白，
　　祂吩咐我們，要我們繁衍後代；
　　我清楚記得這句動聽的經文。
30　我知道主還講過，我那個男人
　　應離開父母，來同我一起生活；
　　至於數目，祂卻從來沒說起過，
　　沒說過不能結婚兩次或八次。
　　但人們為什麼把這說成壞事？

35　「看看那位賢明的君主所羅門，
　　我相信，他就不止有一位夫人。
　　但願主也能讓我來吐故納新——
　　我只要有他一半的頻繁就行。
　　他嬪妃成群，那是多大的福分！
40　現在世界上已沒有這樣的人。
　　依我想來，主知道這高貴君王
　　同各嬪妃的第一夜多麼歡暢。
　　他能過這種生活是多麼有福。

感謝天主，我已嫁了五個丈夫！①

45　歡迎第六個，什麼時候來都好。

說真的，我才不希罕什麼節操；

每當我丈夫離開了這個世界，

他的班很快就有基督徒來接。

因為聖保羅說過，我是自由身，

50　只要我願意，隨我嫁給誰都成。　　　50

他說結婚不是罪，沒什麼不好，

比起慾火中燒來，不知好多少。

拉麥是重婚的，人們說他可惡，②

說他壞，但是這個我可不在乎。

55　我知道，亞伯拉罕是聖潔的人，

我還知道，雅各也是聖潔的人，

但是他們的妻子都不止兩個，

有許多聖人妻子都不止兩個。

告訴我，天上的主在何地何時

60　曾公開說過，結婚的事他禁止？　　　60

我請你們告訴我，我請求你們。

還有，他幾曾規定要守住童貞。

毫無疑問，同你們我一樣清楚：

---

①根據有的古代抄本，這下面緊接著這樣六行：

　　他們都經過我的精挑和細揀，

　　挑的根據是他們那傢伙和錢。

　　進過不同的學校，學生更全面；

　　到各種不同的作坊裡面去幹，

　　那麼工匠的手藝肯定就更好。

　　而我經過了五個丈夫的調教。

②拉麥是《聖經》中的人物，據說是第一個有兩個妻子的人，事見《舊約全書‧創世記》4章19～23節。

講到童貞時，聖保羅這位使徒

65　　曾經說過，他提不出什麼戒律。

人們可以勸女子終身當處女，

但這種勸告並不是什麼戒律；

這方面，他讓我們自己拿主意。

因為如果主規定要守住童貞，

70　　那麼實際上他就是禁止結婚。　　　　　70

清楚的是，如果沒種子播下去，

哪裡會生出守住童貞的處女。

聖保羅絕不敢擅自做出規定，

只要他侍奉的主沒給他命令。

75　　人們為貞節準備著榮譽錦標，

讓我們看誰跑得快，把它奪到。

「但是這說法並不是人人適用，

這就要看誰能夠被天主選中。

聖保羅是童貞之身，這我了解，

80　　但是儘管他反覆地說了又寫，　　　　　80

希望大家在這方面同他一樣，

這畢竟只是他對大家的希望；

而在實際上他卻給了我自由，

讓我能嫁人；所以我配偶死後

85　　我再嫁，沒什麼可責備的地方，

這同難聽的重婚完全不一樣。

當然，能夠不接觸女人最高尚

（他的意思是指在床上或榻上——

火和麻屑在一起是件危險事，

90　　我想你們明白這譬喻的意思）。　　　　　90

總之這使徒認為：能守住童貞
比較理想，好於因脆弱而結婚。
我認為，人要結婚確實是脆弱，
除非男女終生過禁慾的生活。

95　「雖有人喜歡守貞，不喜歡重婚，
但是我並不羨慕；我坦率承認。
是有人喜歡保持身心的純潔，
但是我不想誇耀我沒有守節。
你們也知道，即使貴人的家裡，
100　所用的東西也不會全是金器；　　　100
有些是木器，但是同樣地實用。
天主對人們的召喚各有不同，
而且也給人分送合適的東西——
送這個或那個，這就看他心意。

105　「貞潔是一種非常高尚的道德，
心誠志堅的節慾也很有道德。
基督是一切完美品德的源泉，
但祂沒要求每個人變賣家產，
並把變賣的所得周濟窮人家，
110　並以這方式來追隨祂的步伐。　　　110
聽祂話的人想過無瑕的生活，
但是請原諒，其中並不包括我。
我願把我這一生的生命花朵
奉獻給婚姻行為和婚姻之果。

115　「不但如此，我還請你們告訴我：

上天造繁殖的器官爲了什麼？
人造得這麼完善又爲了什麼？
這絕不會沒有目的，請相信我。
如果誰願意，那就讓他去爭辯，

120 說我們有那東西是爲了小便，　　　　　　　　*120*
或說給我們長了不同的東西
是爲了由此可以區分男和女，
而沒其他目的；你們說是不是？
經驗知道得很清楚：並非如此。

125 我說一句話，請教士不要生氣：
造我們那東西，有著兩個目的，
就是爲了生育的義務和開心；
只要這樣做不惹天主不高興。
要不，爲什麼把這話寫了下來：

130 男人應償還他欠他妻子的債？　　　　　　　　*130*
他如果不用他那簡單的工具，
那麼他怎能把他欠的債除去？
所以給一切生物這樣的東西，
是爲了排除尿液，也爲了繁殖。

135 「我講這樣的話，並不是我認爲
一個人只要有我所講的配備，
就必須使用它，用它進行繁殖；
那樣，就顯得對貞潔不夠重視。
基督有人的外形，是童貞之身；

140 而開天闢地以來，有很多聖人　　　　　　　　*140*
一輩子過著完全貞潔的生活。
並不是我對保持貞潔看不過：

　　　讓他們當精白麵粉做的麵包，
　　　讓我們婦女被稱爲大麥麵包；
145　　但是據〈馬可福音〉，用大麥麵包，
　　　主基督讓多少人的肚子吃飽。
　　　天主要我們處在哪一種地位，
　　　我就堅持在哪裡，不挑精揀肥。
　　　當妻子，我就用足我那副工具，
150　　不浪費造物主賦予我的能力。　　　　　　　*150*
　　　如果我小氣，任天主罰我受苦！
　　　我無論早晚，都會答應我丈夫；
　　　只要他想來償還他欠我的債，
　　　我就答應他，不給他設置障礙。
155　　我要他成爲我的債戶和奴僕，
　　　而且還要他承受肉體上的苦——
　　　我就要這樣，只要我是他的妻。
　　　我有控制他那個身體的權利，
　　　只要我活著；而他不能控制我。
160　　這同聖保羅講的話正好符合，③　　　　　　　*160*
　　　他還叫我們丈夫好好愛我們。
　　　他這一教誨眞叫我高興萬分——」
　　　這時賣贖罪劵教士跳了起來：
　　　「我憑天主和聖約翰起誓，太太，」
165　　他說，「你的這番說教眞了不起！
　　　唉，我倒是剛想要娶一個妻子；
　　　但用我肉體去換，代價可太大，

---

③巴思婦人的話裡也常引用《聖經》中的話，例如上面的「肉體上的苦」和「控制他那個身體的權利」均出自〈哥林多前書〉7章4、28節。

所以今年哪，我不娶妻子也罷！」

婦人道：「且慢，我故事沒開始呢；
170　在我講完前，你還有桶酒可喝，　　　　170
但是這酒的滋味不如麥芽酒。
等到我講完了我的故事以後，
你就知道婚姻中嘗到的苦頭——
在婚姻方面，我一向都是能手，
175　這也就是說，鞭子操在我手裡——
到那時你再考慮願意不願意
抿一口我從桶裡開出的東西。
所以在你行動前，要十分注意；
因為我這裡要講十來個事例。
180　誰不從別人的經歷獲取教益，　　　　180
那麼他自己將給人提供教益。
這句話托勒密寫在他的書裡，④
只要讀讀《大綜合論》就能找到。」

「太太，」賣贖罪券教士隨即說道，
185　「如果你願意，就請講你的故事，
絕不要因為有人打岔而停止；
用你實踐把我們年輕人教導。」

「你既愛聽，我樂於從命，」婦人道；
「可是我也要請求同行的各位：

————————

④托勒密是西元二世紀希臘天文學家、地理學家、數學家，建立了地心
宇宙體系（托勒密體系）學說。《大綜合論》為其著作，但其中沒有這
婦人講的這句話。

190　如果我隨心所欲地說漏了嘴，
　　　千萬不要爲我說的話而見怪，
　　　因爲我目的只是讓你們開懷。

　　　「各位，我現在就來講我的故事：
　　　有關我丈夫的事，我愛講事實——
195　就像葡萄酒、麥芽酒總招我愛——
　　　五個丈夫裡頭，三個好兩個壞。
　　　頭三個又好又有錢，只是很老，
　　　所以差不多沒有一個能做到
　　　他們理當給我做到的那一條——
200　我這話什麼意思，你們也知道。
　　　想到我夜裡使他們窘態畢露，
　　　眞要笑死我，只好求天主保護——
　　　眞的，他們那點活不在我眼裡。
　　　他們給了我他們的錢財、土地；
205　所以我不必再去花什麼氣力
　　　博取他們的愛，向他們表敬意。
　　　天知道，他們愛我愛得很眞摯，
　　　所以，對他們的愛我並不珍視！
　　　一個明智的女人總集中精力
210　去把她還沒有占有的愛博取。
　　　而既然我已把他們捏在手裡，
　　　既然他們已向我獻出了土地，
　　　那麼，不爲了我的樂趣和利益，
　　　我何必還費心去討他們歡喜？
215　我逼他們幹那事（請你們相信），
　　　使他們好多夜晚大嘆其苦經。

埃塞克斯的鄒莫臘肉滋味好，⑤
但我知道，這獎品他們得不到。
我有辦法把他們很好地管理；
220　他們去市場，總給我買好東西。　　　　220
對他們說話時只要和顏悅色，
他們心裡就感到非常地快樂，
因爲我罵起他們來相當厲害。

「聰明的妻子們，我讓你們明白
225　我管他們的手段，現在聽我說。

「反正一開口就要說是他們錯，
因爲在撒謊和發僞誓的方面，
男人就遠不如女人這樣大膽。
聰明的妻子不必聽我說的話，
230　除非覺得自己有時候出了岔。　　　　230
聰明的妻子知道怎樣做最好：
讓丈夫相信紅嘴山鴉已瘋掉，⑥
還讓已同她串通一氣的使女
出來當證人；請聽我用的言語。

235　「『老糊塗，你就讓我穿這種衣裳？
爲什麼鄰居的妻子那麼漂亮？
無論在哪裡，她都能博得敬意；

⑤鄒莫是英格蘭埃塞克斯郡的一個鄉村地區，在倫敦東北四十英里。據
說，當地的夫婦如一年不吵架或吵架次數在當地算是最少的，可得到一
塊醃燻豬肉的獎品。
⑥據說，如果妻子不忠實，家中養著的紅嘴山鴉會向當丈夫的報告。

我沒像樣的衣裳，只能待家裡。
你到我們鄰居的家裡去做啥？
240　難道她這樣美，讓你愛上了她？
你對我們的使女低聲說些啥？
你這老色鬼，不准再耍花招啦！
只要我有個熟人或有個朋友，
只要去探望探望或問候問候，
245　你就會平白無故地把我亂罵。
你自己喝醉酒，像隻老鼠回家，
還坐在長凳上訓人，見你的鬼！
你對我說過，娶了窮女人倒楣，
因為在錢財方面這非常吃虧；
250　但如果女方有錢又出身高貴，
你又說那種滋味相當不好受，
因為要忍受她的傲慢和怨尤。
她如果長得好看，你這個惡棍，
你說每個色鬼都想來占一份；
255　而女人若一直處處受到追求，
她的貞潔就很難保持得長久。

「『你說有的人是看中我們錢財，
有的人看中我們美貌或身材；
有人愛女人因為她能歌善舞，
260　或善於調情，或有溫雅的談吐，
或因為她的手臂或手很嬌美；
總之依你看，我們歸屬於魔鬼。
你說城堡若長期地受到圍攻，
誰想守住它就很難獲得成功。

265　「『你又說，如果一個女人相當醜，
　　　那麼她見了男人就不肯放走；
　　　因爲她會像隻叭兒狗迎上去，
　　　直到有別的男人買她那東西。
　　　你說，那些鵝在湖上自在地游，
270　不會因灰色的羽毛而沒配偶。　　　　　　　270
　　　你說，沒有人願意收下的東西，
　　　那麼這樣的東西就很難處理。
　　　上床時竟說這話，你這老東西，
　　　說什麼聰明人結婚大可不必，
275　還說想進天堂的人同樣不必。
　　　我但願焦雷和閃電把你轟擊，
　　　把你這個皺巴巴的頸子劈斷！

　　　「『你說漏雨的屋子、滿屋子的煙，
　　　加上個老婆整天在嘮叨、埋怨，
280　逼得男人逃出了家門；我的天，　　　　　　280
　　　老頭兒犯了什麼病，這麼責難？

　　　「『你說我們當妻子的隱瞞缺點──
　　　等結好了婚，那時才顯露出來；
　　　說出這種話的人眞正是無賴！

285　「『你說無論是買牛馬、買狗買驢，
　　　還是買盆罐鍋瓢等家用器具，
　　　無論是買湯匙或凳子等物件，
　　　還是買穿著打扮的各類衣衫，

人們要反覆檢驗才花錢買下；

290　但是對妻子，婚前卻並不檢查。　290

罵你一聲老混蛋，你竟說什麼

我們結婚後才會暴露出罪惡。

「『你還說，如果不講我長得漂亮，

我就會把不高興全放在臉上：

295　說我要你看我時得溫情脈脈，

要你到處稱我是「漂亮的太太」；

說我要你在我的生日辦慶宴，

並且替我買鮮艷花俏的衣衫；

還說我要你敬重我的老保姆

300　和侍女並敬重我父親的親友；　300

你說你辦不到，我就滿面怒容——

你真是個滿嘴謊言的老飯桶！

「『還有，你存著非常卑鄙的疑心，

懷疑我們家的那個學徒詹金，

305　因為他一頭金髮又鬈又光亮，

而且還經常伴隨在我的身旁；

但我不會要他，哪怕你明天死。

「『為什麼你要藏掉錢櫃的鑰匙？

你快告訴我，不得好死的傢伙！

310　天知道，財產屬於你也屬於我。　310

你以為你能瞞過一家的主婦？

我要請聖徒雅各來為我作主——

我絕不讓你既占有我的身子

又占有我財產；任你氣得要死，

315　氣得瞪眼，也只能二者取其一。
你總在窺探我，算是什麼道理？
我覺得，你想把我鎖在箱子裡！
你該說：「太太，你愛去哪裡就去；
去好好消遣，我不信閒言碎語。

320　我知道愛麗絲是我忠實賢妻。」　　　　320
老監視我們的男人，我們不愛，
因為我們喜歡的是自由自在。

「『一切人裡面，明智的占星學家
托勒密最最值得上天保佑他，

325　因為他書中有這樣二句名言：
「誰若不關心是誰把世界掌管，
世界上就數這個人最最明智。」
你通過這句名言就應當得知：
既然你自己已經夠了，那人家

330　過得多痛快，幹嘛要你去管他？　　　　330
別怪我要罵你，你這個老糊塗！
你晚上的要求，哪天我沒滿足？
不讓別人在你燈籠上點蠟燭；
你這人就是太小氣，毫無氣度——

335　你的燈籠不會因此而暗一點，
所以你若自己夠了，就別埋怨。

「『你還說，我們若講究穿著打扮，
打扮得光鮮動人又花枝招展，
就會危及我們的貞操；老不死，

340　居然你還抬出聖保羅的名義，
　　用他的這句話把你自己支持：
　　「你們婦女身上的穿戴和裝飾，
　　應當是貞操，應當是知羞識恥，
　　而不應當是金銀珠寶和鑽石，
345　不應當是頭髮花樣、華麗衣裳。」
　　但你的這種條文和這種規章，
　　我根本就一點也不放在心上！
　　你還說我同一隻貓沒有兩樣；
　　因為如果貓被人燒傷了毛皮，
350　牠就會老老實實地待在家裡，
　　而如果牠毛光皮滑，引人注目，
　　那麼牠在家裡半天也待不住，
　　而是非要在天黑的時候外出，
　　去炫耀毛皮，去為求偶而高呼。
355　你這牢騷鬼，你這話是在講我，
　　講我穿了好衣裳就出去快活。

　　「『老笨蛋，窺探我又有什麼用處？
　　哪怕你求得百眼巨人的幫助——
　　發揮他特長，讓他來把我看牢——
360　但我只要不情願，他就看不好；
　　老實告訴你，我能蒙蔽他眼睛。

　　「『你說，這個世上有三樣事情，
　　使這整個的人間非常不安逸，

340

350

360

　　　　　　所以第四樣，人們都承受不起。⑦

365　　　　老粗坯，願耶穌讓你短壽促命！
　　　　　　你居然煞有介事地公開宣稱：
　　　　　　壞妻子就是這幾種禍害之一！
　　　　　　難道你想要說明你那番道理，
　　　　　　偏就找不到客氣一點的比喻，

370　　　　非要把可憐的妻子頂替進去？　　　　　　370

　　　　　「『你還把女人的愛情比作地獄，
　　　　　　比作一點也留不住水的荒地。
　　　　　　你還把女人的愛情比作野火，
　　　　　　燒得越旺，需要的燃料就越多，

375　　　　就越要把可以燒的一切燒光。
　　　　　　你說，害蟲毀掉一棵樹的情況，
　　　　　　正如做妻子的毀掉她的丈夫；
　　　　　　還說有妻子的人對此都清楚。』

　　　　　「各位，你們剛才聽到的那些事，

380　　　　就是我咬定我的那些老頭子，　　　　　　380
　　　　　　說是他們酒醉後的胡言亂語。
　　　　　　這都是捏造，但我叫我的侄女
　　　　　　和詹金作證，證明是他們胡說。
　　　　　　老天知道，他們並沒有什麼錯，

385　　　　但是我叫他們吃苦頭、受煎熬，
　　　　　　因爲我會像一匹馬亂叫亂咬；

---

⑦這四種事情是；「僕人作王，愚頑人吃飽，醜惡的女子出嫁，婢女接
　續生母」。見《舊約全書・箴言》30章21～23節。

儘管惡人是我，但我會先告狀——
要不這樣，我早就打了大敗仗。
誰最先來到磨坊，誰就最先磨；

390　　我先發難，才平息了一場風波。　　*390*
他們很快就討饒，就甘拜下風，
要我原諒本來就沒錯的他們。

「我指責他們，說他們勾搭蕩婦；
其實他們病得幾乎都站不住。

395　　他們還以為這是因為愛他們，
所以竟然還感到安慰和開心。
我發誓，說我每天夜裡都外出，
是為了查明誰是他們的姘婦；
憑這藉口，我倒快活了無數次——

400　　我們一生下就具有這種機智；　　*400*
女人的天賦是欺騙、哭泣、胡編，
活一天，這種本事她就用一天。
就這樣，我有一件事可以自誇，
無論來軟的、硬的或其他辦法，

405　　例如嘮嘮叨叨地埋怨、發牢騷，
總之，在任何情況下他們輸掉。
特別在床上，他們就更加晦氣：
我罵他們，不讓他們稱心如意；
一發覺丈夫的手摸到我身上，

410　　我立刻就起來，不再待在床上；　　*410*
除非他答應滿足我提的條件，
那時我才會同意給他幹一幹。
所以我要給男人講一個道理：

　　　　　一切都可出賣，有本事就得利。
415　　　憑一隻空手，不能把老鷹引來；
　　　　　為得利，他的情慾我就得忍耐，
　　　　　還假裝我也頗想這樣來一手，
　　　　　而對這種老鹹肉，我從沒胃口——
　　　　　所以常常為此把他們罵一通。
420　　　哪怕教皇就坐在他們的當中，　　　　　420
　　　　　我也不會讓他們吃口太平飯；
　　　　　他們說我的話，我全都要清算。
　　　　　所以，求全能的天主幫我一把，
　　　　　讓我什麼時候都能這樣自誇：
425　　　任何人講我的話，我都還了他——
　　　　　做到這一點，我憑機智和狡詐。
　　　　　所以，他們最好的辦法是忍讓，
　　　　　否則，太平兩個字他們就休想。
　　　　　因為，任他們像獅子那麼兇猛，
430　　　但弄到結果，失敗的總是他們。　　　　　430

　　　　　「『我的親愛的，』然後我會這樣講，
　　　　　『看看維爾金，我們溫馴的綿羊；
　　　　　過來些，郎君，讓我親親你臉頰！
　　　　　你的心胸應當既寬厚又博大；
435　　　既然你常說約伯如何有耐心，
　　　　　那麼你應當又有耐心又溫馴。
　　　　　你講得這麼好，自己就要做到，
　　　　　否則，我們就不得不把你調教，
　　　　　使你知道：讓妻子安靜些為好。
440　　　事實上，你我總有一個人輸掉；　　　　　440

而既然男人總是比女人講理，
那麼你勢必不得不受點委屈。
你哼呀哼的，究竟犯了什麼病？
是不是非獨占我那東西不成？
445　好吧，就給你獨占，整個都歸你！
彼得，我要罵你，你為此著了迷！
要是我想把我的好東西出售，
我就像鮮艷的玫瑰，直往外走；
但是我把我的好東西留給你。
450　所以實話對你說，要怪你自己。』　　　450

「這是常常出自我嘴裡的言詞。
現在我來講第四個丈夫的事。

「第四個丈夫是尋歡作樂的人，
這也就是說，他還有一個情人。
455　當時我既很年輕，又倔強健壯；
心思很野，快活得像喜鵲一樣。
和著豎琴的音樂，我舞姿翩躚；
唱起歌來，我就像夜鶯那麼甜——
那是在我喝了香甜的酒之後。
460　梅特留斯的妻子就因喝了酒，　　　460
她丈夫竟然用棍子把她打死——
即使我是這豬、這惡棍的妻子，
我也不怕，我喝酒他不能禁止。
喝酒之後，我就會想到維納斯；
465　就像天冷了準會下一陣冰雹，
貪饞的嘴也準有騷尾巴一條。

女人喝醉了酒便保不住貞操，
這一點，色鬼憑經驗早就知道。

「耶穌基督啊，可是每當我想起
470　我年輕時那些尋歡作樂的事，　　　　　470
這回憶就強烈撩撥我的心弦——
直到今天都使我有一種快感，
因爲我曾品嘗過青春的甜蜜。
可是，年齡這毒害一切的東西，
475　奪走了我的美貌和我的精力；
算啦，別了，讓這些全都見鬼去！
麵粉已經沒有，沒什麼可說啦！
只剩下麥麩，可得好好賣一下；
雖然如此，對作樂我仍有貪圖。
480　好，我這就來講我第四個丈夫。　　　　　480

「我告訴你們，因爲他另有所歡，
所以對於他，我心裡又恨又怨。
但他得了報應（憑老天我起誓！）
用同樣木料我爲他做了棍子——
485　倒不是我用身子去外面胡搞，
而是要讓他感到妒忌和氣惱——
我讓自己顯得同人家很要好，
使他在自己的油裡受盡煎熬。
好哇，我成了他在人間的煉獄——
490　願他靈魂就此有升天的榮譽。　　　　　490
因爲天知道他的鞋夾得他疼，
儘管他坐在那裡，發的是歌聲。

除了他自己，除了天上的基督，
誰也不知道我叫他吃盡了苦。
495　　我從耶路撒冷回來後他死啦，
埋在教堂裡那人十字架底下。
當然他的墓造得不怎麼精緻，
絕不能同大流士的陵墓相比，
後者畢竟由阿佩利斯所營建，
500　　而埋我丈夫就不該花費大錢。　　　　　*500*
現在他在墳墓中，躺在棺材裡──
願天主讓他的靈魂得到安息。

「現在我來講講我第五個丈夫。
願主別讓他靈魂進地獄受苦！
505　　可是五個丈夫裡他對我最兇──
我現在還感到根根肋骨在痛，
而且一直會痛下去，痛到我死。
但在床上，他不知疲倦又放肆；
當他想要我那好東西的時候，
510　　儘管他先前打遍我每根骨頭，　　　　　*510*
他卻有本事哄得我心花怒放──
不一會兒，心思又全在他身上。
我愛他最深，我想其中的原因，
恐怕是他對我可說冷漠無情。
515　　我要說句實話：在這種事情上
我們女人身上有一種怪現象：
凡是我們輕易得不到的東西，
我們拚命想要，要不到就哭泣。
不許給我們的東西，我們越要；

520　把東西硬塞給我們，我們要逃。　　　　520
聰明的女人都懂得這些道理：
受怠慢，我們反搬出一切東西；
市場上人越多，貨品越漲價錢；
東西便宜，人們就覺得不希罕。

「願主保佑我這丈夫的靈魂吧！
525　我不是爲了錢，而是眞心愛他。
他一度曾在牛津大學裡學習，
後來離校，寄住在我密友家裡──
願天主保佑我那密友的靈魂，
530　她住在我們城裡，名叫艾麗森。　　　　530
她最最了解我的心事和祕密──
我們教區的教士難同她相比！
我所有的祕密我全讓她知道。
因爲，哪怕我丈夫朝牆上撒尿，
535　或者幹出了要他丟性命的事，
我都告訴她以及另一位女士，
並且告訴我最最疼愛的侄女──
告訴她們我丈夫的一切祕密。
我經常這樣通報情況，我的天！
540　我丈夫也就常羞得漲紅著臉　　　　　　540
和一頭熱汗，不住埋怨他自己
向我透露了那麼重大的祕密。

「且說有一回，是在大齋節期間──
要知道，我常去我那密友家玩，
545　因爲我這人一向就喜歡熱鬧，

喜歡在三四五月裡出外跑跑，
到一些人家串串門，聽聽新聞——
那天學生詹金、我密友艾麗森
和我一起，三個人去城外郊遊。
550　　我的丈夫在倫敦，要待到節後；　　550
所以我有空去看看漂亮人物——
自己也在漂亮人跟前露一露。
誰知道我會在哪裡交上好運，
或這好運幾時在我頭上降臨？
555　　於是我頻頻地參加各種活動，
像參加祈禱守夜和宗教遊行，
去聽人講道或參加朝聖之旅，
祝賀人家婚禮或觀看聖蹟劇，⑧
經常穿著我鮮艷的大紅衣裳；
560　　從沒蛀蟲（我要老實對你們講）　　560
蛀過我衣裳，知道是什麼道理？
是因為經常穿，穿得又很仔細。

「我要告訴你們我那天做的事。
上面已說過，我們走在田野裡，
565　　到後來詹金同我便開始調情。
我告訴他說，憑我的先見之明，
哪天我丈夫死了，我做了寡婦，
那麼他就得娶我，做我的丈夫。
因為不是我誇口，能肯定的是，
570　　我對於結婚或諸如此類的事，　　570

⑧聖蹟劇又稱奇蹟劇，是中世紀時以《聖經》中聖母及聖徒的事蹟為題
材的戲劇。

向來就有事先做準備的本領——
我認爲這樣的老鼠最最不行：
如果只備一個洞給牠自己鑽；
那麼要是牠失敗，牠就全完蛋。

575　「我讓他相信，我受了他的誘惑；
這一招是我的媽媽教會了我。
我還告訴他，整夜我都夢見他，
夢見他在把睡著了的我刺殺，
弄得我床上到處是鮮血淋淋；
580　但我指望他給我能帶來幸運，　　　580
因爲據人說，鮮血意味著金子。
這都是胡編，其實沒做夢的事——
像我所做的一些其他事那樣，
教會我這一手的還是我的娘。

585　「現在讓我來看看，下面講什麼？
老天哪，還是再把故事往下說。

「當我第四個丈夫躺在棺架上，
按習慣，我像所有的寡婦那樣，
流著眼淚，舉動中顯示出悲傷，
590　用一塊手絹捂住自己的面龐；　　　590
但既然我有一個後備的配偶，
我可以保證，我沒多少淚可流。

「早上，我的丈夫被抬到了教堂，
有一些鄰人爲他哀悼並送葬，

595　那個當學生的詹金也在其中。
　　願主保佑我，當我看著他走動，
　　在那棺架後一步一步往前走，
　　他的腿和腳美得叫我看不夠；
　　於是我把一顆心完全交給他。

600　依我看，他的年齡在二十上下；　　　　600
　　說實話，我的年紀已是四十歲，
　　但是我有馬駒子那樣的口味。，
　　我的牙縫很大，這對我很適宜；⑨
　　這是維納斯給我的一個標記。

605　求主幫助我，我這人慾望很大，
　　我年輕貌美有錢，樣樣都不差；
　　而且我的丈夫們都對我說過，
　　我還有一個最好最妙的寶貨。
　　說真的，我的感情來自維納斯，

610　而我的心思卻是來自於瑪斯：　　　　　610
　　愛神維納斯使得我情慾旺盛，
　　而戰神瑪斯使得我頑強堅韌；
　　因爲在我出生的時候，那火星⑩
　　正在金牛宮。愛情啊不是罪行！

615　我所作所爲根據的是我天性，
　　而天性由出生時的星位所定；
　　按照我這樣的天性，我的閨房
　　對於一位好漢子就難以關上。
　　在我的臉上有著瑪斯的胎記，

⑨當時的人認爲，牙縫大的人情慾旺盛。

⑩英語的Mars（音譯瑪斯）一詞，既是羅馬神話中的戰神，又是火星。

620　　　另一處隱蔽地方也有這印記。　　　620
　　　　就像天主肯定會拯救我一樣，
　　　　我也把公平原則用在愛情上：
　　　　任何人只要能夠合我的口味，
　　　　我不管他是高是矮，是白是黑；
625　　　他只要能使我快活，使我滿足，
　　　　我不管他地位高低，是貧是富。

　　　「還要說什麼呢？到了那個月底，
　　　　詹金和我舉行了盛大的婚禮。
　　　　漂亮的詹金實在是叫我喜歡，
630　　　所以人家給我的土地和財產，　　　630
　　　　這時我一古腦兒全都給了他。
　　　　但後來我痛悔自己這一作法，
　　　　因為他不讓我要怎樣就怎樣。
　　　　上天作證，有一次他打我耳光；
635　　　因為我撕下他一頁書的過錯，
　　　　結果就完全打聾我一隻耳朵。
　　　　可是我就像母獅子一樣倔強，
　　　　我的舌頭也絕不肯一聲不響。
　　　　我要像從前那樣去各處串門，
640　　　而他賭咒發誓，說什麼也不准。　　　640
　　　　於是他常對我講一些大道理，
　　　　告訴我一些古羅馬人的事蹟：
　　　　說是加盧斯離開了他的嬌妻，
　　　　而且從此就完全地把她遺棄，
645　　　因為一天他看見妻子在門口
　　　　朝外看，卻沒蒙住她的臉和頭。

「他又說了另一個羅馬人名字，
說他也同樣休掉了他的妻子，
因爲背著他去參加仲夏狂歡。⑪

650　這時我丈夫就會把《聖經》翻開，
把〈傳道書〉中的幾句箴言尋找，⑫
因爲那是一些對男人的禁條，
嚴禁當丈夫的允許妻子遊逛；
那時我丈夫肯定就會這樣唱：

655　『誰建造房屋全部都用柳樹枝，
騎著瞎馬在犁過的地上奔馳，
讓妻子去朝聖，去神廟或古寺，
那麼這個人配在絞架上吊死。』
可是沒有用，他的箴言和古訓

660　我都聽不進，一個字也聽不進。
我不會因爲他數說而改脾氣，
我討厭人家指著我說三道四——
天主知道，不是我一個人這樣。
這就使我那個丈夫火冒三丈，

665　但無論怎樣，我不會向他屈服。

「且說我當初撕掉他的一頁書，
他爲此打聾了我的一隻耳朵；

---

⑪仲夏狂歡指的是仲夏日前夕的狂歡節。仲夏日在6月24日，又爲施洗約翰節，這一天也是英國四結帳日之一。

⑫這裡的《聖經》指的是杜埃版《聖經》，其中的〈次經傳道書〉又譯〈便西拉智訓〉或〈德訓篇〉或〈耶數智慧書〉。

　　　　　憑聖托馬斯之名，我把這說說。

　　　　　「他有一本書，常常用來當消遣——
670　　　無論白天和黑夜，隨時要唸唸。　　　　　670
　　　　　他把這書叫作《瓦萊與泰奧佛》，⑬
　　　　　看著這書，他常常笑得很快活；
　　　　　另外，從前在羅馬還有個學者，
　　　　　叫聖哲羅姆，是當紅衣主教的，
675　　　他寫了一本書攻擊約維尼安；
　　　　　在他那書裡，還有德爾圖里安、⑭
　　　　　克里西波斯、卓圖拉、埃羅伊茲——⑮
　　　　　她是巴黎附近修女院的主持；
　　　　　除了這些，還有所羅門的《箴言》
680　　　和奧維德《愛的藝術》等等名篇，　　　680
　　　　　所有這些書全都裝訂成一冊。
　　　　　每天他把日常的俗事做完了，
　　　　　無論白天和黑夜，只要有時間，
　　　　　作為習慣，他就拿這本書消遣，
685　　　去讀書中那些壞女人的故事。
　　　　　他滿肚子是她們的生平軼事，

---

⑬《瓦萊與泰奧佛》為《瓦萊里烏斯與泰奧佛拉斯托斯》之簡稱，據說
該書為生活於1200年前後的沃爾特·麥普所著。其中泰奧佛拉斯托斯
（西元前372？～前287？）為古希臘哲學家，寫有反對男女平等的作品。
一說《瓦萊里烏斯書信集》為一本單獨的反對男女平等的書。

⑭德爾圖里安一譯德爾圖良，是生活在二至三世紀的重要基督教作家，
寫過有關女性及婚姻的作品。

⑮克里西波斯（西元前280？～前206？）為希臘哲學家。卓圖拉是位女
醫生。埃羅伊茲（1098？～1164）與神學家阿伯拉爾的戀情在中世紀是
廣為人知的轟動事件。

數量比《聖經》中的好女人要多。
講到這點，我要請你們相信我：
讀書人不可能稱讚我們女人，
690　除非他們講到的是位女聖人——
對於其他的女人就絕不可能。
獅子是誰畫的？是獅子還是人？⑯
讀書人高談闊論中用的典故，
憑天主起誓，若是女人的記述，
695　那麼她們記下的男人的罪孽，
亞當的子孫將永遠無法洗滌。
墨丘利、維納斯他們那些孩子，⑰
總有不同的行為，不同的心思；
墨丘利愛的是智慧以及知識，
700　而維納斯愛的卻是淫逸奢靡。
由於這兩者有著不同的性狀，
因此兩者的力量也互為消長：
在維納斯為主導的雙魚宮裡，
天主知道，墨丘利就軟弱無力；
705　墨丘利作主，維納斯就會受壓——
所以讀書人不會說女人好話。
等到讀書人老了，沒有了力氣，
對維納斯的活兒已力不能及，
便坐在那裡把糊塗想法寫下——

690

700

---

⑯典出《伊索寓言・人和獅子》：人和獅子都說自己比對方強大時，正好走過一座表現人戰勝獅子的雕像。人就叫獅子看這雕像。獅子說：「這像是你們人雕的；如果我們獅子也會做雕像，你看到的就是人在獅爪下的情景了。」
⑰墨丘利是羅馬神話中司技藝、智慧、學術等等的神，因此也是讀書人的保護神。同時墨丘利也是水星的音譯，就像維納斯是金星的音譯。

710　　　　說些女人不遵守婚約的胡話！　　　　710

「先前我已說過，我挨了他的打；
現在說說，怎會把那頁書撕下。
一天晚上，詹金身為一家之主，
坐在爐火邊，讀著他的那本書。
715　　是讀夏娃，說是因為她犯罪，
就此便害苦了我們整個人類，
結果耶穌基督為了要救我們，
流盡心頭血，為我們做了犧牲。
他說由此可清楚地得出結論：
720　　害得整個人類墮落的，是女人。　　　　720

「接著讀到參孫的情人出賣他，
趁他熟睡，用剪子剪下他頭髮──
因為這出賣，參孫被挖掉眼睛。

「接著他讀另一個故事給我聽，
725　　是赫拉克勒斯和他情人的事，
結果情人竟使他活活地燒死。

「他牢記蘇格拉底有兩個妻子，
這兩個妻子給丈夫很多苦吃；
冉蒂潑撒潑，把尿潑在他頭上──
730　　可憐的丈夫坐著，像死人一樣──　　　　730
把頭擦了擦，只敢說這麼一句：
『雷聲還沒有停止，卻已下了雨。』

「克里特王后帕西法厄的故事，⑱
他居心不良地認爲很有意思；
735　帕西法厄的那種愛好和縱慾
實在太可憎，叫人都說不下去。

「克呂泰墨斯特拉，由於其淫蕩⑲
和陰險，造成了她的丈夫死亡——
這故事，我丈夫讀得特別仔細。

740　「他還告訴我，究竟是什麼道理　　　740
安菲阿羅斯會在底比斯喪命；⑳
我丈夫說他知道這事的內情，
說是他妻子爲小小一件金器
便向希臘人透露了重要祕密，
745　說出了她那丈夫的藏身之地，
導致了他在底比斯肝腦塗地。

「他又說了莉薇亞、露西拉的事；㉑
她們造成了她們丈夫的去世——
一個爲了愛，一個卻是爲了恨。

---

⑱帕西法厄是希臘神活中克里特王彌諾斯之妻，與白公牛生下了牛頭人身（一說人首牛身）的怪物彌諾陶洛斯。
⑲克呂泰墨斯特拉是希臘神話中希臘聯軍統帥阿伽門農之妻，因與人私通，殺死其夫。
⑳安菲阿羅斯是希臘神話中阿爾戈斯的先知與英雄，他是在妻子的鼓動下參加遠征底比斯的行動的，儘管他早已知道這次遠征的悲慘結局。
㉑莉薇亞出身於羅馬皇族，後來因有了情夫，毒死了自己的丈夫。露西拉是拉丁詩人和哲學家盧克萊修（西元前93？～前50？）的妻子。

750   莉薇亞既已成了丈夫的仇人，　　　　　750
　　　　就在一天深夜毒死了她丈夫。
　　　　耽於情慾的露西拉很愛丈夫，
　　　　爲了使丈夫的心裡永遠有她，
　　　　給丈夫一種春藥，要他全喝下，
755   結果天還沒有亮，丈夫已死亡；
　　　　倒楣事總是落到丈夫的頭上。

　　　　「接著他說起一個拉圖米烏斯，
　　　　說他傷心地告訴朋友阿留斯，
　　　　說是有棵樹長在他家花園裡，
760   而就在這棵樹上，他三個愛妻　　　　760
　　　　竟然滿懷怨氣一個個上了吊。
　　　　『親愛的兄弟，』那個阿留斯說道，
　　　　『給我剪一根這幸福樹的樹枝，
　　　　我也要把這樹種進我的園子。』

765   「他又讀了些近代女人們的事：
　　　　有些人就在床上把丈夫殺死，
　　　　讓其屍體直挺挺地躺在地上，
　　　　而自己則同姦夫胡搞到天亮。
　　　　有些人趁著丈夫熟睡，用釘子
770   釘進丈夫的頭顱，把丈夫釘死。　　　　770
　　　　有些人則在丈夫的酒中下毒。
　　　　那罪惡之多眞叫人想像不出。
　　　　除了這些故事，他知道的諺語
　　　　多過於青草，可說是舉不勝舉。
775   他說道：『有些女人就是愛咒罵，

與其同這種女人組成一個家，
不如同猛獅與惡龍住在一起。』
他又說：『與其同潑婦待在屋裡，
倒還不如獨自去住在屋頂上；
780　她們心思既惡毒，又愛鬧對抗，　　　　　780
總是恨她們丈夫喜愛的東西。』
他又說：『一個女人脫掉了襯衣，
也就拋開了羞恥之心。』他還講：
『不貞潔的女人就算相當漂亮，
785　也只像金環掛在豬的鼻子上。』
誰願意做一點揣測或者想像，
看看我心中多麼難過和痛苦？

「我看他老是捧著那可恨的書，
那樣子好像要讀它整整一夜，
790　於是我猛地一抓，撕下了三頁。　　　　　790
這時候他正在讀書，猝不及防，
所以還被我一拳頭打在臉上，
於是朝後面的爐子仰面倒去。
緊接著他像頭怒獅一躍而起，
795　揮起拳頭一下子打在我頭上。
我倒在地上，就像死了的一樣。
他見我一動不動地躺在地上，
大為驚慌，差點要出外逃亡。
可我終於從昏迷中醒了過來，
800　說道：『你要殺了我嗎，賊無賴？　　　　800
你要殺了我之後霸占我土地？
但是我斷氣之前還要吻吻你。』

「他走了過來，輕輕朝地上一跪，
說道：『艾麗森，我最親愛的姐妹，
805　　願神幫助我，我一定不再打你；
但這次的事情還得怪你自己。
可我還是求你：原諒我這次吧！』
於是我又在他臉上打了一下，
說道：『賊胚，這下我報了仇啦！
810　　現在我要死了，再也說不動話。』　　810
此後經過了不少折磨和煩惱，
我們兩個人終於又言歸於好。
他把支配房產和地產的權力
完完全全地交到了我的手裡；
815　　還讓他的手和舌頭由我支配，
於是我要他把那本書燒成灰。
就這樣，我以棋高一著的手腕，
使他服服貼貼地受我的拘管。
他還對我說：『我的忠實的愛妻，
820　　今後你要怎麼做，全按你心意；　　820
保持住你的名節和我的身分。』
從那天以後，我們再也沒爭論；
結果老天幫助我成了他賢妻——
從丹麥到印度，賢慧數我第一，
825　　而且我們彼此都忠實於對方。
全能的主，你高高地坐在天上，
求你發慈悲，祝福他靈魂。好吧，
你們若要聽，那我就講故事啦。」

差役和托缽修士的對話

　　「太太，」托缽修士聽後，笑著講，
830　「你這故事的前奏的確相當長；　　　　　　830
　　但願天主賜給我快樂和福氣！」
　　他這話說得響，差役聽在耳裡，
　　開口說道：「憑天主的雙臂起誓，
　　插嘴說話的總是個托缽修士。
835　大家請看，每件事和每個碟子，
　　總有托缽修士和蒼蠅來多事。
　　你剛才說前奏，這是什麼意思？
　　這樣插嘴敗壞了我們的興致——
　　管牠慢走或快走，閉嘴或坐下。」⑫

840　托缽修士道：「是你說的這樣嗎？　　　　　840
　　差役先生，我以我信譽來擔保：
　　我離開之前，也要叫你們笑笑——
　　講個差役的故事給大家聽聽。」

　　「托缽修士，願天主叫你紅眼睛，」
845　差役說道，「而如果到悉丁本時，⑬
　　我還沒說過兩個或三個故事，
　　叫托缽修士們聽了心裡難過，
　　那我情願讓天主好好懲罰我。

---

⑫差役聽不懂「前奏」，以為此詞同馬的「行走」有關。
⑬悉丁本鎮距倫敦40英里。

依我看，到那時候你就受不了。

850　旅店主人道：「別吵！現在就別吵！　850
　　讓那位太太開始講她的故事。
　　你們真是一副喝醉酒的樣子。
　　太太，講你的故事吧；這樣最好。」

「我隨時可以遵命，」巴思婦人道，
855　「只要這可敬的托缽修士說行。」

他說：「講吧，太太，我願意聽聽。」

巴思婦人的引子到此結束

巴思婦人的故事

巴思婦人的故事由此開始

不列顛人對亞瑟王都很尊崇，
在他那個非常古老的時代中，
這片土地上到處是仙子、精靈。

860 　快活的精靈們都由仙后帶領，
常在一處處綠色田野上舞蹈——
古人的這種觀念，書上能讀到。
不過這是說幾百年前的事情，
如今再也沒有人看到小精靈。

865 　因為托缽修士們和其他修士
如今在各處大做祈禱和法事； 　　　10
他們找遍一處處溪流和田地，
像陽光下的塵埃那樣地密集。
他們祝福著廳堂、廚房和臥室，

870 　祝福著高高的塔樓、城堡、城池，
祝福著鄉村、穀倉、奶房、牲口棚，
於是，那些地方就沒有了精靈。
因為從前精靈們活動的地方，
如今無論在下午還是在早上，

875 　那裡總是有托缽修士的影蹤，
因為他總在他那區域裡活動， 　　　20

不是做晨禱，就是做其他聖事。
無論是在樹下，還是在樹叢裡，
如今婦女們可以平安地來去，
880　　因為那裡除了他，沒其他鬼蜮，
而他只會對她們的貞操不利。

且說在那位亞瑟王的宮廷裡，
有一個年輕力壯的好色武士；
他某天從河邊騎馬過來之時
885　　正好看到個姑娘走在他前面——
就像她出生的時候一樣孤單。　　　　　30
於是這武士就趕上前去施暴，
不顧那姑娘反對，破了她貞操。
這樁暴行激起了人們的義憤，
890　　在亞瑟王跟前，大家議論紛紛，
於是這個武士被判處了死刑。
這也就是說，根據當時的法令，
這個武士免不了被刀斧斬首。
可是有一些貴婦人隨同王后，
895　　花了很長時間向亞瑟王求情；
結果亞瑟王饒了這武士一命，　　　　　40
並把他交給王后，由王后處理——
讓他死，讓他活，全看王后心意。

王后衷心地感謝國王的恩典，
900　　隨後有一天找到合適的時間，
把武士叫到了跟前，向他說道：
「你現在的處境仍然不是很妙，

因為你性命仍然是朝不保夕。
但是我可以免你一死，只要你
905 向我報告：女人最要的是什麼。
別讓刀斧落上你頸子，注意了。 50
這問題如果你現在不能回答，
我給你十二個月零一天的假，
讓你外出做一些尋訪和調查，
910 然後再對這問題做充分回答。
而在你離開之前，我要你保證：
到時候這裡還得見到你這人。」

武士感到很難受，深深嘆著氣；
但是現在由不得他願不願意。
915 最後他決定還是去外面看看！
天主會給他提供怎樣的答案； 60
反正在外面等一年時間結束。
他接著便出發，獨自登程上路。

他對之抱有希望的處所、地方，
920 他一處也不放過，處處去走訪，
為的是打聽女人最愛的東西。
可是儘管他走過一地又一地，
就在這樣一個簡單的問題上，
竟然沒有兩個人的看法一樣。

925 女人最喜歡的，有人說是財富；
有人說貞操或說作樂和歌舞； 70
有人說華美服飾和床第之歡；

　　　　　　有人說是丈夫經常死經常換。

　　　　　　還有人說我們遇上奉承諂媚，
930　　　　我們的心就感到舒暢和安慰。
　　　　　　眞的，這人的話已接近於眞理；
　　　　　　憑恭維，男人贏得我們很容易——
　　　　　　只要巴結體貼的工夫下得夠，
　　　　　　富貴貧賤的女人都能弄到手。

935　　　　有人說，我們最不愛受人拘管，
　　　　　　無論做什麼，只顧遂自己心願；　　　　80
　　　　　　只愛聽男人說我們聰明能幹，
　　　　　　受不了男人指出我們的缺點。
　　　　　　如果有誰觸到了我們的傷疤，
940　　　　那麼儘管講的是事實、是眞話，
　　　　　　我們個個會不服，會進行反抗；
　　　　　　不信就試試，準能看到這情況。
　　　　　　我們無論內心是多麼地差勁，
　　　　　　卻希望被認爲純潔而又聰明。

945　　　　有人說我們喜歡被人看得起，
　　　　　　被認爲值得信賴、守得住祕密；　　　　90
　　　　　　既有堅定的目標又能夠持久；
　　　　　　不會把人家透露的事情洩露。
　　　　　　但是這種看法一文錢都不值：
950　　　　我們女人就是藏不住一件事。
　　　　　　邁達斯的故事你們可要聽聽？

　　奧維德講過許多簡短的事情，
　　其中之一講到邁達斯的頭上
　　有兩隻驢耳在他長髮下隱藏。
955　他盡量巧妙地掩蓋這一缺陷，
　　絕不讓任何人看見或者發現；　　　　　　100
　　所以這醜相被瞞得嚴嚴實實——
　　知情人只有一個，就是他妻子。
　　他很愛他妻子，對她十分信任，
960　一再求她，別把這告訴任何人。

　　妻子向丈夫發誓：把全世界給她，
　　她也不會把這樣的罪過犯下：
　　說出去不僅損害丈夫的形象，
　　而且也使得她自己臉上無光。
965　但是保守祕密的時間這麼長，
　　她覺得這簡直就是要她死亡；　　　　　　110
　　要把那些話硬憋著不說出來，
　　她的心難受得似乎就要炸開。
　　不過這件事向誰講都不適宜，
970　於是她跑向附近一處沼澤地——
　　一路上她可是跑得心急火燎——
　　然後就站在泥淖裡，像隻水鳥
　　把嘴湊近了水面輕輕地訴說：
　　「我丈夫長著驢子那種長耳朵！
975　任何人我都不告訴，只告訴你，
　　你這水聲別洩露我這個消息。　　　　　　120
　　現在我講了出來，心裡就好受——
　　我沒法再把這祕密憋在心頭。」

由此可見，守祕密我們沒長性，
980　只要時間稍一長，我們就不行。
你們若是想知道這事的結局，
最好還是讀讀奧維德的書去。

我這故事裡所講的那位武士
直到現在還沒有做成什麼事——
985　就是說，不知道女人最愛什麼；
所以他心裡難過，情緒也低落。　　　130
但這時他已不能夠在外滯留，
因爲限期已到，他必須往回走。
一路上，愁雲籠罩在他的心上；
990　碰巧他的馬走過一處樹林旁。
這時他看見有些女子在跳舞，
人數不是二十四就是二十五。
他希望這回能得到一個答案，
便急急忙忙催動坐騎奔上前。
995　但是等他來到了那處樹林邊，
所有跳舞的女子都消失不見。　　　140
他四處張望，人影也沒有一個，
只是草地上坐著一個老太婆——
誰也想不出比她更醜陋的人。
1000　見武士來到跟前，她便站起身，
說道：「這裡已沒有路，武士先生，
你要找什麼，照實告訴我可成？
如果有事情，倒不妨對我說說——
年紀大的人，知道的事情也多。」

1005　「我的親愛的老媽媽，」武士說道，
　　　　「我性命已不保，除非我能知道　　　　*150*
　　　　世界上女人最大的慾望是啥。
　　　　如果你教我，我一定好好報答。」

　　　　老婦人說道：「握住我的手發誓，
1010　說你願做我要求的下一件事——
　　　　只要你確實有做這事的能力。
　　　　你若發誓，我天黑之前就教你。」
　　　　武士說道：「我保證做到，我發誓。」

　　　　老婦道：「不是我誇口，包你沒事，
1015　因為我敢以自己的性命打賭：
　　　　王后的說法同我的沒有出入。　　　　*160*
　　　　讓我們看看，戴著頭巾的人裡，
　　　　有哪個驕傲的貴婦有此魄力，
　　　　敢於否認我教你做出的回答。
1020　現在不必多談了，還是快走吧。」
　　　　老婦在武士耳邊教了幾句話，
　　　　接著就叫他打起精神，別害怕。

　　　　他們來到了宮廷後，武士說道：
　　　　他按照諾言，準時趕回來報到；
1025　他還說，他已把答案準備妥當。
　　　　於是許多的貴婦，許多的姑娘，　　　　*170*
　　　　許多的寡婦（因為她們很聰明）——
　　　　凡要聽的人，都被召集到宮廷；
　　　　由王后坐在上面，做最後裁斷；

1030　安排停當後，就宣那武士上殿。

王后叫在場的人都不要說話，
而要武士當大家的面講一下；
什麼是世俗婦女的最大願望。
站著的武士並沒有一聲不響，

1035　他雄渾的聲音立刻做出回答；
在場的人都能清楚地聽到他。　　　　180

「王后陛下，」武士就這樣回答道，
「對一般婦女而言，她們的目標
是能控制她們的情人或丈夫——

1040　情人或丈夫的事由她們作主。
這是你們最大的願望。這句話，
你殺我我也說。現在處置我吧。」

在場的貴婦、小姐、寡婦雖然多，
但對他的話沒有一個人反駁；

1045　她們一致認爲不應該再殺他。

武士遇到的老婦人聽到這話，　　　　190
立刻就跳了起來，大聲地說道：
「請陛下散朝前爲我主持公道；
開開恩吧，高高在上的王后啊！

1050　是我教會了武士做這種回答。
因爲我教了他，他也做出許諾：
無論什麼事，只要他有能力做，
我作爲要求提出來，他就照辦。

所以，趁現在王后的朝會沒散，

1055　我要求你武士先生娶我爲妻——

是我救了你的命，這你要牢記。　　　*200*

如果我撒謊，你憑你名譽否認！」

武士答道：「唉，我眞是苦命人！

我確實答應過你，要給你報答。

1060　憑著對天主的愛，換個要求吧。

我把財產全給你，請你放我走。」

老婦答道：「那我把我們倆詛咒！

因爲儘管我又窮又老又難看，

但是金銀珠寶我全都不希罕，

1065　無論它們在地下還是在地上，

除非你愛我，娶我作你的新娘。」　　*210*

「要我愛你？還是要我進地獄吧！」

武士說道，「我怎麼能這樣糟蹋

我高貴的出身，辱沒我的家世！」

1070　但是怎麼說也沒用，結局只是：

他被迫接受這老婦作他夫人；

於是他只能認命，同老婦成婚。

現在有些人也許會這樣認爲：

我由於疏忽或由於我怕勞累，

1075　所以沒有講結婚那天的婚宴，

沒講那些歡樂和氣派的場面。　　*220*

對這種意見，我的回答很簡單：

那天根本就沒有歡樂和婚宴，
有的卻只是悶悶不樂和憂愁。
1080　因為武士在上午偷偷結婚後，
整天就像貓頭鷹那樣不出來——
他妻子這麼醜，使他無精打采。

武士同他這妻子上床的時候，
心裡實在是感到非常地難受。
1085　在床上翻來翻去他總睡不著，
而他的老妻躺在那裡笑說道：　　　　　230
「願神祝福我靈魂，我的夫君哪，
武士對待妻子都像你一樣嗎？
難道這是亞瑟王定下的規矩？
1090　難道他的武士冷淡得都像你？
要知道，是我救下了你的性命；
我是你妻子，應該享有你愛情。
我從沒什麼對不起你的地方，
為什麼第一夜你就對我這樣？
1095　你這種表現就像神經錯亂啦。
我有什麼錯，就請你告訴我吧。　　　　240
只要我能辦得到，我一定改掉。」

「還講什麼改不改，」武士說道，
「這種情況根本就不可能改掉，
1100　你的這副模樣又討厭又衰老，
這還不算，你的出身又這麼低。
所以我翻來翻去就不足為奇。
我巴不得天主讓我的心碎掉。」

「這是你煩躁的原因？」妻子問道。

1105　丈夫道：「確實如此；這並不奇怪。」

妻子道：「我可以把這糾正過來，　　250
而且只要我願意，用不了三天；
不過，首先你應該對我好一點。

「你剛才說過，只要祖先很富有，
1110　作為其後代，也就能算是貴胄，
而根據這道理，你也就是貴人。
我覺得，你這種自大不值一文。
看看誰在公開場合和私下裡
一向最有道德，誰一直在努力、
1115　在盡力，要把高尚的事業完成，
應該把這人看作最高貴的人。　　260
基督要我們視他為高貴之源；
別把這光榮歸於有錢的祖先。
因為儘管他們留財產給我們，
1120　而我們也就自稱有高貴出身，
但是他們的操守，他們的德行，
他們無法讓我們任何人繼承；
而正是德行使他們高人一等，
並召喚我們去努力學習他們。

1125　「名叫但丁的佛羅倫斯大詩人
在這問題上說的話非常中肯。　　270

但丁的話就是這樣的幾行詩：
『人們難得憑著家族樹的樹枝
才有能耐；因為仁慈的天主啊，
1130 要我們把我們的高貴歸於祂。』
因為從祖先那裡得到的一切
很容易遭到損失或遭到偷竊。

任何人同我一樣懂這個道理：
如果高貴的品行也能夠世襲，
1135 能在一個家族裡一代代相傳，
那麼這個家族在公私兩方面　　　　*280*
都會不斷地湧現高尚的行為，
而不會有誰幹出醜事、犯下罪。

「從我們這裡到高加索山之間，
1140 找最暗的房子，把火放在裡面，
然後人們關上那屋門並離開，
那個火照樣也會熊熊燒起來，
就像有兩萬人看著它燒一樣；
反正火自有其特性，直到燒光
1145 才熄滅；這點我敢以生命打賭。

「高貴的品行（你由此可以看出）　　*290*
同人們是否有財產全然無關，
因為火按其特性熄滅或燒燃，
但人的情況不同，總有所改變。
1150 天主知道，人們常常會發現：
貴人的孩子幹出可恥的壞事；

有的人憑著自己煊赫的家世，
或憑著高貴祖先的高尚德行，
要人家因此對他們表示尊敬，
1155　但如果他們沒什麼高尚業績，　　　　　　300
也不向他們高貴的祖先學習，
那他們即使是公侯，也不高貴，
而行為只要卑劣，那就是賤胚。
你講的這種高貴屬於你祖先——
1160　贏得這聲名，只憑高尚的優點——
這高貴同你並沒有什麼關係。
你的高貴只能夠來自於上帝；
所以真正的高貴來自於天恩，
這不因社會地位而賜給人們。

1165　「想想瓦勒里烏斯是怎麼說的：①
圖盧斯‧霍斯提利烏斯多顯赫，②　　　　310
他從貧困中崛起而君臨天下。
讀讀波伊提烏斯以及塞內加，③
他們的書中提供了很多明證：
1170　誰做高尚事，誰就是高貴的人。
所以我要說，我親愛的夫君哪，
即使我的祖先們地位很低下，
我仍可希望天主會賜福於我，

---

①瓦勒里烏斯，見〈修道士故事〉729行註。

②圖盧斯‧霍斯提利烏斯是傳說中羅馬的第三代國王（西元前673～前642在位），是一位神話人物。

③波伊提烏斯，見〈修女院教士的故事〉422行註。塞內加，見〈律師的引子〉25行註。

讓我過一種道德高尚的生活——

1175 只要我一生磊落而行爲端正——

只要這樣做，我就是高貴的人。 *320*

「剛才你還指責我，嫌我太貧困；

但我們信仰的那位至高的神

自願選擇了貧困的生活之路。

1180 事實上每位男子、姑娘和主婦

都十分清楚，天上的王，主耶穌

絕不會選擇邪惡的生活道路。

塞內加和許多學者都曾說過，

安貧樂道是一種可貴的品德。

1185 安於貧困者，哪怕襯衣也沒有，

在我的眼裡，卻認爲他很富有。 *330*

一個人貪得無厭應視爲窮愁，

因爲總有東西他無法去占有。

而一無所有者若是一無所求，

1190 你雖認爲他低下，他卻很富有。

「眞正的貧困還會由衷地歡唱；

關於貧困，尤維納利斯這樣講：④

『窮人在路上遇到強盜的時候，

他可以說說笑笑而不用憂愁。』

1195 貧窮是個招人討厭的好朋友，

它能幫助你驅除牽掛和擔憂； *340*

對於貧窮，誰能夠坦然地忍受，

---

④尤維納利斯（60？～140？）是古羅馬諷刺詩人。

　　他在知識上就可以大有補救。
　　所以貧窮看起來雖然很有害，
1200　卻是沒有人會來爭奪的資財。
　　一個人如果貧窮又加地位低，
　　常會更加了解天主和他自己。
　　在我看起來，貧窮像鏡子一般，
　　真朋友假朋友一照便可了然。
1205　所以，既然我的貧窮沒損害你，
　　夫君哪，說我窮也就大可不必。　　　350

　　「夫君哪，你還責怪我，嫌我太老；
　　這一點，即使撇開書上的條條，
　　你們這些人講體面又有身分，
1210　嘴上不也常常說：要尊重老人，
　　要顯示教養，把老人當長輩待？
　　我想，能找出哲人的這種話來。

　　「現在來講我又醜又老這件事──
　　這樣，你不必擔心戴上綠帽子；
1215　因為我敢於說一句：又醜又老　　　360
　　倒是保住貞潔的最有效法寶。
　　但我既然知道你喜歡的東西，
　　我一定使你的身心感到滿意。

　　「現在有兩條路可以給你選擇：
1220　一是娶又醜又老的我作老婆──
　　我對你將唯命是從，極其忠實，
　　我活著，就要使你高興和舒適；

　　　　　要不，就是希望我年輕又美貌，
　　　　　這樣，你就有些風險要冒一冒——
1225　　　人們會爲我而踏破你家門檻，
　　　　　當然，也可能蜂擁到別的地點。　　　　370
　　　　　現在你就選擇吧，要走哪條路？」

　　　　　武士邊想邊嘆息，顯得很痛苦，
　　　　　可是最後他說了這樣一番話：
1230　　　「我的親愛的夫人，我的賢妻呀，
　　　　　你這麼明智，我就交出我自己，
　　　　　由你來判斷哪條路最爲適宜——
　　　　　只要對你對我最愜意最體面。
　　　　　無論你怎麼選擇，我沒有意見，
1235　　　因爲只要你滿意，我也就滿足。」

　　　　　「你讓我按我心意選擇一條路，　　　380
　　　　　我這不是占了你上風？」妻子道。

　　　　　丈夫道：「正是，但我覺得這樣好。」

　　　　　妻子道：「吻我吧，我們不會再吵，
1240　　　因爲我發誓，兩件事都要做到，
　　　　　就是說，既要美貌又要對你好。
　　　　　我現在向天主祈禱並且求告：
　　　　　對你我若不像最忠實的妻子，
　　　　　那麼就懲罰我，讓我發瘋而死。
1245　　　而且，如果我明天不變得美麗，
　　　　　美得可以同皇后妃子比一比，　　　　390

要是我比不上東西方的貴婦，
那麼我是死是活就由你作主。
現在你撩起帳幔，自己看看吧。」

1250　武士也眞的就這樣看了一下，
只見他的妻子又年輕又美麗，
於是高興得把妻子摟在懷裡。
他滿心感到幸福，無比地興奮，
抱著妻子千百遍地吻了又吻。
1255　而妻子對他也眞是千依百順——
只要能使他快活，事事都應承。　　　　400

就這樣，他們度過幸福的一生；
我祈求耶穌基督能賜給我們
順從、年輕又精力充沛的丈夫，
1260　並且讓我們活得比配偶長久。
不僅如此，我還要向基督祈禱：
讓不服妻子管教的人早死掉；
至於那些火氣大的吝嗇老鬼，
願他們快得瘟疫，早日去見鬼。

巴思婦人的故事到此結束

托缽修士

托缽修士的引子

托缽修士的故事引子

1265　這有一定化緣範圍的好教士
　　　一直對差役沉著臉，沒有好氣；
　　　但是考慮到保持一定的禮儀，
　　　沒出言不遜地對他進行攻擊。
　　　可他終於對巴思婦人這樣說：

1270　「太太，願天主給你美滿生活！
　　　但在這裡（請你原諒我提醒你）
　　　觸及了一些困難的學術問題。
　　　你的很多話講得都相當出色，
　　　但太太，我們這是在長途跋涉，　　　　　10

1275　只是需要講一些有趣的故事，
　　　憑主的名義，就讓學者和教士
　　　去對這類大問題進行研究吧。
　　　而如果你們大家不反對的話，
　　　我要給你們講個差役的故事。

1280　天哪，你們憑差役這麼一個詞，
　　　就可以知道，對他沒好話可講，
　　　但希望沒人對此會火冒三丈。
　　　差役這行當無非是東奔西竄，
　　　爲一些風流案子而早傳晚喚，　　　　　　20

1285　　所以在街頭巷尾常常要挨打。」

　　　　旅店主人道：「注意你的身分啊，
　　　　先生，無論如何得講一點禮貌。
　　　　我們大家在這裡不希望爭吵。
　　　　你講你的故事吧，別牽扯差役。」

1290　　差役說道：「讓他講，只要他樂意；
　　　　但憑主起誓，輪到我講的時候，
　　　　我將回報他，一點一滴都不漏。
　　　　到了那時候我就會讓他得知：
　　　　奉承人的托缽修士多有面子；　　　　30
1295　　他的這個行當幹的是什麼事。」

　　　　旅店主人道：「別吵了，到此為止！」
　　　　隨後他朝托缽修士講了句話：
　　　　「親愛的師父，請講你的故事吧。」

托缽修士的引子到此結束

托缽修士的故事

托缽修士的故事由此開始

從前在我的家鄉有一位教士，
1300　他是領班神父，有很高的位置，
一向果斷地執行教會的法規：
無論是誰，凡是犯下了姦淫罪，
行了巫術，幹賣淫嫖娼的勾當，
與人家通姦，進行中傷和誹謗；
1305　若有堂區的那一班俗人執事，
犯偽造遺囑和契約，疏忽聖事，
盜賣聖物及重利盤剝等罪行——
當然還有些不必列舉的罪行——　　　10
對於這些，他嚴厲地進行懲罰，
1310　而色鬼見他的懲罰最為害怕。
他們一旦被拿獲就大吃其苦，
拖欠什一稅的人得蒙受羞辱，
只要有人把事情報告了上去，
那麼也就免不了有罰款之舉。
1315　誰拖欠什一稅或者獻金太少，
他會使人家苦頭吃得哇哇叫；
因為主教的曲柄杖鉤到之前，
這人已被他寫進他本子裡面。　　　20

　　　　　而他就憑著他所掌握的權力，
1320　　　對人家進行懲罰，把人家整治。
　　　　　他手邊有著一個得力的差役，
　　　　　要論狡猾，全英格蘭數他第一；
　　　　　這狡猾的傢伙手下耳目眾多，
　　　　　他們報告他去哪兒會有收穫。
1325　　　有時他會把一兩個色鬼包庇，
　　　　　爲了打聽其他二十人的消息。
　　　　　雖說這個差役像野兔一樣野，
　　　　　他的那些惡行我偏偏就要揭；　　　30
　　　　　因爲我們不在他管轄範圍內，
1330　　　他們根本就沒法拿我們治罪，
　　　　　哪怕他們等到死，也沒有辦法。」

　　　　　「聖彼得！要是說到不歸我管轄，」
　　　　　差役說道「娼家的婊子也一樣！」

　　　　　「別打岔！免得倒楣事落到頭上！」
1335　　　旅店主人道，「讓他講他的故事。
　　　　　儘管講下去，親愛的托缽修士，
　　　　　千萬別理會差役的亂說亂叫。」

　　　　　「那個奸詐賊差役，」托缽修士道，　　40
　　　　　「總有幾個拉皮條的人在手頭，
1340　　　爲的是在英格蘭引獵物上鉤；
　　　　　他們同他的關係既然比較深，
　　　　　所以總向他報告不少的醜聞。
　　　　　他們作他的探子，總向他告密，

他也就從中獲取盡多的利益，

1345　　但他主子不知道他怎麼弄錢。

他沒有聖職，連文化也沒一點，

卻憑基督要給以懲罰的名義，

傳喚人們，而那些人也最樂意　　　　　50

塞錢給他，請他去酒館裡大吃。

1350　　猶大是一個錢包很癟的賊子，

而他同猶大走的正是一條路；

可他主子只得到應得的半數。

如果我恰如其分地把他稱讚，

他便是賊，便是差役和皮條客。

1355　　他還有一班娼婦聽他的指示，

管他是羅伯特爵士，是休爵士，

是傑克或勒夫，誰同她們睡覺，

她們都要向他做詳細的報告。　　　　60

就這樣，他同娼婦們串通一氣，

1360　　然後他偽造一張傳人的字據，

把嫖客和娼婦一起傳到會堂，

把嫖客的錢罰光，把娼婦釋放。

「看在你面上，」他對嫖客說道，

「我把她名字從黑名單上勾掉，

1365　　不必再擔心這事有什麼後果，

我是你朋友，有事儘管來找我。」

他慣會敲詐勒索，花樣很不少，

花上一兩年也不能全都說到。　　　　70

世上訓練有素的獵犬，能區分

1370　　受傷和沒受傷的鹿，而他這人

更能在人群中找到那些嫖客，

找到那些姦夫和那些姦淫者。
由於這是他聚斂錢財的手段，
他便把全副心思用在這上面。

1375　這個差役時時刻刻地在窺探，
想找可以下手的獵物；有一天，
他找個理由去傳喚一個寡婦，
想在這老騷貨頭上撈些好處。　　　　80
他看見有個騎馬人在他前面；
1380　這農民生氣勃勃，正走在林邊。
他身上背著弓，掛著鋒利的箭，
穿的是林肯綠的短上裝一件，
頭上戴著帽子，帽上有黑流蘇。

「幸會了，先生，」差役這樣招呼。
1385　對方道：「歡迎，能有同路人就好！
你上哪兒去，要走樹林這條道？

今天你是不是要走很遠的路？」
差役回答他的問題，說道：「不，　　　90
就在這附近，先生，我這次出來，
1390　目的是要把一筆租金收上來，
因為這筆錢歸屬於我的東家。」

「這麼說來，你一定是位管家啦？」
「對。」差役不敢說他是差役，
因為這行當有著很臭的名氣。

1395　那人道：「老天有眼，我說兄弟呀，
　　　你是個管家，恰恰我也是管家。
　　　這一帶對我說來是陌生地方，
　　　所以能夠認識你，我感到舒暢，　　　　100
　　　更別說你願意同我結為兄弟。
1400　我家有很多金銀放在錢櫃裡，
　　　有朝一日你要是來到我家裡，
　　　任你要多少錢，我都一定給你。」

　　　差役說道：「我真是衷心感謝你。」
　　　於是這兩個人的手握在一起，
1405　宣誓說要做生死與共的兄弟。
　　　兩人就一路走一路談天說地。

　　　差役就像又叫屠夫鳥的伯勞，
　　　心思既十分惡毒又非常嘮叨，　　　　　110
　　　總是要打聽，總是要問東問西；
1410　這時問道：「兄弟，你家在哪裡？」
　　　說不定哪天我會去那裡看你。」

　　　那人親切地回答了他的問題：
　　　「兄弟，我家在北方，非常遙遠；
　　　但願有一天，你我在那裡見面。
1415　我們分手前，我把地方告訴你，
　　　不會讓你到時候摸不到那裡。」

　　　「趁我們在一起走路，」差役說道，
　　　「兄弟，我請求你給我一點指教；　　　120

　　既然你同我一樣，也是個管家，
1420　就教我一些幹這行當的手法；
　　告訴我，怎麼撈到最大的收穫？
　　用不到考慮什麼良心或罪過。
　　請你像兄弟一樣老實告訴我。」

　　「好兄弟，我可不會瞞你，」那人說，
1425　「我要把我真實的情況告訴你：
　　我的工資很微薄，非常非常低。
　　我東家對我很刻薄，十分小氣，
　　而要我幹的活卻又相當費力；　　　　　130
　　所以我也就只能靠勒索過活，
1430　反正能勒索到什麼就是什麼；
　　總之，不是用暴力就是用花招，
　　每年我贏回我所付出的辛勞。
　　這些話真是再也知心不過了。」

　　差役說：「其實，我也是這樣幹的；
1435　老天知道，我真是沒一樣不要，
　　除非東西重得、燙得我拿不了。
　　我只顧偷偷謀取自己的利益，
　　根本就沒有良心責備的問題——　　　140
　　不勒索，就難餵飽我的這張嘴。
1440　我不會為我這種行為而懺悔，
　　什麼傲氣或良心，我一概沒有——
　　聽懺悔的神父，個個受我詛咒。
　　老天有靈，讓我們相會在這裡。
　　但請把你的大名告訴我，兄弟。」

1445　　　差役剛剛說完了這麼幾句話，
　　　　只見對方的臉上微微笑一下。

　　　　那人說：「要我告訴你嗎，兄弟？
　　　　我是魔鬼，我的住所在地獄裡。　　　　　150
　　　　這回我騎馬出來，是想撈好處，
1450　　　看自己能得到一些什麼禮物，
　　　　因為我的收穫只能靠自己撈。
　　　　我看你騎著馬，有著同樣目標，
　　　　不考慮用什麼手段，只想發財。
　　　　我也是這個樣，現在騎馬在外，
1455　　　為了找獵物，願意把世界跑遍。」

　　　　差役說道：「你在講什麼，我的天？
　　　　我先前還以為你是一個農民，
　　　　因為你同我一樣有人的外形。　　　　　　160
　　　　那麼你在地獄裡有沒有形態？
1460　　　那裡對你可是最適宜的所在。」

　　　　對方說：「沒有，在那裡沒有形態，
　　　　我若是喜歡，可化個形態出來，
　　　　讓你們覺得，形態我們照樣有；
　　　　有的時候化成人，有時化成猴，
1465　　　還有的時候甚至化成個天使。
　　　　能這樣化來化去算不得稀奇，
　　　　差勁的魔術師都能把你蒙住，
　　　　而他遠遠還沒有我這些招數。」　　　　　170

　　　　　　　差役問道：「那你爲什麼出來時
　1470　　　常改頭換面，而不是一個樣子？」

　　　　　　　對方說：「我們要變成什麼模樣，
　　　　　　　得看我們的獵物是什麼長相。」

　　　　　　「要費這樣大的工夫，這又何苦？」

　　　　　　「親愛的差役先生，有很多緣故，」
　1475　　　魔鬼道，「但事事都有時間關係，
　　　　　　　白天很短暫，現在已過了辰時，
　　　　　　　我今天一樣東西還沒有到手，
　　　　　　　所以心思要放在這件事上頭，　　　　　　180
　　　　　　　不想來同你討論這樣的問題。
　1480　　　再說，我的兄弟，你智力太低，
　　　　　　　我詳細給你講，你也未必明白。
　　　　　　　但你既問我這樣費勁何苦來，
　　　　　　　我就告訴你：我也爲天主做事，
　　　　　　　有時完全按他的心思和意志，
　1485　　　以各種方式、各種面貌或外形，
　　　　　　　把他的命令落實於萬千生靈。
　　　　　　　只要他願意採取對立的立場，
　　　　　　　那麼我們肯定就沒什麼力量。　　　　　　190
　　　　　　　有時候我的請求蒙天主應允，
　1490　　　能害人肉體而不能害人靈魂；
　　　　　　　請看約伯，我讓他吃了多少苦。[1]

_____

[1]約伯爲《聖經》人物，他雖備受磨難，仍堅信上帝，見《舊約全書・約伯記》。

有時候我對兩者都可以作主，
就是說，在肉體、靈魂兩個方面。
有時候我也得到准許去刺探，

1495　看什麼能折磨靈魂而非肉體——
當然這樣做完全是出於善意。
一個人如果能抵禦我們引誘，
那麼他那個靈魂就可以得救，　　　　200
儘管我目的本不是要他得救，

1500　而是要他乖乖地落進我們手。
有時我們會成爲某人的僕人，
例如那位主教大人聖鄧斯騰，②
一次，我還當了使徒們的僕人。」

「請你老實告訴我，」差役繼續問，

1505　「你那些新的形體有沒有血肉？」
魔鬼聽了之後，回答道：「沒有；
有時候我們會假裝，有的時候
會附在人家屍體裡起來行走，　　　　210
花樣很多，而說話也在情在理，

1510　可同撒母耳對巫婆說的相比。③
也有人說，那事同撒母耳無關——
你們神學裡的事我可不愛管。
不開玩笑，有件事我要警告你，
你就會知道我們有什麼形體；

---

②鄧斯騰（909？～988）一譯鄧斯坦，955～988年為坎特伯雷大主教，據
說曾用燒得通紅的火鉗夾住魔鬼的鼻子。
③事見《舊約全書·撒母耳記上》28章。

1515　好兄弟，以後你會去一個地點，
　　　在那裡就不必向我問長問短。
　　　那時你自己就有很多的經驗，
　　　能坐著紅色的席位侃侃而談，　　　　　220
　　　談得比維吉爾和但丁還要好。
1520　現在讓我們騎著馬兒快些跑。
　　　因為我願意永遠同你在一起，
　　　除非你以後有一天離我而去。」

　　　差役說道：「絕不會發生這種事，
　　　我是一個自由民，這遠近皆知；
1525　今天這件事上，我已經發過誓。
　　　哪怕你就是那魔鬼薩瑟納斯，
　　　我還是要對我兄弟信守諾言，
　　　因為我們彼此向對方許了願，　　　　　230
　　　認定我們彼此是忠實的兄弟；
1530　現在我們快去幹我們的正事。
　　　人們給你的東西，你拿你一份，
　　　我拿我一份，這樣我們能生存。
　　　如果誰得到的東西多於對方，
　　　那就老實拿出來同兄弟分享。」

1535　魔鬼說道：「我衷心支持這意見。」
　　　他說完這話，兩人繼續走向前。
　　　不久他們來到了一個城鎮旁，
　　　這正是差役打算要去的地方。　　　　　240
　　　他們看見有一輛大車在路邊，
1540　車上的乾草裝載得滿而又滿；

車輪陷在深深泥潭裡動不了。
趕車人抽著鞭子，一面狂喊道：
「使勁，布羅克，司各特，別管石頭！
讓魔鬼來把你們的一切抓走！

1545　連肉帶骨頭都抓走，一點不留！
你們這三個讓我吃足了苦頭！
魔鬼來拿走馬匹、大車和乾草！」

「在這兒可一展身手，」差役說道。　　250
他若無其事地挨到魔鬼身旁，

1550　悄沒聲兒地在他耳邊輕輕講：
「聽啊，兄弟，你千萬聽聽這話！
你可聽見那個趕車人的怒罵？
他既給你大車、乾草和三匹馬，
你就立刻把這些東西拿走吧。」

1555　魔鬼說道：「天曉得，沒有這回事。
相信我的話：這不是他的意思。
要是你不相信，可以親自問他；
要不你先等一下，就能知道啦。」　　260

趕車人在馬屁股上抽了一下，

1560　那些馬低下了頭一齊用力拉。
趕車人喊道：「用勁！願耶穌基督
保佑天主所創造的大小生物！
這下拉得好，我的親愛的灰馬！
好哇，大車總算給拉出泥潭啦！

1565　我求天主和聖羅伊拯救你們！」

魔鬼道：「剛才我說的話準不準？
由此可以看出，我親愛的兄弟，
這人說的和想的卻是兩碼事。　　　　　　　270
我們還是繼續走我們的路吧，
1570　在這裡我沒什麼便宜可占啦。」

他們來到了鎮外不遠的地方，
差役對他的那位兄弟輕聲講：
「兄弟啊，這裡有一個寡婦住著，
這個老太婆真可說十分吝嗇，
1575　寧可掉腦袋，不肯掉一個銅板，
但任她發瘋，我也要十個銅板，
否則我就傳她去我們的會所，
儘管天知我也知：她沒有罪過。　　　　　280
但你在這個地方沒法子掙錢，
1580　所以還是我先來給你示個範。」

於是差役敲那寡婦家的大門，
叫道：「出來，你這年老的女光棍！
我想，你這裡住著個什麼教士！」

寡婦應道：「誰在敲門？什麼事？
1585　哦先生，你好；但願天主保佑你。」

差役說道：「我這回是來傳喚你，
要你在明天去領班神父那裡，
在他那會所裡回答幾個問題；　　　　　　290

如有不從，你就得被革出教門！」

1590　寡婦說：「求萬王之王基督開恩，
　　　　主耶穌基督啊，求你救救我吧！
　　　　我一直生病，病了已有多天啦！
　　　　沒法走這麼遠，騎馬我也不行；
　　　　去了就得死，我身上痛得要命。
1595　先生，你能不能給我一紙文書，
　　　　我就請一位代理人替我應訴——
　　　　也不管人家告我犯了哪一條？」

　　　「行，馬上付錢，我想想，」差役道，　　300
　　　「付十二便士，我就放你一條路。
1600　其實這裡面我沒有什麼好處；
　　　　得到好處的是我主子，不是我。
　　　　快付十二便士！我不想耽擱；
　　　　快一點，讓我能盡早騎馬趕路！」

　　　　寡婦說：「十二便士！我的聖母，
1605　請保佑我脫離煩惱，脫離罪過！
　　　　哪怕有這錢就整個世界歸我，
　　　　我家裡也沒法找出十二便士。
　　　　你完全知道我是一個窮婆子，　　　310
　　　　就請開開恩，饒了我這寡婦吧。」

1610　「饒了你，魔鬼就要把我抓走啦，」
　　　　差役道，「不行，你死也得付這錢！」

寡婦道：「但我沒有罪，天主明鑑！」

差役喝道：「快付錢，要不我發誓，
我一定會拿走你家新的鍋子，

1615　因為你從前還欠我一筆款子——
當時你讓你丈夫戴了綠帽子，
是我代你付了錢，才沒傳喚你。」

寡婦叫道：「你胡說，我指天起誓！　　320
我這一生，無論守寡後守寡前，
1620　從來沒受到你們會所的傳喚；
而且我從沒對不起我這身子，
所以我把我鍋子連同你身子
交給黑魆魆的粗野魔鬼帶走！」

見她跪倒在地上這樣在賭咒，
1625　魔鬼就對她說了下面一句話：
「梅布莉，我最親愛的年老媽媽，
你說出這個意願是不是當真？」

寡婦回答道：「他若不感到悔恨，　　330
願魔鬼立刻帶走他和我那鍋！」

1630　差役說道：「我不會後悔，老太婆，
無論我拿走了你的什麼東西，
都不會感到後悔或感到歉意；
我還要你的內衣、你的外套哩！」

魔鬼說道：「對不起，兄弟，別氣；

1635　我已占有了這鍋子和你身體。

今天晚上你就隨我去地獄裡；

在那裡你就會知道許多祕密——

神學大師知道的不能同你比。」　　340

接著，兇惡的魔鬼抓住了差役；

1640　於是那差役就靈魂連同肉體

隨魔鬼去了差役該去的地方。

我們的天主，你以自己的形象

創造了人，請保佑並引導我們，

也請你開恩，讓差役變成好人！

1645　托缽修士說道：各位，要不是

這差役同我糾纏並不斷生事，

我還可以根據基督、保羅、約翰

和其他一些使徒的所述所言，　　350

講講讓你們心驚膽戰的酷刑——

1650　說到可恨地獄中的種種酷刑，

任憑誰來講，都無法講出一半，

哪怕我講一千年，也都講不完。

爲了使我們不去那可怕地方，

我們得時刻注意並祈求上蒼，

1655　以遠離慣會引誘的薩瑟納斯。

請聽聽我這話，記住這個例子。

獅子日日夜夜地埋伏在那裡，

只要有機會就把無辜者咬死。　　360

你要讓你的心做好一切準備，

1660　抵抗那個要把你奴役的魔鬼。

他的誘惑不會超過你忍受力，
因爲基督會來幫助你，保護你。
倒是要請差役們個個來懺悔——
在魔鬼收拾他們前誠心悔罪。

托鉢修士的故事到此結束

差役

差役的引子

差役的故事引子

差役腳踏馬蹬，筆直地站起身；
對托缽修士，他氣得快要發瘋，
只感到心頭像楊樹葉子顫抖。

他說：「各位，我只有一個要求：
你們既聽了托缽修士撒的謊，
1670 我只求你們同樣的寬宏大量，
讓我把我的故事講給你們聽！
他誇口，說他知道地獄的事情；
上天知道，這一點本就不稀奇，
因為托缽修士同惡鬼難分離。   10
1675 我相信，你們常常聽人家說起：
有個托缽修士的靈魂有一次
被一個幽靈捉到了地獄裡面；
有一位天使帶著他到處參觀，
讓他對那裡的酷刑有所見識。
1680 但他在各處沒見到托缽修士，
只見受苦的都是其他各種人，
於是向陪他參觀的天使發問：

「『托缽修士可特別受上天眷愛，
　所以沒有一個被送到這裡來？』　　　　20

1685　「『不，打進地獄的數以百萬計！』
　　　說完後天使帶他見薩瑟納斯。
　　　『薩瑟納斯，』他說，『有條大尾巴，
　　　這尾巴要比大帆船的帆還大。
　　　薩瑟納斯，翹起尾巴來，』他說道，
1690　『讓你的臀部給這托缽修士瞧，
　　　叫他知道他們的歸宿在哪裡！』
　　　就在走不到半里路的時間裡，
　　　就像蜂擁著湧出蜂房的馬蜂，
　　　兩萬托缽修士從魔鬼的肛門　　　　　30
1695　一下子就亂哄哄地奪門而出，
　　　並且在地獄的四面八方奔突；
　　　隨後他們又盡快地跑回原處，
　　　一個個重又鑽進魔鬼的臀部。
　　　魔鬼把尾巴一夾，穩穩地坐定。
1700　這可悲地方的種種慘狀酷刑
　　　這托缽修士後來真看著不忍，
　　　幸好天主開恩，放回了他靈魂。
　　　靈魂又進了肉體，他終於甦醒，
　　　但是想到魔鬼那臀部的情景，　　　　40
1705　想到他歸宿也在那肛門裡面，
　　　他還是害怕得心驚而又膽戰。
　　　主拯救你們，除了這托缽修士；
　　　就這樣，我這個引子到此為止。」
　　　差役的故事引子到此結束

差役的故事

差役的故事由此開始

各位，約克郡有處地方，我記得，

1710 　有個沼澤地帶，地名是霍爾德。

在那範圍裡，有一個托缽修士，

他幹的只是講道、乞討兩件事。

一天，這托缽修士在其教堂裡

以他的那種方式講他的道理。

1715 　他講的壓倒一切的重要內容，

就是要憑其講道刺激其聽眾，

激發對卅日追思彌撒[①]的熱浪，

並號召慷慨奉獻，建造新教堂，　　　　10

讓人們得以在那裡敬拜天主，

1720 　他還要大家別向浪費者捐助，

別把錢捐給並不需要錢的人，

例如生活舒適的經院修士們——

感謝天主，他們的財富夠多啦。

他這樣說道：「三十日追思彌撒

---

①卅日追思彌撒又稱三十日追思彌撒，是為超度死者在煉獄中的靈魂而舉行的宗教儀式，據說要這樣整整地唱三十日的彌撒，有關的那個靈魂才得以超度。當然，教士們參與這種活動是要收費的。

1725 使老少死者的靈魂脫離痛苦，
哪怕唱這些彌撒時非常匆促；
而且任教士每天只唱經一次，
也不要認爲他這是敷衍了事。　　　　20
快來超度已死親友的靈魂吧：
1730 給鐵鉤鉤著吊起來非常可怕，
被放在火上燒烤也同樣難熬，
所以爲了基督，趕快來行行好！」
托缽修士講完想講的話以後，
便結束講道，準備四處去走走。

1735 教堂裡的人按其願望捐錢後，
他不再停留，摺起下襬往外走。
他帶著一個提袋和包頭手杖，
探頭探腦地去各個人家張望，　　　　30
向人家乞討穀物、麵粉或乾酪。
1740 他那夥伴的手杖上鑲有牛角，
除此以外，還拿著一副象牙板，
一支鐵筆（這筆打磨得很好看）──
任何人只要給他一些好東西，
他總是當即就寫下人家名字，
1745 似乎他很快就會爲那人祈禱。
「請給一斗小麥或黑麥，」他說道，
「請給一塊上供用的餅或乾酪；
隨你們給吧，我們不便自己挑；　　　40
或者給個小錢算訂金，做彌撒；
1750 或者給一塊醃肉，如果有的話；
親愛的太太，請給一塊小毯子；

親愛的姐妹，瞧我寫下你名字；
如果有，再給一點臘肉或牛肉。」

有個壯漢跟在這兩個人後頭，
1755　這僕人有個大口袋背在背上，
人家給的東西就往這袋裡裝。
只要他們一離開人家的房屋，
托缽修士就把那象牙板拿出，　　　　　50
把寫在上面的名字全都擦掉，
1760　所以實際上他在開人家玩笑。

（「差役在胡說！」托缽修士大叫。
旅店主人道：「憑聖母之名，別吵！
你繼續說下去，一點不要漏掉。」
差役說道；「這就好，我準做到。」）

1765　就這樣他從一家走到另一家，
最後來到他常去的一戶人家；
因為這裡的飯菜比別處都好。
來後他發現，男主人已經病倒，　　　　60
正躺在睡榻上。托缽修士說道：
1770　「神與你同在，朋友托馬斯，你好！」
他的話說得很溫和也很客氣。
「我的托馬斯，但願天主報答你：
我常坐在這凳子上受你招待，
在這裡我吃過多少好飯好菜。」
1775　他趕走本來趴在凳子上的貓，
放下了提袋、包頭手杖和便帽，

接著他自己輕輕坐在那凳上。
由於準備在城裡住一個晚上，　　　　　　70
他已讓他的夥伴先去了城裡，
1780　並讓那僕人一起去客棧聯繫。

「我的親愛的師父，」病人說道，
「打從三月初以來你過得可好？
已有兩個多星期沒見到你啦！」
他答道：「天主明鑑，這一陣忙啊！
1785　特別是為了你的靈魂的得救，
做了無數次最最鄭重的祈求——
也為其他朋友，主保佑他們吧！
我今天去你們教堂主持彌撒，　　　　　80
根據我粗淺的想法講了一番，
1790　並不完全同《聖經》上寫的有關，
因為依我看，對你們那很艱深，
所以要經過解釋，再告訴你們。
做解釋是件很了不起的事情，
因為學者說：「文字能致人死命。
1795　在那裡，我要他們有慈悲心腸，
要他們把錢花在該花的地方——
還見到你太太，現在她在哪裡？」

「我想大概她在那邊的院子裡，」　　　　90
病人回答道「馬上就會來屋裡。」

1800　「聖約翰在上，師父，我們歡迎你！」
病人的妻子大聲招呼，「你可好？」

托缽修士站起身，十分有禮貌。
伸出兩條細手臂抱住女主人，
雙唇像麻雀叫似地嘖嘖一吻。

1805　「哦太太，」接著他又這樣回答說，
「作爲你的僕人，我感到還不錯。
感謝賜你靈魂和生命的天主，
因爲今天教堂裡沒一位主婦　　　　　100
有你這麼漂亮，願天主拯救我！」

1810　「天主能補救一切缺點，」太太說，
「但我們一直歡迎你，這我擔保。」
「多謝太太，這一點我能體會到。
但是憑你的那種寬厚和溫良，
我請你不要見怪並請你原諒：
1815　現在讓我同托馬斯彼此談談。
那班堂區的教士拖拉又懶散，
並不想深入了解教民的良心。
在叫人懺悔方面我用力很勤，　　　　110
並研讀彼得、保羅所講的經文。
1820　我出來是爲拯救基督徒靈魂，
就算是給耶穌基督付的利息；
傳播他福音是我的唯一目的。」

「親愛的先生，責備他吧，」主婦講，
「看在聖父、聖子和聖靈的份上。
1825　他有了他所想要的一切東西，
卻還是像螞蟻一樣老是生氣。

晚上我替他蓋好被子，焐他熱，
還把手臂或腿往他身上一擱，　　　　　*120*
他仍哼得像豬圈裡的老公豬，
1830　　而從他那裡我卻得不到好處——
任我怎麼樣，都沒法使他快活。」

「哦，托馬斯，托馬斯，我要對你說，
這是魔鬼幹的事，一定要改正；
你若發脾氣，會使天主不高興。
1835　　在這個方面，我要對你說幾句。」

主婦道：「我說師父，趁我沒離去，
你說你要吃什麼，我就去張羅。」

托缽修士道：「太太，我要對你說，　*130*
只要給我一隻肥大閹雞的肝，
1840　　把你鬆軟的麵包給我切一片，
再來一隻火功到家的烤豬頭
（但千萬不要為我而宰殺牲口），
這樣對我來說就已經很足夠，
因為我這個人沒有很大胃口。
1845　　我精神上的食糧來之於《聖經》。
我肉體經常參加誦經和守靈，
結果就使我腸胃受到了損害。
我對你講了這些心裡話，太太，　　*140*
請千萬不要聽了之後不高興，
1850　　其實，這話我只講給少數人聽。」

主婦道：「我有一句話，講了就走。
就是你上回離開此地後不久，
我孩子死了；至今不滿兩星期。」

「我得到啓示，早就看到他已死，」
托鉢修士道，「我在我們宿舍裡，
那時他死了肯定不到半小時，
我憑幻覺看到他被送進天國；
但願天主今後也這樣引導我！
我們的管事和醫師也都看見；
他們誠心修道已修了五十年——
感謝天主的恩典，正因爲這樣，
這是他們的聖年，能獨來獨往。
我站起身子，淚水在臉上流淌；
整個修道院裡的人也都一樣。
沒有一點喧嘩聲也沒有打鐘，
只有我們在唱《感恩讚》的歌聲，
只有我在向基督輕輕地祈禱，
感謝祂給我啓示，讓我先知道。
先生太太，請你們完全相信我，
我們的祈禱很有效，不會白做。
同俗人相比，甚至同國王相比，
基督讓我們見到較多的天機。
我們在節制和貧寒之中生活，
而俗人有錢又可以大吃大喝，
還可以享受那種骯髒的樂趣。
但世俗的欲求不在我們眼裡。
財主和窮漢過的日子不一樣，

1855

1860

1865

1870

1875

150

160

他們就自然得到不同的報償。　　　170
誰祈禱，就得齋戒和身心潔淨，
1880　讓肉體消瘦，同時讓靈魂豐盈。
我們的生活符合使徒的要求：
吃飽穿暖就足夠，用不到講究。
我們因齋戒並保持身心潔淨，
所以我們的祈禱基督願意聽。

1885　「你們瞧，前前後後四十個晝夜，
摩西在西奈山山邊進行齋戒，
齋戒到他的肚子裡空空如也，
然後全能的天主才把他訓誡，　　　180
才把親手寫的戒律交給了他。
1890　你們知道以色列先知以利亞，②
也是在何烈山上，他齋戒多時，③
並且進行了長時間默禱沉思，
給人生命力的主才同他交談。

「亞倫是他們國家神廟的主管，④
1895　還有其他所有的那許多祭司，
當他們想要為百姓舉行儀式、
進行祈禱而進入神廟的時候，
他們也無論如何都不會喝酒，　　　190
反正醉人的東西他們都不要，

---

②以利亞為西元前九世紀的以色列先知，事見《舊約全書‧列王紀》。
③何烈山即西奈山。
④亞倫為摩西之兄，相傳為猶太教第一個大祭司。

1900	而寧可不吃不喝地徹夜祈禱──	
	否則就得死。這話你們注意聽！	
	爲百姓祈禱的人得保持清醒，	
	聽好這話。說這些已經夠啦！	
	還是看看《聖經》裡面的基督吧！	
1905	我們要學祂怎樣齋戒和祈禱。	
	所以我們這些人修道又乞討，	
	因爲我們注定要受窮和節制，	
	注定要節慾、謙卑和接受布施，	200
	注定要爲了正義而受到迫害，	
1910	要流淚，要同情還要潔身自愛。	
	所以你們能看到，我們的禱告，	
	就是說，我們托缽修士的禱告，	
	比起你們的，容易被天主接受，	
	因爲你們的桌上多的是酒肉。	
1915	說眞的，當初人被趕出伊甸園，	
	就是因爲貪吃，就因爲嘴巴饞──	
	既是伊甸園的人，當然很正直。	

	「現在你要仔細地聽著，托馬斯，	210
	我承認，這裡我沒法引經據典，	
1920	但我們分析一下就可以發現，	
	主耶穌基督說這樣一句話時，	
	祂指的完全是我們托缽修士──	
	『謙卑的人有福了，』祂這樣說道。	
	通讀了全部福音，你就會知道，	
1925	這句話適用於我們托缽修士，	
	還是適用於那些富有的人士。	

我絕不希罕他們的大吃大喝，
我鄙視他們那種排場和邪惡！　　　*220*

「我看，他們像約維尼安的比方：

1930　蹣跚有如天鵝，像鯨魚那麼胖，
簡直是食品櫃裡裝滿酒的瓶。
他們祈禱的時候一向很虔敬——
為自己靈魂閱讀大衛詩篇時，
打著飽嗝說：『我心裡湧出美辭。』⑤

1935　除了謙卑、純潔、貧窮的我們，
有誰在真正遵從基督的教訓——
我們不但聽道，而且行神的道？
就像是鷹騰身而起，直上雲霄，　　　*230*
慈悲、純潔而勞苦的托缽修士

1940　只要說出他心中神聖的禱詞，
這禱詞會直接飛進天主耳朵。
哦，托馬斯，托馬斯，我要走的，
但憑聖伊夫之名我要這樣講：
若不是我們兄弟，你不會興旺！

1945　我們全院的修士日夜向基督
祈求，祈求祂保佑你健康如初，
讓你起床活動，而且盡可能早。」

「天知道，我沒這感覺，」病人說道，　　　*240*
「請基督救救我吧！這些年以來，

⑤語出《舊約全書・詩篇》45章1節。原文是拉丁文，如直譯，則為「我的心打嗝打出美辭」。

1950　　為各種修士，我花了許多錢財，
　　　　但我的情況並沒有絲毫改善。
　　　　說真的，我幾乎花盡我的財產。
　　　　花去的錢哪，我們就此永別啦！」

　　　　「事情原來這樣！」托缽修士答，
1955　　「你又何必找其他的托缽修士——
　　　　一個人既然有了很好的醫師，
　　　　何必再去城裡找其他的醫生？
　　　　你三心兩意反而倒出了毛病。　　　　　　250
　　　　有我和我們的修院為你祈禱，
1960　　難道你認為這還不夠你需要？
　　　　托馬斯，你這把戲一點也不妙；
　　　　你生病，就是因為給我們太少。
　　　　『稱一擔燕麥送給那個修道院！』
　　　　『數二十四個銀幣給這修道院！』
1965　　『拿一個銅板給這個托缽修士，
　　　　叫他走！』不，這可不行，托馬斯！
　　　　一文錢分了十份，還能值多少？
　　　　一樣東西分散了，作用就很小；　　　　　260
　　　　要是聚合在一起用，力量就大。
1970　　托馬斯，我不會對你奉承拍馬；
　　　　你這是想要我們替你白幹活。
　　　　創造了整個世界的天主說過，
　　　　對於肯幹活的人付工錢也值。
　　　　我本人不要你的財物，托馬斯，
1975　　但是我們修道院的全體修士
　　　　總是在為你而祈禱，日夜不止，

再說，我們要建造基督的教堂。
托馬斯，如果你想知道造教堂　　　　　　270
有什麼好處，那麼我就建議你：
1980　去讀印度的聖托馬斯的傳記。
你躺在這裡，滿是怒氣和怨氣，
憑這個，魔鬼就使你心頭火起；
你無辜的妻子這麼賢慧溫順，
你卻因心中有火就把她教訓。
1985　所以托馬斯，請你相信我的話：
你妻子要你病好，別把她責罵。
我的這句話，你就好好記住吧；
在這種事上，聽聽賢人說的話：　　　　　280
『不要在自己的家裡稱王稱霸，
1990　也不要把自己手下的人欺壓，
別讓你的親友見了你就逃掉。』
托馬斯，有件事我要向你關照：
對那睡在你懷裡的人，要當心；
還要注意草叢裡有沒有動靜，
1995　免得狡猾的毒蛇狠毒地咬你。
孩子，耐心地把我這話聽仔細：
因為同親人或妻子鬥角鉤心，
已有成千上萬的人丟了性命。　　　　　　290
你的妻子既這樣虔誠和溫順，
2000　托馬斯，你何必還要引起爭論？
女人在怒火中燒時非常可怕；
你寧可去踩一條毒蛇的尾巴，
也千萬不要輕易把女人激怒，
因為那時她就會一心要報復。

2005　發怒是罪過，是七項重罪之一，
　　　因此自然就受到天主的嫌棄；
　　　發怒還能毀滅發怒的人自己。
　　　就連無知的牧師也會告訴你，　　　　　　300
　　　發怒會導致殺人。這說得也是；
2010　因為，發怒受自高自大的驅使。
　　　我能給你講發怒引起的悲劇，
　　　能講到明天，真可謂不勝枚舉。
　　　所以我日日夜夜地祈求上帝，
　　　只求愛發怒的人別掌握權力！
2015　因為要是讓這種人身居高位，
　　　那就非常地有害，非常地可悲。

　　　「據塞內加說，從前有一個君主，
　　　他統治國家期間，很容易發怒。　　　　　310
　　　有一天，兩名武士騎了馬出外，
2020　但命運女神做了這樣的安排：
　　　一個人回來，另一個人卻沒有。
　　　於是那武士受到君主的追究。
　　　他說道：『你既然殺了你的同伴，
　　　那麼我現在一定要拿你問斬。』
2025　於是他命令身邊的一名武士：
　　　『我把他交給你，由你帶去處死。』
　　　事有湊巧，他們倆正走在路上，
　　　還沒有走到準備行刑的地方，　　　　　　320
　　　碰上那位被認為已死的武士。
2030　這時他們覺得，最好的辦法是
　　　一起再回到那位君主的跟前。

他們說：『這武士沒殺他的同伴；
那同伴現在好端端站在這裡。』
不料那君主叫道：『你們都得死，

2035　就是說，你們三人個個活不了！』
接著他就對第一個武士說道：
『我已定了你的罪，所以你得死。』
他對另一個武士說：『你也得死，　　　330
因爲是你造成了你同伴的死。』

2040　隨後他又指責那第三個武士：
『你沒有做到我派你去做的事。』
就這樣，三個武士都被他處死。

「生性暴戾的岡比西斯是酒鬼，⑥
他的另一個愛好是惹是生非。

2045　據說他手下有這樣一位貴族，
這貴族非常講究道德和仁恕。
他一天對岡比西斯這樣說道：
『貴人若心思惡毒就無可救藥；　　　340
任何人經常喝醉酒，自然可恥；

2050　如果他身居高位，則尤其如此。
貴人身邊的侍候者非常之多，
他們都睜著眼睛，都側著耳朵。
看在天神的份上，少喝些酒吧。
酒使人們的腦力變得很低下，

2055　而且使人們的肢體不聽使喚。』

---

⑥岡比西斯（？～前522）指的是古波斯帝國國王岡比西斯二世（西元前529年即位），爲居魯士大帝之子。

「國王說：『你會看到情況正相反，
而且你憑自己的經驗能證明：
喝酒對於人，未必是件壞事情。　　　　　350
沒有酒能使我手腳喪失力氣，
2060　沒有酒能使我喪失我的能力！』
為表示不屑，他反而大喝其酒，
比平時多喝一百倍還不罷休。
接著，這個暴虐無道的大壞蛋
命人把貴族的兒子帶到跟前。
2065　他要那孩子直立在他的前頭，
然後，突然間他把弓箭拿在手，
搭箭挽弓，把弓弦拉到耳朵邊，
一箭把孩子射死在他的面前。　　　　　360
『我的手是穩還是不穩？』他問道，
2070　『我的神志和力氣可曾喪失掉？
酒有沒有把我的好眼力剝奪？』

「那位貴族的回答，我何必再說？
兒子被殺，他還能說些什麼話？
所以，同王公交往可得注意啦。
2075　要對他們唱讚歌；我就是這樣，
除非窮苦人是我講話的對象——
指出窮人的缺點沒什麼關係，
對王公不行，哪怕他將進地獄。　　　　　370

「瞧那易怒的波斯國王居魯士：
2080　因為他的一匹馬在河裡淹死

（那是在他進軍巴比倫的時候），
他就下令堵塞基森河的源頭，
結果這條河變得又淺又狹窄，
婦女蹚水就能走過去、走過來。
2085　我們聽聽良師所羅門的教導：
『千萬不要同愛發火的人結交，
也別同一個發瘋的人一起走，
免得後悔。』這話已經說到頭。　　　　380

「親愛的兄弟托馬斯，不要生氣，
2090　要知道，我有正人君子的正直。
別拿魔鬼那把刀頂著你心臟；
生氣會使你受罪，會使你遭殃。
孩子，懺悔吧，把事全部告訴我。」

「不，憑聖西門起誓，」那位病人說，
2095　「今天我已向堂區教士懺悔啦！
一切情況我如實地告訴了他。
沒有必要把這話再向你訴說，
除非我出於謙遜，自願這樣做。」　　　　390

「那麼你就捐錢給我們造教堂。
2100　人家都大吃大喝，」托缽修士講，
「我們卻只能吃些蚌肉和淡菜，
為的是把我們的新屋造起來。
但是天知道，基礎剛勉強造好；
至於整個建築裡的地面材料，
2105　我們到現在還沒有一塊地磚——

買石料的錢還欠四十鎊沒還！
為征服地獄的基督，幫幫忙吧！
托馬斯，不然我們得賣經書啦。　　　　　400
而你們俗人如沒有我們指導，
2110　那麼這整個世界就將毀滅掉。
因為如有誰不讓我們活下去，
托馬斯，那就請你容我說一句：
他就消滅了照耀世界的太陽。
誰的說教和工作同我們一樣？
2115　而且還不是幹了很短的時間。
我早就從《聖經》的記載上發現，
以利亞、以利沙都是托缽修士，⑦
以乞討為生，感謝天主的仁慈。　　　　　410
為了神聖的慈悲，慷慨捐助吧，
2120　托馬斯！」說著，他已經單膝跪下。

那個病人氣得差一點要發狂；
看到托缽修士假惺惺的模樣，
他真恨不得點上火把他燒死。
於是他說道：「只要是我的東西，
2125　都能奉獻，別的就沒什麼給你。
你剛才告訴我，說我是你兄弟？」

「一點不錯，」托缽修士說，「相信我，
字據已給你太太，有我們印戳。」　　　　420

----

⑦以利沙為西元前九世紀以色列先知以利亞的門徒，繼以利亞之後為先知。見《舊約全書‧列王紀》。

病人說道：「那很好，趁我在世上，
2130　有些東西要送給你們的教堂。
你馬上就能把這東西拿到手，
但是有個條件你一定要遵守，
就是東西要平分，親愛的兄弟，
平分給你們每一個托鉢修士。
2135　這一點，你得憑你的信仰發誓，
不得搞欺詐或蒙騙之類的事。」

「憑信仰起誓，」托鉢修士邊講，
邊把手搭在那個病人的手上，　　　　430
「聽好我發誓，絕不會作假弄虛。」

2140　「那好，你用手沿我背脊摸下去，」
那病人說道；「要摸得非常仔細；
你在我屁股底下會發現東西——
我就是私下把東西藏在那裡。」

托鉢修士心想：「這倒合我的意！」
2145　他摸到兩爿屁股的分界之處，
指望在那裡能摸到一件禮物。
病人感覺到托鉢修士那隻手
摸來摸去，摸到了他的肛門口，　　　　440
於是就朝那隻手放了一個屁——
2150　哪怕是拉著沉重大車的馬匹，
也絕對不會放出這樣響的屁。

　　　　托缽修士像瘋獅一樣地跳起，
　　　　大聲叫道：「憑基督的骨頭起誓，
　　　　壞蛋，你這是故意在把我藐視。
2155　我一定要你為這屁付出代價！」

　　　　病人的家僕們聽見他倆吵架，
　　　　便衝進房間，把托缽修士趕掉。
　　　　他一路走去，真是一臉的氣惱，　　　450
　　　　最後他找到守著東西的同夥。
2160　看上去他同一頭野豬差不多，
　　　　只見他咬牙切齒又怒氣衝天。
　　　　他急急忙忙地來到一處莊園，
　　　　要見那位頗有名望的莊園主，
　　　　因為這是常向他懺悔的信徒。
2165　這可敬的人擁有著整個村子，
　　　　托缽修士氣急敗壞地找來時，
　　　　這位老爺正好在餐桌前吃飯。
　　　　托缽修士一時間竟有口難言，　　　460
　　　　最後總算說了句：「主與你同在！」

2170　「主祝福你！」老爺說時抬起頭來，
　　　　「托缽修士約翰，這世界怎麼啦？
　　　　一眼我就看出，你出了什麼岔。
　　　　看你這模樣，似乎林中盜賊多。
　　　　請坐，告訴我，什麼事讓你難過？
2175　要是辦得到，我一定幫你彌補。」

　　　　托缽修士道：「我今天受到污辱——

願主報答你——就在你的村子裡。
世上任何人，哪怕他最沒出息，　　　　　　*470*
受到我在你村子裡受的污辱，
2180　他的心裡也一定會充滿憤怒。
但是這個滿頭白髮的莊稼漢
居然褻瀆我們神聖的修道院，
這一點使我最生氣，也最難過。」

「師父，求你——」主人剛一開口說。

2185　托缽修士道：「不是師父，是奴僕，
儘管我在學院裡得過那稱呼。
無論在街上或在你的大廳裡，
天主不喜歡人家叫我們拉比。」⑧　　　*480*

主人說道：「行，講你的傷心事吧。」

2190　托缽修士說：「這件事太不像話，
竟落到我們教團和我的頭上！
對我們教會的人這都有影響！
願天主快點補救這件事情吧！」

主人道：「你該知道自己的作法。
2195　作為聽我懺悔的教士，息怒吧，

⑧拉比是猶太教中負責執行教規、律法並主持宗教儀式的人員或猶太教
會眾領袖的稱呼；拉比也用來稱呼猶太學者、口傳律法集《塔木德經》
編纂者或教師，表示尊敬。

因為你是世上的鹽和滋味呀！
為了對天主的愛，請平靜下來，
把你受到的冤屈全都講出來。」　　　490
於是托缽修士把事情講一遍。

2200　這家的女主人始終坐在一邊，
默默聽完這件事才開口說話：
「哦，我們天國裡的聖母馬利亞！
你漏掉什麼沒有？還有別的嗎？」

托缽修士道：「太太，你什麼看法？」

2205　她說：「我的看法？天主保佑我。
這是壞蛋幹的惡作劇，我要說。
我該怎麼講呢？願天主拋棄他。
他腦子有病，盡是些胡亂想法。　　　500
我看這個人多少有點在發瘋。」

2210　托缽修士道：「太太，我能保證：
如果我找不到其他報復辦法，
那我就一定到處說他的壞話。
這刁鑽、促狹又褻瀆神明的人
竟要我把不能分的東西剖分，
2215　而且要各人均分；真使我晦氣！」

主人像出神一樣地坐在那裡，
但他的心裡卻是在想個不停：
「那傢伙怎麼動得出這種腦筋，　　　510

竟出這種難題給托缽修士做？
2220　眞的，這類事情我從沒聽說過；
我想，準是魔鬼鑽進他腦子裡。
因爲，像這樣難以解決的問題，
過去，人們在算術裡從未見過。
現在，誰有辦法來這樣做一做：
2225　要讓大家來分一個屁的聲音
和氣味，而且要分得十分均勻。
這個促狹的機靈鬼，眞是該罵！」
接著，主人就一本正經地說話；　　　520
「各位，誰以前聽到過這種事情？
2230　而且要分得平均？說出來聽聽。
這是不可能的事，不可能的事！
這個促狹鬼，願主別讓他發跡！
所有的聲音，包括啪的一聲屁，
無非是因震盪而發聲的空氣，
2235　何況又一點一點減弱和消失。
我相信，誰也拿不出一個法子，
去判斷一個屁是否已被均分。
瞧啊，今天這刁鑽又促狹的人　　　530
竟這樣捉弄聽我懺悔的教士！
2240　我想他魔鬼附身啦，肯定如此！
現在你吃些東西，讓他去胡鬧，
讓他自作自受去見鬼，去上吊！」

老爺的跟班在桌旁侍候老爺，
幫他切肉；我對你們講的這些，
2245　他每字每句都聽得清清楚楚。

他說：「老爺，請別聽了不舒服；
只要肯賞一塊做長袍的衣料，
我肯定教托缽修士一個門道，　　　　　　　*540*
準能在修道院裡平分這個屁。
2250　我有這本事，修士，你別生氣。」

「我憑天主、聖約翰起誓，」老爺道，
「你說了，我就一定給你這布料！」

他說道：「老爺，等到下次天好，
要平靜的空氣中沒有風騷擾，
2255　那時把大車輪子拿到這廳裡，
只是輪輻不能缺；這點要注意。
一般來說，輪子有十二根輪輻，
所以，來十二個托缽修士。何故？　　　　*550*
因為修道院裡總有十三個人。
2260　這位聽懺悔的師父很有身分，
能給他的修道院湊足這數目。
讓他們把那個輪子團團圍住，
跪在地上，各托缽修士的鼻尖
要這樣緊貼在各根輪輻頂端。
2265　你這位懺悔教士（願主保佑他），
讓他鼻子朝上地待在輪轂下。
然後把那壞傢伙帶進這大廳——
他的肚皮要繃得像鼓一樣緊——　　　　　*560*
讓他待在那只輪子的輪轂上；
2270　這樣安排後，就叫他把屁一放。
這個實驗的結果十分地明顯；

我以性命擔保，你那時將看見：
那屁的聲音、臭味都將四下傳，
均勻地傳到每根輪輻的頂端。

2275　但你這位可敬的懺悔師例外，
因爲他這人既有名望又有才，
理當第一個享受到這種樂趣。
因爲托缽修士中有條好規矩：　　　　570
他們中間的有道者享受優待；

2280　所以他享受這優待自然應該。
今天他站在講經台上講道理，
讓我們受到許許多多的教益；
所以作爲我本人，我非常贊成：
開頭的三個屁應當讓他先聞。

2285　當然其他的托缽修士也有份，
但畢竟他是最公正、聖潔的人。」

除托缽修士，老爺太太和大家
一致認爲詹金的那顆腦袋瓜　　　　　580
同歐幾里德、托勒密沒有兩樣。

2290　至於那壞蛋，他們全都這麼講，
說是太機靈才使他說出那話，
說他既沒有發瘋，也不是傻瓜。
於是詹金贏得了一件新長袍——
我故事講完，市鎮也已經快到。

差役的故事到此結束

學士

第　五　組

學士的引子

下面是牛津學士的故事引子

「牛津的學士先生，」旅店主人講，
「你羞羞答答騎著馬，不聲不響，
就像結婚筵席上的一位新娘；
今天到現在，一句話你都沒講。
5　　我想，大概你在研究詭辯術吧？
但所羅門講過『物各有時』的話。

「請看在天主的份上，高興起來；
考慮並研究問題不要在現在。
盡力給我們講個快活的故事，
10　　因為無論誰進了我們這圈子，　　　　10
我們的遊戲規則對他就有效。
但別像修士在大齋節的說教：
別讓我們為往日的罪而流淚，
別讓我們聽你的故事就瞌睡。

15　　「給我們講個有趣的冒險故事；
　　　用不到什麼術語、潤色和修辭，
　　　你這類本事，等到要寫大文章
　　　再使出來，例如給國王寫奏章。
　　　我現在請你就把故事講出來，
20　　講得讓我們大家一聽就明白。」　　　　20

　　　可敬的學士溫和地這樣回答：
　　　「老闆，我眼下在你的掌管之下。
　　　對我們大家，你有支配的權力，
　　　所以，只要你要求得合情合理，
25　　我非常樂意地服從你的意旨。
　　　我講個從帕多瓦聽來的故事；
　　　當初講的人是位學者，很可敬——
　　　對此，他的言論和創作可證明。
　　　現在他已經去世，釘在棺材裡。
30　　願天主讓他的靈魂得到安息！　　　　30

　　　「彼特拉克是這位學者的名字；①
　　　他是桂冠詩人，他優美的修辭
　　　把詩的光輝灑滿義大利全國。
　　　他對於詩歌，就像是萊尼亞諾②
35　　對於哲學、法律和其他的學問。
　　　但是一眨眼，死神要來找我們——

①彼特拉克（1304～1374）是義大利詩人、學者，1341年在羅馬得桂冠稱號。喬叟的這個故事看來出自彼特拉克譯成拉丁文的《格里澤爾達的故事》（薄伽丘原作）。
②萊尼亞諾（1310？～1383）是波倫亞的法律教授。

　　早就找到了他倆，把他倆殺掉——
　　這樣的結局，我們不久將輪到。

　　「還是再來談這位可敬的作家——
40　　我說過，給我講那故事的是他。
　　我首先要說，在他那篇正文前，
　　他還以極其高超的文學語言，
　　寫了一大段十分精彩的序文，
　　大力描述了薩盧佐和皮埃蒙；③
45　　他也說到高峻的亞平寧山脈，
　　這山脈是倫巴底的西部邊界；
　　他還特別提到了維蘇勒斯山，
　　那裡的波河只是細小的山澗——
　　波河在這發源地冒出來以後，
50　　一邊在變寬，一邊不斷往東流，
　　流向艾米利亞、費拉拉、威尼斯；
　　這麼講起來，也就是篇長故事。
　　說一句心裡話：根據我的判斷，
　　我認為這段文字與正題無關，
55　　只是提供個引出故事的背景。
　　下面我就講故事，請各位細聽。」

———————————

③薩盧佐與皮埃蒙都是義大利地名。

學士的故事

牛津學士的故事由此開始

在那風光美麗的義大利西部，
在高寒的維蘇勒斯山的山腳，
有一片肥沃的平原盛產穀物；
60　　那裡能見到不少城鎮和城堡，
這些都是古時候人們所建造──
其他賞心悅目的勝景還很多──
這片美好的地方叫作薩盧佐。

這裡曾經是一位侯爵的領地，
65　　他像他高貴的祖先進行統治；
大小的家臣掌握在他的手裡，　　　　10
他們服從他，隨時供他的驅使。
就這樣，這位幸運女神的驕子
一直生活在幸福中；他的臣民
70　　無論貴賤，對他又害怕又崇敬。

說到這位侯爵的家世和門第，
整個倫巴底數他的血統最高；
他年輕又英俊，身體強壯有力，
既有強烈的榮譽感，又講禮貌，

75　把他的侯國治理得井井有條，
　　只是有幾點他應當受到指責。　　　　20
　　這年輕君主，教名叫作沃爾特。

　　我要指責他的是，他全不考慮
　　他將來可能遇上的任何事情，
80　而只是一味追求眼前的歡愉；
　　因爲他最愛去各處打獵、放鷹，
　　其他的事他幾乎都不想關心。
　　他還有最最糟糕的一點，就是：
　　不管怎樣，他就是不肯娶妻子。

85　這一點使他的臣下感到心焦；
　　有一天他們聚在一起去找他。　　　　30
　　其中有個人，也許因能說會道，
　　也許是由於知識豐富有才華，
　　要不，就是他代表大家說的話
90　容易被他的這位主公所接受，
　　反正他朝著侯爵這樣開了口：

　　「高貴的侯爵啊，你的寬厚仁慈，
　　既給了我們保證，也給了勇氣，
　　使我們經常能夠在必要之時
95　把心中苦惱一五一十告訴你。
　　現在我們有一個衷心的提議，　　　　40
　　希望你能夠虛心地接受下來，
　　別把我卑微的話音拒於耳外。

「儘管我和這兒的其他一些人
100 對這個問題的關係不相上下，
但由於你對我一直特別有恩，
所以，最最受我崇敬的主公啊，
我就斗膽地代表大家說句話；
請你花點時間聽我們的要求，
105 主公啊，聽後隨你接受不接受。

「事實上，我們一直十分敬愛你，   50
十分看重你所做的一切工作，
以致我們想不出還有什麼事
能使我們過上更幸福的生活；
110 但是你若願意向我們保證說，
你認爲一個男子最好要結婚，
那麼你的臣民就完全放了心。

「請向那幸福的桎梏低下頭去，
這是幸福的王國而不是束縛──
115 這桎梏稱作婚姻或夫妻關係。
請你好好想一想，英明的君主：   60
任我們是睡是醒，居家或外出，
我們的日子以各種方式消失──
時光流逝，不會爲任何人停止。

120 「儘管你青春年華仍像花一樣，
但歲月不斷在流逝，悄無聲息；
死神戒脅著老少，絕不會遺忘
哪個階層，叫任何人都難逃避；

對於死，我們每個人心裡有底，
125　知道總會有一天我們要去世，
只是說不準這一天會在幾時。　70

「我們從來沒違抗過你的意志，
所以請接受我們誠摯的建議，
讓我們立刻爲你選一位妻子，
130　她應當是最高貴家族的後裔，
還應當符合天主和你的心意——
至少在我們看來應當是這樣。
主公啊，請你滿足我們的願望。

「爲了天主的緣故，請娶個妻子，
135　從而使我們不必經常地擔心；
因爲你若在這事上違背天意，　80
那麼你一旦去世，就沒有子孫，
你的爵位只能由外人來繼任。
那時候，我們活著的人多傷心！
140　所以，我們要請求你早日成親。」

他們的滿腔熱望和苦苦求告，
使這位侯爵的心裡充滿同情。
「我的親愛的臣下，」他這樣說道，
「你們要我做我沒想做的事情。
145　我這人對於自由一向很傾心，
而一旦結婚就很難再有自由，　90
那時候我就失去了這種享受。

「但是我看到你們的一片好意，
而且我一直信賴你們的見識，
150　所以我願意接受你們的提議，
盡快地爲我自己找一位妻子。
至於你們說由你們操辦這事，
爲我來選擇妻子，那就不必啦──
這方面，但願別勞動你們大家。

155　「天主知道得很清楚，人的子孫
難得能保持他們祖先的優點；　　　　100
美德並不來自一個人的出身，
而是全部來自於天主的恩典。
我由於完全信賴天主的恩典，
160　願意把我的婚姻、地位和安逸
交託在祂的手裡，由祂拿主意。

「讓我自己來選擇我這位夫人，
這個任務該由我自己來擔負。
但我要求你們以生命做保證；
165　任憑我娶的是誰，你們有義務
尊敬她，把她看作帝王的公主，　　　110
在她的一生中時刻爲她效忠──
無論地點，無論是言談是舉動。

「不僅如此，我還要你們發個誓：
170　對我的選擇不會抱怨或違抗。
既然我應你們的要求而娶妻
並放棄自由，那麼就完全應當：

我選中了誰，誰就做我的新娘。
除非你們對這一點表示同意，

175　否則，這件事請你們不必再提。」

他們都誠心誠意地發誓、許願，　　　120
同意這一切，沒有人提出異議。
他們離開前更求他格外恩典，
請他講定個盡可能早的日期，

180　到了那日子他就得舉行婚禮。
這是因為他們仍非常地擔心，
只怕侯爵並不是真的肯結婚。

他定了一個對他合適的日子，
說是到了那天他一定會結婚，

185　並說應他們之請，他才做這事。
他們聽後顯得很謙恭很溫順，　　　130
一個個懷著敬意跪下來謝恩。
他們既然看到了事情的結局，
覺得目的已達到，便各自回去。

190　接著他吩咐身邊的一些官吏，
要他們為婚禮準備盛大筵席；
他又召集他家的扈從和武士，
對他的一些決定做出了布置。
這些人一向就聽從他的指示，

195　於是每個人都幹得十分盡力，
就為了要辦好這樣一次筵席。　　　140

第一部結束

第二部開始

　　　　侯爵在華麗的府中準備婚事，
　　　　而在離他的府第不遠的地方，
　　　　有一個風景非常秀麗的村子，
200　　那裡有一些貧苦農民的住房；
　　　　他們除種地外，還把牲畜飼養——
　　　　他們的勞作換來地裡的收穫，
　　　　憑這些收穫他們維持了生活。

　　　　在這些低微貧苦的人們中間，
205　　住著一個被認為是最窮的人；
　　　　但是有時候，至高天主的恩典　　　　　150
　　　　也同樣會落進一個小小牛棚，
　　　　比如這人的女兒就十分動人——
　　　　這個窮人的名字叫詹尼庫拉，
210　　而他那閨女名叫格里澤爾達。

　　　　若是說到一個人德性上的美，
　　　　那麼她真可以說是天下無雙；
　　　　由於她出身的環境貧寒低微，
　　　　她的心中就沒有任何的奢望；
215　　她喝酒不如喝泉水來得經常；　　　　　160
　　　　她注重美德，培養自己的德性，

絕不肯懶散而樂於終日辛勤。

格里澤爾達雖然還非常年輕，
但是在她的那顆處女的心裡，
220　思想已十分成熟也相當堅定；
對她貧苦的老父，她滿懷情意，
細緻的照料真可說盡心盡力；
她不在田野放羊便去紡羊毛，
總是要忙碌了一天才肯睡覺。

225　平日裡，當他要從外面回家時，
她常常採集野菜和植物根莖，　　　170
回家之後把它們切碎燒來吃；
她的床非但不鬆軟，反而很硬；
對於她的老父親，她非常孝敬，
230　真可說千依百順又無微不至——
世上哪裡有這樣孝順的孩子！

侯爵打獵時常經過那個村子，
這貧寒而純潔的格里澤爾達
他在經過時曾經見過好幾次；
235　每一次走在路上偶爾遇見她，
這位侯爵的眼光沒一點淫邪，　　　180
他只是沉靜地凝視這位姑娘，
而在他的內心裡總是在默想：

她的容貌和舉止都這麼年輕，
240　侯爵的心感受到女性的溫柔，

感受到姑娘超越常人的德性；
雖然說美德很難被眼睛看透，
但侯爵深信這姑娘品性優秀，
而且他已暗暗地把決心下定：
245　如果要娶親，非娶這姑娘不行。

舉行婚禮的日子這時已快到，　　　　190
但是誰也不知道新娘誰來做；
很多人感到奇怪，希望能知道，
他們有時不免在私下這樣說：
250　「獨身沒有什麼好，主公為什麼
捨不得放棄？難道他不想結婚？
他為什麼這樣騙自己，騙我們？」

侯爵已經吩咐，用黃金和寶石
為他的格里澤爾達，他的新娘，
255　訂做各式各樣的胸針和戒指；
他還找來了身材相仿的姑娘，　　　　200
命人按她的尺寸做華麗服裝；
反正，這些婚禮上需要的衣物，
他都準備好，準備得十分充足。

260　這天的上午已經快過去一半，
也就是到了舉行婚禮的時分；
整個的府第裝點得美侖美奐，
所有的廳堂布置得恰如其分；
廚房裡滿是各地的海味山珍——
265　整個義大利的名酒美味佳餚

這裡是應有盡有，都可以見到。　　　　*210*

這位侯國之君穿戴得很華麗，
身邊有許多貴人和貴婦陪同
（他們都受到邀請來參加婚禮），
270　　身後還帶著好些個少年侍從；
在一片悠悠揚揚的樂曲聲中，
這大隊人馬抄著最短的路徑，
朝著我前面提到的村子前進。

但是天知道，看到人馬一大隊，
275　　那姑娘卻並不知道是來找她，
所以她只管照舊去泉邊打水，　　　　*220*
打好水之後她就盡快地回家；
因為她早就聽到過這樣的話，
說是侯爵結婚就定在這一天，
280　　而她很想看看那壯觀的場面。

她心想：「我要請我的一些女伴
來我家，站在我家的大門裡頭，
把那位侯爵夫人仔細地看看；
所以我就得抓緊時間往回走。
285　　我得把家裡那些事做完以後，
才有看侯爵迎娶新娘的工夫——　　　*230*
如果他們回城堡仍走這條路。」

她一路走回家來，正好要進門，
侯爵已來到跟前並叫住了她；

290　　她家那間屋子的邊上是牛棚，
　　　於是她就把水罐在那裡放下，
　　　隨後整個人端端正正地跪下，
　　　臉上的神情顯得沉靜而端莊——
　　　不知君主會有什麼話對她講。

295　　侯爵對事情考慮得相當周密，
　　　他很冷靜地對姑娘這樣說道：　　　　　240
　　　「格里澤爾達，你的父親在哪裡？」
　　　於是姑娘畢恭畢敬地回答道：
　　　「他在屋裡，我這就進去給你叫。」
300　　說完後她起身走進屋子裡面，
　　　轉眼領父親來到了侯爵眼前。

　　　侯爵忙上前握住這老漢的手，
　　　把他拉到一旁後這樣對他講：
　　　「詹尼庫拉，我不願也不再能夠
305　　隱瞞我這心中的愛情和熱望；　　　　　250
　　　只要你答應，那不管任何情況，
　　　我都將在我離開前娶你閨女——
　　　我要她一生一世作我的伴侶。

　　　「你很愛我，這一點我非常了解，
310　　而且你一向是我忠實的臣民；
　　　我敢說一句，什麼事讓我喜悅，
　　　就讓你喜悅，所以我想說說定，
　　　請你對我的提親給一個回音：
　　　我們是不是能建立親戚關係？

315　　你能不能接受我作你的女婿？」

　　　這突如其來的話使老漢吃驚，　　　　　260
　　　他感到侷促不安，臉漲得通紅，
　　　站在那裡身子卻顫抖個不停，
　　　只說出這樣一句話：「我的主公，
320　　你的意志是我的意願，我服從
　　　你的一切決定，在這件事情上，
　　　親愛的主公，你要怎樣就怎樣。」

　　　侯爵溫和地答道：「那麼我希望，
　　　在你的這間屋裡，你和我和她
325　　一起商談這事。為什麼要這樣？
　　　因為我希望能當面問她一下：　　　　270
　　　願不願作我的妻子，受我管轄。
　　　這件事我想當著你的面來做，
　　　如果你不在場，那我只能不說。」

330　　他們三個人在屋裡談的時候
　　　（所談的內容你們馬上會知道），
　　　其他的人都聚集在屋子外頭，
　　　他們都把這女兒的勤快稱道，
　　　讚揚她對父親的關心和照料，
335　　但是格里澤爾達更感到吃驚，
　　　因為她從來沒有見過這情景。　　　　280

　　　看到這樣的貴客來到這地方，
　　　難怪格里澤爾達感到很驚訝；

因為她同這貴客從來沒來往，
340　　所以臉色蒼白地愣愣望著他。
我們講故事要緊，得少說閒話；
反正，對這謙恭忠實的好姑娘，
我們的那位侯爵開口這樣講：

「格里澤爾達，我相信你也知道，
345　　我本人當然很希望娶你為妻，
令尊對此也高興；我甚至感到，　　　290
對於這件事，你大概也會同意。
但是我首先想到了一個問題：
因為這事很倉促，我想問一句，
350　　你是同意呢還是覺得要考慮？

「我要問你，是不是你真的願意
以我的任何意願為你的意願；
不管我想法使你難受或歡喜，
你無論白天黑夜都不會抱怨，
355　　也不會堅持同我相反的意見——
對我的決定不會皺眉和拒絕？　　　300
對此發了誓，我們就締結婚約。」

格里澤爾達聽了這話很吃驚，
她顫抖著說道：「我的主公大人，
360　　我自問很不配你對我的垂青，
但是你要做的事，我一定贊成，
而且我願意在這裡發誓保證：
我雖不願死，但不會因為怕死，

就去想、去做你不願看到的事。」

365　侯爵大聲道：「有你這話就夠啦！」
　　　說著，他臉色莊重地走到門首，　　　　310
　　　他的後面緊隨著格里澤爾達。
　　　他向等在那兒的人們開了口：
　　　「站在這裡的是我妻子，我要求
370　所有敬愛我的人同樣敬愛她。
　　　別的，我也就不想再說什麼話。」

　　　她以前穿的和正穿著的衣裳
　　　全都不必再帶進侯爵的府第；
　　　侯爵命幾位貴婦幫她脫衣裳。
375　貴婦們對此雖然不是太樂意，
　　　但還是幫著她脫下她的舊衣——　　　320
　　　在她們幫助下，她的全身上下
　　　都穿戴一新，更顯得容光煥發。

　　　她們為她把披散的頭髮梳好，
380　柔細的手又為她把珠冠戴上；
　　　她們還給她穿好華麗的長袍——
　　　袍上大小的珠寶在閃閃發亮。
　　　關於她服飾，我還有什麼可講？
　　　華美的衣著更使她增添風采，
385　她美得幾乎使人都認不出來。

　　　侯爵把結婚戒指給新娘戴上　　　　　330
　　　（他帶來這戒指就是為這目的），

接著把新娘抱到白色駿馬上，
然後不再耽擱就立即回府第。
390 路上更有很多人加入隊伍裡，
大家喜洋洋擁著新娘回府後
便開始宴飲作樂，到日落方休。

爲了把故事講得盡可能簡短，
我只是想說，我們仁慈的天主
395 對這位新侯爵夫人格外恩典；
因爲無論如何人們都看不出 *340*
她出身極其卑微也極其凡俗，
曾經生活在茅舍和牛棚之間——
以爲她準是出身於帝王宮殿。

400 她很快就成爲大家敬愛的人；
她原先住的那個村子的村民，
那些看她一年年長大的人們，
儘管敢發誓，卻仍然難以相信
我說過的詹尼庫拉是她父親；
405 因爲這女兒已經完全變了樣，
至少，在他們看來是這個情況。 *350*

因爲儘管她一向十分有德性，
她還由於有高尚慷慨的品格，
在舉止風度上顯得更有才情；
410 她謹慎機智，口才也非常出色，
既值得人們尊敬又極其謙和——
正因爲她言行舉止暖人心懷，

所以她真是人人見了人人愛。

如今她美好的名聲遠近皆知，
415　無論是在薩盧佐這個城市中，
或在薩盧佐以外的其他地區，　　　　360
一個人稱頌就眾人一起稱頌，
所以她好名聲傳遍南北西東，
結果無論是男女，無論是老少，
420　人們都來薩盧佐，要把她瞧瞧。

沃爾特憑著他的風度和幸運，
娶了品性極高貴的貧賤妻子；
他蒙受神恩，有著平靜的內心
和榮華富貴，日子過得很舒適；
425　由於他看到，微賤之下往往是
隱藏著的美德，所以人們感到　　　370
他英明，而這點世上很難尋找。

格里澤爾達是位賢慧的妻子，
不但井井有條地安排好家務，
430　而且，如果有必要請她出場時，
對社會公益她也會有所幫助——
在侯爵這片領地上，她能平復
任何的憂傷、不和、怨仇和敵意，
使大家通情達理又平心靜氣。

435　格里澤爾達的丈夫有時外出；
這時貴人或平民若發生爭執，　　　380

　　她從中調解，使他們和好如初；
　　她的話講得恰到好處又明智，
　　她做出的處理完全公正無私。
440　大家認爲，她是天主派來的人——
　　爲了救人，爲了把不平事糾正。

　　結婚以後沒有過很多的時日，
　　格里澤爾達就生下一位千金；
　　儘管她心裡倒是想生個兒子，
445　但侯爵和百姓爲此都很高興；
　　因爲雖說這頭胎生的是千金，　　　　390
　　但這也說明她有生育的能力，
　　今後生兒子應該就比較容易。

第二部結束

第三部開始

　　新生的孩子吃奶吃了還不久，
450　就像從前也曾發生過的那樣，
　　侯爵的心裡產生了一個念頭，
　　很想看看妻子的耐心怎麼樣；
　　這種想試探妻子的奇思異想
　　盤踞在侯爵的心中無法拋掉；
455　其實天知道，這種試探沒必要。

　　侯爵已多次試探過他的妻子，　　　　400

　　　　每次都發現她的表現非常好——
　　　　這樣他試了又試有什麼意思？
　　　　儘管有人稱讚，說這種試探妙；
460　　　但我認爲他試探妻子沒必要，
　　　　只是徒然使妻子憂傷和恐懼，
　　　　所以侯爵的作法完全不可取。

　　　　但侯爵還是採取了這種作法：
　　　　一天晚上，他顯得嚴肅而煩惱，
465　　　獨自進臥室來找格里澤爾達。
　　　　「我的夫人，」侯爵對妻子說道，　　　　410
　　　　「當初那一天我想你未必忘掉——
　　　　那一天我讓你永遠脫離貧窮，
　　　　並把你安置在榮華富貴之中。

470　　　「我說格里澤爾達，我願意相信，
　　　　我讓你享有的如今這種尊榮
　　　　不會讓你忘掉你從前的處境；
　　　　當初我雖識拔你於貧賤之中，
　　　　並不是你有好處可供我享用。
475　　　現在請你聽好我說的每句話——
　　　　能夠聽到這話的只有我們倆。　　　　420

　　　　「你來這裡的時間並不是很久，
　　　　你很清楚你怎麼才進這府第；
　　　　儘管你是我妻子，總在我心頭，
480　　　但是貴人們並不這樣看待你；
　　　　他們既感到恥辱又覺得喪氣，

因為你本出身在一個小村子，
所以作臣下侍奉你就沒面子。

「特別是在你生了這女兒之後，
485　　他們講得更厲害（這確確實實）；
但我像從前一樣，總是在要求　　　　430
自己同周圍的人能相安無事，
對他們的意見也該予以重視；
所以我只得遵從大家的願望，
490　　對女兒做一安排──盡可能妥當。

「上天知道，這樣做我也很為難；
不過，也只有讓你知道這件事
我才會有所行動；但要這麼辦，
我首先需要的就是你的同意。
495　　你結婚那天在村裡向我發誓，
說是你在生活中非常有耐心，　　　　440
你現在正可以對此做出證明。」

格里澤爾達聽了這番話以後，
先沒有開口，臉上也沒有變色，
500　　看起來她既不難過也不擔憂，
只是說道：「隨便你怎麼辦好了，
夫君，孩子和我都是屬於你的，
你手中握有我們的生殺之權，
無論你怎麼做，我們沒有怨言。

505　　「願天主救我的靈魂，天下的事

　凡是你喜歡的，我就必定歡喜；　　　　450
　除了你，我既沒有什麼怕丟失，
　而且什麼都不要也完全可以；
　這就是我現在和將來的心意，
510　時間和死亡都不能改變這點，
　因為我這一心願永遠不會變。」

　侯爵聽了這回答，心中很得意，
　卻裝得好像心裡感到不舒服；
　等到他快要離開這間臥室時，
515　舉止和神色更顯得有點惱怒。
　他出了臥室，不過刻把鐘工夫，　　　460
　便向一個人悄悄地吐露心思，
　隨後就打發他去找他的妻子。

　這人是侯爵府的一名警衛官。
520　侯爵知道，他在大事上很可靠，
　事實也證明，像他這樣的軍官，
　要他辦起壞事來也同樣周到。
　對侯爵他又愛又怕，所以聽到
　侯爵的吩咐，得知了他的意願，
525　便沉著臉走進侯爵夫人房間。

　「夫人，請你原諒，」警衛官說道，　　470
　「我奉命來辦一件事，身不由己。
　你是聰明人，想必也當然知道，
　我們絕不能違背主子的旨意；
530　哪怕這旨意招來埋怨和悲泣，

　　　　　底下的人也只能照吩咐去做。
　　　　　我也是這樣，別的沒什麼可說。

　　　　　「我接到命令，要取走這個孩子！」
　　　　　他不再說話卻露出一副兇相，
535　　　　把無辜的孩子一把抓在手裡；
　　　　　那架勢就像立刻要殺她一樣。　　　　　480
　　　　　格里澤爾達溫順得像隻羔羊，
　　　　　忍受著一切，靜靜地坐在那裡，
　　　　　讓這兇狠的警衛官自行其是。

540　　　　這軍官的名聲本就讓人犯疑，
　　　　　看他的神色、聽他的話也不妙，
　　　　　發生這件事的時間也很可疑；
　　　　　唉，這女兒是她的心頭的珍寶，
　　　　　她真擔心女兒會立刻被殺掉。
545　　　　但她寧願死，也要讓侯爵歡喜，
　　　　　所以既沒有哭泣，也沒有嘆息。　　　　490

　　　　　最後她總算又能夠開始說話，
　　　　　於是膽怯地懇求那個警衛官，
　　　　　說他既是上等人，應當很豁達，
550　　　　會讓她在永別前吻女兒的臉，
　　　　　接著她就把嬰兒摟抱在胸前。
　　　　　她臉色平靜，緊緊把孩子抱住，
　　　　　吻著撫愛著，最後又為她祝福。

　　　　　她以慈愛的聲音對著嬰兒說：

555　「永別啦孩子，我再也見不到你；
　　　但是既然我爲你把十字畫過，　　　　　500
　　　但願我們的天父將會祝福你——
　　　祂爲了我們在十字架上死去。
　　　小寶貝，我把你靈魂交給了祂；
560　爲了我的緣故，你今晚得死啦。」

　　　我相信，就是奶娘見了這情況，
　　　面對這可憐的嬰兒也會難過，
　　　更不用說這位母親多麼悲傷。
　　　但是格里澤爾達卻十分沉著，
565　她忍受著這個打擊，神情自若，
　　　只是對那個警衛官溫順地講：　　　　　510
　　　「現在我交出這個小小的姑娘。

　　　「你就可以執行我夫君的命令，
　　　但是有一點我要你手下留情，
570　就是除非我夫君有特別命令，
　　　請你在埋這小小身體時留心，
　　　別讓她以後遭到鳥獸的蹂躪。」
　　　對此，警衛官沒有回答一個字，
　　　只是立刻就抱走了她的孩子。

575　警衛官回到了他的主子跟前，
　　　把侯爵夫人的話和說話表情　　　　　520
　　　簡明扼要地從頭講述了一遍；
　　　接著他就獻上了侯爵的千金。
　　　這時候爵的神色中流露憐憫；

580　但他並沒有讓他的計畫變更，
　　　因爲王公貴人的心腸硬得很。

　　　侯爵吩咐警衛官要嚴守祕密，
　　　要他動作輕巧地把孩子包好；
　　　仔細地備好各種必需的東西，
585　然後再把她放進箱子或布包；
　　　侯爵還要警衛官以腦袋擔保；　　　　530
　　　絕不讓人家知道他懷的目的，
　　　不透露他從哪裡來、要去哪裡。

　　　警衛官得把孩子送到波倫亞，
590　交到帕納哥伯爵夫人的手裡，
　　　把情況告訴孩子的這位姑媽，
　　　要求她能夠盡她的最大努力，
　　　使這個孩子得到最好的養育；
　　　並請她保密：無論發生什麼事，
595　也不要說出這是誰家的孩子。

　　　他立刻就出發去爲主子辦事。　　　　540
　　　我得回過來把侯爵交待一下：
　　　因爲他很快就來找他的妻子，
　　　想要看看，憑她的舉止和談話，
600　是不是能看出她有什麼變化；
　　　但結果侯爵沒發現任何情況──
　　　妻子沉靜又溫柔，同往常一樣。

　　　無論侍候丈夫或愛丈夫方面，

605
她還是完完全全同往常一樣，
照舊是那樣樂意、勤快和卑謙；
女兒的事，她連一個字都不講。　　　550
從她的臉上看不出任何憂傷；
而且無論正式談話或說笑時，
她也從來不提起女兒的名字。

第三部結束

第四部開始

610
就這樣，他們倆過了四年時間；
這時她又給沃爾特生了孩子。
這是個男孩，而且憑天主恩典，
他長得很漂亮，非常討人歡喜。
當人們告訴沃爾特這個消息，
615
不單單是他，連他的全部臣民
全都唱起了聖歌，來頌揚神明。　　　560

孩子兩歲的時候已經斷了奶，
可以不需要奶娘；於是有一天，
侯爵想起他的那套老花樣來，
620
要對他妻子做進一步的考驗。
唉，真是沒必要做這樣的考驗，
但結了婚的男人不會有節制，
如果他們有一位耐心的妻子。

侯爵說道：「夫人，你已經聽說過
625　　臣下對我們的婚姻並不滿意；
　　　但是自從你生了這男孩以後，　　　570
　　　這種不滿意更顯得變本加厲。
　　　他們的抱怨使我傷心又喪氣，
　　　因爲傳到我耳中的話很尖銳，
630　　簡直就可以把我這顆心揉碎。

　　　「現在他們這樣說：『沃爾特一死，
　　　有詹尼庫拉血統的人將繼位，
　　　當我們主公，因爲沒別的後嗣。』
　　　他們這種話我聽了很是忌諱，
635　　所以對這類怨言得有所準備。
　　　說眞的，我很害怕這樣的說法，　　　580
　　　儘管沒有誰當面對我說這話。

　　　「我只想盡可能過些安靜日子，
　　　所以現在已完全拿定了主意，
640　　準備夜裡悄悄地處置這孩子——
　　　就像對他的姐姐那樣地處理。
　　　正因爲這樣，我得事先提醒你：
　　　別過於難受而突然表現失常，
　　　千萬要有耐心，去忍受這悲傷。」

645　　格里澤爾達答道：「我已經說過，
　　　但是還要說，除滿足你的願望，　　　590
　　　我什麼也不要，而且不會難過——
　　　就算是你的命令（我想是這樣）

導致了我的女兒和兒子死亡。
650　生他們兩個，我沒花什麼大勁，
只是先有點噁心又痛了一陣。

「你是我們的主人，用不到問我，
按你的心意去處理你的東西。
因為想當初來到你身邊過活，
655　我全身上下換上你給的新衣，
而把原先的舊衣留下在家裡──　　　　600
留下的還有我的自由和意願。
按你的心意做吧，我絕無意見。

「因為，如果我在你告訴我之前，
660　就能夠知道你所希望辦的事，
那我一定會非常認真地去辦；
現在你想做的事已為我所知，
我更應堅定地服從你的意志──
我若知道我的死能使你舒適，
665　那麼為讓你高興，我就樂於死。

「因為死亡所帶來的損失再大，　　　610
也絕不能同失去你的愛相比。」
侯爵看到妻子的決心這麼大，
不禁垂下了雙眼，對她有耐力
670　來順從他的旨意而感到驚奇；
侯爵離開時顯得非常不高興，
但他的心裡卻充滿喜悅之情。

　　　　那個可惡的警衛官故技重演，
　　　　像取走侯爵夫人的女兒一樣，
675　　（或者說，這回的手段更加兇險），
　　　　取走了那麼可愛的一個兒郎。　　　　　620
　　　　但格里澤爾達沒有顯露悲傷，
　　　　只是一如既往地忍受著痛苦，
　　　　只是吻了吻孩子，為孩子祝福。

680　　她只是央求警衛官格外開恩，
　　　　請他挖個坑再把她兒子埋下，
　　　　因為這孩子的肢體十分嬌嫩，
　　　　千萬不能讓貪婪的鳥獸糟蹋。
　　　　但是這個警衛官沒給她回答；
685　　他徑直走掉，似乎根本沒理她，
　　　　但孩子卻被小心送到波倫亞。　　　　　630

　　　　侯爵對她的忍耐心極為驚奇，
　　　　而且他這種驚奇越來越強烈：
　　　　要不是早在已往那些歲月裡
690　　他已知道妻子對孩子的關切，
　　　　就會對妻子的忍耐產生誤解——
　　　　認為她忍受這事而面不改色，
　　　　是出於狡猾、惡意或居心叵測。

　　　　但是他清楚地知道，除了愛他，
695　　妻子最愛的便是女兒和兒子。
　　　　我所以有問題想請婦女回答：　　　　　640
　　　　這樣的考驗該不該使他滿意？

為了證明妻子的德性和忠實，
一個執拗的丈夫若頑固不化，
700　　還能想得出什麼招數和辦法？

但是世上有些人偏偏就這樣，
他們一旦想出了某一種主意，
這主意就永遠纏在他們心上；
他們就像同木樁捆綁在一起，
705　　再不能同他最初的打算分離。
侯爵的情況同這個並無二致，　　　650
他就是一心想考驗他的妻子。

侯爵注意妻子的表情和言辭，
看妻子對他的態度有無變化；
710　　但她的內心與外表始終如一，
侯爵實在看不出有絲毫變化；
而隨著歲月流逝和年齡增大，
她對於丈夫（更令人驚異的是）
愛得更真摯，簡直是關心備至。

715　　結果，他們倆似乎只有一顆心，
因為她無論丈夫有什麼意願，　　　660
總把實現這意願看得最要緊；
謝天謝地，其結果倒也很美滿。
作為妻子，面對世界上的紛亂，
720　　她出於自願，不肯有什麼主張，
除非這主張就是丈夫的願望。

這時候，沃爾特開始臭名遠揚，
說是他心思惡毒、手段又厲害
（因爲他娶的是一個貧賤姑娘），
725　暗地裡殺害了他的兩個小孩。
這個謠言很快在人們中傳開；　　　　　*670*
這並不奇怪，因爲人們只聽到
一些流言，說孩子們已被殺掉。

儘管臣民們從前非常敬愛他，
730　可是現在他有這樣糟的惡名，
敬愛他的人全都變得討厭他；
畢竟殺人犯的稱呼極其難聽。
但不管什麼情形，他一意孤行，
不肯把他那狠心的計畫收斂，
735　仍一心要把他那位妻子考驗。

現在他的女兒已經有十二歲；　　　　　*680*
他卻要派遣官使去羅馬教廷，
去巧妙地通報侯爵意欲何爲，
並要他們把教皇的詔書擬定，
740　以便他狠心的計畫得以實行——
說是教皇爲平息其臣民不滿，
下達這詔書要侯爵另結良緣。

我是說，他命令他們假造一份
教皇的詔書，詔書中必須寫明
745　他得同他的第一位妻子離婚
（因爲這樣做需要教皇特許令），　　　*690*

以平息他這位君主和他臣民
之間的爭端；這假詔書的內容
他們又盡可能傳播，公之於眾。

750　百姓並不知情，聽到了這消息
便信以為真；這當然毫不奇怪。
但消息傳到格里澤爾達耳裡，
我猜她心中一定感到很悲哀。
但這位柔順的女子神色不改，
755　像以往一樣顯得沉著而堅定，
並做好準備去承受新的厄運。　　　　　700

她把她的心和一切給了丈夫，
丈夫是她人間的希望和企盼，
她想的只是丈夫的願望、幸福；
760　但我要盡量把故事講得簡短。
總之，這侯爵另寫了一封專函
（這專函中他把意圖寫了一下），
並且悄悄地派人送到波倫亞。

他特別要求他姐夫帶些人馬——
765　要這位帕納哥伯爵提供隊伍——
把他的一雙兒女安全送回家；　　　　　710
一路上要有些排場，不怕暴露。
但是有一件事他卻再三叮囑：
如果有人問：這是誰家的女兒？
770　可不要說出來，也別支吾過去，

　　　　　　　而要說：這位小姐不久將結婚，
　　　　　　　薩盧佐的侯爵將是她的丈夫。
　　　　　　　對侯爵的這些請求，伯爵大人
　　　　　　　自然照辦；就選定了日子上路
775　　　　　去薩盧佐：真是一支漂亮隊伍，
　　　　　　　因為這小姐有許多貴人護送，　　　　　720
　　　　　　　還有她兄弟騎著馬在旁相從。

　　　　　　　穿著華麗的衣服又戴著珠寶，
　　　　　　　這一位鮮艷的少女前去成親；
780　　　　　她兄弟也穿著華美衣服一套──
　　　　　　　如今這兄弟已七歲，極其年輕。①
　　　　　　　他們騎著馬向著薩盧佐前進，
　　　　　　　走了一程又一程，一天又一天；
　　　　　　　大家既喜氣洋洋，場面又壯觀。

第四部結束

第五部開始

785　　　　　侯爵還是改不了他那壞習慣，
　　　　　　　還是想再一次考驗他的妻子，　　　　　730
　　　　　　　而且這一次的考驗非常極端，
　　　　　　　是對她進行最最徹底的測試，
　　　　　　　看她是否仍那樣堅定而忠實；

────────────────

①前文（554～555行）中說，姐弟倆相差四歲，因此這裡似應為八歲。

790　　於是有一天（而且有別人在場）
　　　他竟大聲地對他妻子這樣講：

　　　「格里澤爾達，我當時娶你爲妻，
　　　是爲了你的忠實、順從和賢慧，
　　　而沒有考慮門第、財富的問題，
795　　因此確實有很多歡愉和快慰；
　　　但現在我有極其深切的體會，　　　　　740
　　　我不妨這麼說：作爲一個君主，
　　　就在各方面負有巨大的義務。

　　　「我做事不能像農夫那麼隨便，
800　　我的臣民硬要我另娶個妻子，
　　　他們每一天都在提這種意見；
　　　現在教皇爲淸除他們的怨氣，
　　　對我另娶妻子的事表示同意。
　　　我現在可以正式地向你透露：
805　　來同我成親的新娘已經上路。

　　　「你要堅強些，要給她讓出位置；　　　750
　　　你嫁給我時作爲嫁妝的東西，
　　　都可以帶回去，算是我的恩賜——
　　　收拾好之後就回你父親那裡。
810　　人生在世，不可能一輩子得意；
　　　所以我勸你，要以平靜的心情
　　　忍受命運或機緣帶來的不幸。」

　　　格里澤爾達很有耐心地回答：

「我的主上，我很早就一直知道，
815 你位高權重，而我卻地位低下；
沒有誰能把這種差距彌補掉， 760
並對你我做等量齊觀地比較。
我從來沒有認爲自己有資格；
作你夫人；不，作使女也不合格。

820 「你讓我成爲這府第裡的夫人——
我要請至高的天主爲我作證，
因爲他肯定能安慰我的靈魂——
我沒自認爲是這裡的女主人，
覺得只配作你的卑下的僕人；
825 而且，只要我一天還活在世上， 770
我就會比任何人更願意這樣。

「這麼多年來，你對我如此寬厚，
讓我在這裡享受著富貴榮華；
其實這樣的榮耀我不配享受，
830 所以我感謝你和天主，並求祂
給你報答。其他我沒有什麼話。
我將心甘情願地去父親那裡，
今生今世就和他同住在一起。

「我要回到撫育我長大的地方，
835 還要身心潔淨地居住在那裡，
並且就那樣一直生活到死亡。 780
因爲自從我身爲處女嫁給你，
多年來始終是你忠實的髮妻，

　　　　　既然一度是一位侯爵的夫人，
840　　　　如果還改嫁，天主也會不贊成。

　　　　　「但願天主眷顧你新娶的妻子，
　　　　　並讓你永遠快樂和發達興旺；
　　　　　我樂意給她讓出我這個位置，
　　　　　儘管我在這位置上也曾歡暢；
845　　　　你是我主人，既然有這種願望，
　　　　　既然你想要我走，我自然就走，　　　790
　　　　　因為我心願就是滿足你要求。

　　　　　「剛才你提出，要我把我的嫁妝
　　　　　全都帶回去；但是在我的心底，
850　　　　那無非都是我的破爛舊衣裳，
　　　　　現在很難找（都不知放在哪裡）。
　　　　　天主啊，回想我們結婚時的你──
　　　　　那天你說話時的口氣和神態，
　　　　　讓人感到多麼地高貴與和藹！

855　　　　「俗話說得好：舊愛比不過新歡──
　　　　　至少我覺得這話說得沒有錯，　　　800
　　　　　因為在我的身上得到了應驗──
　　　　　但爵爺，任憑命運怎樣折磨我，
　　　　　哪怕我因此死去，也要保證說：
860　　　　我絕不會有任何後悔的言行，
　　　　　不後悔向你交出了整個的心。

　　　　　「爵爺當記得，在我父親的家裡，

你不讓我把破舊衣服穿在身，
慷慨地給我穿戴得十分華麗。
865　所以我來時只是光身一個人，
我所帶來的只是忠誠和童貞。　　　　810
現在我向你交還所有的衣飾，
同時也永遠交還這結婚戒指。

「你所給我的其他所有的珠寶，
870　我可以保證全都在你的屋裡；
當初我光著身子離家，」她說道，
「現在我同樣也光著身子回去。
在任何事上我都想讓你滿意，
但我希望，離開你府第的時候，
875　你未必要我身上內衣也沒有。

「我這身子裡孕育過你的兒女，　　　820
如果讓我在你的臣民前走過，
如果讓我赤裸裸地暴露無遺，
這種不光彩的事，想你不肯做。
880　所以請別讓我像爬蟲般赤裸。
我最親愛的主上，請你要記得：
我曾經是你妻子，儘管不夠格。

「我當初是童貞之身來到這裡，
現在不可能以童貞之身回去；
885　作為補償，我只要給我件內衣，
反正一襲穿舊的內衣就可以——　　　830
遮遮我這一度屬於你的身體。

　　　　　　說了這一些，我現在向你告別，
　　　　　　免得你不快，我的親愛的爵爺。」

890　　　　侯爵說道：「你身上穿著的內衣
　　　　　　就不必脫下，還是穿著它去吧。」
　　　　　　說話時他百感交集，走了開去。
　　　　　　聽了他的這句有氣無力的話，
　　　　　　格里澤爾達當眾把外衣脫下──
895　　　　光著頭，赤著腳，只剩一件內衣，
　　　　　　接著她便向父親的小屋走去。　　　　　840

　　　　　　人們哭哭啼啼地跟在她後面，
　　　　　　他們一邊走一邊把命運詛咒；
　　　　　　但是她沒有淚水潤濕她雙眼──
900　　　　這段時間，她連一句話也沒有。
　　　　　　不過她父親得知這個消息後，
　　　　　　開始把自己出生的時辰咒罵，
　　　　　　罵老天挑這個時辰讓他生下。

　　　　　　因為可以肯定，對這一場婚姻
905　　　　這位可憐的老漢早就在懷疑，
　　　　　　因為從一開始他就已經擔心，　　　　　850
　　　　　　怕侯爵一旦遂了自己的心意，
　　　　　　會覺得這次婚姻貶低了自己，
　　　　　　覺得妻子的出身實在太低下──
910　　　　這樣他就會盡快打發她回家。

　　　　　　聽到人聲，他知道女兒已到來，

於是連忙找出女兒的舊衣裳，
三腳兩步地匆匆奔到了屋外，
邊哭邊把那衣裳給女兒披上；
915　但是這衣裳已經實在不像樣，
因為它的質地本來就非常差，　　　　　860
而且婚後這麼多年來沒穿它。

就這樣，這位嫻靜的賢妻之花
同她的父親一起住了些時間；
920　從她的表情或者從她的說話，
無論在沒人時或在人們跟前，
都看不出她心裡有什麼哀怨；
從她的面容上來看，你會肯定：
她早把榮華富貴忘了個乾淨。

925　這並不奇怪，因為在她富貴時，
她靈魂深處照舊是十分謙虛；　　　　870
心理上既不嬌貴，嘴也不挑食，
不講究排場，也不顯示富貴氣，
依然是那樣耐心、仁慈和平易，
930　依然是那樣正直、誠實和謹慎，
對丈夫則又是忠貞又是恭順。

人們常說起約伯，說他的克己；
至於學者們，願意的話，就可以
把男人的事寫下；然而事實是：
935　儘管學者們難得會頌揚婦女，
卻沒有男人像女子一樣克己，　　　　880

也沒有男人有女子一半忠實——
要是有的話，倒是成了新鮮事。

第五部結束

第六部開始

有個消息在貴人、平民間傳開，
940　　幾乎所有的人都聽到這傳聞，
說是帕納哥伯爵從波倫亞來，
據說，來的還有侯爵的新夫人；
一支華麗的隊伍送她來成婚，
這整個送親的隊伍氣派非凡，
945　　西倫巴底的人沒見過這場面。

侯爵大人做好了這一切安排，　　　890
趁伯爵沒到，就派出一個信差，
去把可憐的格里澤爾達召來。
她心懷謙恭，臉上顯露出歡快，
950　　奉命而來，見到了侯爵便跪拜；
她沒有絲毫的悲憤或是怨氣，
而是恭敬得體地祝侯爵大喜。

侯爵說道：「格里澤爾達，聽好啦！
那位將要同我做夫妻的女士，
955　　明天我要極其隆重地迎接她
迎接時要用最最隆重的儀式；　　　900

其他的人則按照地位和職司，
安排他們所受的待遇和坐位，
我要盡可能讓大家高興而歸。

960　「但這裡沒有婦女知道我心思，
沒人能按我的心意布置房間；
所以我非常希望你留在這裡，
把所有這種事情替我管一管。
你一向知道怎樣能使我喜歡；
965　現在你雖然衣衫不整很不雅，
但是總可以幹好這份工作吧。」　　910

格里澤爾達回答道：「我的爵爺，
我不但樂於按你的願望去做，
還願意盡力侍侯你，使你愉悅；
970　在這方面我將永遠不會退縮。
而且無論我感到憂傷或歡樂，
我的心裡卻總是永遠愛著你，
而對你的忠實我也始終如一。」

她說完這話便開始整理房屋，
975　既把餐桌布置好，又鋪好了床；
她一面努力地料理各種事務，　　920
一面叫女僕們看在天主份上，
要她們趕緊地打掃，迎接新娘；
所有的人裡，她幹得最最辛勤，
980　廳堂和內室打掃得煥然一新。

九點鐘左右，那伯爵已經來到，
還親自送來一對高貴的姐弟；
這時百姓都奔過去親眼瞧瞧，
只見他們儀表好，服飾又華麗；

985
於是人們又開始在竊竊私議，
　　　　　　　　　　　　　　　　　　930
說沃爾特停妻再娶雖欠公道，
但畢竟不傻，因爲新妻子更好。

比起格里澤爾達，大家都認爲，
這新娘年輕得多，也更加美麗；

990
更令人高興的是，她出身高貴，
總之今後會生下更好的子女；
再看她弟弟，也長得英俊秀氣，
於是老百姓都看得滿心喜歡，
個個都稱讚侯爵的聰明能幹。

995
「暴風雨般的百姓啊，朝三暮四！
輕率得猶如時時轉向的風標，
　　　　　　　　　　　　　　　　　　940
多變得又好像月亮，時圓時缺；
聽到了什麼新傳聞興致就高。
你們的讚揚一個銅板值不到；

1000
誰能相信你們的忠誠和判斷？
誰如果相信，誰就是個傻瓜蛋！」

城裡的一些有識之士這樣講；
但是老百姓就是特別愛新鮮，
個個興高采烈地在那裡張望，

1005
要把侯爵的新夫人看上一眼。

不過這些事我這裡不願再談，　　　　　　950
卻要講講格里澤爾達的情形，
讓大家知道她多麼忠誠辛勤。

格里澤爾達做事情非常勤快，
1010　　忙前忙後地爲侯爵張羅婚宴；
她不受自己那身衣服的妨礙，
儘管這衣服質地差，近乎破爛，
她還是面露喜色來到了門前，
同別人一起歡迎新侯爵夫人——
1015　　隨後又忙著去接待別的客人。

她喜氣洋洋地接待各位賓客，　　　　　　960
根據其身分，接待得十分得體——
任何人挑不出她的一點差錯；
看她的一身穿著雖這樣襤褸，
1020　　她待人接物卻極爲彬彬有禮，
人們暗暗稱奇，不知道她是誰——
儘管對她的能幹都高度讚美。

對於那位姑娘和她那個兄弟，
她不斷由衷表示讚美和驚奇；
1025　　她心胸開闊，對他倆一片好意，
在這個方面，沒人能同她相比。　　　　　970
最後，所有的貴賓都一一入席，
這時候爵又想到格里澤爾達，
叫來正在大廳裡忙碌著的她。

1030　　侯爵打趣似地說：「格里澤爾達，
　　　　你看我這位新娘美麗不美麗？」
　　　　「非常美麗，」格里澤爾達回答，
　　　　「我見過的人都不能同她相比；
　　　　我祈求天主能讓她萬事如意，
1035　　同時我希望天主能保佑你們，
　　　　讓你們幸福美滿地度過一生。　　　　　　980

　　　　「我有一件事要請求你、提醒你：
　　　　對這姑娘不能像對別人那樣，
　　　　可不能把她折磨或把她刺激；
1040　　因為依我想，她從小嬌生慣養，
　　　　一直在很優越的環境裡成長，
　　　　自然不像窮人家長大的閨女，
　　　　哪裡受得了這樣那樣的委屈。」

　　　　侯爵想到格里澤爾達的忍耐、
1045　　她毫無怨氣又喜洋洋的面龐，
　　　　又想到自己常使她受到損害，　　　　　　990
　　　　而她始終堅定得像是一堵牆，
　　　　面對考驗毫無可挑剔的地方——
　　　　想到了這些，這侯爵雖然狠心，
1050　　對他妻子的德性也不免動情。

　　　　他說：「夠了，我的格里澤爾達，
　　　　往後你再也不必苦惱和害怕；
　　　　你的忠貞和寬厚都已證實啦——
　　　　你在高位上、你在貧困境況下，

1055　　受到了別人從沒受過的考察——
　　　　現在我已知道愛妻的堅定啦！」　　　　1000
　　　　說著，他伸手抱住妻子並吻她。

　　　　格里澤爾達簡直都難以置信，
　　　　甚至也沒有聽清楚侯爵的話，
1060　　那情形就像剛剛從夢中驚醒；
　　　　她最後平靜了下來，不再驚訝。
　　　　這時候爵又說道：「格里澤爾達，
　　　　憑基督起誓，我只同你結過婚，
　　　　沒別的妻子，願主拯救我靈魂！

1065　　「你以為是我新娘的這個姑娘
　　　　是你的女兒，另外那一個男娃　　　　1010
　　　　就是你十月懷胎生育的兒郎，
　　　　我一直在打算今後傳位給他。
　　　　我讓他們悄悄在波倫亞長大；
1070　　現在接他們回來，你就不能說
　　　　你的女兒和兒子都已經失落。

　　　　「有些人說了我一些閒言碎語，
　　　　我要提醒他們，我這樣做事情，
　　　　不是因為我殘酷或者有惡意，
1075　　而是想看看你所具備的德性；
　　　　不是要殺兒女（天主絕不答應！）　1020
　　　　而是要撫養他們，但不為人知——
　　　　直到我完全了解了你的心思。」

聽了丈夫這番話，她悲喜交集，
1080　一時竟昏倒在地；甦醒了以後，
她把孩子們叫過去，摟在懷裡，
就這樣哀哀切切地哭了很久；
同時還吻著孩子們，那種溫柔
眞是慈母所獨有：她流的淚滴
1085　把兒女的臉和頭髮全都沾濕。

看到她昏倒眞令人感到難過，　　　　1030
她謙卑的話更叫人聽了心傷！
「我眞要感謝你的恩德，」她說，
「你爲我留下親愛的兒女一雙！
1090　此時此地我立刻就死也無妨──
既然能夠蒙受你的愛、你的恩，
我就不在乎死神勾去我靈魂！

「親愛的孩子們，你們年幼嬌小，
你們傷心的母親一直在擔心，
1095　怕你們被野狗兇禽惡獸吃掉；
仁愛的主和你們的親愛父親　　　　1040
卻這麼慈祥，保全了你們性命。」
剛說到這裡，她突然跌倒在地，
因爲她再一次地昏厥了過去。

1100　她的兒女本被她摟抱在懷裡，
昏倒後，她仍然緊緊抱著不放。
人們細心地做了種種的努力，
才讓她放開那個男孩和姑娘。

　　　　　涙水在多少同情的臉上流淌——
1105　　　站在她周圍的人滿懷著愛憐，
　　　　　幾乎已沒有勇氣站在她身邊。　　　　　　　1050

　　　　　沃爾特爲她驅愁，極力撫慰她；
　　　　　她醒來後站了起來，面露愧色。
　　　　　大家讚美她，講了許多鼓勵話，
1110　　　最後她終於恢復往日的神色。
　　　　　沃爾特盡力地使她漸露喜色；
　　　　　大家看他倆如今相聚在一起，
　　　　　彼此間恩恩愛愛，個個都歡喜。

　　　　　一些貴婦找了個合適的時機，
1115　　　擁著她回到她原先住的臥房，
　　　　　一起動手脫了她身上的舊衣，　　　　　　　1060
　　　　　給她穿上了金光閃閃的衣裳，
　　　　　又爲她梳理了頭髮，給她戴上
　　　　　鑲滿寶石的金冠；回到大廳後，
1120　　　她受到大家理所當然的問候。

　　　　　沉重的日子有了歡快的結局；
　　　　　所有在場的，無論是女或是男，
　　　　　盡情地開懷暢飲，盡情地歡娛，
　　　　　直到繁星在夜空中忽閃忽閃。
1125　　　在每個人的眼裡，這天的歡宴
　　　　　比起他倆當初結婚時的筵席，　　　　　　　1070
　　　　　更顯得豐盛，甚至更顯得奢靡。

　　　　此後多年，他們生活得極富足，
　　　　兩個人相親相愛，和諧又安寧。
1130　後來女兒嫁給了另一位貴族，
　　　　這位貴族在義大利赫赫有名。
　　　　侯爵又將老岳丈接進了宮廷，
　　　　讓他在那裡安靜地度過晚年，
　　　　直到他靈魂同肉體分離那天。

1135　在侯爵去世後，他的那位公子
　　　　繼承了他的爵位，過得很舒坦；　　　　1080
　　　　他也娶了一位極賢慧的妻子，
　　　　但是他沒有對妻子進行試探。
　　　　現在做人可不像古時那麼難——
1140　無論誰都得承認這說法不假——
　　　　現在請聽原作者對此講的話。

　　　　講這個故事，不是要個個妻子
　　　　去學格里澤爾達的那種謙卑
　　　　（哪怕願意學，學起來也太費力），
1145　而是要人人明白自己的地位，
　　　　在逆境中像她那樣堅定無悔；　　　　1090
　　　　彼特拉克正為了這樣的目的，
　　　　寫了這故事，用了莊重的文體。

　　　　因為既然女子對凡俗的男子
1150　都這麼容忍，那麼，高興地接受
　　　　天主的賜予，對我們就更容易，
　　　　祂試探祂造的人就更有理由——

但對祂救贖的人，祂不會引誘。
看看〈雅各書〉，就知道雅各說過
1155　神時時都在試探世人，這沒錯。

天主爲了使我們能好好做人，　　　　　*1100*
常常揮動苦難這厲害的皮鞭，
以各種各樣的方式抽打我們；
祂這樣，不是要知道我們意願；
1160　因爲祂一向知道我們的弱點；
祂一切作爲都爲了我們大家。
我們就在生活中磨練品德吧。②

各位，結束之前我還要說句話：
如今哪怕我們把整座城找遍，
1165　也難找到兩三個格里澤爾達；
因爲如果讓她們也受那考驗，　　　　　*1110*
那麼她們那金幣雖然很耀眼，

---

②根據有些抄本，喬叟似乎原來在此結束此詩的，因此在這節詩下面，
有這樣一段後來被刪除的文字：

請聽聽旅店主人的打趣話

可敬的學士結束了故事以後，
旅店主人憑基督的聖骨起誓，
說道：「我與其得到一桶麥芽酒，
寧可叫家中老婆聽聽這故事，
這真是一個好故事，確確實實
深得我心（若你們了解我的話）；
然而不可能的事，只能隨它啦。」

牛津學士的故事到此結束

那種黃金裡，黃銅卻摻了不少——
用力一拗，還沒彎卻已經斷掉。

1170　各位，為了巴思婦人的那份愛，
願主保佑她同類和她的一生，
讓她們掌權，否則太令人感慨；
我年輕活躍，懷著歡快的心情
要給你們唱支歌，讓你們高興。
1175　現在我們不談這嚴肅的事情；
下面就是我的歌，請你們聽聽：　　　　　　　1120

喬叟的跋

格里澤爾達同她的那種耐心
都已死亡，都已在義大利埋葬；
為此我要向世上的人喊一聲：
1180　一個男子無論有多硬的心腸，
也別為了把格里澤爾達尋覓
而考驗妻子，因為他準會失望！

高貴的妻子們，你們非常聰明，
別讓謙卑把你們的舌頭鎖上，
1185　別希望文人看到你們的品性
就學前人寫格里澤爾達那樣，　　　　　　　1130
寫你們賢淑仁愛的非凡事蹟，

免得被瘦牛吞下肚子當食糧！③

該學習回聲女神，不要不出聲，④
1190　　要讓你做的回答同樣地響亮；
別因爲你純眞就受人家欺凌，
對於主動權你可得當仁不讓。
這條教訓得牢牢記在你心裡。
因爲它管用，而且有利於雙方。

1195　　機智強悍的妻子，要捍衛自身；
既然你們像駱駝那樣地健壯，　　　　　　1140
那麼就別讓男人們欺侮你們。
瘦弱的妻子，要像印度虎那樣
兇狠又頑強，千萬別不堪一擊；
1200　　可得像有力的風車格格作響。

別怕他們，對他們別畢恭畢敬，
因爲儘管你丈夫把甲冑穿上，
你那種言辭之箭的尖利鋒刃
照樣能刺穿他的面甲和心臟。
1205　　用妒忌把他牢牢捆住，我勸你，
並讓他畏縮得像隻鵪鶉那樣。　　　　　　1150

---

③瘦牛是法國一則古老寓言中的怪物，由於牠只吃堅忍的婦女，而這種
婦女又極少，所以牠也就極瘦。與之相對的雙角怪獸則由於以爲數眾
多的堅忍男人爲生，所以極肥。

④回聲女神又名厄科（音譯），是希臘神話中的一位女山神，她因爲自己
的愛遭到對方拒絕而憔悴，最後只剩下聲音。

　　　　如果你很美，那麼就走進人群，
　　　　給大家看看你的面龐和服裝；
　　　　如果你很醜，那麼要贏得友情，
1210　　你為人就得勤快，花錢得豪爽；
　　　　神態要輕鬆得像是椴樹葉子——
　　　　讓他去擔心，去扭絞著手哭嚷。⑤

牛津學士的故事到此結束

---

⑤這個學士的故事所使用的格律同前面律師的故事（及引子）、女修道院
院長的故事（及引子）以及後面第二位修女的故事（及引子）所用的格
律一樣。由於內容都比較嚴肅，作者都採用了被稱作喬叟（或特洛綺絲）
詩節的七行詩節（又稱君王詩體）。但是這個「跋」用的卻是六行詩體，
而這種六行詩體的韻式極特別（據說數百年的英詩中僅此一例）：六節
六行詩中，所有的二、四、六行只用一個韻，所有的一、三行又是一個
韻，所有的第五行則另有一韻，每節的韻式為ababcb。為突出這種韻
式，這種六行詩也可排成下列形式：

　　　　如果你很美，那麼就走進人群，
　　　　　給大家看看你的面龐和服裝，
　　　　如果你很醜，那麼為贏得友情，
　　　　　你為人就得勤快，花錢得豪爽；
　　　　　神態要輕鬆得像是椴樹葉子——
　　　　讓他去擔心，去扭絞著手哭嚷。

商人

商人的引子

商人的故事引子

「我從早到晚總得憂愁與煩惱，
受夠了哭泣與號啼，」商人說道，
1215　「而且我也相信，結了婚的男子，
有許多許多人情況也是如此，
因為我自己這種情況我知道。
至於我妻子，世上數她最霸道；
我敢發誓，哪怕是魔鬼娶了她，
1220　也不是她的對手，得受她欺壓。
我不必向你們細談她的兇惡，
總之她這人又是兇悍又是潑。　　10
我的妻子真可說出奇地潑辣，
拿她去比溫順的格里澤爾達，
1225　這兩者之間可說是天差地別。
如果有這份幸運逃脫這一劫，
那我將再也不重投這種羅網！
婚後的男人不免煩惱和憂傷；
我敢憑印度的聖托馬斯起誓，
1230　誰願意試試，準發現這是事實——
我不是講全部，是講多數情形；
天主不會讓前面那情形發生！　　20

「旅店主人哪，從我結婚到今天，
總共不過短短兩個月，我的天！
1235　但我想，哪怕有人終生沒老婆，
哪怕他被人用刀刺穿了心窩，
反正無論怎麼樣，他也講不出
我所受到的這麼多痛苦酸楚——
說到我老婆，她的可恨講不完！」

1240　旅店主人道：「願主保佑你，老闆，
既然你這方面的經驗這樣多，
那我懇切地請你對我們說說。」　　30

商人道：「樂於效勞，但我的酸楚
我就不講了，講了心裡太痛苦。」

商人的故事

商人的故事由此開始

1245　從前倫巴底有位高貴的爵士，
　　　論出身，他是帕維亞城的人士，①
　　　日子過得非常地富足和優裕。
　　　他年紀已經六十歲，還沒娶妻；
　　　在平時，為了滿足肉體的需要，
1250　他也憑興之所至而拈花惹草，
　　　就像是某些俗人中間的笨蛋。
　　　話說這爵士活了整整六十年，
　　　不知是由於他老得糊塗至極，
　　　還是因為另有宗教上的動機，　　　　　10
1255　反正這時候他卻非常想結婚。
　　　於是他日日夜夜地盡其所能，
　　　一面要把他結婚的對象找到，
　　　一面急切地向我們的主祈禱，
　　　求天主有朝一日賜幸福於他，
1260　讓他把婚姻的生活體驗一下，

---

① 帕維亞是義大利北部城市，現為倫巴底大區帕維亞省省會。位於米蘭
南面三十二公里。該地從六世紀起成為義大利主要城市，古蹟頗多，尤
多教堂。帕維亞大學建於1361年，有「義大利的牛津大學」之稱。

讓他生活在一種神聖結合裡──
就像主當初撮合的一男一女。
「其他的生活方式都不值一文；
要安寧、純潔的生活就得結婚，　　　　　20
1265　因為婚姻生活是人間的天堂，」
素來明智的年老爵士這樣講。

不錯（就像上帝是我們的主宰），
娶妻子的事也的確十分光彩，
特別是到了年老頭髮變白時，
1270　妻子更成了男人財富的果實。
那時該娶個年輕貌美的女士，
這樣，他同他妻子能生個孩子，
從而讓日子過得稱心又如意。
與此相反，單身漢若情場失意，　　　　　30
1275　其實這就像是兒戲中出了岔，
這些單身漢也會大叫：「壞事啦！」
其實，讓單身漢時時心懷悲哀，
這倒也非常合適，也非常應該：
他們在不穩固的地基上建屋，
1280　想建得牢固，結果只是不穩固。
他們生活得像飛鳥又像走獸，
完全沒什麼管束，完全有自由。
而一個結了婚的人過的生活，
既穩定而有規則也十分快活　　　　　　40
1285　（因為他要受婚姻關係的束縛），
所以他的心完全能充滿幸福。
畢竟，誰能像妻子那樣地溫順？

像妻子那樣體貼又忠心耿耿？

在丈夫平時和病時，對他照料？

1290　無論安樂或苦惱，不把他拋掉。

只有愛妻肯永遠把丈夫服侍，

哪怕臥床的丈夫病已告不治。

但有些學者並不是這樣認為，

泰奧佛就是他們中間的一位。　　　50

1295　但即使他胡說，那有什麼關係？

他說：「為了節約就不要娶妻，

這樣就可以減少家庭的開支；

忠實的僕人可以勝過你妻子，

比她更努力地管理你的資產，

1300　而你的妻子活著就想分一半。

如果你生病（願天主把我拯救），

那麼你忠心的小廝或者朋友

能夠更好地照顧你，而你妻子

卻像往常一樣，只等著繼承你。　　60

1305　這還不算，你如果娶老婆回家，

那麼你就很容易做一個王八。」

這人寫了這些，更難聽的還有

上百句；願天主詛咒他的骨頭！

泰奧佛講的完全是一篇胡話，

1310　大家別聽他，還是聽聽我說吧。

一位賢妻的確是上天的恩賜，

其他的各種上天恩賜，像田地、

租稅、牧場、共有地上的放牧權

和動產，這些都是上天的恩典，　　70

1315　　但卻像牆上一掠而過的投影。
　　　　我若說得明白些，那可以肯定：
　　　　你妻子在你的家中待的時間，
　　　　多半比你希望的還要長一點。

　　　　婚姻是一件非常神聖的事情；
1320　　我認為沒妻子的人非常不幸：
　　　　他在生活中沒有幫手，很孤獨——
　　　　我這說的是教會之外的凡夫。
　　　　這不是胡說，而是自有其理由。
　　　　造出女人來，就是做男人幫手；　　　　　80
1325　　我們的天主創造了亞當以後，
　　　　看到他孤苦伶仃又一無所有，
　　　　免不了大發慈悲並這樣說道：
　　　　「我按他模樣把他的幫手創造。」
　　　　就這樣，他把夏娃創造了出來，
1330　　由此你們能看到，你們能明白：
　　　　妻子既是丈夫的幫手和樂園，
　　　　也是他的慰藉和歡樂的源泉。
　　　　妻子既這樣順從又這樣賢德，
　　　　夫妻的生活自然就情投意合，　　　　　90
1335　　自然結合成一體，共有一顆心，
　　　　共同去享受幸福，去面對不幸。

　　　　說到妻子，聖馬利亞祝福我們——
　　　　有妻子的人還有什麼不稱心？
　　　　至少我可以肯定：我講不出來。
1340　　至於夫妻之間的幸福和恩愛，

眞是說也說不盡，想也想不完。
如果丈夫窮，妻子就會幫他幹——
如有錢，妻子幫他照管、不浪費；
丈夫的趣味就是妻子的趣味；　　　　　　　*100*
1345　丈夫說「是」的時候，她不說「不」。
要她做事，她立刻就答應丈夫。
哦，珍貴的婚姻和幸福的結合，
既提供歡樂又完全符合道德，
所以應當贊成和推廣一件事：
1350　任何一個有自知之明的男子
都得光著膝頭在地上跪一世，
或是感謝天主賜給了他妻子，
或是祈求天主也給他開開恩，
讓他有妻子陪伴他度過一生，　　　　　　　*110*
1355　只有這樣，他生活才有了保障。
我相信，妻子不會讓丈夫上當，
所以盡可按妻子的忠告行動；
所以做丈夫的盡可昂首挺胸，
因爲妻子既忠實又十分明智；
1360　所以，如果你想做聰明人的事，
那就按照婦女們的忠告去做。

聽聽有學問的人講述的雅各：
正因聽了母親利百加的忠告，
他用小羊的皮在頸子上一包，　　　　　　　*120*
1365　由此得到了他的父親的祝福。

再看史書上那個猶滴的典故：

　　　　　她也是趁奧洛菲努睡著不醒，
　　　　　按忠告殺了他，救出神的子民。

　　　　　看看亞比該，看她怎樣以忠告②
1370　　救了丈夫拿八，不使他被殺掉；
　　　　　再來看看以斯帖，看看這女性③
　　　　　如何救出困苦中的神的子民——
　　　　　她的忠告還起了其他的作用，
　　　　　使阿哈隨魯王把末底改重用。　　　　　　130

1375　　塞內加說得好：最最幸運的事
　　　　　莫過於有個溫順謙恭的妻子。

　　　　　加圖說；妻子講的話你要忍受，
　　　　　即使她發號施令，你也得接受，
　　　　　儘管她出於禮儀也會依從你。
1380　　家庭事務少不了妻子的料理；
　　　　　一個人家裡如果沒妻子照顧，
　　　　　那麼生了病就只能獨自啼哭。
　　　　　我得提醒你，做事若要有條理，
　　　　　就像基督愛教會一樣愛你妻。　　　　　　140
1385　　如果你愛你自己，就要愛你妻；
　　　　　人人都愛自己的身體，生活裡
　　　　　對身體愛護備至，所以我要你
　　　　　愛你的妻子，否則你不會發跡。

---

② 見《舊約全書‧撒母耳記上》25章。
③ 見《舊約全書‧以斯帖記》。

丈夫和妻子，不管人們的取笑，
1390　他們走的是塵世間穩妥的道。
只要結合緊密就不會出危險，
特別是不會在妻子那個方面。
這些，我講的這位一月老爵士
都已考慮過；他活到這把年紀，　　　　150
1395　倒開始嚮往歡快、道德和安寧，
認爲這就是蜜一樣甜的婚姻。
於是有一天他把朋友們請來，
把他心中的打算向他們交代。

他一本正經地向著大家說道：
1400　「朋友們，我頭髮已白，年紀已老，
天知道，已經快要埋進墳墓裡，
所以我得考慮我靈魂的問題。
我在蠢事中浪費了我這身體，
現在要做一點補救，感謝上帝！　　　　160
1405　因爲我已經下定決心要結婚，
而且要找個年輕又貌美的人，
我要盡快地把這椿大事辦成。
我懇求你們，因爲我不願再等，
只能請你們幫忙，快想想辦法——
1410　當然我這裡也要出去做調查，
盡快地找到可以娶來的對象。
但是你們人多，接觸面比我廣，
所以能比較容易地發現目標，
比較容易地把我的配偶找到。　　　　170

1415　「親愛的朋友，但我聲明一件事：
　　　我絕對不要年紀很大的妻子；
　　　別給我找二十歲以上的女人——
　　　吃魚我要吃老魚，吃肉卻要嫩。
　　　大狗魚雖比小狗魚滋味要好，
1420　但是老牛肉沒小牛肉的味道。
　　　三十歲左右的女人我可不要，
　　　那只是豆秸，只能用作粗飼料。
　　　再說，上天知道，那些老寡婦
　　　都很有一套韋德駕船的功夫——④　　　　　*180*
1425　心血一來潮，她們就惹是生非——
　　　同她們住在一起，我就得倒楣。
　　　進的學校多，讀書人變得乖巧；
　　　女人進的學校多，資格就變老。
　　　對一個年輕人，調教當然容易，
1430　就像把烘熱的蠟捏弄在手裡。
　　　所以我直截了當地對你們說：
　　　爲這緣故，不要年紀大的老婆。
　　　因爲萬一那不幸落到我頭上，
　　　我娶了老婆卻又得不到歡暢，　　　　　　*190*
1435　那我倒不如一輩子荒唐胡鬧，
　　　死後就直接去投奔魔鬼拉倒。
　　　再說，老婆若不能爲我生孩子，
　　　我與其讓財產落入外人手裡，
　　　就寧可讓野狗把我吃個乾凈。

---

④韋德是日耳曼神話中的巨人，被認爲是主宰風暴的海上惡魔，據說他
駕的船可在瞬息之間到達任何地方。

1440　所以我要對你們把話講講明：
　　　我雖然年紀老，但是並不糊塗，
　　　我知道人們結婚有什麼好處；
　　　我還知道許多人談結婚的事，
　　　其實對結婚的理由並無所知——　　　200
1445　甚至未必及得上我家的小廝。
　　　如果有人不能獨身過一輩子，
　　　他就該娶個極其恭順的妻子，
　　　從而能名正言順地生養孩子，
　　　這就不算是沉湎於交歡之樂，
1450　就算對得起天主造人的恩德。
　　　該讓他這樣做，因為他該避開
　　　縱慾的罪過，清償彼此間的債；
　　　該讓他這樣做，因為這就可以
　　　互相地幫助，像姐妹幫助兄弟　　　210
1455　克服困難，生活得正派又神聖。
　　　但是對不起，我不是這類的人；
　　　因為，要感謝天主，不是我自誇，
　　　各位，我感到我身體一點不差，
　　　完全能夠幹男子漢幹的事情——
1460　對自己能幹的事，我心知肚明。
　　　我雖然頭髮已白，卻像一棵樹，
　　　也同樣開花在前而結果在後，
　　　同樣不枯不死，可以開一樹花；
　　　其實我樣樣年輕，只除了頭髮，　　　220
1465　真的，我整個身心都非常年輕，
　　　簡直是一棵月桂樹，終年常青。
　　　現在你們既聽明了我的心意，

請你們對我的願望表示同意。」

　　不同的人從不同的角度勸他，
1470　舉許多結婚的例子表明看法。
　　有的人對此反對，有的人稱讚，
　　最後（我這裡盡可能講得簡短）——
　　最後，就像是經常發生的那樣，
　　就像親友爭論時常有的情況，　　　　　　230
1475　他兩個兄弟偏偏卻各執一詞：
　　其中的一位名叫朱斯提努斯，
　　另外的那一位則叫帕拉西波。

　　「我的一月兄長啊，」帕拉西波說，
　　「我的親愛的主人，其實你不必
1480　叫我們來給你提出什麼建議。
　　因為你本人洞悉世事和人情，
　　所以憑你的這份審慎與小心，
　　你絕不願偏離所羅門的教導。
　　他曾這樣對我們每個人說道：　　　　　　240
1485　『如果你做任何事都聽聽忠告，
　　你就不會為你的行為而懊惱。』
　　但是儘管所羅門說了這句話，
　　我的親愛的兄長，我的主人哪，
　　就像我真心希望天主保佑我，
1490　我真心認為你的主意很不錯。
　　我的兄長啊，學學我這條宗旨：
　　如今我已在官場上混了一世，
　　天知道，我雖然沒有什麼本事，

　　　卻也占有了一個很高的位置，　　　　　*250*
1495　所要接觸的都是些達官貴人。
　　　但是我向來不去同他們爭論，
　　　眞的，他們的話我從來不反駁，
　　　因爲我知道，主子懂的比我多；
　　　無論他說什麼，我認爲是眞理，
1500　說話也就盡量與他的話統一。
　　　一個人若給王公貴人當幕僚，
　　　卻自視甚高，認爲自己有一套，
　　　覺得自己的聰明勝過他東家，
　　　那麼這傢伙肯定是個大傻瓜。　　　　　*260*
1505　大人物絕對不傻，這點請相信。
　　　再說，今天你自己在這裡表明：
　　　你有高尚的感情，善良而聖潔；
　　　所以，對你的想法和說的一切，
　　　我完全同意，而且也完全贊成。
1510　我敢起誓，這城裡沒有一個人
　　　比你講得更好，全義大利沒有——
　　　對你這計畫，基督肯定會拍手。
　　　眞的，年高之人娶年輕的妻子，
　　　這恰恰表明這人有雄心壯志！　　　　　*270*
1515　我以我父親的這個姓氏起誓：
　　　你的心已掛上一枚快樂釘子！
　　　你就按你的心意這樣去做吧，
　　　因爲說到底，這樣再好不過啦！」

　　　朱斯提努斯一直坐在那裡聽，
1520　這時對帕拉西波做出了反應：

「兄弟，現在我請你性子耐一下，
你已發了言，也請聽聽我的話。
塞內加有許多精闢的話，但是，
他也說過，把土地、財物送人時，　　　*280*
應該好好考慮送的是什麼人。
1525　既然只不過是把財產給別人
就得好好考慮給的是什麼人，
那麼當我把這身子永遠給人，
給的是誰，豈不是更應當考慮？
1530　所以我要提醒你：這不是兒戲，
娶妻子不經仔細考慮可不行。
按我的意見，我們得首先打聽：
她是否明智穩重，是否愛喝酒，
是否驕傲自大，或潑辣又好鬥，　　　*290*
1535　是否愛罵人，或者生性愛揮霍，
是貧是富，還是動不動就發火——
當然，無論是誰，在這個世界上
找不到一個十全十美的女郎，
也難想像這樣的走獸或男士。
1540　但無論如何，考慮到是娶妻子，
我們總是希望這妻子品質好，
總是希望她的優點多、缺點少；
而要打聽這些事就得花工夫。
天知道，自從我娶了妻子以後，　　　*300*
1545　我在暗地裡流了多少的眼淚。
所以讓人家把婚姻生活讚美，
我卻覺得婚姻中沒一點幸福，
有的只是不幸，是花費和義務。

但是天知道，我家周圍的鄰居，
1550　特別是那些為數眾多的婦女，
居然都說我妻子最最地忠誠，
還說世上的妻子數她最溫順。
但我清楚，我的鞋哪裡叫我疼。
就我來說，你喜歡怎麼辦都成，　　　　　310
1555　但是你畢竟已上了年紀，所以，
對於婚姻大事可千萬得注意，
何況你要娶年輕貌美的妻子。
我憑創造水、土、空氣的神起誓，
哪怕我們中間最年輕的青年，
1560　要獨占妻子也得忙得團團轉。
請你相信我，最多只是三年裡，
你能夠使你的妻子對你滿意，
這也就是說，能夠討得她歡心；
但妻子的要求包括很多事情。　　　　　320
1565　願你聽了我的話不至於煩惱。」

「你講完了沒有？」一月爵士說道，
「還是收起你那塞內加的一套，
那些陳詞濫調值不到一籃草！
剛才你聽見了，比你聰明的人
1570　對我的打算也已經完全贊成。
帕拉西波，你有什麼話要說嗎？」

「我要肯定地說，」帕拉西波回答，
「阻撓人家婚事的人最最可恨。」
聽到這句話，大家全都站起身，　　　　　330

1575　　對一月的婚事一致表示同意——
　　　　無論何時同何人結婚都可以。

　　　　於是他每天都考慮他的婚事，
　　　　各種高遠的想像和精密算計
　　　　時時在他的心頭上浮現出來。
1580　　許多漂亮的臉蛋和苗條身材
　　　　在每天夜裡一一經過他心上。
　　　　如果有人把一面鏡子擦擦亮，
　　　　把它放在人來人往的市場裡，
　　　　他就會看見人影在鏡中來去。　　　340
1585　　一月爵士也正是這樣的情況：
　　　　姑娘們一一出現在他的心上——
　　　　她們住的地方都靠近他的家——
　　　　他不知道，該在誰的身上停下。
　　　　因為她們中這個人面龐漂亮；
1590　　那個人在群眾裡面享有聲望，
　　　　說是她莊重文靜又仁慈善良，
　　　　所以百姓們大多數把她誇獎；
　　　　另有一些人富有，但名聲不好。
　　　　最後，他像是認真又像是胡鬧，　　　350
1595　　終於選定了其中的一位女子，
　　　　並讓其他人在他的心上消失；
　　　　他這次選擇，憑的是自己意願，
　　　　因為愛神是瞎子，本就看不見。
　　　　當他被送到床上睡覺的時候，
1600　　總在自己的腦海、自己的心頭
　　　　想像他那對象的年輕和美貌，

想像她那修長的臂膀和細腰，
她那穩重的談吐、高雅的舉止，
她那賢淑的風度、堅定的品質。　　　*360*
1605　他選中了那位姑娘，主意已定，
他感到自己的選擇好到了頂。
因為他一旦覺得拿定了主意，
就會感到人家的智力非常低，
低得不可能反對他做的選擇——
1610　當然這不過是他自己的臆測。
於是他急急忙忙地邀請親友，
希望他們能同意他這次請求：
趕快到他的家裡來聽他談談；
他已使他們的任務變得簡單，　　　*370*
1615　因為他心裡已選定一位姑娘，
不必再騎馬外出，去到處尋訪。

帕拉西波等親友很快就趕到；
主人首先向他們就提出一條，
要人家對他已經決定的打算
1620　不要再提出什麼不同的意見。
他說他的打算既取悅於天主，
也是他本人今後幸福的基礎。

他告訴他們說，城裡有位姑娘，
這姑娘因為美麗而芳名遠揚，　　　*380*
1625　雖然她出身低微，但她的美麗
和她的年輕已使他完全滿意。
他說他決定娶這姑娘作妻子，

　　　　　　　一起安樂體面地生活一輩子。
　　　　　　　他爲完全占有她而祈求天主，
1630　　　　　只怕有別人分享他這份幸福。
　　　　　　　接著他請求大家爲這事出力，
　　　　　　　從而保證他達到自己的目的——
　　　　　　　只有這樣，他的心才得以安寧。
　　　　　　　他說：「那時沒什麼能使我煩心，　　　　390
1635　　　　　只有一件事叫我感到很不安，
　　　　　　　這事我要對你們當面談一談。

　　　　　　　「我早聽人說過，」他接著敘述，
　　　　　　　「人不能享受兩種圓滿的幸福——
　　　　　　　這也就是人間和天上的兩類。
1640　　　　　但一個人即使不犯七項重罪，⑤
　　　　　　　或不碰罪惡之樹的任何枝杈，
　　　　　　　婚姻生活裡仍有完美的歡洽，
　　　　　　　這歡洽也十分幸福，十分美滿，
　　　　　　　所以年紀大的我常感到不安，　　　　　400
1645　　　　　只怕我日子過得太幸福美滿，
　　　　　　　結果就沒有一點矛盾或傷感，
　　　　　　　於是這人間便成了我的天堂。
　　　　　　　而進另一個天堂的代價高昂，
　　　　　　　這要經過多少的懺悔和磨難；
1650　　　　　而像我這樣，日子過得這樣歡，
　　　　　　　享盡了夫妻生活的一切樂趣，

————————

⑤歐洲中古文學中常有七項重罪的說法，這七種罪孽是：驕傲、妒忌、
發怒、懶惰、貪婪、貪吃、好色。

　　　基督永生的天堂怎還進得去？
　　　這就是我的擔心，兩位好兄弟，
　　　請你們幫幫我，解決這個問題。」　　　　　*410*

1655　朱斯提努斯本就嫌他幹蠢事，
　　　所以立刻就回答並語帶譏刺；
　　　但為了盡量地把話說得簡短，
　　　他在說話中並沒有引經據典。
　　　他說：「如果你只有這一點障礙，
1660　那麼，憑神的仁慈和出奇能耐，
　　　老兄，他也許會對你特別恩典，
　　　讓你在最後受教會祝福之前
　　　為你這種婚姻生活感到懊喪——
　　　儘管你說其中沒矛盾或憂傷。　　　　　　*420*
1665　換句話說，神既讓單身漢懺悔，
　　　他對結婚者的恩典更會加倍，
　　　更會經常讓作丈夫的人懊惱。
　　　所以老兄，我能給的最好忠告，
　　　就是要你別絕望，而是要牢記：
1670　你的妻子很可能是你的煉獄！
　　　很可能是神給你派來的磨難！
　　　這樣，你靈魂就能一下子升天，
　　　速度真是比離弦的箭還要快！
　　　我敢保證，到那時你就會明白：　　　　　*430*
1675　那種巨大幸福，婚姻中並沒有——
　　　事實上，這種幸福永遠不會有，
　　　絕不會因此而妨礙你的得救。
　　　所以你要合情合理地去享受，

享受你妻子所能給你的歡洽，
1680　　與此同時，也不要過分寵愛她，
並盡力避免犯下其他的罪孽。
我的智力很有限，話就說這些。
親愛的老兄，你不必爲此害怕。」
（這件事情我們就談到這裡吧。　　　　　440
1685　　對我們現在討論的婚姻問題，
巴思婦人的話你們若聽仔細，
那麼她已經講得很簡明透徹。）
「但願天主格外眷顧你，再見了。」

說完，朱斯提努斯同他的兄弟
1690　　告別了主人，各自回到了家裡。
他們看到，事情非這樣辦不可，
便好好商量，做了巧妙的撮合，
使那位芳名叫作五月的女郎
終於同意了婚事，答應做新娘，　　　　　450
1695　　並盡快地嫁給那位一月爵士。
我相信，若細細講來將很費時，
因爲這次婚姻中有很多細節，
比如把地產轉給新娘的契約，
比如新娘的結婚禮服極華麗。
1700　　轉眼之間已到了結婚的日期，
於是這一對新人進了教堂裡，
那裡爲他們舉行神聖的婚禮。
教士頸子前掛著聖帶走出來，
囑她婚後要忠貞要精於安排，　　　　　460

1705　要她好好學習撒拉和利百加，⑥

　　　然後就祈求天主祝福他們倆，

　　　最後唸了禱文，給他倆畫十字，

　　　總之，圓滿又聖潔做好各件事。

　　　就這樣，他們舉行了隆重婚禮，

1710　接著夫妻倆為客人大擺宴席；

　　　他們同貴賓坐在一處高台上，

　　　只見豪華的大廳裡喜氣洋洋，

　　　到處是各種樂器和美食佳餚——

　　　反正義大利的珍奇一樣不少。　　　　　　470

1715　一些樂器演奏著美妙的曲子；

　　　底比斯的安菲翁或者奧菲士⑦

　　　都不曾演奏得這樣動聽美好。

　　　每上一道菜就響起一陣曲調，

　　　約押或底比斯的西俄達馬斯⑧

1720　（當這城邦的命運尚未決定時）

　　　吹奏的喇叭遠沒有這樣響亮。

　　　酒神巴克斯為斟酒來回奔忙。

　　　維納斯更是笑看著每個男子，

　　　因為一月已變成了她的騎士，　　　　　　480

1725　願意在獨身甚至婚姻生活裡，

---

⑥撒拉和利百加都是《聖經》中的女子。

⑦安菲翁見〈騎士的故事〉687行註。奧菲士是希臘神話中的詩人和歌
　手，他的琴聲能打動野獸和頑石。

⑧約押是大衛王的元帥，據說他的喇叭能中止戰鬥（見《舊約全書·撒
　母耳記下》2章28節）。西俄達馬斯是傳說中底比斯的先知，他的祈禱後
　總響起喇叭聲。

好好地磨練一下自己的勇氣。
維納斯手持火把，在賓客面前，
在新娘面前跳著舞，舞姿翩躚。
不但如此，我要大膽地說句話：

1730　就算是那位婚姻之神許門吧，
他也沒見過這樣高興的新郎。
馬提阿努斯，你這詩人不要響，⑨
你雖寫過菲洛洛姬和墨丘利，
雖寫過他們兩位的熱鬧婚禮，　　　　　　490

1735　也把繆斯唱的歌詳細描繪過，
但是你的筆和歌都不夠開闊，
很難來描繪眼前的這場結婚。
當青春女郎嫁給佝僂的老人，
那種歡樂勁就簡直寫不出來；

1740　你不妨親自去試試，就會明白：
我在這件事上是不是撒了謊。

新娘滿面春風地坐在那台上；
她情意綿綿，哪怕以斯帖王后
看她的國王，眼光也沒她溫柔。　　　　　　500

1745　看上去，簡直她就像有股魔力，
反正我說不出她有多麼美麗，
我能說的，只不過是這樣一點：
她就像是陽光初照的五月天，
充滿了各種各樣的歡情和美。

_____

⑨馬提阿努斯‧卡佩拉是五世紀時的一位作家，他曾用拉丁文寫過有關
兩位神話人物結婚的詩。

1750 一月爵士每朝她的臉看一回，
就感到如痴如醉的一陣狂喜；
但他的心裡卻開始在打主意，
想要在夜裡使勁地同她親近：
比帕里斯摟海倫還要摟得緊。⑩   510

1755 但他心裡對新娘又十分同情，
為她夜裡將受他蹂躪而擔心。
「唉，你這嬌嫩的人呀，」他想道，
「我體內這股精力充沛又狂暴，
願天主保佑你，讓你能夠頂住——

1760 但老天不會容許我全力以赴，
而我也擔心，只怕你會受不了。
哦，願天主讓這天立刻就黑掉，
然後讓夜晚永遠地延續下去！
哦，我巴望賓客們立刻就離去。」   520

1765 最後，他在不失體面的情況下，
盡了一切努力並說盡了好話，
巧妙地讓賓客盡快停止吃喝。

時間已到了，大家該離開餐桌；
撤席以後，人們又喝酒又跳舞，

1770 把各種各樣的香料撒了一屋。
大家都興高采烈，玩得很痛快，
但名叫達米安的扈從是例外；
他在餐桌上一向為爵士切肉，

---

⑩帕里斯是特洛伊王子，因誘走斯巴達王的妻子海倫，而引發了特洛伊
戰爭。

但是如今看到這五月女士後，　　　530
1775　他感到痛苦，覺得已近乎痴迷，
站在那裡也差一點跌倒在地。
維納斯手裡拿著火把在跳舞，
達米安被這個火把燒得很苦，
只能匆匆忙忙地去躺在床上。
1780　現在我暫且不再談他的情況，
讓他去獨自傷心，去盡情痛哭，
等鮮艷的五月同情他的苦楚。

哦，床榻間生出的火苗多危險！
哦，家中的手下人卻不共戴天！　　540
1785　哦，全不顧信義的奸詐的僕從，
就像陰險的毒蛇在人的前胸！，
但天主卻不讓我們發現他們！
一月爵士啊，你這歡樂的新婚
讓你沉醉，但看看你這達米安，
1790　你這扈從，你這手底下的壯漢，
看他將怎樣打定主意傷害你！
願天主讓你識別家中的仇敵；
因為家中有仇敵經常在跟前，
就是世上最大的災難和危險。　　550

1795　太陽走完它白天的那道弧線，
已經不可能繼續停留在天邊，
終於從地平線上漸漸地下沉。
這時夜色展開它粗黑的斗篷，
開始把西面那半邊的天籠罩。

|1800| 於是歡快的來賓們逐漸散掉；|
	他們道了謝之後向主人告辭，
	各自高興地上車、上馬回家去──
	在家裡，他們把想做的事做好，
	然後看時間不早，便上床睡覺。　　560
1805	客人一走，這心急火燎的爵士
	只想要上床，再不肯等待片時。
	他喝了甜酒、露酒以及甜藥酒，
	酒裡的香料能使他精力持久；
	他還吃下了許多加糖的藥劑，
1810	反正那可恨的康士坦丁修士⑪
	在他《交歡》一書中提到的藥劑，
	他吃起來絲毫也不感到遲疑。
	他對他最親近的親友這樣說：
	「請你們盡快把這屋子騰給我，　　570
1815	為了天主的愛，請你們幫幫忙。」
	於是親友們就滿足他的願望，
	向他祝了酒，接著窗簾已拉上。
	新娘動也不動地被抱上了床，
	等到教士對這床做好了祝福，
1820	所有的客人都從屋子裡走出。
	一月爵士摟住了他五月新娘，
	這新娘是他的伴侶，他的天堂。
	他撫摩著她，一遍一遍地吻她，
	用臉去挨擦新娘柔嫩的臉頰，　　580

---

⑪康士坦丁‧阿弗是西元十一世紀的修道士，寫有論述交歡的著作，此書的內容下面還會提到。

1825　但他因為按習慣新剃了鬍子，
　　　那些密密的鬍子根硬得像刺，
　　　像狗鯊的皮那樣扎得人難受。
　　　這時他說：「嗨，我親愛的配偶，
　　　現在我可要放肆，要冒犯你啦！
1830　當然，到時候我自會翻身而下。
　　　但是我要你考慮這一點，」他講，
　　　「任何一個工匠，無論幹哪一行，
　　　都不能把事情幹得既好又快；
　　　要把那件事幹好可得慢慢來。　　　　　　590
1835　我們玩多長時間沒什麼關係，
　　　反正我們由婚姻結合為一體；
　　　這是我們的束縛，但值得祝福——
　　　這一來，怎麼幹也都不犯錯誤。
　　　一個人當然不會傷害他的妻，
1840　正如他不會用刀傷害他自己，
　　　因為法律讓我們倆玩得歡暢。」
　　　於是他不辭勞累地幹到天亮，
　　　完事後吃了用酒浸過的麵包，
　　　接著在床上直起身子坐坐好，　　　　　　600
1845　然後放開了喉嚨，大聲地歌唱，
　　　隨即吻了妻子，又放肆了一趟——
　　　他精力十分旺盛，又極其活躍，
　　　不停地嘰嘰喳喳像一隻喜鵲。
　　　唱歌時，他那頸子周圍的皺皮，
1850　抖個不停，而歌聲就像是雞啼。
　　　新娘見他坐床上，頸子瘦又細，
　　　腦袋上戴著睡帽，身上披睡衣，

天知道她的心裡是什麼想法——
那點兒把戲根本不能打動她。　　　　　610
1855　這時爵士道：「我要睡一會兒覺，
天已亮了，再不睡我就受不了。」
於是他倒下了頭，睡到九點多；
醒來後，看看時間已經差不多，
便從床上爬起，而嬌艷的新娘
1860　按當時的習俗，三天不能出房。
這習俗對於新娘倒是很有利，
因為幹活的人免不了要休息，
不然的話就難以再維持下去——
對任何生物都適用這條道理，　　　　620
1865　不管是人是魚，是走獸或飛禽。

現在來說達米安可憐的情形，
讓你們知道他為愛而受煎熬。
說真的，我很想對他這樣說道：
「哦，我的可憐的達米安，哎呀，
1870　我請你對一個問題做出回答：
你將怎樣去傾吐你的相思苦？
你的嬌艷心上人會對你說『不』，
而且她不會為你說的話保密。
我可沒有好辦法，願主幫助你。」　　630

1875　達米安心中燒著維納斯之火，
他的相思病害得他半死不活，
心中那慾望差點要了他的命。
他覺得再這樣下去實在不行，

於是偷偷地借來了一套文具，

1880　　把他的苦惱全都寫成了詩句，

寫成了一封哀婉淒側的情書，

向鮮艷美麗的五月女郎訴苦。

他把這信裝在絲綢的小袋中，

掛在襯衣裡，緊貼在他的前胸。　　　　　*640*

1885　　一月爵士娶親的那一天正午，

月亮正在金牛宮中的第二度；

到了現在，月亮移進了巨蟹宮。

這段時間裡，新娘待在臥室中；

根據當時貴人們遵行的習慣，

1890　　新娘若是要到大廳裡來吃飯，

必須過四天；至少也得過三天，

然後才可以讓她來參加家宴。

過了整整四天，從正午到正午，

等到儀式隆重的大彌撒結束，　　　　　*650*

1895　　一月爵士和五月坐在大廳裡，

這新娘像夏日那樣清新明麗。

偏偏是我們的這位一月爵士，

發現了達米安不在跟前做事。

「聖馬利亞，這是怎麼回事？」他說，

1900　　「什麼道理，達米安不來侍候我？

他是有事情，還是有什麼病痛？」

站在他身旁侍候的其他扈從

都爲達米安解釋，說他生了病，

所以不能來爵士跟前做事情——　　　　*660*

1905　　只有生病這緣故使他來不了。

「這使我感到遺憾，」一月爵士道，
「說實話，他這個厮從知書識禮，
如果他病死的話，那就太可惜。
我知道很多他這一階層的人，
1910　　其中他最聰明謹慎，值得信任，
而且他既有氣概又相當得力，
今後的發展應該非常有潛力。
等吃好了飯，我趕緊收拾一下，
我同我的新娘都會去看望他，　　　　　670
1915　　我要盡我的力量安慰他一下。」
聽了這番話，大家一起祝福他，
因爲這是他一片善意與好心，
去對他生病的厮從表示關心——
這作法的確可稱是禮賢下士。
1920　　「夫人，請你千萬別忘了一件事，」
一月爵士道，「飯後你帶著侍女
離開這大廳回到你的房間裡，
那時你們一定要去把他看望，
讓他高興；他這個人很有教養。　　　680
1925　　請你告訴他，我暫且休息一下，
用不了多長時間就會去看他；
你現在快去吧，因爲我要等你，
要等你上床來同我睡在一起。」
他說完便叫一個厮從到跟前
1930　　（這人是他這府第裡的大總管），
把要做的事對他吩咐了幾句。

鮮艷的新娘帶著她所有侍女
徑直走去，來到達米安的房間。
現在她坐在這個病人的床邊，　　　　　　　　　*690*

1935　盡可能溫和地給他一些安慰。
達米安時時注意著，一見機會，
便把那絲綢袋子塞進她手裡，
而他那情書也就在這個袋裡。
他做這件事並沒有任何解釋，

1940　只顯得非常痛苦地連連嘆息，
同時輕聲地這樣咕噥了一句：
「請你發發慈悲，可別說出去；
這事若讓人知道，我就活不成。」
她把袋塞進胸前衣服的夾層，　　　　　　　　　*700*

1945　起身離開；這件事我說到這裡。
且說新娘回到了她丈夫那裡，
只見他舒服地坐在床的邊沿。
丈夫摟住她，吻了一遍又一遍，
最好兩個人立即就往下一躺。

1950　但新娘假裝先要去一個地方
（你們知道，這地方人人得光顧），
在那裡，她把那封信反覆細讀，
然後就把信撕成了一把碎片，
毫不聲張地丟在那廁所裡面。　　　　　　　　　*710*

1955　現在這艷麗的新娘心煩意亂，
她回去躺在已睡爵士的身邊。
偏是這老漢一陣咳嗽，醒來後，
向妻子提出脫光衣服的要求，

說是要在她身上玩一個痛快，
1960　而她身上的衣服卻是個障礙。
不管她歡迎或者厭惡，她照辦。
為免得愛挑剔的人對我不滿，
我不對你們說一月幹的情況，
不說這對五月是地獄或天堂；　　　　720
1965　在這裡，我就讓他們去幹一場──
直至晚禱鐘聲響，他們得起床。

無論是因為命運或者是湊巧，
是由於某種神祕作用或天道，
或是星象的影響，這也就是指：
1970　天上的星體這時所在的位置
能使給任何女士的求愛文字
全都得到維納斯的有力支持
（正如讀書人常說：萬物各有時）──
所有這一切當然不為我所知，　　　　730
1975　但天主知道萬事都有個理由；
他裁斷一切，所以這裡我住口。
事實是，這位鮮艷的五月女郎
對那天的事留下極深的印象，
她很同情正在生病的達米安，
1980　所以心裡不由得時時在盤算，
總想要好好地把他安慰安慰。
她心想；「不管這事會把誰得罪，
我都不在乎，因為我可以保證
我最愛他，愛得超過愛任何人，　　　　740
1985　哪怕他只有身上的一件襯衣。」

瞧，好心眼多快就滋生出憐惜！

由此能看到，女子的心地多麼好——
只要她們經過了仔細的思考。
而世上卻有很多很多的暴君，

1990　他們的心簡直像石頭那樣硬——
他們寧可讓達米安死在那裡，
也不會像五月那樣對他憐惜；
他們甚至爲心狠手辣而得意，
不會對當劊子手有什麼遲疑。　　　　　750

1995　好心的五月心中充滿了憐憫，
她拿起筆來親自寫了一封信，
表達了自己對達米安的情感，
說是問題只在於時間和地點；
只要達米安安排好這樣兩項，

2000　她就會來滿足他的一切想望。
信寫好之後，一天正巧有機會，
五月夫人又去把那病人安慰。
她把信塞到達米安的枕頭下，
塞得很靈巧，心想讓他去讀吧。　　　　760

2005　隨後她拉著他的手撰了一把，
這動作很隱蔽，誰也沒有覺察。
正這時爵士派人來，叫她回去，
她起身告別，祝願病人早痊癒。

第二天早晨，達米安很快起床，

2010　他的病、他的悲愁已一掃而光。

　　　　　他立刻動手，梳洗打扮了一番，
　　　　　一心想討自己心上人的喜歡。
　　　　　對一月爵士，他極其謙恭馴良，
　　　　　就像是訓練有素的獵狗那樣。　　　　　　770
2015　　　在任何人面前，他都討人歡喜——
　　　　　因爲這不難辦到，只要有心計——
　　　　　結果人人喜歡他，說他的好話，
　　　　　那意中人對他更是青睞有加。
　　　　　這裡，我讓達米安去忙他的事，
2020　　　話分兩頭說，繼續講我的故事。

　　　　　有的讀書人認爲，幸福這個詞
　　　　　意味著尋歡作樂；而一月爵士，
　　　　　正是爲這個目的而費盡心思，
　　　　　要讓自己過上最舒心的日子，　　　　　　780
2025　　　要生活得高貴豪華，像個爵士。
　　　　　他那宏偉的府第和他的服飾，
　　　　　都同王公的一樣豪華和氣派，
　　　　　而在他這些豪華的財產之外
　　　　　他建有一個石牆圍住的花園——
2030　　　這樣美好的花園世界上罕見。
　　　　　因爲我完全相信這樣的猜測：
　　　　　即使請來《玫瑰傳奇》的作者，⑫
　　　　　恐怕也難描寫出園中的美景；

————————

⑫《玫瑰傳奇》是中世紀的著名寓言詩，詩的第一部分講的是一座有圍
牆的愛情之園。〈騎士的故事〉中描繪的那座維納斯神廟裡，很多細節
即來自此詩。

就是請來普里阿普斯也不行，⑬   790

2035　他雖是園林之神，卻也說不盡

這座大花園中的一處處美景，

特別是常綠月桂樹下的清泉。

冥王普路托，據人們世代相傳，

同冥后普羅塞耳皮娜常一道

2040　帶著他們所有的小仙或小妖，

在那清泉邊唱歌跳舞或嬉戲──

且說我們高貴的一月老爵士，

他最喜歡去那園中散步遊玩，

所以不容人家把那鑰匙保管：   800

2045　他爲了自己進園時比較方便，

總把那小小銀鑰匙帶在身邊，

只要想進園就把那便門打開。

夏日裡，有時他想還妻子的債，

這位一月爵士就帶上他妻子，

2050　就他們兩個人悄悄走進園子，

把他沒在床上施展過的功夫

在這花園中一一成功地展露。

一月爵士和他那嬌艷的妻子

就這樣過了不少快活的時日。   810

2055　但無論是對誰，哪怕是對爵士，

世上的歡樂總不會沒有終止。

突如其來的變故，無常的命運！

---

⑬普里阿普斯是希臘、羅馬神話中果園、釀酒、牧羊的保護神及男性生殖力之神。

你們哪，像蠍子一樣欺詐成性！
想要螫人的時候，頭卻在巴結，⑭

2060　而那尾巴裡滿是致命的毒液！
哦，脆弱的歡樂，甜又詭的惡毒，
誰能夠像你這樣地狡猾，怪物？
你把你禮物塗上牢固的色彩，
曾經欺騙了多少貴人和乞丐！　　　　　820

2065　既然你接受一月爵士做朋友，
為什麼把他欺騙，給他吃苦頭？
現在你使他喪失雙眼的目光，
使他傷心到極點，寧可要死亡。

唉，這高貴又十分愜意的爵士

2070　正過著喜氣洋洋的快活日子，
突然莫名其妙地喪失了目力。
這變故使他不是哀啼便哭泣，
而且，他心中還有團猜忌之火，
只怕老婆靠不住，就此會出錯。　　　　830

2075　這猜忌之火燒得他難受，所以，
他倒寧可有人來殺他們夫妻。
因為無論在他的生前或死後，
他都不希望老婆落進人家手，
只願自己死後她會穿黑喪服，

2080　像失去伴侶的鴿子那樣孤獨。
但是，終於在過了一兩個月後，

---

⑭中世紀時的博物學認為，蠍子先會讓頭部蠱惑牠要攻擊的對象，然後
再用其尾部刺去。

他開始不像先前那樣地悲愁，
因為他知道沒有恢復的希望，
只能耐心地忍受不幸的現狀。　　　　　840
2085　但毫無疑問，他的心沒有放開，
他那種猜忌的心理時時還在；
不但還在，而且表現得很突出。
無論是他的廳堂和別的房屋，
或者是其他的任何什麼地方，
2090　他不管妻子去哪裡，總是不讓，
除非手搭在妻子身上一起去。
為此，五月夫人曾多次地哭泣，
因為達米安時時在她的心上，
要是不能實現同他好的願望，　　　　　850
2095　她寧願立刻就死掉，一了百了，
免得一直等下去，等得心碎掉。

話分兩頭，我們來說說達米安；
他是世上最最傷心的男子漢。
因為不論在白天不論在夜裡，
2100　他都沒法向心上人吐露心跡──
哪怕達米安只說了一言半語，
也必定會被一月爵士聽了去，
因為爵士的手總搭著他妻子。
但是他憑一來一往地打手勢、　　　　　860
2105　遞條子，得知五月夫人的心意，
五月夫人也知道了他的目的。

眼力好對你又有什麼用，爵士──

即使能看到船隻在天邊行駛？
反正沒瞎眼也是在受人欺詐，
2110　這同瞎了眼遭到蒙騙沒兩樣。
想想阿耳戈斯吧，這百眼巨人
儘管他東張西望，極盡其所能，
天知道，他還是受到人家蒙蔽，
但有人卻認為情況並非如此。　　　　　870
2115　還是讓我鬆口氣，不談這事吧。

且說五月夫人弄來了一些蠟，
又弄到爵士進出花園的鑰匙；
她把蠟放在火上烘，趁烘熱時，
就把鑰匙的模型在蠟上壓出。
2120　五月夫人的心思，達米安清楚，
就用這模型偷偷做了把鑰匙。
閒話休說，只因為有了這鑰匙，
不久之後便發生了奇蹟一椿；
你們等著聽下去，我就接著講。　　　　880

2125　哦，尊貴的奧維德說得可真對：
愛情從來不吝惜時間和汗水，
總會在層層包圍中找到出路！
皮剌摩斯、提斯柏的事很清楚：
儘管他們受到了嚴密的監視，
2130　卻能通過一堵牆交流了心思，
而這個祕密卻沒人能夠發現。

言歸正傳：在六月份的第八天，

就在那一天還剛開始的時候，
一月爵士受到了妻子的挑逗，　　　　890
2135　很想同妻子去那園子裡玩玩——
就他們兩個，不要別的人陪伴。
於是那早上他對妻子道：「起來，
我的好夫人，我的親愛的太太！
你聽斑鳩在叫，我甜蜜的鴿子，
2140　冬天早過去，凍雨早沒了影子！
來吧，睜開你鴿子一樣的眼睛，
你的胸口比葡萄酒還要白淨！
我那個園子有圍牆在它四周，
來，我白淨的妻子，我的配偶！　　900
2145　親愛的，你確實讓我神迷心醉，
你在我心裡竟是這樣地完美。
來讓，讓我們一起去作樂一番，
我選你作我的妻子，我的慰安。」

爵士講這些肉麻的濫調陳詞，
2150　他妻子卻對達米安打個手勢，
要他帶好了他那把鑰匙先去，
於是達米安偷偷地溜到那裡，
沒什麼動靜也不露任何形跡，
就打開便門，獨自進了園子裡，　900
2155　然後靜靜地坐在一處樹叢下。

爵士的眼睛已瞎得不能再瞎；
他一手拉著妻子（就他們兩人），
打開了他那美好園子的便門，

一走進去便立刻把那門關掉。

2160　「娘子，這裡就你我兩人，」他說道，
　　　「這個世界上，我最愛的人是你。
　　　我發誓，憑那坐在天上的上帝，
　　　我寧可自己被一把刀子捅死，
　　　也不願把你傷害，親愛的妻子！　　　　　920
2165　請看在上蒼的份上考慮考慮：
　　　我當初娶你，完全是因為愛你，
　　　而絕對沒有其他的什麼貪圖。
　　　現在我雖年紀老，兩眼看不出，
　　　你仍要忠實於我，這自有道理。
2170　你忠實於我，準得到三樣東西：
　　　這就是基督的愛和你的貞操，
　　　還有我一切產業、集鎮和城堡。
　　　我給你這些，如需要就立字據；
　　　明天日落前就辦好一切手續──　　　　　930
2175　我願這樣辦，就像願靈魂上天。
　　　希望這契約你用你的吻來簽。
　　　儘管我時時猜疑，但請你原諒；
　　　因為你形象深深印在我心上，
　　　所以每當我想到你那種美麗，
2180　再想到我這並不相稱的年紀，
　　　我情願去死，也絕不願沒有你，
　　　因為千真萬確，我實在是愛你。
　　　現在，親愛的娘子，請吻我一下，
　　　然後讓我們再去四處走走吧。」　　　　　940

2185 鮮艷的五月夫人聽了這番話，
 對一月爵士非常溫柔地回答；
 她流了一陣眼淚，然後這樣講：
 「我也有一個靈魂，這同你一樣
 有待基督的拯救，這不去說它；
2190 我的貞操和我那女性的嬌花，
 當初教士把我同你結爲一體，
 我已把這兩樣交託在你手裡。
 所以親愛的夫君，如果你允許，
 我想我還是這樣向你說幾句：   950
2195 如果我讓我們家蒙這種羞恥，
 或因不忠實而玷污這個姓氏，
 那我情願身敗名裂地去死亡，
 要不，求天主永遠也別讓天亮；
 如果我不忠實，犯下那種罪孽，
2200 那就剝光我衣服，裝進麻袋裡，
 把我扔到最近的河裡去淹死。
 我是有身分的女人，不是婊子。
 你這話什麼意思？男人不忠實，
 卻總是對我們女人責難不止。   960
2205 我想你們未必有其他的理由，
 卻對我們的不忠實指責不休。」

 說完，她看見達米安坐在那裡，
 便咳嗽幾聲，以此引起他注意；
 然後用手向樹叢下的他指指，
2210 要他爬到滿是果子的樹上去。
 達米安會意，立刻就爬上樹去：

他實在了解五月夫人的心思，
也完全懂得她打的每個手勢——
這方面，那丈夫不能同他相比。　　　　970
2215 因為五月夫人曾給他寫了信，
詳細告訴他，事情該怎麼進行。
現在我讓他坐在那棵梨樹上，
讓爵士和他的夫人四處遊蕩。

那一天風和日麗，天一片蔚藍，
2220 太陽灑下一道道金色的光線，
它那種溫暖使花兒感到快活。
依我想，那時太陽正在雙子座，
離它最北端的下傾距離不長——
那是在巨蟹宮裡，值木星上揚。　　970
2225 事有湊巧，就在這晴朗的早上，
普路托，也就是那位冥國之王，
正好就在這花園的另外一頭，
隨同他一起來的，有他的冥后，
（這普羅塞耳皮娜當初在採花，
2230 卻被他搶走，從此離開埃特納；⑮
你們去讀讀克勞狄安寫的詩，⑯
就知道他用戰車搶走她的事）。
且說這冥王不但帶來了冥后，
還有許多的仙女跟隨在後頭。　　990

⑮埃特納指義大利的埃特納火山。

⑯克勞狄安（370？～404？）是古典傳統的最後一位重要詩人，來到義
大利後放棄了希臘文創作。他的神話史詩《普羅塞耳皮娜被劫記》是他
的代表作。

2235　他在綠草地上的石凳上落座，
　　　隨即就對他那位王后這樣說：

　　　「夫人，有一點誰也沒辦法否定，
　　　這一點就是，每天有事實證明；
　　　女人爲背叛男人而弄虛作假；
2240　這類著名故事我能講一萬打，
　　　內容都是講女人的水性楊花。
　　　哦，賢明而又豪富的所羅門哪，
　　　你知識淵博又享盡人間尊榮；
　　　任何人只要對智慧、理性尊重，　　　　　　1000
2245　他就該把你的話牢記在心上，
　　　也就會這樣讚揚男子的善良：
　　　『一千個男人中能找一個好人，
　　　所有的女子裡沒有一個好人。』

　　　「這君王了解你們女人的惡毒。
2250　我相信，就連那西拉之子耶數，
　　　也難得會說你們的一句好話。
　　　但願野火和要人命的瘟疫啊
　　　落到你們的身上，就今天夜裡！
　　　有沒有看見那位體面的爵士？　　　　　　1010
2255　唉，因爲他年紀老，眼睛又瞎，
　　　他手下的人竟想讓他當王八！
　　　瞧那個色鬼現在正坐在樹上！
　　　我要幫幫這高貴老爵士的忙，
　　　要以我的威力幫幫這瞎老頭：
2260　在他的老婆讓他蒙羞的時候，

讓他突然恢復已失去的視力，
看清他老婆是個下流的東西。
我要叫她和她那類人丟丟臉。」

冥后說道：「你想這麼幹你就幹，　　　　1020
2265　但我要以我外公的靈魂起誓：
我要給她一個很不錯的說辭，
這既給她，也給她以後的女子，
讓她們在幹醜事被人抓住時，
還能一本正經地為自己申辯，
2270　讓指責她們的傢伙啞口無言——
免得因回答不出話來而羞死。
哪怕男人親眼看到了什麼事，
我們女人也老著面皮要頂住，
要打迂迴戰，發誓、咒罵、痛哭，　　　　1030
2275　弄得你們男人像一隻呆木雞——
我才不在乎你的威力不威力！

「我很了解那個猶太人所羅門，
他是在女子中找到很多蠢人；
但他即使好女人一個沒發現，
2280　卻還有許許多多別的男子漢
找到忠實、善良、賢淑的女子。
看基督門下的女子便可證實，
她們的殉難證明她們的忠貞。
羅馬的歷史也提供很多明證，　　　　1040
2285　提到了許多赤膽忠心的妻子。
但你別生氣，即便是情況如此；

所羅門雖說他沒找到好女子，
但我請你理解他眞正的意思：
他是說，要講到至高無上的善，
2290　　這已被三位一體的天主獨占。

「既然是眞正的神就這麼一位，
你何必又把所羅門捧上高位？
他雖然造過神廟，那又怎麼樣？
他雖曾榮華富貴，那又怎麼樣？　　　　　　　1050
2295　　他不是也曾爲假神造過廟宇？
還有什麼事比這更觸犯戒律？
我憑天起誓，即使你爲他粉飾，
他仍是個縱慾者，偶像崇拜者；
何況他年老之後背離了天主。
2300　　根據《聖經》的說法，我們的天主
要不是因爲他的父親而饒他，⑰
那麼那王國也早就不屬於他。
你們寫了那些羞辱女人的話，
我看，還不值一隻蝴蝶的代價。　　　　　　　1060
2305　　我是個女人，我要說說心裡話，
要是不說出來，我的心會氣炸。
他愛說我們喋喋不休地空談，
那麼我就像必須保護我髮辮，
絕不願因爲講究禮貌而容忍，
2310　　偏要攻擊這說我們壞話的人。」

---

⑰所羅門是西元前972～932年的以色列國王，他父親爲大衛王，西元前
1000？～962年在位。

　　　　普路托說道：「夫人，不要生氣，
　　　　我退出爭論；但我既然起過誓，
　　　　說是要恢復他已失去的視力；
　　　　這話仍有效，這點我得告訴你。　　　*1070*
2315　　我是王者，不應該說話不算數。」

　　　　普魯塞耳皮娜說：「我是仙后；
　　　　我保證，讓她有個合適的回答。
　　　　關於這件事，你我不必再爭啦。
　　　　說實話，我也不想同你再抬槓。」

2320　　現在讓我們來看爵士的情況。
　　　　他同美麗的夫人在那花園裡，
　　　　歌唱得比鸚鵡還要歡天喜地：
　　　　「我不愛別人只愛你，愛到永遠。」
　　　　他沿著園中的小徑走得很遠，　　　*1080*
2325　　這時已走到那棵梨樹的跟前——
　　　　就在這棵梨樹的青翠樹葉間，
　　　　達米安高高興興地坐在那裡。

　　　　鮮艷的五月夫人滿臉的喜氣，
　　　　卻嘆息著叫道：「唷，我這身子！
2330　　我的夫君哪，不管發生什麼事，
　　　　我知道現在我得吃上幾個梨，
　　　　否則就得死！這種小小的青梨，
　　　　現在看見了，就想要吃上幾個。
　　　　看在天上女王的份上，救救我！　　　*1090*

2335 　　實話對你說，像我這樣的女子，
　　有時候是會特別想要吃果子，
　　要是吃不到，就只有死路一條。」

　　「叫我瞎子怎麼辦？」一月爵士道，
　　「我們沒有帶個會爬樹的小廝。」
2340 　　夫人道：「你眼看不見倒不礙事，
　　只要你能夠看在天主的份上，
　　伸出你雙臂抱在這棵梨樹上
　　（因為我很清楚，你並不信任我），
　　這樣我自己就能爬上去，」她說，　　　　　1100
2345 　　「只要你讓我的腳踩在你背上。」

　　「哪怕你要用我心頭血幫你忙，」
　　爵士說道，「我保證我一定給你。」
　　他剛俯下身，夫人已踏上背脊，
　　然後拉住樹枝，爬上了那棵樹。
2350 　　各位女士，我請求你們別發怒；
　　我是個粗人，說話不大會拐彎。
　　反正一見她上去，那個達米安
　　撩起她裙子就立刻幹了起來。

　　普路托看見他們的那副醜態，　　　　　　　1110
2355 　　當即讓爵士恢復原有的眼力，
　　使他能夠像從前一樣看東西。
　　且說這一月爵士恢復了視力，
　　那種欣喜之情沒有人能相比；
　　但他的心思仍在他妻子身上，

2360　於是他抬起雙眼朝樹上一望，
　　　卻見達米安同他老婆在一起——
　　　我不想細談他們的那種把戲，
　　　因為談起來就不免粗俗不堪。
　　　爵士不由得發出了一聲大喊，　　　　　　1120
2365　像親娘看到她孩子將會死亡。
　　　「快來幫忙，幫忙！」爵士大嚷。
　　　「這不要臉的女人，你在幹嘛？」

　　　夫人答道：「夫君，你是怎麼啦？
　　　你要耐下心來，好好地想一想。
2370　是我給你的兩隻瞎眼幫了忙。
　　　我以我的靈魂起誓，我不撒謊：
　　　因為人家教我，要讓你有目光
　　　要治好你的眼睛，最好的辦法，
　　　就是同一個男人在樹上打架。　　　　　　1130
2375　天知道，這是對你的一番好意！」

　　　爵士道：「打架！對，打進你身體！
　　　願天主叫你們兩個不得好死！
　　　他在給你通陰溝，我眼見為實！
　　　要是我冤枉了你，吊死我好啦！」

2380　「這麼說起來，是我用錯了療法，」
　　　夫人道，「因為你如果真看得見，
　　　就肯定不會對我出這種惡言；
　　　你視力仍還模糊，沒完全恢復。」

「我兩眼看得同以前一樣清楚，」　　　　　*1140*
2385　一月爵士道：「我真是感謝天主；
　　　我完全相信，你同他同流合污。」

「你老眼昏花，我的夫君，」夫人說，
「我讓你看得見，你卻這樣謝我！
嗐，我這番好心卻得不到好報！」

2390　「夫人，這事算了吧，」爵士說道，
　　　「親愛的，你下來；我若說錯了話，
　　　老天在上，就讓我受到懲罰吧。
　　　但憑我爹的靈魂，我想我看見
　　　達米安剛才的確睡在你身邊，　　　　*1150*
2395　而你的裙子卻搭在他的胸膛。」

　　　夫人道：「你愛怎麼想就怎麼想，
　　　但是夫君哪，任何人一覺醒來，
　　　不可能立刻就看得明明白白，
　　　看起東西來總會有一點模糊；
2400　要完全醒透，視力才完全恢復。
　　　同樣，眼睛如果已瞎掉了很久，
　　　那麼，在視力剛剛恢復的時候，
　　　一下子也不能看得十分清楚，
　　　總要一兩天之後才有所進步。　　　　*1160*
2405　所以，在你的視力完全恢復前，
　　　你的視覺很可能會讓你受騙。
　　　我憑上天的主宰懇求你注意：
　　　很多人自以為看到什麼東西，

但是同實際情況有很大出入。

2410　結果誰有了誤會，判斷就錯誤。」

夫人邊說話，邊從樹上跳下來。

還有誰像一月爵士那樣歡快？

他摟住妻子，吻了一遍又一遍，

溫柔地撫摩著她的身子和臉，　　　　　　1170

2415　隨後帶著她回進自己的府第。

親愛的各位，我願你們能滿意。

一月爵士的故事現在已結束。

願我們得到基督和聖母祝福！

商人的故事到此結束

商人的故事尾聲

「求天主慈悲，」旅店主人大聲說，

2420 「千萬別給我這樣的一個老婆！
女人的把戲和花招數不勝數。
她們就像是蜜蜂一樣地忙碌，
總是要欺騙我們這種老實人。
她們對事實永遠也不肯承認；

2425 這商人的故事便是一個明證。
幸而我老婆卻鋼一樣地堅貞；
但毫無疑問，她出身卻是很窮，
而她喋喋不休的舌頭非常兇，　　　　　10
除此之外，她還有一大堆缺點。

2430 算了吧，這些我們就不必再談。
但你們知道嗎？我們私下說說，
我娶了她可真叫我心裡難過。
但如果我一一歷數她的缺點，
那麼我這傻瓜也傻得太可憐。

2435 要問為什麼？因為在我們裡面
有人會把我的話傳到她耳邊。
至於誰去傳，這個就不必宣布，
因為女人幹這種交易很嫻熟。　　　　　20
再說我智力有限，顧不了那些，

2440 所以我的故事到這裡便了結。」

扈從

第 六 組

扈從的故事

扈從的故事引子

「扈從先生請過來，如果你願意，
請你給我們講一個愛情故事；
可以肯定，這種故事你有的是。」
扈從道：「未必，先生，但我願意
盡力地去做；因為我絕不願意
違背你的意願。我這就講故事；
講得不好，是我有好心沒本事，
只能請原諒；現在故事就開始。」

扈從的故事由此開始

在那片韃靼地區的薩萊城裡①
住著位君主，他曾進攻俄羅斯，

①薩萊又稱拔都薩萊，是金帳汗國（又稱欽察汗國，為蒙古帝國的西方
部分）首府，建於伏爾加河一支流旁，現僅存廢墟。

結果死了許多勇猛的男子漢。

這位高貴的君主叫坎賓思汗。②

在他的那個時代，他赫赫有名，

整個世界上沒有其他的國君

15　可以比得上他的任何一方面；

王者應有的一切，他一應俱全。

對於他生來就已信奉的宗教，

既然早已起誓，就篤信其教條；　　　　　10

不但如此，他勇敢富有而英明；

20　與此同時，他非常仁慈和公正；

他說話算話，為人可親又可敬；

他的穩健，就像是事物的中心。

他年輕活躍剛強，愛馳騁疆場，

就同他麾下的年輕武士一樣。

25　他深受上天寵幸，長得既英俊，

君臨天下的地位也極其穩定，

這樣的威權真可謂舉世無雙。

這位坎賓思汗，高貴的韃靼王，　　　　20

同王后埃爾菲塔生兩個兒子。

30　阿爾加西夫是他長子的名字，

而那次子的名字叫作坎巴羅；

國王有三個孩子，最小的一個

是個女兒，她名字叫作卡納絲──

若要給你們講她的丰彩秀姿，

---

②在作者的心目中，這位坎賓思汗就是通常所說的成吉思汗或成吉思汗的孫子忽必烈，但進攻俄羅斯的是成吉思汗的另一個孫子拔都。又：彌爾頓在其名篇《沉思的人》中也講到這故事。

35　我卻實在沒這種口才和本領，
　　不敢承擔這樣高難度的事情。
　　如果誰想比較全面地描述她，
　　他就必須是位高超的演說家　　　　　　30
　　知道用什麼色彩才恰到好處；
40　但我卻沒有這樣的語言功夫。
　　沒有這本事，我只能盡力而爲。

　　這一天，從坎賓思汗登上王位、
　　戴上王冠，已經是整整二十年，
　　他仍維持他歷年的規矩不變，
45　照舊是舉行盛大的誕辰慶宴，
　　並派人在薩萊城中高聲傳宣。
　　且說那一天正是三月十五日，
　　明亮的太陽也顯出洋洋喜氣，　　　　　　40
　　因爲在火星面前已近升騰點，
50　而它現在所處的白羊宮裡面
　　頗爲燥熱：這是個燥熱的宮座。
　　這一天天氣晴朗又相當暖和，
　　鳥在明亮的陽光下宛轉歌唱，
　　唱春天已經到來，唱青草滋長；
55　牠們在爲牠們的愛情而高唱，
　　似乎牠們感覺到已有了保障，
　　不用再擔心刀似的嚴冬酷寒。

　　我對你們講的那位坎賓思汗　　　　　　　50
　　正在宮廷裡，高高坐在寶座上；
60　他頭戴王冠，身穿帝王的服裝，

大開華筵，那排場的富麗宏大

難有其匹，哪怕是找遍了天下；

如果把所有的場面統統講遍，

那就得花掉長長的一個夏天。

65　　再說，這裡也用不到我來報告：

按什麼次序上了些什麼菜餚；

他們用的是什麼奇妙的佐料，

或他們的天鵝和鷺燒得多好。　　　　　　60

有些老騎士說過，在他們那裡，

70　　有某些食品被認為非常珍奇，

但是在我們這裡其實很平常；

可沒人能全部報出那些名堂。

我不想耽擱你們：早過了七點，

而那樣做的話，只是浪費時間；

75　　還是回到我先前的故事上來。

話說宴席上剛上了第三道菜，

那位君王正高高地身居寶座，

面前放著他自己的那個餐桌，　　　　　　70

津津有味地聽著樂師們彈奏。

80　　突然之間，在那座大殿的門口，

來了一個騎黃銅駿馬的武士；

他手拿一面巨大的玻璃鏡子，

大拇指上戴著個黃金的指環，

身旁懸掛著一把沒鞘子的劍。

85　　他騎馬來到最高那個餐桌前；

這時，寂靜籠罩了這整個大殿——

他的出現使大家頗感到驚訝，

無論老少都睜大了眼睛看他。　　　　　　*80*

　　這位突如其來的陌生的武士
90　沒戴頭盔，卻穿著華貴的甲衣；
他按人們在大殿裡座次高低，
向國王、王后和文武百官致意。
無論是他的言辭還是他表情，
全都表現出他的謙恭和尊敬；
95　即使是高文爵士從仙境回來，③
以他的那套古代禮儀和風采，
也未必比他有更加好的表現。
接著，他在那張最高的餐桌前，　　　　　*90*
按照他那語言中慣用的條理，
100　嗓音洪亮地宣布了此行目的——
說得字正腔圓，沒絲毫的問題。
同時，為了使他的話更加有力，
他在說話時還有豐富的表情，
就像教人演說時的那種情景。
105　要模仿他的風格，我沒這能耐，
實在沒法越過這樣難的障礙；
只能憑我頭腦中的一點記憶，
把他所說的那一番話的大意　　　　　　*100*
這樣對你們大家約略講一講。

110　「我的君主是阿拉伯、印度之王，」
他說，「在你的這個喜慶日子裡，

---

③高文是傳奇中亞瑟王的侄子，圓桌騎士之一，以禮數周到著稱。

最最衷心、最最熱烈地祝賀你；
而且，爲了給你的壽筵添喜氣，
他派我來這裡聽候你的旨意，
115　並要我把這匹銅馬送來給你。
這匹銅馬能在一天的時間裡，
這也就是，在二十四個小時裡，
而且無論是在旱天裡、暴雨裡，　　　110
輕易地把你馱到任何的地方，
120　只要這地方你希望立刻前往——
無論天好或下雨，都無害於你。
如果你希望高高地飛翔而去，
即使要像鷹一樣高飛在天上，
它照樣能馱你飛向那個地方，
125　讓你毫髮無損地到達目的地——
任憑你在馬背上睡覺和休息；
等到想回來，只要轉一個銷釘。
製作這銅馬的人非常有本事，　　　120
他在製作這馬的整個過程裡，
130　經常守候星象運行中的時機，
因爲他熟知魔法的訣竅、方技。

「我手中這面鏡子也很有魔力。
當你朝這面鏡子裡看的時候，
就能夠看到你的敵人或對手
135　是否準備襲擊你領土或身體；
它能爲你分清楚朋友和仇敵。
這還不算，如果有漂亮的女士
把芳心交給了任何一位男子，　　　130

萬一他不忠實，女士就能看見
140　他的一切花招和他那個新歡；
反正這一切在鏡中暴露無遺。
所以在這喜氣洋洋的夏日裡，
你看到的這面鏡子、這個戒指，
我主公要我送給你的卡納絲，
145　送給你這位才貌出眾的公主。

「你若要知道這個戒指的用處，
那麼只要她拇指戴上這戒指，
或者，只要把戒指放在口袋裡，　　140
那麼，天底下飛來飛去的鳴禽，
150　她只要聽見牠們發出的啼鳴，
就能聽懂牠們叫聲中的含意，
還能回答牠們，用牠們的鳥語。
而且，任何草只要長有一個根，
她知道這能治什麼傷員、病人，
155　無論病多重，傷口多深或多寬。

「至於掛我身旁的這把無鞘劍，
它的特點是：無論你用它砍誰，
它都將名副其實地無堅不摧，　　150
哪怕鎧甲有大橡樹那樣地厚；
160　而且無論誰被這劍砍傷之後，
不可能治好，除非你把他寬恕，
用劍的平面部分拍拍那傷處。
這也就是說，你用這同一把劍，
不用劍刃而用它兩側的平面，

165　　拍拍傷處後，那創傷才會收口。
　　　這都是事實，我完全沒有誇口；
　　　這將屢試不爽，只要你掌握它。」

　　　這位陌生武士說完了這番話，　　　　　　160
　　　便騎馬出了大殿，跨下了馬背。
170　　馬在庭院裡發出太陽的光輝，
　　　它站著一動不動，像石頭一樣。
　　　這武士立刻被領進一間客房，
　　　卸下了武器後，也來參加壽筵。

　　　那些禮物都拿來供大家賞鑑，
175　　隨後好幾名軍校接到了命令，
　　　要他們收好那把劍、那面魔鏡，
　　　妥善地送進城堡的主塔收藏；
　　　那只戒指，既然卡納絲在席上，　　　　　170
　　　就當場鄭重地送到她的手上。
180　　但是（我絕不胡說八道或撒謊），
　　　那銅馬的腳卻像是膠住在地——
　　　它站在那裡，無法使它移一移。
　　　人們無論用滑車或者用絞盤，
　　　都不能使它稍稍移動一點點。
185　　什麼道理？因為不了解其奧祕；
　　　所以，也只能讓它去留在那裡，
　　　等武士教他們開動它的訣竅。
　　　至於怎麼開，下面你們會知道。　　　　　180

　　　為了看這匹站著不動的銅馬，

190　許多人擠來擠去細細地觀察；
　　只見它又高又大，身子又很長，
　　勻稱的體型正顯示它的強壯；
　　看起來這馬就像來自倫巴底。
　　再說，這馬的眼睛同真馬無異，
195　那靈活，就像是阿普利亞駿馬；④
　　說真的，從它的耳朵直到尾巴，
　　大家認為沒絲毫缺陷或毛病，
　　無需天工或人工做任何改進。
　　然而，最讓大家感到驚異的是：
200　這馬既然是銅的，怎麼能奔馳？
　　所以有些人認為，它來自仙界。
　　可是不同的人有不同的見解；
　　真是有多少頭，就有多少頭腦。
　　他們就像群蜜蜂嗡嗡地在叫，
205　各人都在為這匹馬發揮想像：
　　有的人在把讀過的古詩回想，
　　說它同神話中的飛馬沒兩樣，
　　也將憑一副翅膀而騰空翱翔；
　　有人卻說這馬由希臘人製造
210　（這一事情可以在史詩中讀到），
　　當年是它造成特洛伊的敗亡。
　　有一個人說：「我心裡十分緊張，
　　只怕這馬肚子裡也藏有武士，
　　他們就是想奪取我們這城池。
215　這種事情應當讓大家都知曉。」

190

200

---

④阿普利亞同倫巴底一樣，也是義大利一地區名。

另外一個人向同伴低聲說道：
「他在胡說；這很像一種把戲，
一種專讓魔術師表演的把戲，　　　　　　　　　210
經常在這種盛大宴會上出台。」
人們就這樣各自亂想或胡猜，
就像有一些粗漢十分地無知，
一遇到超過他們理解力的事，
他們經常會胡思亂想沒個完，
而且總是愛認爲那來者不善。

220

對於那已被送往主塔的魔鏡，
另有好些人感到非常地吃驚——
不知爲什麼能照出那些事來。
有人回答說，這也許並不奇怪；　　　　　　　220
這只要把那鏡子的角度放好，
再把反射的角度安排得巧妙；
他還說，這樣的鏡子羅馬就有。
於是他們說到海桑和維台婁，⑤
又說到亞里斯多德，他們三人
都有關於怪鏡和光學的專論——
凡是讀過這些書的人都知道。

225

230

235

另外一些人感到那劍很奇妙——
因爲這把劍能刺穿任何東西——

---

⑤海桑（965？～1039）是阿拉伯的數學家和物理學家，在托勒密時代之後，第一位對光學理論做出重大貢獻的人。1270年，他的光學論著由波蘭數學家維台婁譯成拉丁文，題名爲《海桑光學理論》。

　　　　就談到阿喀琉斯那矛的魔力；　　　　　230
　　　　他用這支矛刺傷特勒福斯王，
240　　結果仍舊用這支矛爲他治傷，
　　　　正像我剛才給你們講的那樣：
　　　　這把劍既無堅不摧又能治傷。
　　　　他們談種種給鋼淬火的奧祕，
　　　　還談到使鋼增加硬度的藥劑，
245　　以及使用藥劑的時間和法子——
　　　　但對所有這一切我一無所知。

　　　　接著他們談到卡納絲的戒指；
　　　　說是一枚金戒指有這種魔力，　　　　　240
　　　　對他們來講可眞是聞所未聞，
250　　除非摩西和以色列王所羅門——
　　　　因爲據傳說他們懂這類事情。
　　　　人們三五成群地談得很起勁。
　　　　一些人在說，有的情形更希奇，
　　　　比如用羊齒草的灰做成玻璃，
255　　畢竟玻璃同草灰是不同東西。
　　　　但人們對這類事情早就熟悉，
　　　　於是就見怪不怪，就不再議論。
　　　　有人對潮起潮落、霧氣、雷聲　　　　　250
　　　　和空中的游絲等等感到好奇，
260　　直到他們弄明白其中的道理。
　　　　就這樣他們邊談邊議又邊猜，
　　　　直到國王從他那桌後站起來。

　　　　這時，太陽已從那經線角離開，

　　　　而那獅子座卻把奧狄朗攜帶──⑥
265　　這高貴的萬獸之王正在上升；
　　　　而坎賓思汗，這位轄鞂的國君，
　　　　也從高高的座位上離席而起。
　　　　於是，他前面走著彈琴的樂師，　　260
　　　　把他引進一間極富麗的廳堂，
270　　在那裡他們演奏得格外響亮，
　　　　讓各種樂器合成天堂的妙音。
　　　　現在金星的孩子們舞得高興，
　　　　因為這位維納斯高居雙魚宮，
　　　　看著他們舞蹈時，臉上露笑容。

275　　這君王在其寶座上剛一坐好，
　　　　便吩咐叫那個陌生武士上朝，
　　　　他隨即就同卡納絲一起跳舞。
　　　　感覺遲鈍的人怎麼也講不出　　270
　　　　這裡飲酒和作樂有多麼開心！
280　　他肯定懂得愛，懂得愛的殷勤，
　　　　必須有五月那樣歡快的心情，
　　　　才能向你們描繪那樣的情景。

　　　　誰能講得出那種跳舞的花式，
　　　　那種稀奇古怪而歡愉的風姿，
285　　那種狡黠的眼波和那種掩飾──
　　　　免得招來人家眼光中的妒忌？

_____

⑥奧狄朗是獅子星座中一顆星的名稱。這兩行指3月15日下午2時。

只有已死的朗斯洛有這本領。⑦
所以我不談他們的那份高興，　　　　280
讓他們大家在那裡作樂尋歡，
直到他們大家都盼著進晚餐。

290

在音樂聲中，宮廷總管下命令，
叫手下送去酒和香料等食品；
扈從和侍從連忙送酒送香料，
於是美酒和香料便源源送到。
295　　人們吃著喝著，待吃喝好以後，
便按照常規，來到了神廟裡頭。

祭神之後天還亮，於是進晚餐——
這情況何必要我來敘述一番？　　　290
人人知道君王的筵席最豐盛，
300　　足以滿足貴賤高低的任何人；
美味佳餚多得已叫我說不清。
待晚宴結束了以後，這位國君
起身離席，要去看那一匹銅馬——
那些王公和貴婦全簇擁著他。

305　　看到這銅馬，人人都大為驚奇——
自從那次希臘人圍攻特洛伊，
人們對那匹木馬曾表示驚訝，
至今還不曾有過這樣的驚詫。　　　300
隨後坎賓思汗詢問了那武士，

⑦朗斯洛是亞瑟王傳奇中最著名的圓桌騎士之一。

310　　　　問這馬有什麼能耐，什麼本事，
　　　　　並要他講解一下駕馭的竅門。

　　　　　陌生的武士剛一拉馬的韁繩，
　　　　　這馬立即就踏出舞蹈的步法。
　　　　　武士道：「其實我不必多說，陛下，
315　　　　無論你想去什麼地方的時候，
　　　　　只要把它耳中的銷釘扭一扭──
　　　　　這一點，待會沒人時我再教你。
　　　　　你得讓馬知道，你想要去哪裡，　　　　310
　　　　　或者說，你想騎它去哪個國家。
320　　　　到了那裡以後，你如果想待下，
　　　　　就扭動另一只銷釘，讓馬落地。
　　　　　駕馭它的所有訣竅全在這裡，
　　　　　反正它會按你的意願降下去，
　　　　　並且一動不動地落定在那裡。
325　　　　那時儘管全世界的人齊用力，
　　　　　也無法把它拉動，使它移一移。
　　　　　不過，如果你要它去別的地方，
　　　　　只要扭動這銷釘，它立刻前往，　　　　320
　　　　　在眾目睽睽下頓時消失不見。
330　　　　而如果你要它回到你的身邊，
　　　　　那不論白天黑夜，它都會回來；
　　　　　至於它怎麼才能被你叫回來，
　　　　　待會只剩你我時，我再告訴你。
　　　　　什麼時候騎隨你意，都沒問題。」

335　　　　聽了這位武士解釋的一番話，

這位國君對那馬的駕馭方法
心裡已大致有了一定的把握；
於是這勇猛的國君非常快樂，　　　　　　330
又回去飲酒作樂，像先前一樣。
340　　人們把馬轡送到主塔裡收藏，
同君王的其他珍寶放在一起。
這時候，那馬卻已沒有了蹤跡──
我不知什麼道理，只能講這點。
我還是這樣讓這位坎賓思汗
345　　同他的文武百官去吃喝玩樂，
一直到天際開始出現了曙色。

第一部結束

第二部開始

睡眠，是良好消化的一位保姆，
這時向他們眨眼，叫他們記住：　　　　　340
酣飲和勞累之後得好好睡覺。
350　　她打著哈欠，把他們又吻又抱，
並對他們說：「睡覺的時間已到，
因為血在這時候已成了主導；
血液是自然之友，你們得珍惜。」
他們都打著哈欠，感謝她好意；
355　　他們已感到她的意見的確好，
便三三兩兩按她吩咐去睡覺。
他們做了什麼夢，我這裡不提，

因爲他們的頭腦裡充滿酒氣，　　　　　*350*
這會使他們一整夜做著亂夢。
360　他們直睡到紅日高照的時分；
人人都這樣，除了一個卡納絲，
因爲既然是女子，她很有節制。
入夜以後，她很早就離開父親，
從宴會上回來不久便已安寢；
365　因爲她不願第二天讓人看見
她面色蒼白或顯出一臉疲倦。
她美美睡了一覺就醒了過來，
因爲那麼多喜悅藏在她心懷。　　　　　*360*
當初她看到那個鏡子和戒指，
370　她的那張臉就已紅了二十次，
而那鏡子給她的印象特別深，
所以睡著之後就做了一個夢。
於是在太陽還沒有升起以前，
她把身邊照料她的保姆叫喚，
375　並對保姆說，她想馬上就起身。

這個老保姆是個愛打聽的人，
聽到她這麼說，馬上接口問道：
「公主，這是要去哪裡，這麼早？　　　　*370*
你想想，現在人家還都在睡覺。」
380　「我就是想要起來，」卡納絲說道，
「我不想再睡，倒很想出去走走。」

於是，奶媽叫侍女們起來侍候；
就這樣，她們十來人立即起床，

　　卡納絲隨即也起來穿好衣裳。
385　她紅紅的臉蛋像是太陽初露──
　　眼下，太陽已進了白羊宮四度──
　　卡納絲收拾停當，太陽仍很低，
　　她於是踏著輕盈的步子出去。　　　　　380
　　現在的這個季節已相當溫暖，
390　她穿著便於散步、遊玩的衣衫；
　　只見她身邊陪著五六個侍女，
　　在御花園中沿一條小徑走去。
　　濛濛的水汽從地面往上升騰，
　　更顯得那一輪太陽又大又紅；
395　這眞是一幅美麗的清晨圖景，
　　看得她們一個個都十分高興。
　　一個這樣的季節，這樣的清晨，
　　她聽見無數鳥兒鳴出的歡聲；　　　　　390
　　她一聽就懂那些鳥兒的心意，
400　因爲牠們的歌聲道出了目的。

　　每一篇故事裡總有一個要點；
　　如果這要點一直遲遲不出現，
　　有些聽眾的熱情也許會冷掉──
　　拖得時間越是長，趣味越減少，
405　因爲越是這樣拖，故事越冗長。
　　考慮到這一層原因，所以我想
　　我該盡快地回到故事要點上，
　　讓這些姑娘終止散步和遊蕩。　　　　　400

　　卡納絲這樣慢慢遊蕩和散步，

410　　走近一棵白得像石灰的枯樹；
　　　　在這高高的樹上棲著一隻鷹，
　　　　這時牠突然叫出淒切的聲音，
　　　　直叫得整個樹林都發出回響。
　　　　牠猛烈拍動自己的一對翅膀，
415　　打得牠自己的身上鮮血直淌，
　　　　淌在牠所棲息的這棵大樹上。
　　　　牠就這樣時不時地又啼又叫，
　　　　還用牠硬喙把自己亂啄亂咬——　　　　　　　410
　　　　無論是住在小樹叢中的老虎，
420　　還是住在密林裡的其他猛獸，
　　　　只要會哭泣，見了牠這種情形，
　　　　也會流同情之淚。牠高聲哀鳴；
　　　　如果我有本領，能描寫一隻鷹，
　　　　那麼，這樣一隻鷹的哀叫聲音，
425　　我想世界上不會有人聽到過。
　　　　牠的羽毛和體型都相當不錯，
　　　　其他各方面也長得非常美好；
　　　　看起來，牠是一隻遠處來的鳥，　　　　　　420
　　　　來自異國他鄉。由於失血多，
430　　牠有好幾次差點從樹上跌落，
　　　　因為牠在樹上已很難站得住。

　　　　且說那位美麗的卡納絲公主，
　　　　她的手指上既然戴著那魔戒，
　　　　自然就能夠完完全全地了解
435　　任何哪一種鳥叫聲中的含意，
　　　　而且連回答也用牠們的鳥語；

所以她立刻懂得那鷹的意思，
並出於同情，爲牠難過得要死。　　　　430
卡納絲急急忙忙走到樹下，
440　帶著憐憫的神情抬頭望著牠，
又把裙子兜起，因爲她知道，
如果鷹再次因爲失血而暈倒，
那就一定會從樹頂掉到地上。
就這樣，公主在那裡等了一晌，
445　最後，她向那隻鷹說了一番話，
這裡把那話的意思抄錄如下。

「你能不能說說，這是什麼道理，
你竟然痛苦得這樣作踐自己？」　　　　440
公主抬頭向那鷹說道，「是不是
450　失去情侶或哀悼友伴的去世？
因爲據我想，這樣的兩個原因
往往最能夠傷一顆溫柔的心。
其他的禍事我這裡不必多提，
因爲你既然在這樣戕害自己；
455　這足以證明，不是愛就是害怕
使你這樣狠心地把自己糟蹋，
因爲我沒看見誰要把你捕殺。
看在天主份上，善待你自己吧！　　　　450
或者說說看，怎樣才能幫助你？
460　因爲我無論是在南北或東西，
沒見過鳥或獸這樣殘害自己。
眞的，你這樣也使我傷心至極，
因爲，對你的同情我已難表達。

看在天主份上，從樹上下來吧！
465　我的親爸爸既然是一位國君，
只要讓我知道你悲傷的原因，
只要事情在我的能力範圍內，
我一定爲你解決，不等到天黑。　　　460
偉大的天主啊，願你把我幫助！
470　現在，爲盡快地治療你的傷處，
我還得開始爲你找一些藥草。」

這時鷹發出更加淒厲的尖叫，
接著就從那樹頂跌落到地上，
牠昏死在那裡，像塊石頭一樣。
475　卡納絲把牠拾起，放上了膝蓋，
然後耐心地等待牠甦醒過來。
這隻鷹從那昏迷中甦醒以後，
就操著鷹的語言這樣開了口：　　　470
「善心中很快就能夠湧出憐憫，
480　因爲它能感受到人家的痛心——
或者是聖賢的話或者是事實，
每天都在把這樣的道理證實，
因爲善良的心會表現出善意。
我能清楚看出，美麗的卡納絲，
485　老天給了你一副慈悲的心腸，
而由於你有這種女性的善良，
你就對我的痛苦表現出同情。
倒不是我希望改善我的處境，　　　480
而是我願意遵從你一番好心，
490　同時也可使人家汲取我教訓——

正如獅子見狗受罰而獲教益——
就爲了這些緣故或這些道理，
我願用我飛走前的這點時間，
把我所遭受的傷害追述一遍。」
495　就這樣，一個在講自己的苦難，
另一個卻哭得像是淚人一般；
後來還是那隻鷹勸她不要哭，
一面嘆著氣把牠受的苦傾訴。　　　490

「我出生（唉，那眞是倒楣的時光！）
500　並成長在一處灰色雲石崖上，
一切都順順當當，沒什麼憂煩，
所以也不知道什麼叫作磨難，
就這樣直到我能高飛上雲天。
有一隻雄鷹卻住得離我不遠，
505　看上去牠具備一切高貴品質；
其實牠陰險奸詐，極其不老實，
但全包藏在牠的謙和外貌下，
表面上只顯得那麼光明正大。　　　500
牠很會虛情假意地大獻殷勤——
510　如果說牠是假裝，有誰會相信？
總之，牠塗了厚厚一層保護色，
就像是躲在花下的一條毒蛇
始終在那裡等待咬人的時機。
這個所謂的愛神，這個僞君子，
515　一直假裝出謙恭有禮的外貌，
對異性又做得禮數十分周到，
顯出一副求愛者的甜情蜜意，

就像是墳墓，外面裝修得華麗， 510
裡面你們也知道，只是具屍首。
520 這個偽君子同樣有冷熱兩手，
就靠這兩手，牠想達到牠目標，
這目標，除了魔鬼沒有誰知道。
牠向我苦苦哀告總滿面淚流，
多少年以來裝得像把我追求，
525 而我既不知道牠極端地惡毒，
還偏偏存著好心的柔腸一副；
看到牠斬釘截鐵地指天起誓，
真以為牠會為了愛我而去死。 520
於是我把愛給了牠；但有條件，
530 也即我的貞操和名譽得保全，
無論在私下裡或在公開場合；
這也就是說，我根據牠的品德，
把我整個心和心思交給了牠——
天知道，真是什麼也不該給牠——
535 並以為我也永遠贏得牠的心。
正確的話一遍遍地得到證明：
君子和盜賊想的不是一回事。
現在牠看到事情發展到這時， 530
我已把我的愛情完全給了牠
540 （這點，我在前面已經講過啦），
並像牠發誓向我保證的那樣，
把我的一顆忠心交由牠執掌。
這慣耍兩面手法的兇惡東西
這時就卑躬屈膝地跪倒在地，
545 一種崇敬的表情掛在牠臉上，

眞像是一個溫情脈脈的情郎
被愛情的歡樂弄得心迷神癡——
無論是特洛伊的那個帕里斯，　　　　　540
還是伊阿宋，反正從拉麥開始⑧
550　（根據古人《聖經》中記的事實，
他是最早愛兩個女人的男子），
甚至可以說，從最早的人出世，
論欺騙本事，誰也不能同牠比，
甚至還不及牠的兩萬分之一。
555　如果論本事憑的是口是心非，
那麼人家給牠解鞋帶也不配，
誰還能像牠那樣地把我讚美！
看著牠那種風度，女子會心醉——　　550
沒一個能例外，任其怎麼明智；
560　因爲牠的舉止，牠講的每個字
都被牠修飾、裝點得恰到好處。
我既認爲牠的心忠實又純樸，
又爲牠的順從而特別地愛牠，
以至於哪怕牠只是心情不佳，
565　我一旦知道，不管那程度輕重，
也會感覺到死神絞得我心痛。
事情很快地就這樣發展下去，
我的意志成了牠意志的工具；　　　560
這也就是說，只要是合情合理，
570　我在任何事情上都順牠的意，
只要我能夠保持住我的自尊。

---

⑧這裡提到的三個人前面都曾出現過，他們對愛情或婚姻都有不忠實的
情形。

牠是我最親最愛的唯一親人——
天知道，我再不會對誰這麼親。

「就這樣，過了一兩年多的光陰，
這期間我只覺得牠一無缺點。
可最後，事情擺明在我的面前：
命運之神決定牠必須離開家，
而我則必須仍在這家中留下。
毫無疑問，我感到極其地悲哀，
那種心情我簡直表達不出來；
但是有一點我敢於向你吐露：
就是我由此懂得了死的痛苦——
說出來，我這樣痛苦沒人相信。
終於到了那一天，牠向我辭行；
看來牠也很悲傷，可是我以為
牠同我一樣感到離別的傷悲。
我聽牠說的話，又看牠的神情，
只當牠對我懷有深厚的感情，
也就真以為牠會回到我身邊，
以為牠只是離開我一段時間。
我又聯想到通常見到的情形，
以為牠這次去是為牠的功名，
不去不行；既然事情得這麼幹，
那麼讓牠走，我只能心甘情願。
我盡量不讓牠看到我的哀愁，
憑聖約翰起誓，我還握住牠手，
『我已完全屬於你，』我還這樣講，
『但願你對我也像我對你一樣。』

575

580

585

590

595

570

580

590

牠的回答我這裡就不必重複——
600　誰能講得比牠好，做得比牠毒？
牠好話說完，好事也就算做過。
『同魔鬼一起吃飯，』我聽人家說，
『就得準備好一把長長的湯匙。』
結果我不得不讓牠離我而去，
605　於是，牠去了牠最想去的天地。
哪裡合牠的意，牠就待在哪裡；
我想，牠一定記住了一條道理；
『誰要快活，就回自己的地方去。』　600
我想，這句話人們也常常說起。
610　自然啦，人的本性就是愛新奇；
這一點就像養在籠子裡的鳥。
因為哪怕你日夜把牠們照料，
讓籠底柔軟得就像絲綢一樣，
哪怕你餵牠們牛奶麵包蜜糖，
615　但是，就在籠門打開的一瞬間，
牠們會把牠們的飼料杯踢翻，
立刻就飛進樹林裡去吃蟲子，
因為牠們就愛吃新花樣的食，　610
而且喜歡牠們那一路的新奇；
620　哪怕血統高貴，這本性也難移。
唉，我講的這雄鷹也正是這樣！
儘管牠出身好，模樣漂亮大方，
既活潑瀟灑，態度又溫雅謙恭，
但一次看到雌鳶高飛在空中，
625　牠就一下子愛上了那隻雌鳶，
而對我的愛就成了過眼雲煙，

牠那套忠誠就此變成了背叛。
牠把對我的愛獻給了那隻鳶，　　　　620
於是我無可挽回地被牠遺棄。」
630 說完這話，這隻鷹又開始哭泣，
接著在卡納絲的懷裡昏過去。

卡納絲和她所有的那些侍女
都爲牠受到的傷害萬分傷悲，
但不知道怎樣才能把牠寬慰。
635 卡納絲撩起裙子，兜著牠回家，
隨後用膏藥輕輕地爲牠包紮，
把牠啄傷自己的地方收拾好。
現在卡納絲一心把藥草尋找，　　　　630
她挖來色彩鮮艷的奇花異草，
640 把它們做成前所未有的藥膏；
爲了盡力把這鷹的傷病治好，
卡納絲日日夜夜把這鷹照料。
她在自己的床頭邊做了鷹籠，
在這籠裡面鋪上藍色的絲絨，
645 在女性看來，這是忠誠的標記，
這鷹籠外面全都塗上了綠漆，⑨
並畫上所有背信棄義的飛禽，
像那些山雀、雄鷹以及貓頭鷹──　　　640
就在這些鳥的邊上，爲了洩憤，
650 還畫有一些喜鵲，用來罵牠們。

⑨在作者生活的時代，藍色象徵對愛情的忠貞，綠色象徵輕浮的愛情。

現在我讓卡納絲照料那隻鷹，
暫且也不談她那戒指的事情；
以後我會再回過來詳細說明：
這鷹重新贏得牠情郎的情形——
655　據故事所講，那雄鷹後來悔過，
正是坎巴魯斯調解後的結果。
這坎巴魯斯是我講過的王子，
眼下，我要給你們各位講的是，　650
一些出奇的歷險，重大的戰役——
660　你們都不曾聽到過這種奇蹟。

我首先要對你們講坎賓思汗，
他曾把多少的城鎮一一攻占。
然後我就要講講阿爾加西夫，
講他如何作了肖朵拉的丈夫——
665　為了這妻子，他多次經歷危難，
幸好有那匹銅馬幫助他脫險。
在那之後，我還要講講坎巴羅，⑩
他為了要把公主卡納絲爭奪，　660
同一對兄弟在比武場上格鬥——
670　講完這些我再回過去講那頭。

第二部結束

---

⑩上一節中的坎巴魯斯在以前從未出現過，似乎有可能就是坎巴羅。而
這裡的坎巴羅既要贏得卡納絲，那就難以是她的同胞兄弟。

第三部開始

阿波羅駕著戰車飛馳在高空，
在那位墨丘利神的水星宮中——⑪

（未完成）

---

⑪這兩行詩的意思為：兩個月以後。

平民地主的話①

**下面是平民地主對扈從說的話
和旅店主人對平民地主說的話**

「說真的，扈從先生，你講得很好，
我要衷心地把你的智慧稱道，」
675　平民地主說，「想到你這麼年輕，
先生，你講得的確非常有感情！
根據我的看法，我們這些人裡，
沒誰的口才今後能同你相比。
但願天主賜給你良好的機會，
680　讓你所有的才幹能繼續發揮！
因為我聽了你的故事很滿意。
雖說現在我手裡有一些田地，　　　　　　10
每一年可以收到二十鎊地租，
我寧可兒子能得到神的眷顧，
685　能像你一樣謹慎，一樣有才幹！
我不在乎一個人有多少財產，
除非有其他優點他可以誇誇。
我曾罵過我兒子，以後還要罵，
因為好好的正路他不肯挑選，

①此標題原文目錄中有而正文中無，現依目錄補加。

690　偏偏就愛擲骰子，就愛浪費錢，
　　　回回要弄得輸光了錢才算完。
　　　他還喜歡和家童、小廝們攀談，　　　　20
　　　卻不肯去結交一些體面人物，
　　　同他們結交倒能學一點禮數。」

695　「去你的禮數，」旅店主人高叫，
　　　「平民地主先生，你清楚地知道，
　　　你們每人至少講一兩個故事，
　　　否則就是違背了一起立的誓。」

　　　「我很明白，先生，」平民地主說，
700　「但是請你們不要另眼看待我——
　　　就因爲我同這人說了幾句話。」

　　　「別再多說了，快講你的故事吧。」　　　30
　　　「樂於從命，老闆，」平民地主道，
　　　「我照你的意思做；現在請聽好。
705　只要我這人還有足夠的智慧，
　　　那我就怎麼也不會把你反對；
　　　願天主讓我這故事合你心思，
　　　只有你滿意，我這才是好故事。」

平民地主

平民地主的引子

平民地主的故事引子

古代的不列塔尼人很有文化，
710 　他們把許多冒險用長詩寫下；
這種詩合乎他們語言的韻律，
有時候他們唱詩時伴有樂器，　　　　　40
有時候就憑著興趣把詩朗誦。
其中有首詩我牢牢記在心中，
715 　非常樂於好好給你們講一講。
但是各位，我這人沒什麼教養，
所以一開始就要請你們原諒：
我說話粗俗，你們別放在心上。
我過去確實從沒學過修辭學，
720 　說起話來總不免直率和粗野。
我從來沒睡在帕納塞斯山上，
從來沒有讀過西塞羅的文章。　　　　　50
修辭的色彩我當然一竅不通，
我懂的色彩全都長在田野中，
725 　要不就是人們的染料和油漆。
修辭的色彩對我來說很稀奇，
我感覺不到那裡有什麼花樣。
你們若要聽故事，那就聽我講。

平民地主的故事

平民地主的故事由此開始

不列塔尼在古代叫阿莫利凱，①
730　當初有一位騎士滿懷著情愛，
　　追求著一位出身高貴的女子。
　　他爲這女子經歷了許多險事，
　　又獻盡了殷勤，總算贏得了她。
　　因爲太陽下最美的就要數她，
735　而且她又出身於極高的門第，
　　所以這騎士感到心裡沒有底，
　　不敢吐露他心裡的種種苦惱。
　　但後來，那女子看他爲人可靠，　　10
　　特別是感到他一向溫順聽話，
740　就爲他受的苦惱開始憐憫他，
　　最後私下裡同意接受他的愛，
　　接受他作她的丈夫，她的主宰，
　　就像一般的丈夫能主宰妻子。
　　而丈夫爲讓他倆過幸福日子，
745　以騎士名義自願向妻子保證：

----

①阿莫利凱又譯阿爾莫利卡，是現今法國西北角一地區（即不列塔尼）
的拉丁名稱。

無論白天黑夜，他整個的一生
絕對不會憑著作丈夫的權力
強迫妻子，或者是表現出妒忌，　　　　　　　　20
而要像追求女子的男人一樣，
750　　聽從她的話並尊重她的願望；
只是，為了別讓他在外丟體面，
他要保持表面、名義上的夫權。

妻子向丈夫道謝，謙卑地說道：
「夫君，既然你這樣體諒和周到，
755　　主動給了我這樣大的自主權，
我但願天主讓我倆親密無間，
別讓我出錯而使我們有爭執——
我願作你卑順而忠誠的妻子。　　　　　　　　30
我向你保證，我一定至死不渝。」
760　　這樣，他們倆自然是相安無事。

各位，有一點我可以肯定地講，
就是朋友間彼此都應該謙讓，
這樣他們才能有長久的友誼。
愛情同樣不能靠壓力來維繫，
765　　你一用壓力，愛神就拍動翅膀，
立刻飛走，再不回你這個地方！
愛情這東西同靈魂一樣自由，
而女子的天性就是愛好自由，　　　　　　　　40
不願像奴僕受人家頤指氣使——
770　　我還要說句實話：男人也如此。
看看求愛中最有耐心的是誰，

他就占了比別人有利的地位。
可以肯定，忍耐是高尚的品德，
因為學者們對此講得很透徹：
775　　它能克服壓力壓不服的東西。
別常為一些小事埋怨或生氣。
要學會忍耐，否則，任你不願意，
我敢說一句：你將不得不學習。　　50
因為這世界上，可以肯定的是：
780　　人人都會偶爾講錯話、做錯事。
發火、生病、星象對世人的影響，
體液組合的變化、酗酒或悲傷，②
經常會使人們做錯事、說錯話。
所以別為小過錯而大張撻伐；
785　　可以說，每個有自制能力的人，
經過一定的時間都學會容忍。
這位高貴的騎士就相當明智，
為生活安寧，盡可能不管妻子；　　60
而妻子也誠心誠意向他發誓：
790　　她絕不會做對不起丈夫的事。

這裡可看到和諧、謙讓和明智，
妻子得到了她的僕人和主子，
這是愛情中的僕，婚姻中的主；
而丈夫則既有權威又受束縛，
795　　受束縛？不，他是一家的主宰，

---

②西方古代的生理學認為，生物體冷、熱、乾、濕四種體液的組合能決定生物體的體質等。

因為他已贏得心上人、贏得愛；
這是他的忠實的情人和妻子，
這種關係與愛情的法則一致。　　　　　　　70
我們的這位騎士得意又風光，
800　帶上了他的新娘一起回故鄉，
回到他離彭馬克不遠的老宅，
日子始終過得既美滿又安泰。

除了結過婚的人，誰能說得出
夫妻之間的那種美滿的幸福，
805　那種和諧又舒適的快活日子？
且說我上面所講的這位騎士
（他名叫凱魯特的阿維拉古斯），
他這樣過了一年多幸福日子，　　　　　　80
決定要去英格蘭待上一兩年
810　（當時英格蘭被人叫作不列顛），
憑他的武藝博取名望和榮譽，
因為他愛在這方面做出努力——
書上說，他是在那裡待了兩年。

這位阿維拉古斯我暫且不談，
815　先來講講他那位妻子道麗甘——
她把丈夫視為她的心、她的肝；
丈夫不在她身邊，她哭泣悲嘆——
忠誠的妻子這樣把丈夫懷念。　　　　　　90
她悲傷、哀訴、哭號，不吃不睡，
820　苦苦地想丈夫回來把她安慰，
而整個世界都不在她的心上。

她的朋友們知道了她的哀傷，
全都盡她們所能前來安慰她；
她們日日夜夜地勸她、告訴她：
825　這樣簡直是莫名其妙的自殺！
她們就是在她那樣的情況下，
各人都爲勸慰她而竭盡全力，
要她放下她心上沉重的思慮。　　　　100

你們大家都知道，哪怕是石頭，
830　只要在它上面一直刻，不停手，
總能在石頭上刻下一些痕跡。
人們對她的勸慰，同樣的道理，
她既然仍懷有希望，仍有理性，
就接受下來，撫慰自己的感情；
835　她就是這樣漸漸克制了悲痛，
畢竟她不能一直處在悲痛中。

她所牽腸掛肚的阿維拉古斯
也帶信給她，說自己平安無事，　　　110
不久可回家；幸而有這個消息，
840　要不然，她眞是差點傷心而死。

女友們見她已沒從前那樣愁，
便一個個跪在地上向她請求，
要她千萬同她們一起去遊玩，
從而把她心中的愁思都驅散。
845　最後她同意她們所提的建議，
因爲她覺得確實這很有道理。

她的城堡正好屹立在大海旁，
所以就在那一片高高崖岸上，　　　　　　　　*120*
她常同她的女友們散步消遣。
850　但只要她看見那些來往的船
各自在駛向它們要去的地方，
這景象會重新引起她的憂傷。
因為她經常自言自語地悲嘆：
「我所見到的這麼許多船裡面，
855　難道沒一艘載我的夫君回來？
他回來，我的心才會不再悲哀。」

有時她坐在崖岸上沉思默想，
眼光越過了崖沿朝著下面望。　　　　　　　　*130*
有時她看到猙獰的黢黑礁石，
860　她的心就會因為害怕而戰慄，
她的腿就會撐不住身體重量。
這時她只得頹然坐在草地上，
可憐巴巴地凝望那一片海面，
憂傷地發出下面這樣的悲嘆：

865　「永生的天主啊，你以遠見卓識
對這個世界進行有效的統治；
人們都說，你不造沒用的東西。
但是主啊，這些猙獰的黑礁石　　　　　　　　*140*
看上去讓人感到雜亂又醜惡，
870　同你創造的美好世界不相合。
全智全能的天主，你呀為什麼

　　　　創造這樣極不合理的東西呢？
　　　　有這樣的礁石，無論南北東西，
　　　　無論是人是鳥獸，都無從得益——
875　　　依我想，非但無益而且有害外！
　　　　多少人由此喪生？這點你清楚；
　　　　這種礁石把成千上萬人殺死——
　　　　儘管人們記不得死者的名字——　　　　150
　　　　人類是你創造的最美的生靈，
880　　　而你造的人還具有你的外形！
　　　　你本來似乎對人類極其仁慈，
　　　　但是為什麼又要用這種方式，
　　　　要這礁石，使有些人死在那裡——
　　　　而這種礁石只有百害無一利？
885　　　我知道，教士會隨心所欲地說：
　　　　這樣的安排會有最好的結果。
　　　　但我看不出這辯解有何道理。
　　　　天主啊，你有叫風吹起的能力，　　　160
　　　　我只要求你保護好我的天君——
890　　　讓教士去做那種辯解和爭論。
　　　　但願你為了我的夫君，天主啊，
　　　　讓這些礁石沉到地獄裡去吧！
　　　　因為我看到它們就怕得要死。」
　　　　她一邊這麼說，一邊流淚不止。

895　　　她的女伴們看到，在海邊散步
　　　　不能為她消愁，反增加她痛苦，
　　　　便做出安排去別的地方游玩。
　　　　她們陪她去一些山泉與河川，　　　170

陪她去一些風景宜人的勝地，
900　陪她跳舞、下棋、玩十五子遊戲。③

日子就這樣過去，有一天早上，
她們去附近的一個園子遊蕩，
事先就吩咐人們去那園子裡
備好食物和一切必需的東西，
905　準備在那裡一整天玩個舒暢。
這是五月裡第六天那個早上，
頭些天那種溫暖的五月陣雨
像把滿園的花葉抹了一層漆；　　　　　180
而且，人們憑各種各樣的手藝，
910　也真把園子裝點得格外美麗——
我敢說一句，除了那個伊甸園，
沒有第二個這種園子在人間。
鮮花的芳香，清新鮮艷的景物，
能使每個人的心都歡欣鼓舞，
915　只要這個人並不是身患重病，
或有巨大的悲痛壓著他的心，
因為園中充滿了美好和歡樂。
飯後，人們便開始跳舞和唱歌，　　　　190
但是只有道麗甘一個人除外；
920　她仍舊沒有擺脫愁思和悲哀，
因為她看遍婆娑起舞的人群，
都沒有時刻在她心上的夫君。

---

③在這種遊戲中，雙方各有十五枚棋子，憑擲骰子決定行棋格數，也可
以此進行賭博，其音譯為巴加門。

然而她必須懷著希望去等待，
讓時間慢慢地帶走她的悲哀。

925　在這次舞會上跳舞的人中間，
有個年輕人出現在她的面前；
這個人英俊瀟灑又衣物鮮明，
在我看起來，他比五月還清新。　　　　*200*
他的唱歌跳舞比任何人都好，
930　在這兩方面，世上數他最高超。
如果上面這樣的介紹還不夠，
那麼我還可以說：他得天獨厚；
他年輕強壯，聰明富有並正派，
受到人們的敬重和大家喜愛。
935　長話短說，我告訴你們個事實
（這事實，道麗甘本人全然不知）：
這多情的青年名叫奧雷留斯，
他所侍奉的神是愛神維納斯；　　　　*210*
世人中間，他最愛的是道麗甘，
940　至今他已愛了她兩年多時間，
但一直不敢把這心事告訴她——
是不用杯子就在把苦酒喝下。④
他既不敢說什麼，就只能絕望，
只能在歌中流露自己的悲傷，
945　因為歌曲中常有情人的哀告。
他說他的愛一直得不到回報。
以這個題材，他寫了許多小詩、

──────────

④不用杯子喝苦酒，此語意味著不是一點一點地喝，而是直接從酒桶大
量地喝。

短歌、怨詞、迴旋曲和雙韻短詩。　　　　220
　　　他說他不敢道出心中的憂傷，
950　憔悴得像地獄中的女魔一樣；
　　　又像是厄科愛上了那喀索斯，
　　　因不敢吐露愁思而只能一死。
　　　他除了我講的這種方式以外，
　　　根本不敢向對方傾吐他的愛。
955　但是在舞會上也有一些時候，
　　　年輕人一面把各種禮儀遵守，
　　　一面也可以凝視心上人的臉，
　　　做出的神情就像在懇求恩典；　　　230
　　　可惜道麗甘沒注意他的視線。
960　儘管如此，在這次舞會結束前，
　　　由於他家是道麗甘家的鄰居，
　　　而他又很受人尊重，很有聲譽，
　　　所以她很久以前就已認識他，
　　　於是他們兩人就開始了談話。
965　奧雷留斯漸漸談到他題目上，
　　　等到有了機會便向她這樣講：

　　　「夫人，憑創造世界的天主發誓，
　　　那一天你的丈夫阿維拉古斯　　　240
　　　出海遠航的時候，我奧雷留斯
970　如果知道這辦法能解你愁思，
　　　我寧可離開並永遠不再回來，
　　　因為對我的效勞你並不理睬。
　　　我得到的報酬是顆破碎的心。
　　　夫人，請為我的苦而給我憐憫；

975　因為我的生死就憑你一句話——
　　我但願天主讓我死在你腳下。
　　親愛的，現在我沒有時間多講，
　　開恩吧，不然你就是要我死亡！」　　250

　　於是道麗甘正視著奧雷留斯，
980　問道：「你的這話是你的心事？
　　我以前完全不知道你的心意，
　　現在既然知道了，我要告訴你：
　　以給我靈魂和生命的主起誓，
　　只要我還有控制言行的神志，
985　就永遠不會對我丈夫不忠實——
　　他娶了我，我永遠是他的妻子。
　　這就是我對你的最後的回答。」
　　說完後，她又添上了一句笑話：　　260

　　「奧雷留斯，上天作證，」她說，
990　「既然你訴說你是這樣地難過，
　　我願意有朝一日接受你的愛，
　　條件是：你從這裡的海岸搬開
　　所有那些零零落落的黑礁石，
　　免得它們會妨礙船隻的行駛——
995　我是說，當你搬走了這些石頭，
　　等到它們一塊也不剩的時候，
　　那時，所有的男人中我最愛你。
　　我能夠做的許諾也僅此而已。」　　270
　　奧雷留斯問：「你不能格外開恩？」
1000　她說：「憑造我的天主發誓，不能。

因為我知道這事你將辦不到——
你還是把你的那種妄想拋掉。
一個男人愛上了人家的妻子，
人家隨時能占有妻子的身子——
1005　愛人家的妻子，這有什麼意思？」

奧雷留斯發出一聲聲的嘆息；
聽了這番話，他感到十分懊惱，
不由得滿腔哀怨地這樣答道：　　280

「如果這是件不可能辦到的事，
1010　那麼夫人，我只能就一死了之。」
說完這句話，他立即轉身走開。
這時道麗甘的許多朋友走來，
並沿著花園的小徑四處遊蕩，
完全不知道發生過這一情況。
1015　接著他們又重新開始了作樂，
直到明亮的太陽已黯然失色；
因為地平線已經把陽光遮掉，
就是說，白天過去而黑夜已到。　　290
於是人們都心滿意足地回家，
1020　唯有那奧雷留斯的心情極差。
他回家的時候心裡十分悲傷，
他知道他已經無法逃脫死亡。
他感到他的心頭一陣陣地冷；
他伸出雙手，高高地舉向天空；
1025　他光著膝頭，跪倒在石板上面，
嘴裡似乎在祈禱，卻胡話連篇。

他由於傷心過度，已神志不清，
自己也不知道在說什麼事情。　　　　300
他要向天神訴說心中的苦惱，
1030　　首先就向太陽神這樣訴說道：

「阿波羅啊，世上一切花草樹木
都歸你管轄，你是它們的總督，
你給了它們不同的生長時節，
這全都根據你本身如何傾斜，
1035　　全都根據你本身位置的高低。
我奧雷留斯死路一條，求求你，
用你仁慈明亮的眼睛看看我！
我的心上人非得要我死不可，　　　310
儘管我沒罪；只求你慈愛的心
1040　　對我這垂死的心能加以憐憫！
我知道，若你太陽神願意的話，
就有幫我贏得心上人的辦法。
現在請讓我告訴你我的建議，
你用這辦法，救我便沒有問題。

1045　　「你那純潔有福的妹妹魯西娜⑤，
海洋的女神和女皇應當數她
（儘管尼普頓是管海洋的海王，
但是魯西娜的地位在他之上）。　　320
你很清楚，太陽神哪，她的願望

---

⑤魯西娜是羅馬神話中司生育的女神，這裡她又是月亮女神，而且由於
月亮對潮汐的影響，她又成了海神。

1050　　　就是被你的那團火激發、點亮，
　　　　　所以她一刻不停地跟隨著你。
　　　　　而海洋自然按照同樣的道理
　　　　　一心跟從她，因為她這位女皇
　　　　　主宰大大小小的河流與海洋。
1055　　　所以我要向你懇求，太陽神哪，
　　　　　請行個奇蹟（否則我就心碎啦）：
　　　　　當你下一次走到「衝」的位置時
　　　　　（據我所知，那將是在獅子座裡），　　　　330
　　　　　請向她提出，要她掀起個大潮，
1060　　　把不列塔尼海岸的礁石淹掉；
　　　　　讓最高的礁石也在水下五尋，
　　　　　讓這樣的水位維持兩年光陰；
　　　　　那時我能對我心上人這樣說：
　　　　　『礁石已沒有，你兌現你的許諾。』

1065　　　「太陽神，請你對我行個奇蹟吧！
　　　　　請你去要求你的妹妹魯西娜，
　　　　　要求她在今後的兩年時間裡
　　　　　控制她的速度，絕不能超過你。　　　　340
　　　　　這樣，兩年裡就一直會是月圓，
1070　　　春潮就一直出現在黑夜白天。
　　　　　除非她肯這樣對我大大開恩，
　　　　　讓我贏得我最親愛的心上人，
　　　　　幫我讓每一塊礁石沉到海底，
　　　　　沉到歸她統治的黑暗世界裡，
1075　　　沉到普路托在地下住的地方，
　　　　　否則我沒贏得心上人的希望。

　　　　　我願赤腳去你的特爾斐神廟。
　　　　　請看看淚珠在我臉上往下掉，　　　　　*350*
　　　　　太陽神，請你可憐我的痛苦吧。」
1080　　　說完這話，他一陣昏眩而倒下，
　　　　　不省人事地躺了很長的時間。

　　　　　他的兄弟知道他心中的哀怨，
　　　　　前來扶起他，把他送到了床上。
　　　　　儘管他感到痛苦又感到絕望，
1085　　　我只能讓這可憐人躺在那裡，
　　　　　讓他自己去選擇是生還是死。

　　　　　且說阿維拉古斯這騎士之花
　　　　　同其他一些高貴的人回了家，　　　　　*360*
　　　　　既很健康又贏得了巨大榮譽。
1090　　　道麗甘，你多麼幸福多麼歡愉！
　　　　　你把你多情的丈夫摟在懷裡，
　　　　　他是剽悍的騎士，高貴的武士；
　　　　　他愛你就像他愛自己的生命，
　　　　　他根本就沒產生過任何疑心，
1095　　　從沒想過，那麼長時間不在家，
　　　　　可有人對他妻子說求愛的話。
　　　　　他在這方面完全沒有多操心，
　　　　　只是跳舞和比武，讓妻子高興。　　　　*370*
　　　　　現在讓他倆去過快活的日子，
1100　　　我且說說那生病的奧雷留斯。

　　　　　不幸的奧雷留斯臥床兩年多，

　　　　他周身無力，精神上備受折磨。
　　　　後來，他總算已能夠下地走路，
　　　　但他的心靈一直得不到安撫，
1105　只有他書生兄弟給他些安慰，
　　　　因爲他知道哥哥心中的傷悲。
　　　　事實上，關於他這場病的原因，
　　　　他沒有膽量說給任何別人聽。　　　　　　380
　　　　潘菲留斯雖然暗戀著格拉佳，⑥
1110　但心中藏的愛遠遠比不上他。
　　　　他的胸膛看來很完好，沒有傷，
　　　　但是有一支利箭扎在他心上。
　　　　你們非常清楚，在外科手術中，
　　　　危險的作法是：只治表面傷痛──
1115　應當要找到箭頭，把箭頭取出。
　　　　他的兄弟悄悄地在獨自哀哭，
　　　　但是後來他忽然想起一件事，
　　　　就是當初他在法國奧爾良時──　　　　　390
　　　　那裡有一些年紀很輕的學子
1120　對於鑽研祕術特別地有興致。
　　　　他們在各個角角落落裡尋找，
　　　　要想把一些祕傳的本領學到──
　　　　他想起當初在奧爾良的時候，
　　　　一天他看到有本星象學的書；
1125　儘管當時他學的是別的課程，
　　　　但一位已經是法學學士的人
　　　　（這人是他的同學，經常來往）

───────────

⑥潘菲留斯曾用拉丁文寫過一首長詩，道出他心中對格拉佳的愛。

卻把這本書放在他的書桌上。　　　　　　400
這本書講了許多月亮的情形，
1130　講了月亮與二十八宿的運行，
還講了許多無稽之談的東西——
今天，這些連一隻蒼蠅也不值。
因爲我們信奉基督教的信條，
不能讓這種胡鬧把我們騷擾。
1135　然而當這位書生想到這本書，
他心中確實立刻就感到鼓舞；
在私下裡他對自己這樣說道：
「我哥哥的病一定能很快治好。　　　　　410
我可以肯定，世上的確有法術，
1140　憑這些法術可生出幻覺無數，
就像靈巧的魔術師做的那樣。
因爲我的確聽說有些宴會上，
魔術師常在大廳裡表演絕技：
大家看到有洪水湧進大廳裡，
1145　還有一條船在廳裡划來划去；
有時候則似乎來了一頭猛獅；
有時似乎百花在草原上盛開，
或出現一串串葡萄有紅有白；　　　　　420
有時是塗著石灰的石頭城堡——
1150　這些，人人都似乎已親眼看到，
但是魔術師能隨意使其消失。

「所以現在我能得出的結論是：
只要我去奧爾良找個老朋友，
只要他了解月亮和二十八宿，

1155　　或者掌握其他更高級的法術，
　　　　我哥哥就能夠解除相思之苦。
　　　　因為有的人就是有這種本事，
　　　　叫人家看不到那些黑色礁石，　　　　　　430
　　　　讓它們在不列塔尼消失不見，
1160　　卻讓船隻來往在那裡的海邊；
　　　　這個情形只要能維持一兩天，
　　　　我哥哥也就可以不用再哀怨。
　　　　那時道麗甘得遵守她的諾言，
　　　　要不然，至少還能羞辱她一番。」

1165　　我何必把這個故事講得更長？
　　　　總之，他來到他哥哥病榻邊上，
　　　　極力鼓勵他，要他同去奧爾良，
　　　　於是奧雷留斯立刻就起了床，　　　　　　440
　　　　而且很快就同弟弟出發上路，
1170　　為的是解脫自己的哀愁悲苦。

　　　　他們離那座城池已越來越近，
　　　　現在看來只剩下半里路光景，
　　　　卻遇見一位書生在獨自走路。
　　　　他用拉丁語向他們打過招呼，
1175　　隨後說出的一句話非常稀奇：
　　　　「我知道你們為什麼來到這裡。」
　　　　接著，他們還沒有往前走一步，
　　　　他已把他們的心事全部道出。　　　　　　450

　　　　不列塔尼來的書生向他打聽

1180　自己往日的朋友現在的情形，
　　　不料他回答說他們都已死去，
　　　害得那兄弟淌了不少的淚滴。

　　　奧雷留斯立刻就翻身下了馬，
　　　跟隨著這位魔法師一起回家。
1185　他把他們倆安頓得非常舒服，
　　　供給他們的食物可口又豐富。
　　　奧雷留斯從來都不曾看見過
　　　誰家有這樣齊全，有這樣闊綽。　　　　　460

　　　在吃飯以前，魔法師給他觀看
1190　滿是野鹿的那些樹林和獵苑；
　　　他看到，那裡的鹿都長著大角，
　　　這樣大的鹿他在別處看不到。
　　　他看到百來頭鹿被獵狗咬死，
　　　看到有些鹿中了箭，流血不止。
1195　野鹿都消失了以後，他又看見
　　　有個放鷹人站在一條大河邊，
　　　他放出的鷹撲殺了一隻蒼鷺；
　　　接著他看到武士們正在比武。　　　　　470
　　　隨後，魔法師更使他大受鼓舞，
1200　因為他看到心上人正在跳舞，
　　　他甚至覺得他在那裡一起跳。
　　　魔法師玩了這些把戲一套套，
　　　看看時間差不多，便兩手一拍，
　　　他們眼前的景象就頓時一改：
1205　原來他們根本就沒有出屋子，

只是在屋裡看了這麼些奇事——
他們三個人始終坐定在那裡，
坐在魔法師滿是書的書房裡。　　　　　　　　*480*

　　魔法師把徒弟叫到跟前問道：
1210　「我們的晚飯是否已經準備好？
自從我叫你爲我們準備晚餐，
我相信，到現在已快一個鐘點——
當時這兩位可敬的先生過來，
我陪著他們進了我這個書齋。」

1215　徒弟說道：「開飯的時間隨你意——
先生，全都備好，馬上開也可以。」
魔法師說道：「最好現在就去吃，
兩位多情的先生還得要休息。」　　　　　　*490*

　　吃過晚飯後，他們開始談交易：
1220　清除掉不列塔尼的全部礁石
（紀龍德河口到塞納河口那段，⑦
也得把礁石清除），這要多少錢？

　　魔法師說這事難辦，發誓說道：
辦這事得要一千鎊，不能再少——
1225　就算這數目，他還不大願意幹。

　　那哥哥一聽，心情立刻就好轉，

---

⑦紀龍德河在法國西南部，是法國最大、最長的三角灣；塞納河則在法
國北部。

　　說道：「一千鎊沒有什麼了不起！
　　這圓滾滾的世界若在我手裡，　　　　　　　500
　　我也肯把這廣闊世界送給你。
1230　我同意，我們已談妥這筆交易。
　　我名譽擔保，一定付你這筆錢，
　　但這事別拖拉疏忽，明天就辦；
　　要注意，可別讓我們滯留在此。」
　　魔法師說道：「一言爲定，我發誓。」

1235　奧雷留斯到時候便去上了床，
　　這一覺他幾乎一直睡到天亮；
　　因爲他滿懷希望又一路辛苦，
　　現在他的心稍稍擺脫了淒楚。　　　　　　510

　　一宿無話，到了第二天的早上，
1240　他們已在去不列塔尼的路上。
　　魔法師一路上陪著奧雷留斯，
　　等到他們到達他們的目的地，
　　大家下了馬；這時已是十二月，
　　據書上所說，那裡是寒霜時節。

1245　盛夏時節，太陽在它那位置上
　　射出一道道鋥亮的金色光芒，
　　可它現在已衰老，顏色像黃銅，
　　眼下無力地照著，在摩羯宮中──　　　　520
　　我簡直可以說：它已黯淡無光。
1250　一次次的冰雹、凍雨以及嚴霜，
　　已經毀掉每個庭院的綠草地。

這時，前後都長鬍子的傑納斯⑧
坐在爐邊，用他的牛角杯喝酒，
而他的面前則放有野豬的肉——
1255　聽得壯漢們喊道：「聖誕！聖誕！」

奧雷留斯無論在哪一個方面
都極尊重他請來的這位法師，
懇求他施展他的全部的本事，　　　　　*530*
從而幫他解除心靈上的苦惱；
1260　不然他寧可在心口上扎一刀。

聰明的魔法師同情他的苦惱，
所以日日夜夜地在盡力操勞，
爲的是尋找一個有利的時機，
就是說，要憑他的特別的技藝
1265　（我不懂星象學上的那些術語），
來造成一些特異情景或幻覺，
使得道麗甘等人都一致認爲，
不列塔尼的礁石已不翼而飛，　　　　　*540*
或以爲礁石全都沉入了海底。
1270　就這樣，他最後終於等到時機，
於是他玩起了他的那種把戲，
施展那種搞迷信的邪惡本事。

---

⑧傑納斯是羅馬神話中的天門神，司守護門戶和萬物始末，他頭部前後
各有一個面孔，故又稱兩面神。

他拿出幾張托萊多的天文表，⑨
表經過修訂，其他樣樣不缺少：

1275　既有大年的，也有小年的圖表，
還有計算星象的算式和機巧，
其他的東西，例如星盤等器物
和用於各種方程式的比例圖，　　　　550
他全都帶著，沒有一樣留在家。

1280　他根據第八運行軌道的歲差，
清楚地知道：阿爾納斯的位置⑩
從白羊宮頂已上去多少距離
（白羊宮則被認爲在第九軌道）；
他很熟練地把這一切計算好。

1285　當他找到月亮第一個位置時，
就用比例法得出其他的位置，
也就清楚地知道月亮的上升
和在哪個行星的界限內等等；　　　　560
他清楚地知道，按照他的目的，

1290　月亮應當在怎樣的一個位置；
他還知道其他的一系列規矩——
當時的異教徒要搞這類把戲，
反正都遵守這樣的一套規矩。
所以他毫不拖延也毫不遲疑，

1295　施展法術，結果有一兩個星期，

---

⑨托萊多是西班牙城市。這些表是十一世紀時一位在西班牙的阿拉伯天文學家所制訂。中世紀的天文學中，以托萊多的緯度爲根據進行計算。
⑩阿爾納斯是白羊星座中的一顆星，屬第一星等。

　　那些黑礁石似乎都已經消失。

　　對於是否能贏得他的心上人，
　　奧雷留斯始終都沒什麼信心，　　　　　　　570
　　只是日夜等待著奇蹟的出現；
1300　現在他知道礁石都已經不見，
　　再也沒什麼困難可以難住他，
　　便立即跪在他那位法師腳下，
　　說道：「我這個可憐人奧雷留斯，
　　我要感謝你，感謝愛神維納斯，
1305　是你們幫助我擺脫我的苦惱。」
　　他隨即便動身前往一座神廟，
　　因為想同心上人在那裡見面。
　　在那裡，剛一看到有機會出現，　　　　　　580
　　他便忐忑而謙恭地走上前去，
1310　向他最熱愛的女子表示敬意。

　　這個可憐人說道：「敬愛的夫人，
　　你是我最最害怕、最最愛的人，
　　世人中間，我最最不願得罪你，
　　要不是為你落下這有病之軀，
1315　幾乎就要在這裡死在你腳邊，
　　那我絕不會對你談我多悲慘。
　　但是我不談，肯定就一命嗚呼；
　　你讓我苦得要命，儘管我無辜。　　　　　　590
　　但儘管你對我的死毫不憐惜，
1320　請你在背棄諾言前考慮仔細。
　　因為我愛你，你就幾乎要我死，

爲了天主，懺悔你做的這件事！
夫人，你肯定記得許下的諾言——
倒不是我以爲有權要你兌現，
1325　主宰我的女士啊，我只求恩典。
當時在那個花園，在那個地點，
你曾答應我（這點你肯定記得），
你曾把手放在我手裡，保證說　　　600
你將會最最愛我；我雖然不配，
1330　但天主知道，這話出自你的嘴。
我說這個話，爲的是你的名譽，
夫人，而不是爲我的生命考慮。
我按照你的吩咐去幹了一番，
如果你肯的話，就請你去看看。
1335　決定由你做，但記住你的許諾，
反正無論死活，你總能找到我。
你能決定要我活還是要我死，
但是我知道，那些礁石已消失。」　　　610

他轉身走了，道麗甘呆呆站著，
1340　臉上已完全沒有一點點血色，
她沒想到會被自己的話套牢。
「噢，竟會發生這種事，」她說道，
「我從沒想到竟然有這種可能，
有這種怪事，有這種奇蹟發生！
1345　這畢竟違反自然界中的規律。」
於是這憂心忡忡的人回家去；
由於擔心，她簡直已難於舉步，
整整在一兩天裡她只是啼哭，　　　620

還昏厥了幾次，叫人見了難過。

1350　但是其中緣故，她不對別人說，

因為阿維拉古斯正好出了城。

她面色蒼白，一臉的痛苦表情，

只見她哭哭啼啼地自言自語——

那自言自語的話都記在這裡。

1355　「命運之神哪，這要怪你，」她說，

「你乘我不備，用圈套套住了我。

要逃出你這圈套沒別的辦法，

要不是失去貞操就只有自殺——　　630

這兩條路中間我得選擇一條。

1360　然而我寧可拚著這條命不要，

也不願壞了名聲，讓身子受辱，

或者讓人家講我說話不算數。

我只要一死，事情就可以過去；

從前，不是有很多高貴的婦女，

1365　不是有很多的姑娘，寧可自殺，

也不讓她們的身子被人糟蹋？

「瞧啊，有這些史料可以證實：⑪

那雅典的三十僭主令人髮指，　　640

他們在雅典宴會上殺了菲頓，

1370　立即下令去拘捕他的女兒們，

---

⑪平民地主雖在引子中說自己不懂修辭，但從上一段起至728行，卻是中世紀文學中典型的作法，他先從一個不在場的第二人稱（命運之神）開始，然後再枝枝節節地舉出許多歷史上的例子。

　　　　把她們帶到跟前，供他們洩怒，
　　　　要她們一絲不掛，供他們污辱，
　　　　他們逼姑娘們跳舞，就在菲頓
　　　　濺血的地方。願天主懲罰他們！
1375　　這些可憐的姑娘膽戰又心驚，
　　　　乘人不備，一個個全都投了井，
　　　　寧可去淹死也不願失去貞操；
　　　　這些都是古書上記載的材料。　　　　　　650

　　　　「再說邁錫尼城的一大夥男子⑫
1380　　搜來五十名斯巴達未婚女子，
　　　　想要對她們進行蹂躪和姦淫；
　　　　但這些姑娘個個堅決不答應，
　　　　不肯讓自己的童貞受到糟蹋，
　　　　結果這些斯巴達少女全被殺——
1385　　貞潔的願望使她們付出代價，
　　　　那我對於死，還有什麼要害怕？

　　　　「想想那暴君阿里斯托克里底，
　　　　他看中的姑娘叫斯蒂姆法麗；　　　　　　660
　　　　一天夜裡，姑娘的父親被殺掉，
1390　　姑娘就一直逃到狄安娜神廟，
　　　　伸出她雙手抱住了那個神像，
　　　　怎麼也不肯離開她待的地方；
　　　　沒人能把她的手從神像拉開，
　　　　最後她就在那個地方被殺害。

---

⑫邁錫尼是希臘伯羅奔尼撒半島西南部古城。

1395   既然連一些姑娘都不願屈服，
不願讓自己的身子被人玷污，
那麼依我想來，結了婚的女子
爲不受玷污，更應當一死了之。   670

「哈斯卓巴之妻在迦太基自殺，
1400   對於這個女人我還能說點啥？
當時她看到羅馬人攻占城池，
便同她所有的孩子跳進火裡；
她寧可讓自己被火燒死燒焦，
也不讓羅馬人危及她的貞操。

1405   「露克麗絲遭到了塔昆的強暴，
不也在羅馬對自己心口扎刀？
因爲她認爲塔昆毀了她名聲，
於是她寧可就這樣了卻一生。   680

「還有米利都地方的七位貞女，⑬
1410   她們因爲滿心的恐懼和疑慮，
生怕遭到高盧人的蹂躪糟蹋，
於是她們一個個全部都自殺。
這類故事我能講一千個不止。

「阿布拉達蒂斯被殺後，他妻子
1415   就殉夫自殺，讓自己鮮血直流，
流進她丈夫又大又深的傷口；

---

⑬米利都是安納托利亞西部的希臘古城，早期希臘在東方的最大城市。

她還說道：『至少我還辦得到：
使任何人不能破壞我的貞操。』　　　　　690

「我何必再多舉這樣一類例子？
1420　既然有這樣多的烈婦和貞女
爲保全自己貞操而不惜一死，
那麼我由此得到的結論就是：
與其被玷污，我寧可自殺身死。
我可不能做對不起丈夫的事，
1425　要不然我情願找個辦法自戕，
像德莫提恩的那個閨女一樣，
因爲她不願受到人家的玷污。

「塞達索斯啊，我感到非常痛苦，　　　　700
每當我讀到你兒女們的夭亡，
1430　她們的自殺都出於同樣情況。

「還有一件事，至少也同樣悲慘：
底比斯一姑娘遇到這種劫難，
爲逃避尼卡諾爾，她選擇死亡。

「另一位底比斯姑娘情況一樣，
1435　因爲有個馬其頓人糟蹋了她，
她用一死把自己的名聲洗刷。

「我何必再提尼斯拉提的妻子──
她也在同樣處境下自殺身死？　　　　　710

「阿爾西皮亞提斯的那個愛人
1440 　　對阿爾西皮亞提斯多麼忠貞——
愛人遺體不埋葬，她就寧可死！
瞧，阿爾刻提絲是怎樣的妻子！

「荷馬對帕涅羅珀又怎樣評價——
她的貞潔之名已傳遍全希臘？

1445 「天哪，記載中還有拉俄達彌亞；⑭
當她得知丈夫在特洛伊被殺，
她就不願再活下去，就此自盡。

「高貴的鮑西婭也是同樣情形；　　　　　720
她把她的整顆心給了布魯圖——
1450 　　沒有布魯圖，世界就留她不住。

「阿爾特米西亞是完美的女性，⑮
在蠻族各國，她受到廣泛尊敬。

「丟塔王后啊，你的貞潔的美名，
應當是天下為人妻者的明鏡！
1455 　　至於比利婭、瓦萊莉亞、夢多網，
她們的情況與丟塔王后一樣。」

⑭拉俄達彌亞的丈夫是普洛忒西拉俄斯，他在特洛伊登陸時最先陣亡。
他的新娘求諸神使其丈夫復活三小時，時限一到便自殺，一塊陪同丈夫
去冥界。
⑮阿爾特米西亞（？～350？）為阿納托利亞西南部卡里亞古國的王后，
國王死後，她主持朝政並為丈夫修建陵墓，為世界七大奇觀之一。

道麗甘嗚嗚咽咽哭了一兩天，
下定了決心要離開這個人間。　　　　　　730

但在第三天夜裡，阿維拉古斯
1460　回到了家裡，這位高貴的騎士
問妻子為什麼竟要這樣痛哭，
但妻子聽這麼一問，哭得更苦。

她說：「唉，我不該來到這世上！
我竟然那樣發誓，竟然那樣講──
1465　於是把整個事情告訴了丈夫；
那些話你們已聽過，不必重複。
阿維拉古斯聽了妻子這番話，
和顏悅色地這樣給了她回答：　　　　　740
「就是這些，道麗甘，沒有別的嗎？」

1470　妻子道：「沒有，願主幫助我吧！
就算這是天意，我也受不了啦！」

騎士說：「夫人，這事就別聲張吧！
事情拖到了今天，也許還可以；
但你該信守諾言，我得提醒你。
1475　就像我祈求天主保佑我一樣，
我確實寧可讓刀扎進我心臟，
也無論如何不願你失信於人，
因為我愛你愛得實在已太深。　　　　　750
一個人，最重要的是言行一致。」
1480　說到這裡，他自己也淚流不止。

接著他說道：「你一天活在世上，
這件事我就不許你對人家講，
要是講出去，我就叫你活不成。
而我對這事也盡力忍氣吞聲，
1485　臉上絕不流露出痛苦的痕跡，
免得人家犯了疑，對你就不利。」

他喚來一名扈從和一個侍女，
吩咐他們說：「你們陪夫人出去，　　760
立刻就送她去某某某某地方。」
1490　他們兩人告辭後送夫人前往，
儘管不知道夫人為何去那裡。
騎士當然也不說此舉的用意。

我敢肯定，你們中間的很多人
認為他在這事上表現得很蠢，
1495　竟讓他妻子去冒這樣的風險；
但別罵這妻子，先把故事聽完。
也許她運氣比你想的好一點，
反正你聽完故事後自己判斷。　　770

且說那個叫奧雷留斯的鄉紳，
1500　總把道麗甘當作他的心上人；
這天就在城裡最熱鬧的街上，
偏偏就會把這位道麗甘遇上。
因為道麗甘根據自己的諾言，
這時正逕直地前往那個花園；
1505　而奧雷留斯也朝那個花園去，

因爲他對道麗甘一直很注意，
觀察她每次出門去什麼地點。
不管是不是巧遇，他們見了面；　　　　780
奧雷留斯滿懷希望地打招呼，
1510　並問道麗甘，她這是前往何處。

她回答的時候似乎半已痴癲：
「我丈夫吩咐我，要我去那花園；
他叫我信守自己的諾言，唉唉！」

奧雷留斯聽了後感到很奇怪，
1515　對於道麗甘和她痛苦的心情，
他心中不由得產生一種憐憫；
他又想到她丈夫阿維拉古斯，
這高貴的騎士不願他的妻子　　　　790
失信於人而要她履行其許諾，
1520　想到這裡，他心裡感到很難過。
考慮到怎樣對各方都有好處，
他覺得人家既這樣高尙大度，
他也就應該收斂自己的戀情，
別去幹那種下賤卑劣的事情，
1525　於是他就很簡短地這樣說道：

「夫人，請你向阿維拉古斯轉告；
我看到你丈夫對你這樣高尙，
我也看到你自己的悲愁憂傷：　　　800
他寧可讓自己蒙受大辱奇恥，
1530　也不願讓你背棄自己的言辭。

所以我情願自己永遠去悲哀，
而不願離間你們倆之間的愛。
夫人，自從你出生後直到眼前，
凡是你對我許下的一切諾言
1535　和一切保證，我全都放棄權利，
把所有這些交還到你的手裡。
我要以名譽擔保，今後絕不會
因你的諾言而對你進行責備。　　810
現在我請你允許我向你告辭。
1540　你是世上最忠實、最好的妻子；
但每個妻子許諾時應當注意，
至少道麗甘的教訓應當牢記。
可見，我這人儘管沒什麼頭銜，
做的事可以同騎士一樣體面。」

1545　道麗甘光著膝蓋，跪倒在地上
向他道謝，隨後回丈夫的身旁，
把上面講過的情況說給他聽。
你們可以想像她丈夫多高興——　　820
要把這寫下來，我沒這個能力，
1550　其實，這件事何必講得更詳細？

阿維拉古斯和他妻子道麗甘
此後所過的日子極其地美滿。
他們親密無間，沒絲毫的不快；
丈夫把妻子當女王一樣對待，
1555　而妻子對丈夫也是忠貞到底。
關於這一對夫妻，我講到這裡。

奧雷留斯白白要浪費一筆錢，
不禁把自己出生的時辰埋怨。　　　　　　　830
「我曾答應那個魔法師，」他講，
1560　「天哪，說是要給他現錢一千鎊！
話已經說出去，還有什麼辦法？
我看我這人這下可得破產啦！
我得把祖傳的家產賣個精光，
變成個乞丐，不再留在這地方，
1565　免得讓我的親屬也丟人現眼──
除非我能得到魔法師的寬限。
我想這就去找他，提出個辦法，
以後每一年按期把錢付給他，　　　　　　840
並保證我信守諾言，絕不相欺，
1570　同時要感謝他的那一番好意。」

他心情沉痛地打開他的錢櫃，
取了錢以後去同魔法師相會。
我估計他共帶著五百鎊現錢，
至於剩下的數目，他請求寬限──
1575　給他些時間，讓他以後再補付。
他說：「我敢誇口講一句，師父，
我至今為止，從來都不曾失信，
欠你的錢，我肯定全部能付清，　　　　　　850
哪怕這使我窮得只剩下襯衣，
1580　哪怕去要飯，我也會把錢給你。
但是你如果肯接受我的抵押，
寬限我兩三年工夫，那樣的話，

我就可以應付得過來；要不然，
只能賣祖產。情況我已經說完。」

1585 魔法師聽了他的這樣一番話，
當下就很嚴肅地這麼回答他：
「難道我沒有履行同你的約定？」
奧雷留斯說：「你已很好地履行。」 860
「難道你沒有贏得你的心上人？」

1590 他回答「沒有」時的嘆息很傷心。
「這是什麼道理？照實告訴我。」
於是奧雷留斯把事情的經過
對他講一遍；這事你們已知道，
我再來重複就完全沒有必要。

1595 他說：「阿維拉古斯品格高尚，
他寧可自己死於哀痛和悲傷，
也不願妻子背棄自己的許諾。」
他還講到了道麗甘心裡難過， 870
說她那天難過得寧可就去死，

1600 也不願做個背叛丈夫的妻子；
還說她出於無心發了那個誓：
「她這人從不知道魔幻術的事。
這就使我非常同情她、憐憫她；
於是我把她大度的丈夫效法，

1605 同樣大度地把她送還她丈夫。
全部情況就如此，我都已說出。」

魔法師聽後回答道：「我的兄弟，

你們彼此的作爲都極講信義。　　　　880
雖然你是個鄉紳，他是位騎士，
1610　我在想，我作爲知書識禮之士，
萬能的主不會不讓我學你們，
同樣來一個善舉。千萬別擔心！

「我已免除你欠的一千鎊的債，
先生，就像你剛從地面冒出來，
1615　而以前同我根本就互不認識。
因爲我決定不要你一個便士，
盡管我爲你出了力，行了法術。
你已爲我提供過很好的食物；　　　　890
這就夠了，好吧，我就告辭啦。」
1620　說完話，他便騎上馬一路回家。

各位，現在我要問你們一句話：
你們看，他們中誰的氣度最大？
現在回答我，回答後再往前走。
而這裡我的故事也到了盡頭。

平民地主的故事到此結束

第二位修女

第　七　組

第二位修女的故事

第二位修女的故事引子

各種各樣罪惡的保姆和僕人，
在英語裡人們將其叫作懶散——
她是看門人，引人進享樂之門；
我們憑她的敵手去同她周旋，
就是說，對付得靠自己勤勉；
我們應該有明確的生活目標，
否則魔鬼用懶散把我們抓牢。

因為他有千百根陰險的繩子，
時時等待著機會把我們捆牢；
只要他看到有人在無所事事，
就很容易叫這人從此逃不掉，
因為只有當衣領已被他抓到，
人才會覺察自己已落入魔掌，
所以要努力幹，要同懶散對抗。

15　　人總得要死，這一點人們不怕，
　　　但是憑理智，當然看得很清楚：
　　　懶散同懶惰，兩者危害一樣大，
　　　從懶散、懶惰得不到任何好處；
　　　而且這種習性會把人牽制住，
20　　使人只知道吃喝，只知道睡覺，
　　　把人家勞動的果實全部吞掉。

　　　爲了使我們能遠離這種懶惰，
　　　免得由此而造成嚴重的劣跡，
　　　我現在根據一個古老的傳說，
25　　忠實譯出一位殉教者的遭遇
　　　和光輝的生平；啊，我指的是你，
　　　你的花冠出自玫瑰花、百合花，
　　　你這殉教的少女聖塞西莉亞。①

　　　向馬利亞所作的祈求②

　　　你呀，一開始我就要向你呼籲，
30　　你是世上一切處女中的花朵，
　　　聖貝爾納就最愛寫詩歌頌你，
　　　你是不幸者的慰藉，請幫助我
　　　寫好你這位聖女之死。憑美德

---

①聖塞西莉亞（？～230？）是羅馬酌基督教女殉教者，因拒絕崇拜羅馬
諸神而被斬首。她是音樂的主保聖人，據傳她能歌唱又能彈奏樂器，發
明了風琴。
②西方早期的史詩中，詩人爲得到靈感，常在正文前向繆斯等天神做一
番祈求。這裡作者也採用這一作法。在原作中，該標題爲拉丁文。

她獲得了永生並把魔鬼戰勝；
35　後面，人們就可以讀到她生平。
你是位處女，又是你神子之女；
是仁恕之源，醫治罪惡的靈魂；
因為你的善，神情願托胎於你；
你極為謙卑，卻高於世上眾人；
40　你使我們的天性得到了提升，
這就使天主對人類不再輕視，
讓他的兒子有個血肉的身子。

在你的身體這個神聖修院裡，
那永恆的愛與平和長成人形，
45　這位神主宰天空、海洋、大地，
也受到這個世界的不斷稱頌；
萬能的天主創造了芸芸眾生，
祂讓你處女之身把神子孕育，
你呀，你這位純潔無瑕的貞女！

50　你身上聚有端莊、仁慈、善良，
而且你還有寬厚的憐憫之情，
你就是太陽，就是美德的太陽；
你不僅幫助向你祈禱的人們，
而且還常常大發你慈悲之心：
55　人們還沒有向你提出其請求，
你已主動地前去對他們施救。

謙和神聖、美麗純潔的聖母啊，
救救放逐在無邊苦海中的我！

　　　　請你想想那迦南婦人講的話：
60　　　「主人餐桌上若有麵包屑掉落，
　　　　哪怕是狗也可以過去吃。」她說。
　　　　所以我雖是夏娃有罪的後代，
　　　　憑我的信仰，請你別把我推開。

　　　　但沒有善舉的信仰與死無異；
65　　　爲讓我行善，請給智慧和時間，
　　　　讓我離開這一片黑暗的境地！
　　　　你呀，這麼美又有無限的恩典，
　　　　願你在那高天之上爲我申辯，
　　　　那裡，天使們永遠高唱「和散那」，
70　　　哦，基督之母，聖安娜的閨女啊！

　　　　用你的光照亮我幽禁的心靈，
　　　　它受我肉體的污染，不勝困擾，
　　　　而且凡俗的慾望和假意虛情
　　　　對它也是個重壓，也是種打攪；
75　　　你呀是避難的港，人們有苦惱、
　　　　有哀傷，總能夠得到你的救援——
　　　　請幫幫我吧，因爲我也要行善。

　　　　但我請這個故事的讀者原諒，
　　　　因爲說到巧妙地組織這故事，
80　　　我非常抱歉，沒投入什麼力量；
　　　　對於原作者因爲崇敬這聖女
　　　　而寫的這個故事，我做的只是
　　　　根據那傳說，取其用詞和行文，

所以請你們加以修正和改進。

對塞西莉亞這一名字的解釋——
沃拉吉納的雅各大主教
將這名字列於《金傳》中③

85　　我先解釋聖塞西莉亞這名字，
　　　人們在她的故事中可以看到，
　　　這在英語裡是「天上百合」之意，
　　　象徵著最最純潔的處女貞操；
　　　或者說，她有令譽的芬芳味道，
90　　更有潔白的美德、青翠的良知，
　　　因此「百合花」就成了她的名字。

　　　或者，塞西莉亞為「盲者之路」意，
　　　因為她給了教益，是個好榜樣；
　　　要不然，我看到有的書中分析：
95　　塞西莉亞一字靠兩部分拼鑲，
　　　前一部分「塞西」當作「天」字講，
　　　意思是對於神聖的默想沉思，
　　　「莉亞」則意為不斷地積極行事。

③原文為拉丁文。沃拉吉納是熱那亞附近之地名。沃拉吉納的雅各
（1228／1230～1298）為基督教熱那亞大主教。他既是史學家，又是作
家，除多篇講道詞外，還著有熱那亞通史及《金傳》。《金傳》按教會曆
逐日編排，供每日閱讀之用，內容有聖徒生平、基督和聖母在世事蹟以
及有關聖日和聖期的資料。中世紀藝術家從該書吸取大量寫人寫事的素
材。有的專家認為，這段拉丁文標題可能是抄寫人作為注釋或說明加進
去的，而且認為，這一塞西莉亞故事中的資料，更接近於《金傳》以外
的來源。

塞西莉亞還能做這樣的解釋：

100 　「絲毫不盲」，因爲她睿智賢明，

而且有著高尚的美德和品質；

要不然，請看這位聖女的美名

由「天」和「雷奧斯」兩個部分組成，

所以人們能稱她爲「眾人的天」──

105 　大家仰望的善行、智擧的模範。

「雷奧斯」在英語之中意爲「眾人」，④

正像人們在空中看到的那樣，

既有日和月，又有無數的星辰，

人們在這位坦蕩的聖女身上

110 　看到她那高尚又寬宏的信仰，

也看到她的智慧的全部光輝

和各種各樣光明磊落的行爲。

就像一些學者所寫下的那樣，

圓的天熊熊燃燒又運行迅速；

115 　美麗潔白的塞西莉亞也一樣，

她在行善的時候動作極迅速，

又能非常周全地把節操守住，

她那顆愛心燃燒得大放光明；

她名字的意義現在我已講清。

結束

---

④塞西莉亞（Cecilia）在中古英語中爲Cecilie或者Cecile。上文中，作者主
要根據拉丁文對此字的詞源做了一番說明，但「雷奧斯」則是希臘文的

第二位修女的故事由此開始
講的是聖塞西莉亞的生平

120　根據記載，這光輝的塞西莉亞
　　　出生於羅馬的一個貴族家庭，
　　　從小在基督教的環境中長大，
　　　心中牢牢記住了基督的福音；
　　　據書上說，她的祈禱時時不停，
125　因為她既愛天主又敬畏天主，
　　　總祈求天主把她的貞潔保護。

　　　後來這姑娘不得不準備結婚；
　　　將娶她為妻的人叫瓦萊里安，
　　　也同她一樣，是年紀很輕的人；
130　到了將要舉行婚禮的那一天，
　　　她懷著虔誠而又卑順的心願，
　　　在那極盡華麗的金絲罩袍裡，
　　　貼著肉穿上了一件剛毛襯衣。⑤

　　　當風琴為她的婚禮奏出樂音，
135　她卻獨自在心裡對著天主唱：
　　　「請你保護我心靈、肉體的純淨，
　　　主啊，要不然我就會喪失希望。」
　　　為了紀念基督死在十字架上，

⑤剛毛襯衣是苦行者或懺悔者貼身穿的衣服，通常用馬毛製成。

她通常兩三天就要齋戒一次，
140　而且齋戒的時候總祈禱不止。

但到了晚上，按照通常的情形，
她得同她的丈夫上床去睡覺。
「啊，我所親愛的鍾愛的夫君，」
她很快悄悄對丈夫這樣說道，
145　「我這裡有一個祕密很想奉告，
只要你願意聽並且願意起誓，
保證不把我這個祕密說出去。」

瓦萊里安莊嚴地向她起了誓：
無論發生什麼事或出什麼錯，
150　他都不會把妻子的話說出去；
於是塞西莉亞對丈夫這樣說：
「有一位天使向來十分地愛我，
不管是我醒著或睡著的時候，
他總以摯愛把我這身子鎮守。

155　「但是如果他發現（這毫無疑義）
你碰我，或者說是粗俗地愛我，
那麼他就會立即置你於死地，
這樣你年紀輕輕就沒法再活；
但如果你以純潔的方式愛我，
160　他會因此而愛你，同愛我一樣，
並向你顯示他的歡快和榮光。」

瓦萊里安受到過天主的教導，

　　　　　隨即回答道：「要我相信你的話，
　　　　　那就讓天使顯現，也讓我瞧瞧；
165　　　如果他的的確確是天使的話，
　　　　　我就完全遵從你剛才講的話，
　　　　　但如果你愛的竟是別人，那好，
　　　　　我就用這劍把你們兩個殺掉。」

　　　　　塞西莉亞立刻就這樣回答道：
170　　　「你要是想看，就能看到那天使，
　　　　　這樣你就會受洗，會信基督教。
　　　　　現在你到維亞・阿庇亞去一次，⑥
　　　　　那兒離這城不過十里路而已。
　　　　　到了那裡，找住在那裡的窮人，
175　　　把我下面講的話去告訴他們。

　　　　　「告訴他們，我塞西莉亞叫你去，
　　　　　要求讓你見見好老漢烏爾班，⑦
　　　　　說有祕密話要講，但毫無惡意。
　　　　　等你見到了這位聖人烏爾班，
180　　　把我對你講的話對他講一遍；
　　　　　一等他為你清除了罪孽，那時，
　　　　　你還沒告辭就能夠看到天使。」

　　　　　瓦萊里安聽後便趕往那地點，

---

⑥維亞・阿庇亞是羅馬附近一地區名，羅馬最早基督教徒的地下墓地就
在該地。另外，一條著名的大路也以此為名。

⑦這裡指烏爾班一世，他在西元230年5月25日被斬首，成為殉教聖人。

185　他按照塞西莉亞講話的意思，
　　　很快找到那聖潔老人烏爾班，
　　　原來老漢藏身在地下墓地裡。
　　　他毫不耽擱，立即說明了來意；
　　　烏爾班仔仔細細聽他講完後，
　　　興高采烈地朝天舉起了雙手。

190　淚水一下子湧出了他的眼睛，
　　　他說：「耶穌基督，全能的主啊！
　　　你放牧我們，把善播進我們心，
　　　把貞潔的種子播向塞西莉亞；
　　　現在收回這種子結的果實吧！
195　你看哪，她真的就像一隻蜜蜂，
　　　完全像你的奴僕在把你侍奉！

　　　「她叫她新嫁的丈夫來到這裡，
　　　這丈夫本來該像是一頭猛獅，
　　　現在卻像溫馴的羔羊送給你！」
200　就在烏爾班剛剛說完這話時，
　　　突然出現位老漢身穿白袍子；
　　　他就站在瓦萊里安的正前方，
　　　一本金字的大書他拿在手上。

　　　瓦萊里安一看見便驚倒在地，
205　像死了一樣，但老漢扶他起來。
　　　「一個主，一個信仰，唯一的上帝，」
　　　老漢打開書，開始這樣唸起來，
　　　書上那些字閃爍出黃金光彩，

「一個基督教和一個萬物之父，

210　　他高於一切，而且無論在何處。」

讀完了這些，那位老漢就問他：
「你信還是不信？就說『信』、『不信』。」
「我信，」這就是瓦萊里安的回答，
「我敢說，比這更加真切的情形，

215　　天底下沒人能舉出一件事情。」
老漢忽然又消失，不知去哪裡。
烏爾班主教當即給他施了洗。

瓦萊里安回家後見妻子在家，
還有位天使站在屋子的中間，

220　　只見那天使的手裡全都是花，
原來是玫瑰花冠和百合花冠。
天使把一個花冠給瓦萊里安，
又把另一個花冠給塞西莉亞──
兩個花冠就給了他們夫妻倆。

225　　「這兩個花冠我從天國裡拿來，」
天使說，「你們要以潔淨的身心
好好地永遠把它們保存起來。
它們永遠都不會衰敗或凋零，
不會喪失它們的香味，請相信。

230　　只有純潔的和痛恨邪惡的人，
他的眼睛才能夠看得見它們。

「你這位瓦萊里安能從善如流，

很快就欣然接受基督教信仰；
你講個願望，我能滿足你要求。」
235　「我有個兄弟，」瓦萊里安這樣講，
「對別人我沒愛得像愛他那樣。
我求你讓他也能夠得到恩典，
讓眞理之光同樣使他睜開眼。」

天使道：「你這要求天主很歡喜，
240　你倆將憑殉教者的棕櫚葉子
來參加天主最最歡樂的宴席。」
說話間來了那兄弟提布爾斯；
他一來之後就感到香氣撲鼻——
都由玫瑰花、百合花散發出來——
245　這使他心裡感到非常地奇怪。

他說：「眞是稀奇，這個季節裡，
哪裡還會開著玫瑰花、百合花？
但我在這裡聞到它們的香氣。
再說，哪怕我手中拿著這些花，
250　也不能這樣深深把香味吸下。
我感到這香味進入我的心間，
把我這個人做了徹底的改變。」

「我們有兩個花冠，都非常顯眼，
是雪白和玫瑰紅的，」哥哥說道，
255　「但是你這樣的眼睛沒法看見。
你聞到它們香味，是靠我祈禱；
親愛的兄弟，這花冠你能看到，

只要你願意，而且又毫不遲疑，
心悅誠服地相信並了解眞理。」

260 弟弟問：「你這是眞在對我講話，
還是我們倆現在是在夢境裡？」
「說眞的，弟弟，」瓦萊里安回答，
「迄今爲止我們都生活在夢裡，
眼下我們才開始明白了眞理。」

265 「你怎麼知道？用的是什麼辦法？」
瓦萊里安道：「我就來告訴你吧。

「神派來天使，用眞理把我開導——
只要你心地純潔，把偶像摒棄，
也能這樣，否則什麼也見不到。」

270 我說，有關這兩個花冠的奇蹟，
聖安布羅斯曾在序文中提起；⑧
這位高貴的神學家十分可親，
他很鄭重地這樣讚揚這事情：

接受棕櫚葉這一殉教的標誌，

275 使聖塞西莉亞充滿神的恩典，
從此放棄了她的繡房和塵世；
那兄弟倆的皈依證明了這點。
於是天主也給了他們倆恩典；
祂派天使去他們那裡走一趟，

---

⑧聖安布羅斯（339？～397）是義大利米蘭主教（374～397），在文學、音樂方面也頗有造詣。

280　　　送去的兩個花冠都鮮艷芬芳。

這聖女把他倆帶進極樂天國，
世人也就此清楚明白地看到，
一心去敬愛夫主有什麼收穫。
塞西莉亞接著又向他講解道，
285　　　偶像都是些沒用的泥塑木雕，
它們不會講話，也根本聽不見，
所以要求他同偶像一刀兩斷。

「誰要是不信這一點，就是野獸，」
提布爾斯說，「我這話出自眞心。」
290　　　塞西莉亞聽後吻了吻他胸口，
爲他能認識眞理而感到歡欣。
「今天我就認你作我的同路人，」
這可親可愛的聖潔女子說道，
她其他的話，你們下面能聽到。

295　　　「就像由於對基督的愛，」她說道，
「使我嫁給了你哥哥，同樣道理，
我現在視你爲我的親密同道，
因爲你將你所有的偶像拋棄。
現在跟你哥哥走，去接受洗禮，
300　　　使你靈魂潔淨；你這樣能看見
你哥哥說起的那位天使的臉。」

提布爾斯答道：「我親愛的哥哥，
先告訴我去找誰，去什麼地方。」

「找誰？來吧，高興起來，」哥哥說，
305　　「我帶你去烏爾班主教的地方。」
「找烏爾班？瓦萊里安，我的兄長，」
提布爾斯說，「你要帶我去那裡？
我覺得你這話有點不可思議。

「你指的不是烏爾班吧？」弟弟講，
310　　「人家三令五申地要把他處死，
弄得他潛伏在暗處，東躲西藏，
白天裡都不敢出來露面一次，
怕人家用熊熊的火把他燒死——
只要有人發現他並把他抓到。
315　　我們也一樣，只要去同他結交——

「我們看不到那位天上的主宰，
但是我們如果在世上尋找他，
我們就會被燒死，就會被殺害！」
塞西莉亞很勇敢地這樣回答：
320　　「如果人只有一條命，沒有其他，
那麼他們自然就怕死，好兄弟，
自然怕喪失生命，這非常合理。

「但是你不要害怕，離開這塵世
還能更好地活下去，得到永生；
325　　這是仁慈的基督所作的宣示。
這位聖子創造了各種的生靈，
所有的生靈又全都賦有性靈；
而聖父那裡還來了那個聖靈，

給生靈以靈魂，所以你別擔心。

330 「當那個聖子來到這個世上時，
用言詞和他所行的奇蹟宣告，
人類另外還有一種生的方式。」
「我親愛的姐妹，」提布爾斯說道，
「你剛才不是說只有一個神道，
335 而這個神道也就是真正的主？
可現在說了三個；請講講清楚。」

「我離開之前這點對你說一說：
就像是人有三種智能的情況，
即記憶、才智、想像，」塞西莉亞說，
340 「神的情形同這點非常地相像，
一個也就是三個；可以這樣講。」
接著，塞西莉亞認真地對他談
基督的降臨和所遭受的苦難；

又說到聖子受到的許多痛苦，
345 說祂在這世上待了一段時間，
為的是要讓人類能得到救贖，
因為人們生活在罪和愁中間。
總之她全面解釋了有關各點；
那個作弟弟的聽後，疑問全消，
350 跟哥哥一道去找烏爾班主教。

烏爾班主教感謝了天主，當時
就給他傳授全部有關的知識，

給他施了洗，讓他做神的鬥士；
此後，神常賜恩典給提布爾斯：

355　除了每天能到處都看到天使，
他若有什麼要求向天主提出，
天主總是很及時地予以滿足。

耶穌為他們行的奇蹟非常多，
要我按次序說來就十分困難；

360　但是到最後（我們就長話短說），
羅馬的士兵捉了他們去見官，
押送到長官阿爾馬奇的跟前。
他審問他們，弄清他們的目的，
便下令押往朱庇特神像那裡，

365　說道：「要是誰不願去那裡獻祭，
就砍下他腦袋，這是我的命令。」
這個長官的手下有一位書吏，
馬克西姆斯是這位書吏的姓；
他受命帶上他們兩人去執行，

370　於是帶走了這兩個殉道聖徒，
但因為同情他們，他不禁哀哭。

接著他得知他們信仰的道理，
便去徵得幾位掌刑人的同意，
一起把他倆帶到了自己家裡，

375　天黑前請他倆講了一番道理。
他的一家和幾位掌刑人一起
聽了之後，信奉了唯一的上帝，

一個個都把錯誤的信仰拋棄。

到天黑的時候，塞西莉亞來了；
380　她帶來教士專為那些人施洗。
又過了一陣，夜色讓位於曙色，
這時候塞西莉亞一臉的正氣，
對他倆說道：「拋開黑暗的東西，
你們兩個基督的忠誠戰士啊，
385　現在穿起你們白天的盔甲吧！

「你們確實已打了重大的一仗，
現在可以去接受那永生之冠；
你們完成了使命，保全了信仰。
你們侍奉的那位正義的法官
390　會賜給你們理應得到的華冠。」
我說，塞西莉亞講完了這番話，
人們就把他們倆帶去獻祭啦。

但是他倆被押到偶像跟前時
（我就簡短地講講這事的結尾），
395　他們不焚香，不獻祭任何東西，
而是畢恭畢敬地往地上一跪，
決心獻身於基督而視死如歸，
於是他們在那裡被砍掉頭顱。
他們的靈魂飛向仁慈的天主。

400　馬克西姆斯目睹了發生的事，
立刻含著同情的熱淚對人說：

他親眼看到許多光輝的天使，
簇擁著他倆的靈魂飛向天國。
聽後，改信基督教的人非常多，
405　但阿爾馬奇為此而下令懲治：
用鉛做的鞭子把他活活打死。

在瓦萊里安和提布爾斯旁邊，
塞西莉亞不事聲張地埋了他——
就在同一石板下的墓穴裡面；
410　阿爾馬奇得知後又吩咐手下，
要他們立刻去捉拿塞西莉亞——
他想要塞西莉亞在他的面前
朝著朱庇特獻祭、焚香給他看。

但他們聽過她教導，已經信教，
415　對於她的每句話都無限信任。
接到了這個命令，他們哭喊道：
「基督是神的兒子，同樣是真神，
我們但願你的名崇高而神聖；
哪怕死，我們異口同聲地承認：
420　你有個極好的僕人把你侍奉。」

阿爾馬奇聽到了他們講的話，
叫他們帶塞西莉亞來給他瞧；
塞西莉亞來後，這長官就問話。
「你是怎樣的一個女人？」他問道。
425　塞西莉亞答：「我家的門第很高。」
「儘管你不樂意，」阿爾馬奇說道，

「我還是要問你：你信什麼宗教？」

「你的問題一開始就十分愚蠢，
一個問題竟要人做兩個回答，」
430　塞西莉亞講道：「你問的話很笨。」
對於這說法，那長官以問爲答：
「你怎麼竟會說這樣無理的話？」
「怎麼會說？」受到追問的她答道，
「我憑良知和眞誠信仰的指導。」

435　阿爾馬奇說道：「你難道就不怕
我的權力？」但塞西莉亞這樣講：
「你的權力根本就不值得害怕；
任何凡人的權力只是個膀胱，
裡面被吹足了氣所以才膨脹，
440　但是用針尖一刺，它就會炸開——
那種虛張聲勢立刻就癟下來。」

「你一開始就錯，」阿爾馬奇說道，
「然而現在還是在錯誤裡堅持。
你知不知道，我們的高官大僚
445　已經下達了命令並做了指示，
要對每一個基督徒嚴加懲治？
除非他把他基督徒身分放棄，
就此同基督教完全脫離關係。」

「你們的高官和你大人都錯啦！
450　用瘋狂的判決，」塞西莉亞說道，

「你們把無辜的我們說成犯法，
其實我們的清白你完全知道。
而僅僅因爲我們敬奉基督教
並自稱基督徒，他們就不放過，
455　硬是指責我們，說我們有罪過。」

「但我們知道這個稱號的價值，
當然就無論如何也不會放棄。」
長官道：「如果你想要免於一死，
那只有兩條路，你選其中之一：
460　去獻祭，或者把你的信仰放棄。」
聽了這話，那聖潔美麗的姑娘
大笑起來，衝著那長官這樣講：

「你這個判官眞是精明得糊塗，
你難道要我承認我是個罪人？
465　你難道要我否認自己的無辜？
大家都看看這裝腔作勢的人，
瞧他瞪著眼睛就像是發了瘋！」
長官問她道：「你這可憐的人哪，
你知不知道；我的權力有多大？

470　「你知不知道，我們的高官貴爵
已經給我充分的權威和權力，
人的生死，我一句話可以判決？
你對我說話爲什麼傲慢無禮？」
她答道：「我的話只是堅決而已，
475　並不是傲慢無禮，因爲依我看，

傲慢是罪惡；我們都痛恨傲慢。

「如果你不怕聽我的一句眞話，
那我就公開指出（我有這權利），
你剛才講了一句嚴重的假話。
480　你說你們的大人物給你權力，
可以讓人活，可以置人於死地；
其實，你只能剝奪人家的生命，
除此之外，沒其他權力或本領！

「只能說是你們的大人物派你
485　做了死神的助手；你要是誇口，
就只是撒謊，因爲你沒那權力。」
長官說：「你那囂張氣焰收一收──
不向我們的神獻祭就別想走。
你對我的無端指責我不在乎，
490　我能容忍，我有哲學家的氣度。

「但是我無論如何也不能容忍
針對我們眾神的污蔑性言辭。」
塞西莉亞說道：「你這個人眞笨！
你從頭到尾對我講的每個字，
495　都使我感到你這人十分無知；
可以說，無論從哪個方面來看，
你是個瘟官，是個愚蠢的判官。

「從你的眼睛來看，樣樣都表明
你已經瞎了眼，因爲我們大家

500　　說是石頭的東西（我們看得清），
　　　　就是你偏偏要以「神」來稱呼它。
　　　　告訴你，你不妨伸手摸它一下，
　　　　好好摸摸，既然你瞎眼看不見，
　　　　反正這的確是石頭，你會發現。

505　　「這多麼可恥：老百姓笑你愚蠢，
　　　　他們根本就不把你放在眼裡。
　　　　因為一般的人間也用不到問，
　　　　都知道天上有位全能的上帝；
　　　　而這些偶像（如果你還有眼力
510　　就能看出）對你對他們沒好處，
　　　　事實上，這些偶像連蟲都不如。」

　　　　這樣一類的話她講了很不少，
　　　　長官動了怒，下令把她押回家。
　　　　「在她的家裡，」阿爾馬奇說道，
515　　「就在浴盆下燃起大火燒死她。」
　　　　他既下命令，人們只好執行啦；
　　　　他們把塞西莉亞鎖進洗澡房，
　　　　一晝夜在下面把火燒得極旺。

　　　　整整燒一個夜晚和一個白天，
520　　儘管那大火把浴盆燒得滾燙，
　　　　但塞西莉亞沒有流下一滴汗，
　　　　她冷冷地坐著，絲毫沒有受傷。
　　　　但她不可能活著出那洗澡房；
　　　　因為阿爾馬奇已決定要她死，

525 派了他的劊子手進了那浴室。

劊子手朝她的頸子砍了三下，
但是並沒有砍下她那個頭顱；
這時劊子手不能再砍第四下，
因為有一條法令那時已公布，
530 就是為避免受刑人過於痛苦，
不論刀輕刀重，不能挨第四下，
於是劊子手再也不敢下手啦。

她頸子斷了一半，人半死不活，
劊子手讓她躺地上，自己走掉。
535 住在她家附近的基督徒很多，
他們用布把她的傷口包紮好；
三天裡她受這種創痛的煎熬，
但仍堅持自己的基督教信仰，
並且不斷地向周圍的人宣講。

540 她把家中的東西都送給他們，
並把他們託付給烏爾班主教，
向他這樣說道：「我祈求了神，
得到了寬限，能夠晚三天報到，
以便走前把這些人向你轉交，
545 同時對我的房子能做些準備，
今後作教堂，永遠供教徒聚會。」

聖烏爾班帶領他的一些助祭，
趁夜色悄悄把她的遺體埋葬，

鄭重地把她葬在聖徒的墓地。

550　她的屋子改叫聖塞西莉亞堂，
聖烏爾班盡其所能祝福該堂；
到今大，人們仍到這教堂裡來，
向基督和祂的聖徒進行禮拜。

第二位修女的故事到此結束

教士跟班

教士跟班的引子

教士跟班的故事引子

講完聖塞西莉亞生平的時候，
555　我們一共走了不過十六里路。
我們剛來到這布嶺下的鮑登；
有個一身黑的人追上了我們，
他黑衣裡面穿著白色的法衣。
一匹灰斑的挽馬是他的坐騎，
560　馬身上的汗叫人看了很驚奇，
彷彿他已經策馬跑了十里地。
另一匹馬上騎的是他的跟班，
馬渾身是汗，似乎再跑已困難；　　10
馬的兜胸皮帶上盡是牠汗沫，
565　牠全身汗津津，顯得斑斑駁駁。
一只搭褳放在他馬鞍的後部，
看起來這個人倒是輕裝上路。
看了這夏日出門的可敬的人，
我心裡不禁感到有點兒納悶，
570　猜不透他是哪方面人士，直至
看他兜帽縫在斗篷上的方式，
我就憑這點，長時間苦苦尋思，
終於斷定，他是教士團的教士。　　20

　　　　　他的帽子憑帽帶掛在背脊上，
575　　　因爲他一路騎來，趕得很匆忙，
　　　　　而且像瘋子那樣地催馬飛奔。
　　　　　他在兜帽下用牛蒡葉子作襯，
　　　　　既隔汗，又讓他的頭保持清涼。
　　　　　但是有趣的是他出汗的模樣！
580　　　他的前額上，汗珠不斷往下滴，
　　　　　就像裝滿藥草在蒸的蒸餾器。
　　　　　這人追上了我們便開始叫喊：
　　　　　「主保佑你們這些快活的旅伴！」　　　　30
　　　　　接著他說道：「我拚命催馬飛奔，
585　　　爲的是想要盡快地追上你們，
　　　　　因爲同你們一道快活又熱鬧。」
　　　　　他的跟班也同樣非常有禮貌，
　　　　　他前來說道：「各位，今天早晨，
　　　　　看見你們從客店裡上馬動身，
590　　　我就提醒了我這主子和東家；
　　　　　他喜歡同你們大家一道騎馬，
　　　　　他就愛尋歡作樂，愛東蕩西遊。」
　　　　　我們的旅店主人說道：「朋友，　　　　40
　　　　　爲你的提醒，願天主保你發跡。
595　　　看得出你東家聰明，毫無問題，
　　　　　他準是一個快活人，我敢擔保。
　　　　　但爲了我們大家路上興致高，
　　　　　他能不能講個故事出來聽聽？」
　　　　　「誰？我東家？當然，請你相信：
600　　　他有不少快活而有趣的故事，
　　　　　簡直多的是；而且實話告訴你，

如果你能夠同我一樣了解他；
就會奇怪他本事怎麼這樣大，　　　　50
真是樣樣都拿得起，樣樣都行。

605　他已幹成了好幾件重大事情；
對你們來說，要辦那事極困難，
除非你們跟他學過該怎麼幹。
他在你們中騎著馬，並不出奇，
但如果誰能了解他，就很有利；
610　我敢拿我的一切同你們打賭；
哪怕你們會喪失很多的財富，
你們也不願失去他這個朋友。
他這人的智慧可說得天獨厚，　　　60
我告訴你們，他是個出眾的人。」

615　旅店主人道：「那就請告訴我們，
他是不是個讀書人？什麼行當？」
「比起讀書人，他要高出好幾檔；
讓我再說幾句話，」這個跟班講，
「介紹我東家本領的一些情況。

620　「我要說，他的本領確實不得了
（但你們從我這裡一點學不到，
儘管他在工作時我提供幫助），
他能使我們騎馬走的這條路，　　　70
從這裡開始直到坎特伯雷城，
625　對，他能使這條路徹底翻個身，
並讓這路面鋪滿白銀和黃金。」

聽了那跟班做的這一番說明，
我們的旅店主人說道：「天哪！
依我看來這奇蹟驚人地偉大。
630　既然你主子有這樣大的本領，
人們憑這點就該對他很尊敬，
但他對自己的體面太不注意。
瞧他身上穿的不像樣的外衣，　　　　　　80
對他這種人就太不相稱，我說，
635　他的這件衣服既很髒，又很破！
如果你講的話符合他的情況，
那麼他肯定買得起體面衣裳，
既然如此，爲什麼他這樣邋遢？
好吧，我這個問題要請你回答。」
640　跟班說道：「爲什麼問我這問題？
天主保佑我：他永遠不會發跡！
（但是這話我不願公開傳出去，
所以我請你要爲我保守祕密。）　　　　　90
說眞的，我認爲他已過於聰明，
645　而萬事一過了頭就沒好事情——
照讀書人的說法，變成了缺點。
所以我認爲這方面他有缺欠。
因爲一個人如果聰明過了頭，
常常會成爲濫用聰明的根由。
650　我主子就是這情況，我很難過；
願天主補救，別的沒什麼可說。」
旅店主人道：「這就不談了，但是，
既然你說你這位主子有本事，　　　　　100
既然他這麼聰明又這麼能幹，

655　我真心請你把他幹的活談談，
　　並且把你們住的地方告訴我。」

　　「住在一座城池的郊外，」跟班說，
　　「藏身在人煙稀少的陋街淺巷；
　　在那種冷落可怕的窮鄉僻壤，
660　還住著形形色色的強盜小偷──
　　因為不敢在人們中露面拋頭。
　　如果說實話，我們就住在那裡。」

　　旅店主人道：「現在我還要問你：　　　110
　　你臉色為什麼這樣灰黃發青？」

665　跟班回答道：「這是天主不照應！
　　我相信，這是因為我經常吹火，
　　火是吹旺了，我的臉卻變了色。
　　我從來也不拿鏡子照照自己，
　　只是苦苦地學習煉金的技藝。
670　我們迷惑的眼光朝火裡細瞧，
　　但任憑怎樣總是達不到目標，
　　總是搞不出結果，弄不出名堂。
　　我們故意讓人們看到些假象，　　　120
　　然後向他們借錢，或借一兩鎊，
675　或借十來鎊，甚至更大的數量。
　　當然了，我們總是讓他們認為，
　　我們至少能使一鎊錢翻一倍！
　　這是無稽之談，但我們不退縮，
　　我們巴望成功，仍不斷地摸索。

680　　但這門學問總在我們的前方，
　　　任我們發誓，我們總沒法追上，
　　　它總很快在前面溜走；到頭來，
　　　這件事將使我和他變成乞丐。」　　　130

　　　跟班正這樣講著話，那個教士
685　　已越走越近，跟班講的每個字
　　　他都已聽到；他時時要起疑心，
　　　任何人說話他都要仔細聽聽。
　　　因為加圖說過：見人家在說話，
　　　一個有罪的人總以為在說他。
690　　所以這教士騎馬向跟班走近，
　　　就是為了把他講的話聽聽清。
　　　他這時對他的跟班這樣說道：
　　　「閉上你的嘴巴，不許你再嘮叨。　　　140
　　　要是再講，你將付很大的代價。
695　　你在這些人中間說我的壞話；
　　　應該保密的事全被你說出去。」

　　　旅店主人道：「是嗎？你仍說下去，
　　　別管他，他這種威脅一文不值！」
　　　跟班說：「對，我是不當他一回事。」

700　　那教士一看眼前這樣的局面，
　　　知道他祕密必然被跟班揭穿，
　　　於是又羞又恨地連忙就溜掉。

　　　跟班說道：「這一來事情就大妙。　　　150

現在我把事情全告訴你們吧——
705　既然他已溜掉，讓魔鬼抓走他！
我保證，今後絕不再同他來往，
哪怕他給我使士或給我金鎊！
當初引我去幹那勾當的傢伙，
願他在痛苦和恥辱之中生活！
710　說真的，這對我不是一件小事，
任憑人家怎麼講，這點我堅持。
我雖吃了許多苦，受了許多罪，
花了多少力氣又倒了多少楣，　　　160
但當時我無論如何欲罷不能。
715　現在願天主讓我盡我之所能，
把那把戲的底細全告訴你們！
但說來話長，只能講其中部分。
主子已走，講起來我沒有顧忌，
我知道的事全給你們講仔細。」

教士跟班的故事引子到此結束

教士跟班的故事

教士跟班由此開始講他的故事

第一部

720　七年以來我一直跟著這教士，
　　　但對他那套本事仍一無所知。
　　　我爲此喪失了我的一切家當；
　　　天知道，還有許多人同我一樣。　　　170
　　　過去我一向都非常講究穿著，
725　既要料子好，又要有光鮮顏色；
　　　可現在我把舊襪子裹在頭上。
　　　以前我面孔滋潤又滿面紅光，
　　　可現在一臉鉛灰色，蒼白至極——
　　　誰幹這一行，眞叫後悔來不及。
730　我長年勞累，眼光都變得模糊，
　　　瞧吧，這就是搞煉金術的好處！
　　　這捉摸不透的學問眞是害人，
　　　使我不論到哪裡都不名一文；　　　180
　　　說眞的，我還爲此借了很多錢，
735　直到今天，這些錢我還沒有還，
　　　可以說我這一輩子沒法還清——
　　　但願每個人能汲取我的教訓！

誰若把他的命運押在那上面，
而且不回頭，那他不可能節儉。
740　天知道，那樣他絕不會有收穫，
只有空了錢包、傷了神的結果。
一個人如果自己發瘋又犯傻，
爲了冒這險而弄得蕩產傾家，　　　　　190
他還會引誘別人來幹這一行，
745　讓人家像他一樣把家產敗光。
因爲讓自己的夥伴受難吃苦，
無賴會感到心裡痛快又舒服。
這是一位讀書人教給我的話，
這且不談；我說說我們的作法。

750　我們選地方搞這見鬼的把戲，
看起來我們自以爲聰明得計，
我們使用的術語古怪而高深。
我管吹火，吹得我心頭感到悶。　　　　　200

我何必告訴你們，那些試驗裡
755　每次所用的各種東西的比例，
比如白銀吧，管它是五兩六兩，
或者是任何其他的什麼數量？
又何必詳詳細細地告訴你們：
我們所用的各種原料的名稱，
760　例如磨成粉的雌黃、焦骨、鐵片？
何必說我們把原料放進陶罐——
把這些粉狀原料放進陶罐前，

　　　　　我們另外還先放進胡椒和鹽，　　　　210
　　　　　然後還在這上面蓋上玻璃板
765　　　和其他一些東西──這些何必談？
　　　　　我不談陶罐和玻璃板的封口，
　　　　　這是爲防止罐裡的空氣逃走。
　　　　　我不談我們燒的小火和大火，
　　　　　不談我們強忍著焦慮和哆嗦，
770　　　期待著我們那些原料的昇華，
　　　　　期待通過這焙燒能發生變化，
　　　　　使我們用的水銀變成汞合金──
　　　　　但是任我們努力，卻總是不行。　　　　220
　　　　　我們已昇華了的水銀和雌黃，
775　　　我們在斑岩板上磨細的鉛黃，
　　　　　任我們一兩一兩地稱準份量，
　　　　　但沒用，我們到頭來還是空忙。
　　　　　無論是揮發出來的上升氣體，
　　　　　還是沉積在底部的固態物質，
780　　　對我們進行的事都沒有幫助，
　　　　　我們白白地花了力氣和工夫；
　　　　　在這方面我們花的錢很不少，
　　　　　花得亂七八糟，全白白地扔掉。　　　　230

　　　　　我們所從事的這樣一門技藝
785　　　同許多其他事物有密切關係，
　　　　　但是由於我沒有足夠的知識，
　　　　　要我依次講來我沒有這本事。
　　　　　但我願意想到什麼就講出來，
　　　　　儘管把它們分門別類沒能耐。

790　亞美尼亞的紅色玄武土、銅綠、
　　硼砂、各種陶瓷和玻璃的容器、
　　我們的尿壺和抽油用的罐子、
　　小瓶、坩堝或諸如此類的容器、　　　　240
　　葫蘆形蒸餾瓶以及蒸餾釜子，
795　還有一些同樣不中用的東西。
　　我一一講出名目沒什麼意思：
　　用來發紅的藥水和牛的膽汁，
　　砒霜、鹵砂、經過精製的硫磺石；
　　我還能說出許多藥草的名字，
800　例如扇羽陰地蕨、仙鶴草、纈草，
　　我若想拖時間，還能講出不少。
　　我們白天點燈，晚上也點著燈，
　　為的是力求把我們的事完成；　　　　250
　　我們的爐子同樣在日夜焙燒，
805　我們有水把顏色和雜質洗掉。
　　還有白堊、黏土、雞蛋白、生石灰，
　　各種粉末和灰燼、小便和糞肥，
　　一些上過蠟的小口袋、硝石、礬；
　　還有柴火和煤火的各種燒燃；
810　還有鹼、鹽、碳酸鉀、燒過的物質，
　　還有通過燃燒所凝成的東西；
　　還有混有馬毛或人髮的黏土，
　　酒石油、粗酒石、明礬、玻璃、酵母，　260
　　野莧、雄黃、用作吸收劑的東西，
815　當然還有些東西用作混合劑。
　　我們期待著我們的白銀變黃，
　　對黏結和發酵過程充滿期望——

另外還有模子、測試器等東西。
我要像我學到的那樣告訴你。

820　一共有四種醋體、七種金屬體；
我常聽到我主子講的次序是：
四種醋體中的第一種是水銀，
第二種就是雌黃，隨後第三名　　　　　270
便是鹵砂，而第四種則是硫磺。

825　至於七種金屬體，我這就來講：
按照我們說法，日是金，月是銀，
火星就是鐵，而水星則是水銀，
再後面，土星是鉛，而木星是錫，
金星是銅──我敢以父親起誓！

830　無論是誰幹上這可恨的行當，
有再多的錢也都會被他花光，
因為那些錢都是白白地扔掉──
關於這點，我敢對你們打包票。　　　　280
誰想顯示他愚蠢到什麼地步，

835　請他上前，來學習學習煉金術；
如果誰的錢櫃裡還有點東西，
就讓他試試，來做個煉金術士。
也許很容易就學會這種本事？
不不，管他是修士，是托缽修士

840　或任何一種教士，不管什麼人，
想要研究這難捉摸的鬼學問，
哪怕他白天黑夜都閱讀書籍，
也必將一無所獲；還不僅如此！　　　　290
至於把這種奧妙教無知的人，

845　那就不談啦，因為完全不可能；
　　　反正不管他有知識、沒有知識，
　　　到頭來結果一樣，都是一回事。
　　　我敢以我靈魂的得救來得證：
　　　這樣的兩種想搞煉金術的人，
850　雖竭盡全力卻只有一種結局——
　　　他們都遭到失敗，這不言而喻。

　　　但我忘了詳細給你們講一講
　　　腐蝕性液體、金屬銼屑的情況，　　　　　300
　　　忘了講講金屬體的軟化過程
855　以及與此相對的硬化的情形，
　　　忘了講油料、沐浴和可熔金屬——
　　　把這些一一列出就是一本書，
　　　一本世上最厚的書，所以我想，
　　　那麼些名稱我最好還是不講。
860　我相信，我講的東西已經不少，
　　　魔鬼即使不粗暴，也會被惹惱。

　　　這不談；煉金術士找的點金石
　　　也稱煉金藥，我們個個在尋覓——　　　　310
　　　只要找到它，我們就有了保證。
865　但是我要向天堂裡的主承認：
　　　儘管我們使盡了我們的招數，
　　　想盡了辦法，點金石卻沒到手。
　　　這件事害得我們把家產花光，
　　　使我們傷心得幾乎都要瘋狂。
870　但儘管我們都感到損失慘重，

希望卻總是溜進我們的心中，
說是點金石今後能解救我們。
這種希望非常強烈地引誘人；　　　320
我告訴你們，它叫人尋求下去。

875　而對未來抱這種希望，其結局
就是使人們喪失所有的一切。
但他們不會同這一行當決裂，
因為在他們看來，這有苦有甜。
哪怕他們只剩下一條舊床單，

880　在夜裡能裹著身子代替被褥；
只剩件大氅，白天能穿著走路；
他們也會都賣掉，繼續幹那行——
他們不罷手，直到把一切花光。　　　330
無論在哪裡，他們的硫磺氣味

885　讓人家一聞就知道他們是誰；
世界上就數他們臭得像山羊，
那強烈的臭味叫人聞了要嗆，
真的，哪怕人家在三里路以外，
這種臭味還是一聞就聞出來。

890　所以憑這種臭味和襤褸衣衫，
人們要認出他們並沒有困難。
如果有人在私下裡問他們，
為什麼他們穿著得這樣寒磣，　　　340
他們會在那人的耳邊回答道，

895　他們若被認出來就會被殺掉——
就因為他們幹的那種鬼名堂——
可見他們對人家欺騙和撒謊！

且不談這些，我把故事往下講。
我們還沒有把罐子擱到火上，
900　我主子放進一定數量的金屬，
做這事的人可以說非他莫屬——
反正他已走，我可以大膽說說——
因爲大家講，他最善於幹這活。　　　　　350
儘管我一向知道他相當有名，
905　但是他也常出醜；要知道原因？
告訴你，因爲罐子常常會爆炸，
罐子一炸，所有的一切都完啦！
那些金屬的威力實在非常大，
我們的牆壁如何能夠抵擋它！
910　除非我們用石頭和石灰砌牆，
否則罐子的碎片不但打穿牆，
而且有些還深深地扎進地面——
這樣我們一次次損失很多錢——　　　　　360
當然還有些碎片朝屋頂飛去，
915　但是大多數碎片撒落了一地。
當然，魔鬼這壞蛋我們看不見，
但是我相信他就在我們身邊！
魔鬼儘管在地獄裡稱霸稱王，
那裡未必有更多的氣惱、憂傷。
920　因爲我們的罐子每炸掉一次，
人人都要來指責，說受了損失。

有人說，這是因爲燒火時間長；
有人說，這是因爲火吹得不當　　　　　370
（這使我害怕，因爲我就幹這活）。

925　「胡扯！你是傻瓜，」第三個人說，
　　　「這是因爲沒有把火候掌握好。」
　　　「不對，你們聽我說，」第四個人道，
　　　「因爲我們沒有用山毛櫸當柴——
　　　別的都無關，這才是關鍵所在。」
930　究竟哪裡出問題，這我不知道；
　　　但我知道，我們中爆發了爭吵。

　　　「這事已沒法補救，」我的主子講，
　　　「但這種危險下一次我要提防；　　　　　　　380
　　　我可以肯定的是，罐子已炸壞。
935　不管怎麼樣，你們別大驚小怪；
　　　要像往常一樣，快把地掃乾淨——
　　　要打起精神來，不要沒有信心。」

　　　於是碎屑就掃攏了，堆在一處，
　　　然後在地上鋪開一張大帆布，
940　接著把碎屑抛進了一只篩子，
　　　大家就篩呀撿呀，忙了一陣子。

　　　「老天保佑，總算還剩下些原料，
　　　儘管已不是全部，」一個人說道：　　　　　　390
　　　「這次我們這件事遭到了失敗，
945　但下一次的情況也許好起來。
　　　我們得拿我們的財產來冒險；
　　　請你們相信我的話，我的老天，
　　　做生意的人未必總有好運氣，
　　　有時候他的貨物會沉入海底，

950　　　有時候卻又能安全運抵岸上。」

　　　　「大家安靜一些，」我的主子講，
　　　　「下一回我可要改變我的作法，
　　　　要是不改變，以後聽由你們罵，　　　　　400
　　　　是有些地方不周全，這我明白。」

955　　　又有人提出：是火燒得太厲害。
　　　　但是不管厲害不厲害，我敢說：
　　　　我們總是出錯，得不到好結果。
　　　　既然總是達不到預期的目的，
　　　　我們個個都瘋了似地發脾氣。
960　　　每當我們聚在一起時，個個人
　　　　顯得很聰明，似乎就是所羅門。
　　　　但是我們也知道這樣的情形：
　　　　金光閃閃的東西不都是黃金；　　　　　　410
　　　　而且不管人們怎麼講、怎麼叫，
965　　　好看的蘋果未必都有好味道。
　　　　瞧吧，我們的情況也正是如此：
　　　　看來最聰明的人（我憑天起誓！）
　　　　一旦遇上考驗便成了窩囊廢，
　　　　看來最忠實的人卻變成了賊——
970　　　等我對你們講完我這個故事，
　　　　離開時，你們將明白我的意思。

第一部結束

下接第二部①

　　我們那裡有一個教士團教士，
　　他有著毒害整個城市的本事，　　　　　420
　　哪怕這城大得像羅馬、特洛伊、
975　尼尼微、亞歷山大等加在一起。
　　他有著無窮的花招進行欺騙，
　　我想，即使一個人能活一千年，
　　也難以一一寫下他那些花招。
　　在這個世界上他的騙術最高，
980　因為他這人最善於搖唇鼓舌，
　　說的話閃爍其詞又機巧曲折，
　　所以每當他要同別人打交道，
　　人家轉眼間就會落進他圈套，　　　　　430
　　除非那人是魔鬼，也同他一樣。
985　至今為止，許多人上了他的當，
　　但他只要活下去，他就不會改。
　　人們騎著馬、走著路遠道而來，
　　為的是要認識他並同他結交；
　　但他的詭詐他們一點不知道。
990　如果你們對我這故事有興趣，
　　那麼請你們現在聽我講下去。

　　但是，各位虔誠的教士團教士，
　　我故事裡講的雖也是個教士，　　　　　440
　　請別認為我污蔑你們的教會。

――――――――――

①原作中為拉丁文。

995　天知道，各修道會裡都有惡鬼，
　　　但主不會因為一個人做壞事，
　　　而讓他整個團體都蒙受羞恥。
　　　我的目的並不是要譴責你們，
　　　是要讓錯誤的事情得到糾正。
1000　我這個故事不僅講給你們聽，
　　　事實上我也在講給別的人聽。
　　　你們都知道基督的十二門徒，
　　　但是他們中只有猶大是叛徒。　　　　　　450
　　　所以，為什麼要指責其他門徒？
1005　他們沒罪。對你們我也這態度。
　　　不過我要請你們聽我一句話：
　　　如果你們修道院裡面有猶大，
　　　那麼為了怕造成損失或醜聞，
　　　我奉勸你們還是趁早叫他滾。
1010　我請求你們千萬不要不高興，
　　　下面我就把故事講給你們聽。

　　　倫敦多年來住著位助理教士，
　　　他的活是在周年彌撒中唱詩；　　　　　　460
　　　對於搭伙的那個人家的主婦，
1015　他一向抱著友善殷勤的態度，
　　　所以那個主婦供他吃、供他穿
　　　卻不要他錢；這使他得意非凡。
　　　他手中零花的錢著實很不少；
　　　這不談，還是繼續講故事為好：
1020　那個教士團教士我要講一講，

講助理教士怎麼上了他的當。

一天，這個狡詐的教士團教士
來到了那個助理教士的臥室，　　　　　470
花言巧語求他借給他一筆錢
1025　並且保證說到時候一定歸還。
他說：「請你借給我一馬克的錢，②
只要借三天，到了三天就歸還。
如果發現我這人說話不算話，
那麼你用根繩索吊死我好啦！」

1030　助理教士很爽快地答應借錢；
教士團教士收下錢，謝了幾遍，
在向主人告辭後便管自走路。
到了第三天，他果然來找債主，　　　480
把他所借的那筆錢如數歸還。

1035　這使那助理教士自然很喜歡，
他說道：「對於一個講信用的人，
對於一個不肯自食其言的人，
借給他一兩個、甚至三個金幣，
我肯定願意，肯定不會有問題——
1040　只要我有，他要借多少都可以，
我對這樣的人，不會說不同意。」

_____

②在歐洲歷史上，馬克曾是很多國家的貨幣單位乃至金銀重量單位，實
際價值相差很大。

教士團教士說道：「我最講信用！
對我來說，不守信我最難相容。　　　　　490
我一生一世要做到忠實兩字，
1045直到最後我爬進墳墓裡為止。
願天主不讓我走其他的歪道！
請相信這點，像相信你的信條。
感謝天主，我倒是要趁早說明；
哪怕人家借給我黃金或白銀，
1050我也從來沒有讓人家吃過虧；
再說我為人正直，心裡沒有鬼。
先生，既然你這樣慷慨和崇高，
對待我又是這樣親切和友好，　　　　　500
我準備讓你看看我一點祕密，
1055也算是報答你的這一番好意。
如果你有興趣現在就學一下，
那麼我就把煉金中用的方法
以最最清楚明白的方式教你。
我走前，讓你看看我的拿手戲，
1060你就好好地注意，親眼看看吧。」

主人說道：「是嗎，先生？你肯嗎？
天哪，我誠心誠意請你露一手。」

騙子道：「願意效勞，這就獻醜——　　　510
先生，天主不會允許我拒絕你。」

1065瞧這個騙子能怎樣為人效力！
說真的，他那種效力臭不可聞，

這一點，古來的聖賢都能作證。
這教士團教士眞是禍害之根，
下面我要來揭穿他這個壞人：
1070　他是一肚子的鬼心眼、壞心思，
他在世上最最愛做的事情是：
坑害基督徒，叫他們上他的當。
願天主幫助我們，識破他僞裝！　　　　　520

主人不了解他在同誰打交道，
1075　也沒有感覺到災難即將來到。
無辜而又不幸的助理教士啊，
你的眼很快會被貪慾蒙住啦！
你這倒楣鬼，你神志已被蒙蔽；
那隻狐狸設下了騙局引誘你，
1080　而你對此卻絲毫也沒有覺察，
你已無法逃脫他設的圈套啦！
就這樣，你必然要中他的詭計。
爲了快一點講到事情的結局，　　　　　530
我要盡力根據我知道的情況，
1085　不幸的人哪，這就來給你講講：
你所表現出來的愚蠢和不智，
也要講講那壞蛋的卑鄙無恥。

你以爲這是在講我那個東家？
店主先生，憑聖母發誓，說眞話，
1090　我是指另一個教士，不是指他。
那個教士更是一百倍的狡猾！
害人的勾當他已幹了無數回，

要我講他的騙術已叫我膩味。　　540
每一回我只要講到他的奸詐，
1095　就為他感到羞恥而漲紅臉頰；
至少我感到我的臉頰在發燙，
因為我清楚地知道，我的臉上
早已經毫無血色；我曾經說起：
燒火時，金屬會散發各種煙氣，
1100　而這種煙氣使得我面無人色。
現在看那教士團教士的邪惡！

對那位助理教士他說道：「先生，
叫你的人快去拿水銀給我們，　　550
要他去拿二三兩來，這樣才夠；
1105　等到他拿來之後，用不了多久，
你就會看到你沒見過的奇事。」

主人道：「先生，按你說的辦就是。」
隨後他就吩咐他身邊的聽差，
要他馬上出動，去弄些水銀來。
1110　這聽差本就隨時聽候他差遣，
所以聽到吩咐後立刻就去辦——
回來後便把三兩水銀拿出來。
教士團教士收到後隨手一擺，　　560
接著又要聽差去拿些煤炭來，
1115　說有了煤炭他工作便可展開。

沒過多少時間，煤炭已拿來了；
他這時從懷裡掏出一只坩堝，

　　　　　　　　一面給主人看，一面對他說道：
　　　　　　　　「你把你看到的這個容器拿好，
1120　　　　　然後親自把一兩水銀放進去；
　　　　　　　　我敢以天主之名在這裡發誓：
　　　　　　　　現在你開始成長爲煉金術士。
　　　　　　　　實話告訴你，我的這一套本事　　　　　570
　　　　　　　　向來不輕易在人家面前展示。
1125　　　　　現在憑這個實驗你可以證實：
　　　　　　　　你確實親眼看到我這一舉動
　　　　　　　　將會使水銀凝固起來不流動，
　　　　　　　　從而成爲白花花的上好銀兩，
　　　　　　　　就同你我口袋中的銀子一樣──
1130　　　　　同任何白銀一樣，還有延展性！
　　　　　　　　要不行，你就說我騙人，沒本領，
　　　　　　　　讓我從此以後再沒有臉見人！
　　　　　　　　我這裡有一種代價很大的粉，　　　　580
　　　　　　　　它非常有用，我的這一套本事
1135　　　　　以它爲基礎；我這就給你演示。
　　　　　　　　支開你僕人，讓他去待在外面，
　　　　　　　　我們關上門，可不能讓人看見
　　　　　　　　我們幹的事；這個祕密要保住，
　　　　　　　　因爲我給你看的就是煉金術。」
1140　　　　　他既然這樣吩咐，一切就照辦；
　　　　　　　　僕人立刻就被支使出那房間。
　　　　　　　　他東家這時候連忙把門一關，
　　　　　　　　剩下兩個人急急忙忙開始幹。　　　　590

　　　　　　　　助理教士根據這惡棍的關照，

1145　把東西放到點著的火上去燒，
　　　一邊還吹著火，實在忙得可以。
　　　那騙子拿出粉來倒在坩堝裡
　　　（我也不知道那粉是什麼東西，
　　　想來不是石灰粉就是細玻璃，
1150　反正是用來哄人騙人的東西，
　　　一文錢不值）；為蒙蔽助理教士，
　　　又要他把煤炭堆高，超過坩堝。
　　　「為了表示對你友好，」騙子說，　　　　600
　　　「我要讓你用你自己的一雙手，
1155　把該做的事情做得一絲不苟。」

　　　「非常感謝，」主人高興地答道，
　　　一面就按照吩咐把煤炭堆高。
　　　他正忙乎著，那個奸詐的滑頭
　　　（願魔鬼把這教士團教士抓走！）
1160　從懷裡掏出山毛櫸燒成的炭，
　　　炭上巧妙地鑽有洞，很難發現，
　　　而他在洞裡早放進一兩銀屑——
　　　為了避免這一兩銀屑的外洩，　　　　610
　　　他已經用蠟把洞口穩妥封好。
1165　這樣的機關（想必你們也知道）
　　　是事先就做好，不是臨時做成。
　　　下面，我還要進一步告訴你們，
　　　他來的時候還帶些什麼東西；
　　　總之他來前就打騙人的主意，
1170　而在他倆分手時他已經得手——
　　　不把對方刮乾淨，他豈肯罷休！

講他的醜事，我已經講得厭倦，

如果可能，我就要揭他的陰險。　　620

但他有時在這兒，有時在那裡，

1175　　行蹤無常，並不是定居在一地。

各位，看在天主份上，注意啦！

我說到他從懷裡把那炭一拿，

現在他偷偷地把炭握在手裡。

而那助理教士我也告訴過你，

1180　　正忙著把燒著了的煤炭堆高。

「朋友，你做得不對，」騙子說道，

「你呀，不該這樣把煤炭堆起來，

但是我馬上就來幫你改一改。　　630

現在我非得來幫你一把才成！

1185　　憑聖賈爾斯起誓，你叫我心疼！

我看你滿臉是汗，熱得不得了，

快把這塊布拿去，把汗水擦掉。」

在助理教士擦掉臉上的汗時，

那裝模作樣，煞有介事的騙子

1190　　把他的那塊炭混在煤炭裡面，

而且塞在那坩堝上方的中間；

接著他吹火，讓煤炭越燒越旺。

「我們來喝些酒吧，」那個騙子講，　　640

「我擔保，馬上可以大功告成啦！

1195　　讓我們坐下來，大家開心一下。」

等到騙子的那塊炭燒著以後，

裡面的銀屑就從洞口往外流，

很快就全部流到那只坩堝裡——
這情形完全合乎自然的道理，
1200　因爲那塊炭本來就放在那裡，
但是那助理教士仍蒙在鼓裡，
以爲那些煤炭全都是一個樣，
根本沒想到這裡面還有花樣。　　　　650
不久，這煉金術士見時間已到，
1205　「先生起來，站到我身旁，」他說道，
「我知道你一定沒有金屬模具，
所以你就拿一塊石膏來，快去；
我這就自己動手，如果運氣好，
就能夠照樣把一只模具仿造。
1210　另外，你拿一碗水或一鍋水來，
拿來後不用多久，你就會明白
這事幹得又好又經得起查證。
但是爲了免得你心裡有疑問，　　　　660
擔心你不在的時候我做手腳，
1215　我要從頭至尾都同你在一道，
同你既一起出去，也一起回來。」
長話短說吧，他們把房門打開，
出了房間後就隨手把門鎖上，
走開時不忘把鑰匙帶在身上；
1220　他們出外沒多久便回了房間。
這種細節我何必絮叨一整天？
總之他拿來石膏，做成了模子——
用的就是平時做鑄模的法子。　　　　670

原來，這時候他從自己袖子裡

1225　拿出一個小銀塊（他該進地獄！）
這銀塊不多不少正好重一兩；
現在請注意他那可恨的伎倆！
按照這小銀塊的長度和寬度，
他穩當狡猾地做成他的鑄模，
1230　但助理教士卻完全沒有看到。
接著他把銀塊在袖子中藏好，
然後從火上取來他燒的東西，
高高興興地澆進那只鑄模裡，　　　680
隨即把整個鑄模往水中一放。

1235　這時他衝著助理教士大聲講：
「伸手去摸，看摸到什麼東西！
我希望你能夠摸到一塊銀子；
要不是銀子，還能是什麼東西？
地獄的魔鬼！小銀屑也是銀子！」
1240　助理教士在水裡摸到個東西，
拿出來一看是純銀，自然歡喜——
見事情果然如此，他滿臉是笑。
「教士團教士先生，但願你得到　　690
基督、聖母和所有聖徒的保佑，」
1245　助理教士道，「但我將受到詛咒，
如果你保證把你的這套絕活，
你這絕頂高超的本領教給我，
而我不盡心盡力地為你做事！」

「不過我還要好好地再做一次，」
1250　教士團教士道，「讓你仔細看看，
也成為行家，以後你有朝一天

需要時，不用我在旁也可一試，
從而掌握這門不簡單的知識。　　　　　*700*
現在我們拿一兩水銀再來做——
1255　無論什麼話你我不用再多說。
你仍像剛才那樣幹，儘管放心；
正是那樣幹，水銀變成了白銀。」

根據那個可恨的騙子的吩咐，
助理教士忙碌得真不亦樂乎；
1260　他急急忙忙往那堆火裡吹氣，
爲了想快一點達到他的目的。
而那個教士團教士在此同時
已經準備好再欺騙助理教士；　　　　*710*
他裝模作樣地拿著一根鐵棒，
1265　（你們要警惕地注意這一情況！）
在這鐵棒的頂端也有個孔隙，
在這孔隙裡也裝著一兩銀屑——
這孔隙同樣用蠟仔細地封好，
免得那銀屑會往孔隙外面掉。
1270　且說助理教士正賣力地在幹，
那騙子拿著鐵棒來到他身邊，
像先前一樣把粉撒進坩堝裡。
（我但願魔鬼剝掉這傢伙的皮，　　　*720*
他的思想和行爲都極其狡詐，
1275　爲此我祈求天主，重重懲罰他！）
他拿著這根做過手腳的鐵棒，
做出一副要撥旺那火的模樣，
在坩堝上面撥弄，直到蠟熔化——

任何一個人，只要他不是傻瓜，

1280　都知道這蠟必然要化的道理。

所以鐵棒裡藏著的那些東西，

結果很快就全部落進坩堝裡。

各位，還有什麼比這詭的詭計？　　　　730

助理教士又一次受到了蒙蔽，

1285　以為看到的是實情，並不起疑，

而且非常高興；我實在沒本領

寫他那種興高采烈的高興勁——

竟把自己和財物都送給騙子！

教士團教士說道：「你呀也真是，

1290　我雖然很窮，但是我要提醒你，

我還有其他一些本領和手藝。

你這裡有沒有銅？」他又發了問。

「我想是有的。」助理教士忙應聲。　　　　740

「要是沒有，那就快一點去買來，

1295　好先生，就請你去弄些來，要快！」

助理教士回來時帶來一些銅，

教士團教士就把銅接在手中，

並從這些銅裡面稱出一兩來。．

我這根舌頭實在是又笨又呆，

1300　講不盡這個騙子的騙人花招，

儘管他那種可恨可惡我知道。

他對不了解他的人相當客氣，

但是他有著魔鬼一樣的心地。　　　　750

雖然說我已講膩了他的狡詐，

1305　不過現在我還是要來講一下——

之所以這樣做，只有一個目的，
就是讓一切人對他有所警惕。

他把那兩銅先往坩堝裡一放，
然後很快把坩堝放到了火上，
1310　加進粉以後，叫助理教士吹火。
助理教士俯下了身子就幹活；
反正騙子像先前一樣愚弄他，
隨意把助理教士當作猴子耍。　　　760
他把熔化後的銅倒進鑄模中，
1315　然後把這個鑄模放進了水中，
接著他把他的手也伸到水裡。
你們剛才都已經聽到我說起，
他的袖子裡藏著一個小銀塊。
現在這壞蛋偷偷把它拿出來，
1320　放在那只用來盛水的鍋子裡；
對這些，助理教士全沒有注意。
他隨後還在那水裡摸去摸來，
直到他摸到並藏好那個銅塊；　　　770
但是這一切助理教士不知道。
1325　突然間這騙子當胸把他拉牢，
開玩笑似地對那助理教士說：
「俯下你身子，天哪，你幹錯了活！
現在幫我一下，剛才我幫了你──
伸手去摸，看那裡有什麼東西。」
1330　助理教士很快就拿到那銀塊。
騙子說道：「東西我們已做出來，
現在帶上這三塊東西走一趟，

讓銀匠看看它們質量怎麼樣。　　　　　780
我敢以兜帽打賭，若不是純銀
1335　　我就不要；這點我完全有信心。
所以，我們找銀匠去證實一下。」

他們帶上那三塊東西便出發；
銀匠們既用火燒又用錘子敲，
結果大家都不約而同地說道：
1340　　是純銀。當然它們只能是純銀。

還有誰比那助理教士更高興？
哪怕是鳥雀迎著曙光在啼鳴，
哪怕是一隻五月時節的夜鶯，　　　　790
哪怕是一個最最愛唱歌的人，
1345　　哪怕是一位最樂於讚美情分、
最樂於歌頌女子貞德的貴婦，
哪怕是全副武裝、爲了要保護
心上人的榮譽而出戰的騎士，
都比不上他學那本事的興致。
1350　　他對那個教士團教士這樣講：
「看在爲我們而死的基督份上，
同時也爲了給你一定的報償，
請說：多少錢才能買你那祕方？」　　800

騙子說道：「聖母在上，我告訴你，
1355　　價錢很貴，因爲在英格蘭這裡，
只有個托鉢修士也會這一招。」

「沒問題，看在主的份上，」他說道，
「先生，這得多少錢，請你告訴我。」

「說真的，這個價錢很貴，」騙子說，
1360　「總而言之，先生，你如果要的話，
願主保佑我，就付四十鎊算啦！
要不是你剛才對我非常友好，
我可以肯定，你還得多付不少。」　　　810

助理教士拿出了不少的金幣，
1365　總共合四十鎊，全都交給騙子，
換回了他的一張所謂的祕方；
當然，這整個事情是騙局一場。

「助理教士先生，」教士團教士道，
「我這套技能不想讓大家知道，
1370　如果你講情義，就請你守祕密，
因為，人家若知道我這門技藝，
我指天起誓，為我這套煉金術，
他們對我會產生極端的忌妒。　　　820
我這樣就沒有活路，只有一死。」

1375　主人道：「上天不容發生這種事！
我寧願花盡我的全部的家產，
也不能讓你遭受這樣的災難，
否則的話，那我可真的會發瘋！」

「為你的好意，先生，我祝你成功。」

1380　　騙子說道，「上天保佑你，再見啦。」
　　　　他走後，助理教士再沒見到他；
　　　　後來他獨自又花了一些時間，
　　　　想按照那個祕方來做做試驗，　　　　　830
　　　　卻一無所獲，祕方根本不靈驗！
1385　　瞧吧，他就這樣受愚弄、受欺騙！
　　　　那個騙子就是用這樣的辦法，
　　　　使人們中他的圈套，蕩產傾家。

　　　　各位請想想，社會各個階層中，
　　　　人和金錢之間爭鬥得多麼兇，
1390　　以致市面上幾乎已找不到錢。
　　　　這種煉金術已把許多人欺騙，
　　　　所以我確確實實地完全相信，
　　　　這就是金錢少見的重要原因。　　　　　840
　　　　講起他們的那門高深學問來，
1395　　煉金術士們總講得不明不白，
　　　　如今的人再聰明也弄不清楚。
　　　　他們像松鴉一樣地喋喋不休，
　　　　煞費心機地講著一大套術語，
　　　　但是他們永遠也達不到目的。
1400　　只要有錢，想學煉金術並不難，
　　　　但結果學的人總是花盡家產！

　　　　瞧這快活的把戲提供的好處：
　　　　它把一個人的快樂變成憤怒，　　　　　850
　　　　它掏空原先又大又重的錢袋，
1405　　它為煉金術士們把咒罵招來，

因為人家曾把錢交給了他們。
別丟人啦，那些被火燙過的人，
唉，難道就不能夠逃離烈火嗎？
還在幹的人，我勸你們放棄吧，
1410　　免得全損失；現在回頭還不遲。
要不然，那就很難有出頭之日。
任你東尋西覓，你也找不到啥；
你就像一匹膽子極大的瞎馬，　　　　　860
以為碰不上危險就一路亂走，
1415　　膽子大得既不怕撞上塊石頭，
也不怕離開大路去四處亂闖。
我說，想搞煉金術的人也一樣。
如果你眼睛沒有足夠的眼力，
那就別讓你的心喪失判斷力。
1420　　因為儘管你睜大了眼睛在瞧，
在這行當裡非但錢都掙不到，
你自己手中的錢反倒會搞光。
別再玩這火，免得它燒得太旺；　　　870
我是說，別再去搞這樣的勾當，
1425　　否則，你節省的錢將一掃而光。
現在我要盡量簡短地告訴你，
一些煉金術士所講過的道理。

瞧吧，新城有一位名人阿諾德，③
他在他的《玫瑰園》裡面這樣說──

---

③這位新城的阿諾德（1235～1314）是法國的一位醫生、神學家、星象家和煉金術士。

1430　　我用的是他的原話，並無訛誤：
　　　「沒有人有本領能使水銀凝固，
　　　除非他請水銀的弟兄來幫忙。
　　　至於這事由誰第一個這麼講，　　　　　　　880
　　　就得提煉金術的祖師赫米斯。
1435　　他說，那條龍毫無疑問不會死，
　　　除非牠同牠的兄弟一道被殺──
　　　如果把這改成明明白白的話，
　　　那麼，龍所代表的是水銀或汞，
　　　硫磺也就是它的所謂的弟兄，
1440　　而從日金、月銀中可提煉硫磺。
　　　所以你們要聽聽我的話，」他講，
　　　「大家不要忙著去摸索這技藝，
　　　除非煉金術士講話中的含意　　　　　　　890
　　　和打算，他能完完全全聽明白；
1445　　聽不明白還要幹，他就是蠢材。
　　　因為這門學問，或者說這知識，
　　　是奧祕中的奧祕，這我敢起誓！」

　　　同樣，還有柏拉圖的一個弟子，
　　　有一次曾經這樣問他的老師──
1450　　這件事在其著作中有著明證，④
　　　其實，他提出的只是一個疑問：
　　　「請告訴我，神祕石是什麼東西？」

────────────────

④這一著作的名稱為Chimian Senioris Zadith Tabula（化學表解）。但書中
這段軼事的主人翁不是柏拉圖，而是所羅門。

柏拉圖很快回答了這個問題： 　　　　　900
「可以說，就是叫作鈦石的石頭。」

1455　「那是什麼？」他問。柏拉圖回答說：
「就是鎂。」｜先生，這種情況是个是
以更不懂的事解釋不懂的事？⑤
好先生，我要請問你：什麼是鎂？」

「這是由四種元素組合成的水，」

1460　柏拉圖對他的弟子這樣回答。

弟子又說道：「如果你願意的話，
請告訴我，這水的根源是什麼？」

柏拉圖道：「不，這個我就不談了。 　　　910
所有的煉金術士都發誓保證，

1465　絕不把這個祕密告訴任何人，
而且也不在任何書中寫下來。
因爲基督對這個祕密很青睞，
不願意讓這個祕密洩露出去——
除非按照他那種神意，祂願意

1470　給人以某種靈感，或者要保護
祂想保護的什麼人；到此結束。」

我由此願做個結論：既然天主
都不讓煉金術士把祕密透露， 　　　　920
人家怎麼還能找得到點金石？

---

⑤本句原文爲拉丁文。

1475　我想我們最好就拋開這件事。
　　　因為如果誰違背天主的意志，
　　　去幹天主所不願意看到的事，
　　　那麼哪怕他煉金煉了一輩子，
　　　他肯定還是不會過上好日子。
1480　現在我故事已到結束的地方；
　　　願天主讓好人得救，永無悲傷！阿門！

教士跟班的故事到此結束

伙食採購人

第 八 組

伙食採購人的引子

下面是伙食採購人的引子

就在那條去坎特伯雷的路上，
你們可知道布林下有個地方，
這是個小鄉鎮，叫做顛上顛下。
在那裡，旅店主人開始說笑話：
5　「各位怎麼啦？棗紅馬陷進泥潭！①
有沒有人肯為錢或者為行善，
把落在我們後面的同伴喚醒？
強盜很容易搶他錢，把他捆緊。
雞骨頭！瞧他那打瞌睡的模樣！
10　他立刻會從馬上摔落到地上。　　　　10
他可是一個倒楣的倫敦廚師？
叫他上前來，他可得講個故事；

---

①「棗紅馬陷進泥潭」是古時的一種遊戲：把一根大木頭搬進客堂中
央，然後高叫「棗紅馬陷進泥潭！」於是就有兩個人想把大木頭拖出屋
去，如果拖不動就一個一個地添加人數。

我發誓他得受罰，這他該知道——
哪怕他故事還不值一捆乾草！

15　醒醒吧，你這廚子！主讓你倒楣！
還在早上，就已經這樣打瞌睡！
被跳蚤咬了一夜，還是喝醉酒？
還是昨晚上同婊子混得太久，
以至於現在連頭都抬不起來？」

20　廚師的臉上沒有血色，很蒼白。　　　　*20*
他對店主道：「願主保佑我靈魂，
我感到很睏，腦袋裡昏昏沉沉，
也不知什麼緣故，若讓我睡覺，
給我喝一加侖好酒我也不要。」

25　伙食採購人說：「好吧，廚師先生，
如果同我們在一起騎馬的人
都沒有意見，店主人又肯照顧，
而你也認為這樣對你有好處，
那麼我願意先替你講個故事。
30　因為一切都表明你身體不適：　　　　*30*
說真的，你現在臉色非常蒼白，
依我看，你的眼神模糊得厲害，
我還知道，你吐出酸臭的氣息——
當然，我絕不會為此而恭維你。
35　大家瞧這醉鬼打哈欠的模樣，
真像要把我們全吞下去一樣。
看在你爹的份上，快閉上嘴巴！
地獄裡的魔鬼都要跨進去啦！

你嘴巴裡的臭氣薰壞了我們；

40　滾吧，臭豬！你這個傢伙要遭瘟！　　　　　40
各位，請注意這個結實傢伙吧！
好先生，你想練習騎馬刺靶嗎？②
我想你現在正好去一顯身手。
你喝夠了讓你變成猴子的酒──

45　這時一個人會拿著乾草玩耍。」
廚師聽在耳裡，氣得講不出話，
只能朝伙食採購人把頭亂點，
接著一下子從馬上跌落地面。
他癱在地上，直到人家扶起他──

50　廚師騎馬的本領就是這樣大！　　　　　　50
唉，誰叫他不去握自己的湯勺！
這倒楣鬼臃腫而又笨手笨腳，
人家花了好大的力氣托住他，
又費了好大的工夫推推拉拉，

55　總算讓他重新回到了馬鞍上。
旅店主人對那採購人這樣講：
「既然酒已經完全控制這個人，
我敢於以我靈魂的得救保證，
他講起故事來肯定不會精彩。

60　因為無論他喝的酒是好是壞，　　　　　　60
他講起話來總會帶濃重鼻音──
他的腦袋著了涼，呼哧個不停。

───────────

②騎馬刺靶是中世紀的武士常做的一種練習。這種靶裝在可圍繞中心旋
轉的橫木的一端，橫木的另一端則裝有沙袋。做這種練習時，武士騎著
馬飛跑過去，用手中的矛去刺靶，但同時又要避免刺中靶後被旋轉過來
的那個沙袋擊中。

要不讓他自己和馬跌進泥潭，
已相當不簡單，夠他手忙腳亂。
65　如果他再次從馬上摔了下來，
要把這具沉重的醉屍抬起來，
我們少不得又要忙乎一陣啦。
不去管他了，你講你的故事吧。

「不過說真的，你這人有點愚蠢，
70　竟這樣當大家的面罵他一頓。　　　　　　70
也許有朝一日他就會報復你，
哪怕你是隻獵鷹也讓你中計；
我的意思是，如果查查你的帳，
那麼他只要舉出小事情幾樁，
75　就能夠暴露出你的弄虛作假。」

伙食採購人說道：「這就厲害啦！
他能輕易地把我抓在手裡面。
我寧可為他騎的那匹馬付錢，
也不願再同他發生什麼爭執，
80　老天保佑，我再也不惹他生氣！　　　　80
剛才我的話，只是開玩笑而已。
你知不知道，我的這個葫蘆裡
裝滿著酒，是成熟葡萄的佳釀？
現在你馬上能看到笑話一場：
85　我要請他喝酒，要給他這葫蘆；
哪怕要他命，他不會對我說不！」

事實上，情況正像他說的那樣；

廚師把葫蘆裡的酒喝個精光。
何必呢？其實他早已喝了個夠，

90 現在他「吹了幾下這號角」以後， 　　90

便把葫蘆還給了伙食採購人。
這幾口酒喝得他出奇地興奮，
對那個伙食採購人感激不盡。

這時候旅店主人笑出了聲音，

95 說道：「我看，不論我們到哪裡去，

該帶上些好酒，以應不時之需；
因為它能夠消除不快與敵意，
能以和諧與親密使怨氣平息。

「巴克斯呀，願你的名受到頌揚，

100 你能化嚴肅認真為兒戲一場！ 　　100

但願大家都來崇拜和感謝你！
不過這個話現在就說到這裡。
伙食採購人，請講你的故事吧。」

對方答道：「好吧，先生，請聽好啦。」

伙食採購人的引子就這樣結束

伙食採購人的故事

伙食採購人的烏鴉故事由此開始

105　　有一些古代的典籍告訴我們，
　　　　福玻斯曾在地面上住過一陣，①
　　　　是當時最強有力的年輕武士，
　　　　並且以射箭最準而聞名於世。
　　　　一天巨蟒皮同在陽光下睡覺，
110　　福玻斯瞅準了機會把牠殺掉。
　　　　人們還可以讀到，他用他的弓，
　　　　立下了其他許多的偉績豐功。

　　　　他能演奏各種的樂曲和樂器；
　　　　他唱起歌來，歌聲嘹亮而清晰，　　　　　10
115　　唱出的曲調讓人們感到動聽。
　　　　說起安菲翁，這位底比斯國君，
　　　　雖然能夠憑歌聲把城牆建造，
　　　　唱得肯定沒有福玻斯一半好。
　　　　這還不算，他是最英俊的男子——
120　　從開天闢地到現在，都是如此。
　　　　有什麼必要把他的容貌描繪？

_____

①福玻斯是希臘神話中的太陽與詩歌音樂之神。

反正世上沒人比得上他俊美。
除此之外，他性格豪爽而高貴，
簡直在一切方面都盡善盡美。　　　　　　　20

125　福玻斯不愧是年輕武士之花，
他為人處世極其慷慨而豪俠。
傳說中的他手裡常拿一張弓，
這既表明他曾經殺掉了皮同，
而消遣取樂也同樣少不了它。

130　福玻斯的家裡養著一隻大鴉——
長久以來把牠在籠子裡餵養，
又教牠說話，就像教松鴉那樣。
這隻鴉渾身雪白，像天鵝一樣，
而且任何人的話牠都學得像——　　　　　30
135　只要牠想講故事給牠主人聽。
不但如此，世界上沒一隻夜鶯
能唱出牠那優美歡樂的曲調，
真是連牠的萬分之一都不到。

話說這福玻斯娶有一位妻子，
140　愛她愛得甚於自己的命根子，
無論白天和黑夜他盡心盡力，
要逗她妻子高興，向她表敬意，
只是有個事實得講給你們聽：
他比較妒忌，把妻子看得很緊，　　　　　40
145　因為他很怕受到人家的愚弄。
當然在這個方面別人也相同；

但是沒有用，這種事防不勝防。
一個好妻子，言行舉止都端莊，
根本就不應該對她加以監視；
150　而監視一個水性楊花的妻子
根本沒有用，那力氣全都白花。
所以我認為，只有地道的傻瓜
才會白費精力地去看住妻子；
先賢們在書中寫過這樣的事。　　　　　　50

155　現在回過來繼續講我的故事。
高貴的福玻斯盡力取悅妻子，
他以為，憑他這樣使妻子歡快，
憑他的能力以及男子漢氣概，
別人難使他喪失妻子的歡心。
160　但是天知道，天下的任何生靈
都有大自然賦予的種種本性，
沒人具有改變這本性的本領。

比方說鳥吧，把牠關進籠子裡，
哪怕你對牠的照料盡心盡意，　　　　　　60
165　哪怕你細心地安排牠的飲食，
把你想到的各種美味給牠吃，
哪怕你盡量把牠弄得最乾淨，
做成鳥籠的哪怕是鋥亮黃金，
牠也寧可待在幽暗的寒林裡——
170　待在金籠裡卻是萬般不願意——
情願去吃蟲，去過悲慘的時日。
為了讓自己能逃出那只籠子，

　　這隻鳥時時刻刻會尋找時機，
　　因為自由是牠最想要的東西。　　　　　70

175　再說貓吧，你給牠吃新鮮魚肉、
　　吃牛奶，給牠的睡處鋪上絲綢，
　　但只要牠看見牆邊走過老鼠，
　　牠就會置牛奶和魚肉於不顧，
　　也不要屋裡所有的那些美食，
180　因為按牠的口味，老鼠最好吃。
　　瞧吧，在這裡愛好主宰了一切，
　　天生的口味規定了牠的辨別。

　　雌狼的天性也是非常地愚陋，
　　每當想要有一個配偶的時候，　　　　　80
185　哪怕牠找到的公狼最最卑鄙，
　　也最最聲名狼藉，牠也不嫌棄。

　　我的這些比方都不是指女士，
　　指的都是那些不忠實的男子。
　　因為男子有一種好色的本性，
190　甚至對並不出色的女人鍾情，
　　儘管他在外面遇到的這女人
　　遠不如他妻子美貌、忠貞、溫存。
　　肉體總是愛獵奇而不顧危害：
　　對任何什麼都不會長久喜愛，　　　　　90
195　在美德方面也難以維持長久。

　　福玻斯沒有料到人家的圖謀；

儘管他品格高尚，卻受到欺蒙，
因爲他妻子另有個相好的人。
這個人根本就沒有什麼名聲，
200　完全不能與福玻斯相提並論。
更不幸的是，這類事世上常有；
由此帶來多少的痛苦和哀愁。

事情就這樣，福玻斯每次出外，
他妻子立刻把那野漢子找來。　　　　100
205　野漢子？對，這是粗俗的字眼——
我要請求你們，原諒我這一點。

明智的柏拉圖的話不妨一讀；
他說道：用詞與事實必須相符。
如果想確切地說明一件事情，
210　用的詞必須同所講的事相應。
我是個粗人，所以我要這樣講：
哪怕貴婦人的地位高高在上，
但只要她那個身子並不貞潔，
她就同下賤的女人沒有區別。　　　　110
215　如果說有區別，那就僅僅在於
（假如上下兩種人都有了外遇）：
那個身居上流社會的貴婦人
就被稱爲她那情郎的心上人；
而另一個女子因爲地位不高，
220　就被稱爲那男的姘頭或相好。
但是天主知道，我親愛的兄弟，
這兩種女子，人們同樣看不起。

一個卑微的惡棍篡奪了大權，

同任何匪徒或流竄盜賊之間，　　　　　*120*

225　我說沒什麼不同，情形也相像。

曾經有人對亞歷山大大帝講，

說是因為暴君們掌握了大權，

手下人多勢眾，要殺人很方便，

輕易就能把人家的房屋燒光，

230　瞧吧，就這樣他可以稱霸稱王；

而盜匪由於嘯聚的人數有限，

比起暴君來，他們的為害較淺，

不能荼毒整個的國家和民族，

於是盜匪成了對他們的稱呼。　　　　　*130*

235　不過我這個人沒有什麼文化，

一點也不會引用書中的原話，

還是像先前那樣，繼續講故事。

福玻斯的妻子叫來相好之時，

他們總迫不及待又毫無顧忌。

240　那隻白鴉始終是待在籠子裡，

看到他倆的放蕩，沒說一句話。

可是等到主人福玻斯一回家，

牠就立刻唱道：「綠帽子！綠帽子！」

福玻斯問牠：「你在唱什麼曲子？　　　*140*

245　鳥兒呀，以前你唱得總很歡樂，

所以我從心底裡愛聽你的歌。

可天哪，你這唱的是什麼曲子？」

「憑天起誓，我沒唱錯，福玻斯，」
白鴉回答道：「儘管你十分高貴，

250　儘管你非常高尚又極其俊美，
儘管你能彈善唱，看管得也緊，
你卻被一個小人蒙住了眼睛。
這個人根本就沒有什麼名氣，
算不了是什麼東西，同你一比　　150

255　只是個蚊蚋，但是我可以擔保，
我看見他同你妻子上床睡覺。」

你還要知道什麼呢？這隻白鴉
舉出證據，毫無顧忌地告訴他，
說他的妻子是個通姦的淫婦，

260　使他遭到損害又蒙受了恥辱。
牠還一再說，這是牠親眼所見。
福玻斯聽後，轉身走到了一邊，
他覺得他的心快要碎成兩半。
他拿起弓來，在弦上搭上了箭，　　160

265　終於怒不可遏地把妻子射殺。
對於這個結局，沒什麼可說啦。
在傷心之餘，他不再彈琴歌唱，
他所有的琴都被摔碎在地上；
接著又把弓和箭統統拗斷掉。

270　在此之後，對白鴉他這樣說道：

「奸賊，你的舌頭像蠍子一樣毒，
你竟這樣毀掉了我人生之路！

我何必來到世上？幹嘛不去死？
哦，歡樂的珍寶，我親愛的妻子！　　　　　*170*
275　過去你對我一直都相當忠實，
可現在你臉色慘白，已經去世。
我相信你清白無辜，我敢發誓！
魯莽的手啊，竟犯下這種過失！
唉，昏亂的神志，胡亂地就動怒，
280　竟這樣毫無理性地殺害無辜！
不信任的心中滿是無端猜疑！
你的理智與判斷能力在哪裡？
人們哪，對魯莽千萬可得警惕，
沒確證，就不要相信任何東西；　　　　　*180*
285　沒弄清緣故，別伸出攻擊之手。
在你心存猜疑而憤怒的時候，
如果急於行動，那麼在行動前，
要非常冷靜地仔細考慮一番。
千百人只因為一時怒火中燒，
290　就毀了自己，陷入煩惱的泥淖。
唉，我傷心得寧可讓自己死掉！」

「你這個奸賊，」他又對白鴉說道，
「我要你受到胡說八道的報應！
儘管你以前唱得像一隻夜鶯，　　　　　*190*
295　我馬上就要讓你的嗓子倒掉，
還要叫你喪失全部的白羽毛，
使你今後永遠都有話說不出。
對一個奸賊，人們該這樣報復；
你和你的後代將一身黑羽毛，

300　　將永遠不再發出美妙的啼叫，
　　　而只會在暴風驟雨之中哀鳴，
　　　以表明我的妻子因你而喪命。」
　　　接著他衝了過去把白鴉捉牢，
　　　很快就拔掉牠的每根白羽毛，　　　　　　　200
305　　弄得牠全身漆黑，又使牠嗓門
　　　不能講話和唱歌，然後扔出門，
　　　叫牠見鬼去（讓牠待在那裡吧）！
　　　所以，現在的烏鴉全是黑烏鴉。

　　　各位，請你們通過我舉的例子，
310　　對我下面講的話好好地注意：
　　　一生一世都不要對人家去講，
　　　說他的妻子同別的男人上床──
　　　他肯定因此而恨你恨得要死。
　　　以前，聰明的學者講過一件事，　　　　　210
315　　說是所羅門要人們說話留神；
　　　但是我說過，我沒有什麼學問。
　　　可我母親對我說過這樣的話：
　　　「兒呀，憑天主之名，想想那烏鴉！
　　　兒呀，管住你舌頭就留住朋友。
320　　寧可見魔鬼，也別遇上毒舌頭──
　　　對魔鬼，你還能請天主保佑你。
　　　兒呀，天主出於祂無限的好意，
　　　用牙齒又用嘴唇把舌頭圍起，
　　　為的是讓人說話時多加注意。　　　　　　220
325　　兒呀，有學問的人教導我們說，
　　　人們因話多而常遭殺身之禍；

而講話講得又少又謹慎的人，
一般地說來就沒人傷害他們。
兒呀，你應該無論在什麼時候
330　管住你舌頭，除非用你的舌頭
經常地向天主祈禱，表示崇敬。
第一項美德，兒呀，如果你要聽，
我便告訴你，就是管住你舌頭──
要這樣教導孩子，趁他們年幼。　　　　　230
335　兒呀，言多必失，人家都這樣講；
所以，三言兩語就足夠的地方，
多說多話反而會帶來些危害，
說話說得多，罪惡便接踵而來。
你可知道魯莽的舌頭像什麼？
340　就像是一把快刀能切又能割，
能把手臂斬兩段，親愛的兒子，
同樣，魯莽的舌頭能劈斷友誼。
天主最討厭喋喋不休的人們。
看看那位賢明可敬的所羅門，　　　　　240
345　讀讀大衛的《詩篇》，讀讀塞內加。
若聽到碎嘴子在講危險的話，
兒呀，你千萬千萬可不要開口，
你就假裝是聾子，只顧低著頭。
佛蘭芒人的諺語你不妨學習；②
350　少說些廢話就能多一點休息。
你若是沒說過什麼惡言惡語，
兒呀，就不必擔心人家出賣你；

---

②佛蘭芒人是比利時的兩個民族之一。

　　　　　　但是我敢說一句：誰說錯了話，
　　　　　　那這話他就永遠沒法收回啦。　　　　　*250*
355　　　　事情一旦說出口，就一去不回，
　　　　　　不管你願意不願意，甚至後悔。
　　　　　　你若講了件你感到懊悔的事，
　　　　　　你就成了聽你說話者的奴隸。
　　　　　　兒呀，你千萬不要去傳播消息，
360　　　　不管其是眞是假，這你得注意。
　　　　　　無論你在貴人中還在平民裡，
　　　　　　要管住你舌頭，想想烏鴉的事。」

伙食採購人的烏鴉故事到此結束

堂區長

第 九 組

堂區長的引子

下面是堂區長的故事引子

伙食採購人講完故事的時候，
我看了一看已經很低的日頭，
覺得它離南面的地平線很近，
高度最多只是二十九度光景。
5　這時該是四點鐘，按我的估計：
因為那時候我在地上的影子
從頭到腳約在十一英尺左右，
而我身材的高度，從腳量到頭，
我清清楚楚地知道是六英尺。
10　這時候我們正走近一個村子，
而與此同時，月亮也正在升起，①
我是在說，天秤宮一直在升起。
我們那旅店主人一直在帶路，

---

①據研究中古英語及喬叟作品的專家斯基特（1835～1912）認為，這裡
的月亮為土星之誤。

這時向興高采烈的眾人招呼，

15 這樣對大家說道：「各位請注意，
到現在，我們只缺了一個故事。
我的規定和裁判將到此爲止，
我想，你們已聽到了各種故事。
所有我做的安排已幾乎完成，

20 我祈求天主特別眷顧一個人，
只要他故事講得好。教士先生，
你是教區牧師呢，」他轉頭便問，
「還是堂區長？請你照實說出來，
不管是啥，我們的規矩別破壞。

25 現在除了你，故事大家已講過；
打開你的話匣，讓我們看看貨。
說眞的，依我看你的這副神氣，
你能編出個好故事作爲結語。
我憑聖骨要求你，講個故事吧。」

30 那位堂區長立刻這樣回答他：
「你不要指望我講虛構的事情。
保羅曾經給門徒提摩太寫信，
責備有些人講話脫離了事實，
講些虛假的故事或這類壞事。

35 既然只要我願意就可播種麥，
那麼去播種糠皮我又何苦來？
所以我要說：如果你們願聽聽
有關道德規範和美德的事情，
如果你們都能夠仔細地聽取，

40 那麼我爲了崇敬基督，很樂於

給你們一些合情合理的娛樂，
但我出身南方，請你們原諒我，
不會寫朗－朗－龍的頭韻詩，[2]
但天知道，押尾韻我也沒本事。
45 你們若要聽直截了當的事實，
我就用散文講個快活的故事，
從而來結束我們這個故事會。
願耶穌以祂的恩典賜我智慧，
讓我在這旅途中給你們指路，
50 指出一條完美而光明的路途，
這叫作耶路撒冷的天國之道。
如果你們都贊成，我已準備好，
立刻就能開始講；現在我徵求
你們意見。再好的故事我沒有。
55 不過話得說回來，我這沉思錄
還得請飽學之士指出其不足。
因為對具體細節我不太注意——
但是請相信我，我是取其大意。
所以我要向你們明確地聲明：
60 對講的內容我隨時願意改正。」

聽了他的話，我們都表示同意，
我們覺得這樣做非常有意義：

---

[2]最早的英詩是一種頭韻體詩歌，所謂押頭韻，即詩行中讀重音的詞以相同的輔音或元音開頭，因此聽上去鏗鏘有力，這裡作者以三個押頭韻的字模仿這一特點。可參看拙文《英詩格律的演化與翻譯問題》(《外國語》1994年第3期或拙譯《英國抒情詩選‧代序》)。

　　　　　讓他講些含道德教訓的事情，
　　　　　我們可以當作結束語來聽聽。
65　　　　於是我們要旅店主人對他講：
　　　　　我們都有聽他講故事的願望。

　　　　　這位店主就代表大家對他講：
　　　　　「教士先生，願好運落到你頭上！
　　　　　我們樂意聽，你愛講啥就講啥。」
70　　　　說完這話，店主又這樣告訴他：
　　　　　「現在請你就講你的沉思錄吧。
　　　　　但請抓緊點，太陽快要下山啦。
　　　　　要能讓大家得益，但簡短一點。
　　　　　願主讓你講得好，賜給你恩典！」

引子結束

堂區長的故事

堂區長的故事由此開始

耶·6°，你們當站在路上察看，訪問古道，那是善道，便行在其間。這樣，你們心裡必得安息……①

1.我們親愛的天上的主並不要任何人滅亡，卻要我們所有的人都能知道他，都得到幸福的永生。他通過先知耶利米教導我們，這樣說道：「你們當站在路上察看，訪問古道（就是說，尋找古時候的道）那是善道，便行在其間。這樣，你們心裡必得安息。」還說了其他一些話。有很多精神之道可以引導人們走向我們的主耶穌基督和那榮耀的國度。在這些道中，有一條十分高尚又十分正確的道。這條道無論對男人或者對女人，都是切實可行的，儘管他們由於犯了罪孽而迷了路，偏離了通往神聖的耶路撒冷的正道。這條道叫作懺悔。對此，人們打心底裡喜歡聽並想提出問題，以便弄明白：什麼是懺悔，為什麼要叫作懺悔，懺悔有些什麼樣的作用，懺悔分成幾種，哪些事對懺悔來說是有關連的或至關重要的，哪些事會妨礙懺悔。

2.聖安布羅斯說過：「懺悔是一個人為他犯下罪孽而感

---

① 這段引文出自《舊約全書·耶利米書》6章16節，在原作中為拉丁文。這段文字的內容與下面第一節中相關的那段中古英語文字以及中譯本《聖經》中的此段文字內容完全一致，故直接錄自《聖經》中譯本。

85

到痛心，也表明他再也不會做任何會使他痛心的事。」另一位飽學之士說：「懺悔表明一個人的悔恨，他既爲自己的罪孽而悲痛，又爲自己做的錯事而懲罰自己。」在某些情況下，懺悔表明了一個人爲他的過錯感到悲痛傷心，並爲此而感到眞正的悔恨。一個眞正懺悔的人，首先要爲他犯下的罪孽感到悔恨，要下定決心把事情坦白出來並進行苦行贖罪，以後絕不再幹任何會使他後悔或傷心的事，而且要繼續做好事；要不然，他的悔罪對他就沒有什麼用。因爲聖伊西多爾[2]說得好：「一個人很快就重犯使他悔恨的罪孽，那麼他既嘲弄了別人又撒了謊，絕不是眞正地悔罪。」單是哭泣，

90

卻並不停止犯罪，那就沒有用。然而人們總是希望，哪怕一個人經常跌翻在地，但只要能得到寬恕，他每次都可以通過懺悔從地上爬起來；當然，這種想法存在著很大的疑問。因爲聖格列高利說得好：「一個人如果有壞習慣這一重負壓在身上，那麼他要從罪孽中爬起來就很困難。」所以，懺悔的人們如果在罪孽遠離他們之前，他們自己先遠離罪孽，並停止犯罪，那麼神聖教會將認爲他們肯定能得到拯救。一個人犯了罪，但是在最後時刻眞心實意地悔過自新，那麼由於他做了懺悔，出於我們主耶穌基督的偉大仁愛，神聖教會還是希望他得到拯救；不過，你們還是走一條穩妥的路吧。

3.現在，既然我已經對你們講明了什麼是懺悔，現在

95

你們也得明白，懺悔要求做到三點。第一點是，一個人在犯了罪以後應當受洗。聖奧古斯丁說：「除非一個人爲他從前的罪惡生活懺悔，他就不可能開始清白的新生活。」事實上，一個人如果不懺悔他以前的罪孽而受了洗，那麼在他眞正懺悔之前，他只是在形式上受了洗，卻沒有蒙受到上天的

---

②聖伊西多爾（560？～36）是西班牙基督教神學家、西方拉丁教父、大主教及學者。

恩典，他的罪孽並沒有得到寬恕。另一種欠缺是，人們在接受洗禮之後犯了重罪。第三種欠缺是，人們在受洗之後天天犯一些可寬恕的罪。對此，聖奧古斯丁說：「對於善良而謙卑的人們來說，他們的懺悔是每一天的懺悔。」

　　4.懺悔有三種類型。一種是公開的，一種是集體的，第三種是私下的。公開懺悔有兩種形式。一種是在大齋節中由神聖教會逐出教門，這是對殺死孩子之類的罪行施行的；另一種是，當一個人公開犯罪時，就當眾宣布犯這種罪的可恥，然後神聖教會做出判決，強迫他進行公開懺悔。所謂集體懺悔，就是在某些情況下，教士責令人們進行集體懺悔，有時候這種懺悔可以是光著身子或光著腳去朝聖。私下懺悔是人們經常為他們的罪孽而進行的，在這種懺悔裡，我們在私下坦白出我們的罪孽，在私下裡接受自我懲罰。

　　5.現在你們應當明白，真正而完全的懺悔有什麼必要的條件。這建立在三件事情上：心中的痛悔、口頭的坦白和苦行贖罪。關於這點，聖約翰·克里索斯托③說：「一個人心裡痛悔，口頭坦白並肯苦行贖罪，那麼懺悔能使他愉快地接受加在他身上的每一種懲罰，並做出種種謙恭的行動。」這種懺悔對於三種事情很有效果，而由於這三種事情，我們本會惹我們的主耶穌基督生氣。這三件事情就是：思想上貪圖享樂、言辭上魯莽輕率、行動上邪惡造孽。對付這些邪惡就得靠懺悔，這懺悔可以比作一棵樹。

　　6.這顆樹的樹根是痛悔，這種痛悔深深地藏在真正懺悔者的心中，就像一棵樹的樹根隱藏在土地裡一樣。從這痛悔的樹根長出了樹幹，樹幹上長有坦白的枝枝葉葉，還有贖罪

③約翰·克里索斯托（347？～407）是希臘教父，君士坦丁堡牧首（398～404）。擅辭令有「金口」之譽。因急於改革而觸怒豪富權門，最後死於流放途中。

的果實。關於這一點，基督在他的〈福音書〉中說道：「結出與懺悔相當的果實。」④因為通過這個果實，人們就可以了解這棵樹，而不是通過深藏在人心中的那個根，也不是通過那些坦白的枝枝葉葉。所以我們的主耶穌基督這樣說道：「通過他們的果實，你就可以了解他們。」同樣，從這個根還能長出天主恩典的種子，這種子是一種根本的保證，殷切而熱烈。這種子所意味的恩典來自神，這是因為他想到了世界的末日和地獄裡的種種懲罰。關於這事，所羅門說道：「敬畏神並遠離罪惡。」這種子的熱量就是神的愛和對那永恆歡樂的急切期望。這種熱量把人們的心引向神並使他們痛恨自己的罪孽。說真的，對於一個嬰兒來說，世界上沒有任何東西的滋味像奶娘的乳汁那麼好；而同樣的乳汁中如果混進了其他食物，那麼對這嬰兒說來，世界上就沒有什麼東西的滋味比這還討厭。同樣的道理，在一個就是愛犯罪而且犯了很多罪的人看來，罪惡這東西比任何別的東西都好；但是他一旦開始全心全意地愛我們的主耶穌基督並希望得到永生，那麼對他來說，再沒任何東西比罪惡更加可怕了。事實上，神的律法就是要熱愛神。對此，先知大衛說過：「我愛你的律法並痛恨罪惡與仇恨。」誰熱愛神，誰就遵從神的律法，聽從神的話。由於尼布甲尼撒王看到了那個幻象，先知但以理建議他贖罪的時候，也就看見了這一精神之樹。對於接受贖罪的人來說，贖罪就是他們的生命之樹，而根據所羅門的說法，那些讓自己真心懺悔的人將受到祝福。

　　7.在這種懺悔或痛悔中，人們應當明白四件事，就是：什麼是痛悔，是什麼原因使人要痛悔，一個人應該怎麼樣痛悔以及什麼樣的痛悔對靈魂有好處。回答是這樣的：痛悔是一個人為他所犯的罪孽而在內心感受到真正的悲傷，同時他

---

④可參看《新約全書·馬太福音》3章8節。

還下定了決心要把這些罪坦白出來，要進行贖罪並永遠不再
130　犯罪。這種悲傷應當像聖貝爾納講的那樣：「這應當在人的
心中沉重而痛苦，尖銳而激烈。」首先，由於人冒犯了創造
了他的主；而由於他冒犯了他的天父，所以就更尖銳而激
烈；而由於他冒犯並觸怒了來救贖他的基督，所以還要更尖
銳而激烈，因爲這位基督用自己的寶血拯救我們，把我們從
罪惡的束縛、魔鬼的殘酷和地獄的痛苦中解救出來。

　　8.促使一個人痛悔的原因有六種。首先，一個人應當記
住他的罪孽；但是要注意，這種回憶對他來說絕不應當是一
種快樂，相反，他應當爲他所犯的罪感到莫大的羞愧和傷
心。約伯說：「犯了罪的人做了應當懺悔的事。」所以希西
家⑤這樣說：「我要懷著痛苦的心情回顧我一生中所有的日
135　子。」神也在《啓示錄》中說：「記住你是從哪裡跌下的。」
因爲在你們第一次犯下罪孽之前，你們是神的孩子，是神的
國度裡的成員；但是由於你們犯了罪，你們變得可鄙又可
惡，成了魔鬼的孩子，受到天使們的憎惡和神聖教會的譴
責，成了不義之蛇的食物，成了地獄之火的源源不斷的燃
料。由於你們一犯再犯，就像一條狗時時回來吃牠嘔吐出來
的東西，你們就更加可惡而可恨。而由於你們長期地待在罪
惡裡，長期地保持著罪惡的習慣，你們更是可惡，因爲你們
在你們的罪惡裡就像畜生在牠的糞便裡一樣，都已污穢不
堪。這一類想法使一個人爲他的罪孽感到羞恥，而不是感到
140　快樂，這就像神通過先知以西結⑥說的那樣：「你應當記住

---

⑤希西家（西元前715？～前687？）是耶路撒冷猶太國王，大衛王的後裔和
第十三代繼承者，企圖發揚希伯來宗教傳統，獲得政治獨立，登基後曾參與
反亞述的叛亂。
⑥以西結為西元前六世紀的以色列祭司和先知，相傳《舊約全書》中的〈以
西結書〉是其所作。

你走過的路並感到羞恥。」一點不錯，犯罪就是引導人們前往地獄去的路。

9.一個人應當鄙視罪惡，其第二個原因是——用聖彼得[①]的話來說，就是——「誰犯下罪孽，就是罪孽的奴隸。」是啊，罪惡確實把人深深地置於奴役之中。所以，先知以西結說：「我悲傷地走去，懷著對自己的鄙視。」是啊，一個人是應當鄙視罪孽，把自己從那種奴役和墮落中解救出來。瞧瞧塞內加在這件事情上是怎麼說的吧。他這樣說道：「哪怕我確知神和人都不會知道我犯罪，我還是不屑於犯罪。」這位塞內加還說：「我生來不是要讓我做我肉體的奴隸，也
145 不是讓我的肉體做奴隸；我生來就是要做高於這二者的事。」任何男人或女人，如果要讓其肉體成爲最壞的奴隸，就把其肉體交給罪惡好了。哪怕本就是最低賤的漢子或最低賤的女人，活在世上沒什麼價值，然而把肉體交給罪惡以後，這種人還會更加可惡，更加具有奴性。一個人越是從高的位置上跌下來，他就越是個奴隸，而且在神和世人的眼光裡更顯得可惡和可憎。好天主啊，一個人的確應該鄙視罪惡；因爲，一度享有自由的人，就因爲犯了罪，如今受到了束縛。爲此，聖奧古斯丁說道：「如果你的僕人冒犯了你或犯了罪，你就瞧不起他，那麼若你自己犯了罪，也就要被瞧
150 不起。」做人要自重，不要自己作踐自己。唉，有些人自甘墮落，成爲罪惡的奴僕。他們應當爲人們所不齒，爲他們自己而感到羞愧，因爲神出於無限的好意，曾把他們安置在高位上，給他們智慧、體力、健康、美貌、昌盛，用他心頭的寶血救贖他們，可他們卻這樣無情無義，竟然邪惡地同高貴的神對抗，甚至以戕害他們自己的靈魂作爲對神的回報。神

---

①聖彼得（？～67？）也是《聖經》中的人物，原為耶穌的十二使徒之一，耶穌死後，他是眾使徒之首，後在羅馬殉教。

哪！你們這些國色天香的女人，要記住所羅門一句精彩的
話。他說：「一個漂亮女人，如果只是聽命於她肉體的傻
瓜，那麼她就像掛在母豬鼻子上的金環。」因爲正像母豬用
鼻子在糞堆裡亂拱，她也用她的美貌在臭烘烘的罪惡垃圾中
亂拱。

　　10.使一個人痛悔的第三個原因，是對最後審判日以及
對地獄裡種種可怕的懲罰所懷的恐懼。聖哲羅姆說：「每當
我想到最後審判日，我總是不寒而慄；因爲無論我在吃喝或
在幹任何別的事情時，我總覺得耳朵裡響著那號角的聲音，
那是在叫死者起來，去接受最後的審判。」好天主啊！對於
這樣的審判，人確實應當懷有深深的恐懼之心。聖保羅說：
「我們都將在那個地方，在我們主耶穌基督的寶座前。」在
那個地方，我們全將聚集在一起，沒有一個人會缺席；因爲
事實上，那時任何缺席理由和藉口都起不了作用。那時候，
不但我們的過錯要受到審判，就連我們的一切所作所爲也要
公之於衆。聖貝爾納說：「那時，任憑怎麼哀求、怎麼耍花
招也沒有用；我們對每一句廢話都要給予懲罰。」那時，我
們所面對的審判官既不會受到腐蝕，也不會受到欺騙。是什
麼緣故呢？這緣故就是他確實知道我們內心的任何思想；他
絕不會被我們的祈禱或賄賂所腐蝕。因此所羅門這樣說：
「神的震怒不會饒過任何罪人，哪怕他祈禱，哪怕他獻祭。」
所以，在最後審判日，誰也逃脫不了，這是沒指望的事。正
因爲如此，聖安塞姆[8]說道：「到那個時候，一切有罪的人
大難臨頭；上面坐著的，是那位嚴厲而發怒的審判官，在這
審判官的寶座下，是地獄的可怕深淵，這地獄張開著大口，
要吞滅不得不承認自己罪行的人，而且他的罪行將公開地暴

155

160

165

---

⑧聖安塞姆（1033？～1109）是歐洲中世紀神學家，早期經院哲學的主要代
表，1093年任英國坎特伯雷大主教。

露在神和一切生靈的面前。左邊有許多惡鬼，那數目之多是
誰也想像不出的；這些惡鬼一心就想襲擊那些有罪的靈魂，
把他們拖進地獄去受懲罰。在那些人的內心，良心責備所造
成的痛苦有如撕心裂肺；在那些人的身外，則是熊熊燃燒的
世界。那時，焦頭爛額的罪人將往哪裡逃？將到哪兒去藏
身？可以肯定地說，他無處藏身，他得走出來，得暴露在睽
睽眾目之下。」因爲正像聖哲羅姆說的那樣：「大地會把他
拋出來，海洋也會把他拋出來；就連天空也會，因爲天空中
將充滿轟雷和閃電。」我想，無論誰把這些事情好好想想，
那麼他肯定不會爲他的罪孽而感到高興，相反，他會大爲擔
憂，因爲他害怕地獄中的懲罰。所以，約伯對神說：「主
啊，在我一去不返地前往那黑暗之地以前，請讓我哭一哭
吧！那個地方籠罩在死亡陰影之下，是一個苦難和黑暗之
地，是一個滿是死亡陰影的地方；那裡沒有任何秩序和法
規，只有無窮無盡令人毛骨悚然的恐懼。」看吧，這裡你們
能看到約伯在祈禱，在要求給他一會兒工夫，讓他爲他的罪
孽哭泣一陣；因爲千眞萬確的是，能得到一天的寬限也比全
世界所有的珍寶好。在神的面前，既然人能夠在這人世憑懺
悔來救贖自己，而不是憑珍寶來救贖自己，那麼人就應當祈
求神，求神寬限他一點時間，讓他爲自己的罪孽痛哭一番。
事實上，從開天闢地以來，人們所感受到的一切痛苦，同地
獄裡的痛苦一比，只是小事一椿而已。至於約伯爲什麼稱地
獄爲「黑暗之地」，那就請你們明白，他之所以要稱地獄爲
「地」，是因爲地是穩固的，是實實在在而絕不會落空的；稱
之爲「黑暗」，是因爲地獄裡的人沒有照明的材料。因爲事
實上，對於地獄裡的人來說，那裡永遠燃燒著的火發出的黑
光會使他周身痛苦；因爲這讓他暴露給那些折磨他的惡鬼。
「籠罩在死亡的陰影之下」，就是說，進了地獄的人將見不到
神，因爲，事實上見到神就是得到永生。「死亡的陰影」就

是那個倒楣的人犯下的罪孽，這遮在他眼前，使他見不到神
的臉，就像是一團烏雲隔在我們和太陽的中間。說那是「苦
難之地」，是因為那兒有三種苦難，這三種苦難正好同人們
現世生活中的三樣束西相反，這三樣束西就是榮譽、快樂和
財富。在地獄裡沒有榮譽，恰恰相反，地獄裡有的卻是恥辱
和毀滅。你們都很清楚，所謂「榮譽」就是人們給予一個人
的尊敬，但是在地獄裡，既沒有榮譽，也沒有尊敬。事實
上，在那個地方，對國王就像對奴僕一樣，沒什麼尊敬可
言。關於這一點，神通過先知耶利米說過：「現在輕視我的
人將會受到輕視。」「榮譽」還意味著位高權重；但是在地
獄裡沒有誰侍候誰，除非是給人家吃苦，叫人家受罪。「榮
譽」還意味著尊榮顯赫；但是在地獄裡，所有的大人物都將
受到惡鬼們的蹂躪。神說：「可怕的惡鬼將去找那些被罰入
地獄的人，騎在他們的頭上。」這是因為，他們越是在現世
生活中身居高位，在地獄裡他們的地位就越低，越要受到作
踐。地獄裡也沒有現世的財富，有的卻是貧窮困苦；而這種
貧窮有四個方面：一是沒有財寶；關於這一點，大衛說道：
「有些富人一心一意只想著世上的財寶，但他們都得睡在死
亡的陰影裡，而儘管他們原先很有錢，那時他們的手中將一
無所有。」接下來，地獄裡的困苦是沒有飲食。因為神通過
摩西這樣說道：「他們將因為饑餓而瘦弱不堪，地獄之鳥將
啄食他們，叫他們處境悲慘，欲死不能；他們喝的將是地獄
裡那惡龍的膽汁，他們吃的將是那惡龍的毒涎。」再接下
去，他們的困苦在於沒有衣服，因為他們全身赤裸，身外只
有在周圍燃燒的烈火和其他烏七八糟的東西；而他們的靈魂
也是赤裸的，沒有了一切德性和優點，而這卻是靈魂的衣
著。那時候，哪裡還有什麼光鮮的袍子、柔軟的襯衣和柔軟
的床單？瞧吧，關於這些人，神通過以賽亞⑨是怎麼說的：
「在他們下面，將滿是飛蛾；而蓋在他們身上的，將是地獄

裡的蛆蟲。」再接下來，他們的困苦還在於他們沒有了親
友；因爲有好朋友的人就算不上苦，所以那兒根本就沒有朋
友；反正無論是神，無論是誰，都不會視他們爲朋友，而他
們彼此之間卻懷著怨恨，個個同人家勢不兩立。正像神通過

200　先知彌迦⑩所說的那樣：「日日夜夜，兒女們都將背叛父
母，親人相互爲敵，彼此咒罵並不把對方放在眼裡。」本來
彼此相親相愛的人到了那裡，個個都恨不得把對方吃了。至
於在繁榮昌盛的現世生活中本就互相仇恨的人，他們在痛苦
的地獄裡還怎麼能相親相愛呢？請相信我一句話：他們肉體
的愛就是不共戴天的恨。先知大衛說得好：「誰愛邪惡，誰
就恨自己的靈魂。」而無論是誰，如果恨自己的靈魂，那麼
事實上他就不可能以任何方式愛任何別人。所以，在地獄裡

205　既沒有慰藉，也沒有任何友誼；在那裡，原先血緣上、肉體
上的關係越是密切的，他們之間相互的咒罵也就越兇，仇恨
也就越深。再接下去的一點是：他們沒有任何娛樂。因爲事
實上，娛樂是由五種感覺而來的，也即視覺、聽覺、嗅覺、
味覺和觸覺。然而在地獄裡，他們的眼前只是一片黑暗和濃
煙，所以他們的眼睛裡滿是淚水；他們耳朵裡聽到的，全是
哭號和咬牙切齒的聲音，就像耶穌基督說的那樣；他們的鼻
孔裡將滿是臭烘烘的氣味。而且，像先知以賽亞說的那樣：
「他們的嘴巴裡滿是苦膽的滋味。」至於他們身體的觸覺，
那麼就像神通過以賽亞的嘴所講的那樣：他們周身都是「永
不熄滅的火焰和永遠也不會死掉的蛆蟲。」他們不能指望自

210　己會痛苦而死，並通過死而擺脫痛苦，就這樣，他們便了解

---

⑨以賽亞爲西元前八世紀的希伯來先知（《舊約全書》中有〈以賽亞書〉一
卷）。

⑩彌迦也是《聖經》中的人物，爲西元前八世紀希伯來先知（《舊約全書》
中有〈彌迦書〉一卷）。

了約伯那句話的意義，因為約伯說的是：「那兒有死亡的陰影。」當然，任何東西的影子同那東西總是相像的，但影子並不是那個東西。地獄裡的懲罰也正是這種情況；這種懲罰由於其可怕的痛苦，所以很像死亡。為什麼這麼講呢？因為那種懲罰是永遠的，他們似乎每時每刻都會死去，但事實上他們絕不會死。這正像聖格列高利說的那樣：「要給那些可悲的囚徒沒有死亡的死亡，沒有了結的了結以及永無止境的匱乏。因為他們雖說死亡，卻永遠活著；他們雖說已經了結，卻永遠在開始；而他們什麼也沒有，那是一成不變

215 的。」所以，〈福音書〉作者之一的聖約翰說道：「他們將尋求死亡，但求而不得；他們巴不得死去，但死神卻從他們身邊逃走。」約伯也說：「地獄裡沒有任何秩序。」儘管神創造萬物秩序井然，根本就沒有一樣是無秩序的，而是每樣東西既有秩序，又有定數；然而那些罰入地獄的卻是沒有秩序的，他們也不遵守任何秩序。大地將不會為他們結出果實。因為，情況就像先知大衛說的那樣：「神將毀掉地上的

220 果實，不給他們。」沒有水給他們滋潤口舌，沒有空氣使他們神清氣爽，沒有火為他們照明。聖巴西勒[11]說過：「神把這個世界上熊熊燃燒的火送進地獄，給那些受罰的靈魂，把這火的光明送給天堂，給祂的孩子們。」這就像當家人把肉給他的孩子，把骨頭給他的狗。而由於他們絕對沒有逃走的希望，所以聖約伯最後說道：「那裡將有無窮無盡令人毛骨悚然的恐怖。」恐怖就是時時刻刻在擔心，害怕有災禍降臨，而在那些被罰入地獄者的心中，這種擔心永遠存在。所以他們喪失了一切希望，而這有七個原因。首先，因為作為他們審判官的神對他們將沒有憐憫；他們無法使神滿意；無法使神的任何一位聖徒滿意；他們沒有任何東西可用來救贖

---

⑪聖巴西勒（329～379）是基督教希臘教父，制訂隱修院制度。

225　自己；他們無法開口對神說話；他們無法擺脫懲罰；他們身
　　上已沒有任何的善可供出示以使他們從懲罰中得到超脫。因
　　此所羅門說：「邪惡的人也會死；他死去之後，絕沒有逃脫
　　懲罰的可能。」所以無論是誰，如果願意好好地了解一下這
　　種懲罰，好好地想一想自己的罪孽已足以使自己受到這種懲
　　罰，那麼他肯定比任何時候都更想嘆著氣流淚，而不想唱歌
　　戲耍。正像所羅門講的那樣：「如果誰有這份智慧，能知道
　　為懲治罪孽而準備了什麼樣的處罰，那麼他就會感到悲
　　哀。」聖奧古斯丁也說：「一個人知道了這種情況，心裡就
230　會大哭一場。」

　　　　11.使人感到痛悔的第四點，是一種不愉快的回憶；這
　　既是回憶他留在這世上的善，也是回憶自己喪失掉的善。事
　　實上，他留下的善事無非兩種，一種是他在犯下重罪前做的
　　好事，一種是他以有罪之身所做的好事。事實上，他在犯下
　　重罪前所做的好事，由於他一再地犯下罪孽而不斷受到削
　　弱，終於變得不起什麼作用。而另一種好事，也就是他以重
　　罪之身所做的好事，對於他進天堂獲永生卻完全不起作用。
　　再說那種因反覆犯罪而變得不起作用的好事，也就是他還享
　　受著上天恩典時所做的好事，只有靠懺悔才能恢復作用。關
235　於這一點，神通過以西結的嘴說道：「如果一個已變得正直
　　的人又要放棄正直，卻幹邪惡的事，他能活嗎？」不能，儘
　　管他曾做了很多好事，但這些好事將一筆勾銷，因為他得死
　　在他的罪惡之中。就在那同一章裡，聖格列高利這樣說道：
　　「我們該了解的主要一點是：一旦我們犯下了重罪，那時我
　　們即使舉出或者提及我們以前所做的好事，也都沒有用。」
　　因為可以肯定的是，既然已犯下了重罪，那就絕不能指望我
　　們以前做的好事能有什麼幫助，這也就是說，在進天堂獲永
240　生一事上毫無用處。不過只要我們痛悔，我們做的那些好事
　　仍可以發揮作用，仍可以在進天堂獲永生一事上產生影響。

至於人們在犯了重罪後所做的好事，因為這些好事是在有重罪的情況下做的，這種好事就永遠也起不了作用。因為事實上，這種根本就沒有生命力的事情是永遠也不可能使其有生氣的。不過話得說回來，儘管這種事無助於獲得永生，卻有助於減輕地獄中的懲罰，或是暫時地獲得財富，或是神因此而感化那罪人的心，使他懺悔；同時，這種事還有助於使那人習慣於做好事，其結果是削弱魔鬼對他靈魂的控制力。就

245 這樣，懷有惻隱之心的主耶穌基督不讓任何好事完全白做，而總是讓這些事起一些作用。既然對於獲得永生這一點來說，一個人犯了罪孽以後他以前蒙恩時所做的好事全都等於作廢，而一個人身負重罪時所做的好事也完全不起作用，那麼絕不做好事的人倒大可唱唱那支法國新歌《我喪失了我的全部時間和勞動》⑫。因為可以肯定地說，罪孽既使人喪失他天性中的善，也使他喪失上天恩賜給他的善。事實上，聖靈所給予的恩典就像是火，它不會無所作為；因為火一旦不燃燒，也就立即熄滅，而聖靈的恩典也一樣，它一旦不起作用了，也就立刻結束了。這時候，罪人就失去了天國榮耀的

250 善，因為這種善只許諾給辛勤勞作的善人。所以讓那些生命得之於神的人傷心吧，因為他們活到現在、活到將來，都沒有善舉可用來回報給了他們生命的神。請相信聖貝爾納說的話：「對於現世裡所給予他的一切好東西，他都得報出帳來；他得說明他是怎麼使用這些好東西的；只有從來不損壞一根頭髮和不浪費一個小時的人，才不會被叫來報帳。」

12.使人痛悔的第五件事，是想到我們的主耶穌基督，想

255 到他為了我們的罪孽而在十字架上所受的苦。就像聖貝爾納所說的那樣：「只要我活著，我就要回想我們的主耶穌基督為講道而承受的艱難；這種艱難所給予祂的折磨，祂齋戒時

---

⑫原作中為法文。

所遇到的誘惑，祂徹夜不眠地祈禱，祂爲同情善人而流的眼淚；人們對祂講的那些惡毒的話、可恥的話和髒話；人們吐在祂臉上的那種髒口水，人們打在祂身上的拳頭，人們對祂做的鬼臉和對祂的咒罵；把祂釘在十字架上的釘子以及祂爲我的罪孽，而絕不是爲祂自己的罪過所受的其他種種苦難。」你們應當明白，人犯了罪孽，一切秩序什麼的全都顚倒了過來。事實上，神、理性、感官和人的肉體這種排列順序表明，這四者是自上而上一層管一層的；這就是：神管理智，理智管感官，感官管人的肉體。然而人們一旦犯了罪，這種次序就顚倒了。於是，人們的理性就不願再服從並聽命於本是主宰人的神，於是也就失去了本該具有的對感官的主宰權，同時也失去了對人的肉體的主宰權。爲什麼會這樣呢？因爲那時感官已不肯聽命於理性，於是理智不再能主宰感官，也不再能主宰肉體。正像理智會不再聽命於神，感官也會不再聽命於理性，而肉體也一樣會。確實，我們主耶穌基督的珍貴的身體承受了這種顚倒和背叛，付出了十分高昂的代價，現在你們聽聽那種情況吧。由於理智背叛了神，所以人也就活該憂傷和死亡。因此，主耶穌基督被其門徒出賣以後，爲我們人類受苦受難，被牢牢地捆住，「以至於祂雙手的每個指甲都滲出血來」——這是聖奧古斯丁講的話。不僅如此，當人的理性不願行使權力，不願控制感官的時候，人就活該受辱；於是，當人們把口水吐在我們主耶穌基督的臉上時，祂爲我們人類承受了這恥辱。再進一步，由於人的可悲的身子既背叛了理性，又背叛了感官，所以它活該死亡。由此，我們的主耶穌基督爲人們在十字架上受苦，那時，祂的身子的每一部分都在經受巨大的痛苦。所有這些，耶穌基督都承受了下來，而祂自己從來沒做過錯事。所以，對於耶穌可以非常合情合理地這樣說一句：「爲了一些不該由我負責的事，我受盡了酷刑，我又爲人們的恥辱而受盡了

羞辱。」所以正像聖貝爾納所說的那樣，罪人也很可以這樣說：「我犯的罪眞是糟透了，爲了這個罪，肯定得重重地受罰。」事實上，根據我們各種各樣的罪惡，耶穌基督在十字架上所遭受的苦難也就注定了有這樣的不同。可以肯定的
275 是，罪人的靈魂被貪婪和現世的昌盛出賣給了魔鬼，而當他選擇感官之樂時，又受到詭計的蔑視；在逆境裡要受到急躁的煎熬，受到從屬於罪惡的奴性唾罵；而最後則被永遠殺滅。就因爲罪人的這種墮落，原本來解救我們，讓我們避開罪惡與懲罰的耶穌基督先是被出賣，然後被捆綁了起來。然後祂遭到了蔑視，而原先祂應當在任何方面都受到敬重。然後祂被人家惡意地吐了一臉口水，而其實祂的臉應當是整個人類想要瞻仰的，因爲就連天使們也想要凝望祂的臉。然後祂受到了鞭打，儘管祂沒有做過任何錯事；而最後他被釘死
280 在十字架上。以賽亞的話是這樣講的：「爲我們做的錯事祂受刑罰，爲我們犯的重罪祂受羞辱。」我說，既然耶穌基督自願地爲我們的一切罪惡而承受懲罰，罪人就更加應當痛哭流涕，因爲就是爲了他的罪，天上的聖子得來爲他承受所有這些懲罰。

　　13.使一個人痛悔的第六點，是對三件事情所抱的希望，這也就是寬恕罪孽、賜予做好事的恩典以及神爲了獎勵人的善行而給人的天國的榮耀。耶穌基督出於祂那無上的慷慨大度，幾乎已把這些禮物賞賜給了我們，所以祂被稱爲「猶太人的王，拿撒勒人耶穌」⑬。耶穌意爲拯救者或救星；人們希望從祂那裡得到寬恕，確切地說，也就是希望祂
285 把他們從罪孽中拯救出來。所以那位天使對約瑟說：「你得叫祂耶穌，祂必將把百姓從罪惡中拯救出來。」由此，聖彼得說道：「除了憑基督的名義，人們不能憑天底下任何人的

⑬原文爲拉丁文。這一句引文可見《新約全書‧約翰福音》19章19節。

名義而獲救。」「拿撒勒」的意思是「開花」，由此人們可以
希望，赦免了他們罪孽的神也將賜他們做好事的恩典。因爲
既有花，就可以指望到時候會結出果實；所以，罪孽既然已
被寬恕，就可以希望得到做好事的恩典。耶穌說：「我在你
的那顆心的門口敲門，要想進去，誰給我開門，他的罪孽就
得到寬恕。我願意憑我的恩典進入他的心並與他一起進餐，
而他也應當與我一起進餐。」這也就是說，憑他做的好事，
而這好事便是神的食物；「他也應當與我一起進餐，」這也
290　就是說，憑我將要給他的巨大歡樂。就這樣，人們憑著自己
所進行的懺悔，可以希望神允許他們進入其天國，就像〈福
音書〉裡答應過他們的那樣。

14.現在，一個人應當了解，他應當有什麼樣的痛悔。我
說，他的痛悔應當是普遍的、全面的；這也就是說，一個人
應當爲他興高采烈時所犯的全部罪孽而真正懺悔，因爲興高
采烈是非常危險的。因爲默許有兩種；一種叫作對感情的默
許，這就是當一個人有了犯罪的意向，而且長時間以來想到
那種犯罪就很高興；而他的理智很清楚，知道這是犯罪，是
違反了神的律條，然而，儘管他看得很清楚，這是不敬神的
一種表現，他的理智卻沒有制止他那種可惡的趣味；雖然說
他的理智並沒有同意讓那種犯罪變成事實，但有些博學之士
說，長久沉湎在那種高興的情緒中是十分危險的，哪怕這只
295　是一點點的高興。同樣，一個人也應當爲他所想望的一切而
難過，特別是他那種想望違背了神的律條並得到了他自己理
智的完全默許；因爲毫無疑問的是，默許就是不可饒恕的罪
孽。事實上，凡是不可饒恕的罪孽，都是先出現在人的思想
中，然後表現在他的興趣愛好上，然後在默許之下發展成爲
事實。所以我要說，許多人從來不爲他們的這種思想和這種
興趣愛好懺悔，從來不向教士坦白，卻只是這樣實實在在地
犯著大罪。所以我要說，這種邪惡的興趣愛好和邪惡的思想

陰險地欺騙著人們，使他們將來被罰入地獄。不但如此，一個人應當既爲他的邪惡行爲，也爲他的邪惡言詞感到難過。事實上，單單爲一椿罪孽懺悔，而不是同時爲所有其他的罪

300 孽懺悔，或者反過來，雖然爲所有其他的罪孽懺悔，卻不爲一椿罪孽懺悔，這都將毫無用處。因爲可以肯定的是，全能的神也是至善的；所以祂要麼寬恕一切，要麼什麼也不寬恕。正因爲如此，聖奧古斯丁說：「我可以肯定，神與一切罪人爲敵。」這是什麼意思呢？一個人不斷地犯著一種罪，他其他的那些罪孽應當得到寬恕嗎？不應當。非但如此，他的痛悔應該極其痛苦而且充滿了折磨，神才會因此而給他充分的寬恕。所以，當我胸中的心感到痛苦的時候，我就想著神，這樣祂就有可能聽到我的祈禱。這還不算，痛悔必須持續地進行，一個人必須有堅定的目的，經常懺悔贖罪並修

305 正自己的生活道路。事實上，只有不斷地痛悔，一個人才可以不斷地爲得到寬恕而抱著希望；由此，他還會變得痛恨罪孽，而根據他能力的大小，這種痛恨還能撲滅他自己的心中和別人心中的罪孽。因此，大衛說：「你們這些敬愛神的人哪，痛恨罪惡吧！」請你們相信這一點：敬愛神，就是愛他之所愛，恨他之所恨。

15.關於痛悔，人們應當了解的最後一點是：痛悔對他們有什麼用？我說，在有的時候，痛悔能把人從罪孽中解救出來；關於這一點，大衛說：「我說，我下定了決心，要懺悔贖罪，主啊，你就赦免了我的罪孽。」要是一個人有機會而沒有堅定的認罪贖罪的決心，那麼懺悔也就沒有任何作

310 用；同樣的道理；沒有痛悔的話，認罪贖罪也就沒什麼價值了。不但如此，痛悔能摧毀地獄這一牢籠，能削弱所有惡鬼的力量，能恢復聖靈所賜予的所有的美德；痛悔還能淨化有罪的靈魂，把靈魂從地獄的痛苦、魔鬼的身邊和罪惡的奴役下解救出來，使它恢復所有精神上的善並把它交還到神聖教

會的融洽集體之中。再說，這還會使人發生變化，使從前易
於動怒的人變得仁厚寬大；所有這些事情，《聖經》上都有
證明。所以，誰想把心思放在這些事情上，誰就十分明智；
因為這樣一來，在他的一生中他就的的確確不會想去犯罪，
而是要讓他的全部身心為耶穌基督效勞並效忠於祂。事實
上，我們親愛的主耶穌基督十分寬厚地饒恕了我們所幹的蠢
事，而要不是祂對人的靈魂懷有憐憫，那我們所有的人也許
315　真得唱一支悲歌了。

悔罪的第一部分結束

下接悔罪的第二部分⑭

　　16.懺悔的第二部分是告罪，這是痛悔的標誌。現在你
們得了解告罪是什麼，是不是應當使用告罪，真正的告罪必
須做到哪幾點。

　　17.首先，你們應當了解，告罪就是把罪孽向教士真正
地坦白出來；我說「真正地」，指的是一個人必須盡他之所
能，把同他所犯罪孽有關的一切情況向教士坦白出來。必須
把一切都說出來，不能有任何的辯解、隱瞞或掩蓋，也不准
320　誇耀自己做過的一些好事。不但如此，還必須了解，他的罪
孽是怎麼會形成的，怎麼會膨脹起來，以及這是些什麼樣的
罪孽。

　　18.關於罪孽的形成，聖保羅這樣說道：「由於一個人
犯了罪，罪孽就此進了這個世界，並由這個罪導致了死亡；
同樣，由於所有的人都犯了罪，所有的人就都得死亡。」那

---

⑭從上面一行和這一行開始，原作中本故事所有這一類小標題的文字都是拉
丁文。下面不再一一說明。

犯罪的人就是亞當，由於他違背了神的命令，罪孽就因他的
緣故而來到了世上。所以，儘管他當初長生不老，永遠也不
會死亡，但結果他變成了一個必然要死亡的人，不管他願意
還是不願意；同樣，他在這個世界上的所有後代也得死亡，
因爲他們既然是其後代，也就有了罪孽。看看吧，在亞當與
夏娃清白無辜的時候，他們在伊甸園中赤裸著身體，並不爲
325　他們的赤裸而感到害羞，可是來了那條蛇，這是神所創造的
生物中最狡猾的東西。蛇對那女人講：「爲什麼神吩咐你
們，要你們別吃伊甸園裡每棵樹的果子？」女人回答道：
「我們以園中樹木上的果子充饑，但是神確實吩咐過我們，
要我們別吃長在園子中央的那棵樹上的果子，還要我們別去
碰它，免得自找滅亡。」蛇對女人說：「不會的，不會的，
你們絕不會死；事實上，神知道你們一旦吃了那個果子，你
們就會看清眞相，就會像神一樣明辨善惡。」於是在那女人
看來，那棵樹的果子是很好吃的，那棵樹的模樣也叫她賞心
悅目；於是她摘了這樹上的果子，吃了起來，還分給她丈夫
吃。很快他們兩人看清並意識到他們的赤身裸體，於是就用
330　無花果葉子縫製成褲子一類的東西遮住陰部。由此你們可以
看到，人犯下死罪先是受了化身爲蛇的魔鬼的誘惑；然後是
因爲貪圖感官的享受，就像是這件事裡夏娃所表現的那樣；
再就是理性所給予的默許，就像是亞當所表現的。請你們相
信，儘管魔鬼誘惑了夏娃，也就是說，誘惑了感官，而感官
爲那禁果之美而感到高興，然而可以肯定的是，在理性——
也就是亞當——同意吃那果子之前，他仍然是清白無辜的。
就因爲這個亞當，於是我們大家都有了原罪，因爲我們都是
他那肉體的後代，由他那種污穢而墮落的肉體所生。當靈魂
被放進身體後，原罪立刻就收縮；而起初不過是以聲色之慾
作懲罰，後來卻變成了既是懲罰又是罪孽。於是我們大家天
生就會發怒，就注定了要永遠毀滅，幸好我們能接受洗禮，

洗掉我們的罪責。然而事實上，那種懲罰仍以誘惑的形式留
335　在我們身上，那懲罰就叫作強烈的聲色之慾。人們對注定的
這種懲罰若是處理不當，就會產生各種貪圖：因為他有肉
體，他貪圖那種肉體上的罪孽；因為他的眼睛有視力，他貪
圖塵世間的各種東西；因為他心中有驕氣，他貪圖人間的高
位。

　　19.現在來講第一種貪圖，這也就是強烈的聲色之慾——
——這是根據有關我們性器官的法則來說的，是由神的正確判
斷而合理制出的。我說，只要一個人不服從神，不服從他的
主，那麼他的肉體也就通過聲色之慾而不服從神，而這種聲
色之慾也就叫作罪孽的溫床和犯罪的原因。所以，只要一個
人的內心在受著聲色之慾的懲罰，他就免不了在某個時候受
到誘惑，以至於他的肉體犯罪。只要他活在世上，這種情況
就始終存在。當然，憑所受的洗禮以及憑通過懺悔而得到的
340　神的恩典，可以削弱並壓制那種影響，但這種影響永遠不會
完全消除，所以人也永遠不會對聲色無動於衷，除非由於疾
病、巫術或麻醉劑的毒害而提不起精神。瞧瞧聖保羅是怎麼
說的吧。他說：「肉體的貪圖同精神的相反，精神的貪圖同
肉體的相反，這兩者是彼此衝突的；所以人不能總是做他想
做的事情。」也就是這位聖保羅，他在水上和陸上為悔罪而
進行了嚴厲的自我懲罰之後（日日夜夜在水上冒著巨大的危
險，忍受著強烈的痛苦；在陸上則忍著饑渴，在寒天裡赤裸
著身子，有一次還差點被人家用石頭砸死），這樣說道：
「唉，我這可憐的罪人，誰會來解救我，把我從我這可憐的
有罪身子中救出來？」聖哲羅姆在沙漠裡住了很長一段時
間，那裡沒有人同他作伴，有的只是野獸；那裡沒有食物，
只有野草和可供飲用的水；那裡沒有床，只有光禿禿的地
面。結果他的皮膚被曬得漆黑，像個埃塞俄比亞人，而冷的
345　時候他又差點凍死。儘管如此，他還說他的整個身體裡燒著

滾燙的淫慾之火。由此，我非常清楚地知道，那些說他們的
肉體從來不受誘惑的人本身就受到了蒙蔽。聽聽使徒聖雅各
的話吧。他說：「每個人都因爲他自己的聲色之慾而受到誘
惑。」這也就是說，我們每個人都有理由和根據被我們身體
餵養的罪孽所誘惑。所以，〈福音書〉作者之一的聖約翰
說：「如果我們說我們沒有罪孽，那我們是在欺騙我們自
己，因爲事實並不像我們說的這樣。」

20.現在你們當知道人們身上的罪孽是怎麼越來越深重
的。這首先是我先前講到過的那種罪孽的溫床，那種肉慾。
其次就是對魔鬼的屈從，這也就是說，魔鬼用他的風箱把肉
慾之火吹進人的身體。然後是人們自己考慮，要不要去做魔
鬼誘惑他去做的事。在這以後，如果人們抵制住自己的肉體
和魔鬼的第一次引誘，那麼這當然沒有犯罪；但如果抵制不
住，他們很快就會感到一種尋歡作樂的衝動。這時人們應當
警惕起來，提防自己的行動，要不然很快就會落到默許犯罪
的地步；然後，如果時間和地點合適，他們就會犯下罪孽。
關於這事，摩西是這樣講到魔鬼的：「魔鬼說，我要用邪惡
的誘惑去追趕人，我要用慫恿他們犯罪的辦法把他們抓住，
我要仔細考慮怎麼區分我的獵物，我的慾望要得到痛快的滿
足；我要抽出我的默許之劍。」——是啊，就像劍能把東西
一劈爲二，默許能使神和人分離——「然後，我要用我的手
把犯下罪孽的他們殺死。」這就是魔鬼說的話。因爲事實
上，那時人的靈魂已完全死了。就這樣，由於誘惑，由於要
尋歡作樂，由於默許，終於完成了犯罪的全過程；而這時的
犯罪就叫作事實上的犯罪。

21.事實上，罪孽分兩種；一種是可饒恕的輕罪，一種
是不可饒恕的重罪。一個人如果愛任何生靈甚於愛創造了我
們的耶穌基督，那麼這就是重罪。而一個人如果愛耶穌基督
愛得不夠，沒有達到應有的程度，這就是輕罪。事實上，犯

下這種輕罪也十分危險，因爲這會使人對神所應有的愛越來越少。所以，如果一個人讓自己犯下了許多輕罪的話，那麼，除非他時不時地憑懺悔而得到赦免，他身上的這些輕罪
360　就很容易削弱他所有的那種對耶穌基督的愛；就這樣，輕罪就會變成重罪。事實上，一個人靈魂中所犯的輕罪越多，他就越可能犯下重罪。俗話說得好：積小成大。請聽聽下面這個例子：有時候，一個大海浪猛地打來，可以把一條船打翻；然而，如果人們掉以輕心，不及時採取措施的話，那麼海水通過船底的小小縫隙點點滴滴滲進底艙，有時候也能造成同樣的災難。所以，儘管在這兩種沉沒的方式間存在區別，船還是一樣沉沒了。有時候，重罪和那些惱人的輕罪也是如此，因爲一個人犯的輕罪一多，他就會愛塵世間的東西，就會爲這些東西而再犯輕罪，結果他心中的那種愛越來越多，以至於同他對神的愛不相上下，或者甚至於有過之而
365　無不及。所以，任何東西只要從根本上講與神無關，任何事情只要從根本上講不是爲神而做，那麼一個人只要愛這些東西或愛做這些事情，哪怕他的這種愛不如他對神的愛那樣強烈，他已經犯下了輕罪。而一個人的心中，如果對任何東西的愛同他對神的愛一樣輕重，或甚至重於對神的愛，那麼這就是犯了重罪。「犯重罪，」聖奧古斯丁說道，「就是一個人讓他的心離開眞正至善而永恆不變的神，把他的心交給任何會發生變化並逝去的事物。當然，這裡指的是天主以外的一切事物。不錯，一個人的愛都應當全部歸於神，但如果他卻把他的愛給了一個生靈，那麼可以肯定的是，他給了那生靈多少愛，他對神的愛也就要減掉多少；就這樣，他犯下了罪孽。因爲他是神的債戶，卻沒有向神還清他全部的債，也
370　就是說，沒有交出他心中全部的愛。

　　22.現在，既然已大致了解了輕罪是什麼，就應當特別講一講某些罪孽，因爲很多人也許根本不以爲那是罪孽，也

就不為這些罪孽而去懺悔；然而，這些是罪孽。事實上，有些教士寫過這樣一些話，說是一個人每次吃下或喝下的東西超過維持他體力的需要，他也就肯定犯了罪。同樣地，如果他說的話超過了必須說的，那也是犯罪。如果他不能寬厚地傾聽窮人的訴苦，這也是犯罪。如果人家齋戒，他身體很好卻不肯齋戒，而且也提不出任何合乎情理的理由，這也是犯罪。如果他睡覺睡得太多，超過了實際需要，或者因為睡覺睡過了頭，結果去教堂晚了，或者去某些行善事的地方晚了，這也是犯罪。一個人與妻子同房的時候，如果沒有那種壓倒一切的強烈願望，就是說，為了敬奉神而生兒育女，或者在他這樣做的時候，不想讓他的身子為妻子盡義務，這也是犯罪。一個人明明做得到，但是卻不肯去訪問病人和囚徒，這也是犯罪。如果他愛他的妻子和孩子，或愛世上其他任何事物，愛得超過了理性的分寸，這也是犯罪。如果他甜言蜜語地奉承人家，超過了需要的限度，這也是犯罪。如果他減少或取消對窮人的施捨，這也是犯罪。如果他烹調食物過於講究，超過了實際需要，或者他吃這食物的時候過於匆忙或過於狼吞虎嚥，這也是犯罪。如果他在教堂裡或在做禮拜的地方，說些虛榮的大話，或者他講起話來夾有無聊的傻話或髒話，這就是犯罪；因為在最後審判日，他得為此付出代價。如果他答應人家或向人家保證他要做某事，而實際上他卻做不到，這也是犯罪。如果他由於一時糊塗或犯傻，誹謗了他的鄰人或是看不起人家，這也是犯罪。如果他在並不確切了解一件事情，卻做出惡意的猜測，這也是犯罪。這些事情，以及無數的這類事情，按照聖奧古斯丁的說法，都是犯罪。

現在大家應當明白，儘管世上的人個個都免不了犯這些輕罪，但是，一個人憑著對我們主耶穌基督的熱愛，憑著祈禱和懺悔，憑著其他善行，他可以約束所有這些輕罪。正

像聖奧古斯丁說的那樣：「如果一個人對神十分敬愛，他所做的一切事情都是出於對神的愛，而且確實是爲了對神的愛，因爲對神的愛像他心中燃燒著的火；那麼，你們瞧瞧，一滴水滴進熊熊燒著的爐子裡，就會造成多大的危害或者有多麼討厭吧；而實際上，對於一個全心全意愛著基督的人來說，輕罪也具有與此相像的危害性。」另外，如果一個人配
385 領聖餐的話，那麼通過領聖餐，通過接受聖水，通過施捨，通過彌撒和晚禱時同大家一起誦唸《悔罪經》，通過主教和教士的祝福以及其他種種善事，他也能夠約束自己的輕罪。

悔罪的第二部分結束

下接七項重罪及
附屬於這七項重罪的
各種罪孽和表現

23.現在有必要講一講什麼是重罪，也就是說，什麼是主要的罪孽；它們互相聯繫在一起，但各有不同。說它們是主要的罪孽，因爲罪孽中以它們爲主，由它們派生出所有其他的罪孽。這七種罪孽中的根本的罪孽就是驕傲，它是一切罪惡的總根源；因爲從這個根源，派生出另一些重罪，如憤怒、妒忌、怠惰（或叫懶惰）、貪婪（講得俗一些，就是貪心）、貪食和淫邪。這些主要罪孽中的每一種都派生出一些枝枝節節的罪孽。在下面各節中，將對它們一一加以陳述。

驕　傲

24.從驕傲派生出來的枝枝節節的罪孽究竟有多少，這沒有人能夠完全說出來。儘管如此，我要舉出一些你們應當

390　知道的，諸如違拗、吹噓、虛僞、輕蔑、自大、厚顏無恥、
　　沾沾自喜、傲慢、自命不凡、急躁、好鬥、犯上、自負、不
　　敬、頑固、虛榮以及其他許多我不能一一列舉的細枝末節。
　　所謂違拗，是指一個人有意不服從神的戒律，或者不服從他
　　的主人和神父的指令。吹噓是指一個人爲他所幹的壞事或好
　　事誇口。虛僞是指一個人隱瞞自己的本來面目而做出一副假
　　相。輕蔑是指一個人瞧不起他的鄰人，也就是說，瞧不起他
　　的基督徒教友，或者說他不屑於去做一些他應該做的事。自
395　大是指一個人自以爲具有他並不具有的某些美德，或者自以
　　爲他應當具有那些美德，或者自視過高。厚顏無恥是指一個
　　人過於驕傲，而對自己的罪孽沒有了羞恥之心。沾沾自喜是
　　指一個人爲他犯下的罪惡而感到高興。傲慢是指一個人拿自
　　己的長處、智力和談吐舉止同別人的相比，自以爲高人一等
　　而目空一切。自命不凡是指一個人容不得別人指揮他，甚至
400　也容不得有人同他平起平坐。急躁是指一個人不願人家指出
　　或批評他的缺點，而且明知故犯地對抗事實並極力護住自己
　　的短處。犯上是指一個人心懷不滿，故意冒犯有權管他的
　　人。自負是指一個人爲自己定下了一個目標，而這目標他不
　　可能達到，因此也不該去嘗試；這也叫作過分自信。不敬是
　　指一個人在應當表示出自己敬意的時候並不這樣做，而他自
　　己倒等著人家向他表示敬意。頑固是指一個人堅持自己的錯
　　誤，過於相信自己的判斷。虛榮是指一個人喜歡這塵世間的
405　權位和豪華，並因這種世俗的地位感到光彩。多嘴是指一個
　　人在人家面前說話過多，嘀嘀咕咕地就像一只磨子，根本不
　　管自己講的是什麼。
　　　　25.還有一種驕傲比較隱蔽，具有這種驕傲性格的人儘
　　管可能並不如人家，卻等著人家先向他打招呼，而不是他自
　　己向人家打招呼；同樣，到教堂裡去做禮拜的時候，他想搶
　　在他的鄰人前面坐下，或者，在教堂的通道上的時候他想走

在他鄰人的前面，或者，他要搶在別人前面吻聖像牌，要搶在別人前面燒香敬神，要搶在別人前面奉獻等等。其實，他這樣做可能完全沒有必要，只是他心裡非常驕傲，總想要在大庭廣眾之間顯得出人頭地。

26.驕傲有兩種，一種藏在心裡，一種顯露在外。事實上，前面說到的種種情形以及我沒有講到過的許多情形，都屬於那種隱藏在心裡的驕傲，而其他的各種驕傲的表現則顯

410 露在外。然而，只要有一種這樣的驕傲，也就表明另一種驕傲的存在，就像酒店門口那新鮮的長春藤枝是一種標誌，表明那店家的地窖裡有酒。這第二種驕傲的表現方式很多；可以在言談舉止中表現出來，也可以在過分奢華的穿著打扮上表現出來。事實上，如果無論怎麼穿著都不會犯罪的話，那麼在〈福音書〉裡，基督也就不會注意到那個有錢人的衣著並發表意見了。聖格列高利說過，穿珍貴的衣服是有罪的，因為這衣服鮮艷華麗，因為它柔軟舒適，因為它樣式新奇，因為它裝飾別緻，因為它用料過多或因為它用料過少。唉，在我們這個時代，人們不是可以看到那些貴得簡直是在犯罪

415 的衣服嗎——特別是用料過多或者用料過少的衣服？

27.關於這頭一種罪孽，這是因為衣服用料過多後會造成衣料價格很貴，從而使百姓受害。刺繡、精工鑲嵌、做波紋線、加條紋、做螺旋形線條、加斜角飾條以及種種諸如此類的虛榮裝飾而浪費衣料的作法都需要花錢，這還不算，用毛皮給袍子做襯裡或做裝飾，用剪子在衣服上開些洞，用大剪子開又，這些也很費錢。再說，上面講的那些袍子又做得過分地長，無論是男人穿還是女人穿，無論是騎在馬上穿，還是走路穿，袍子的下沿總是拖在垃圾上和爛泥上，直到這些拖在地上的部分到頭來磨損得經緯畢露並且因為骯髒而腐爛；其實，這過長的部分本來倒是應當給窮人的，可結果反給窮人造成很大的壞處。這壞處是多方面的，就是說，衣料

浪費得越是多，那麼衣料就因爲貨色少以致對百姓來說價錢
就越貴；進一步說，就算他們肯把那些挖了洞眼和開了叉的
衣服給窮人，那麼根據窮人的情況，這種衣服穿起來並不合
適，而且也不足以幫助他們抵禦嚴寒。另一方面，說到做衣
服用料過少，情況也很嚇人。例如那些剪裁得很短的外衣和
上裝，男人穿在身上簡直就沒有蓋住他們見不得人的那個部
分，眞是用心邪惡。唉！有的人穿著短小得嚇人的緊身褲，
既使陰部顯得鼓鼓囊囊的，又讓陰囊顯得很突出，就像是得
了疝氣病；而這些人的臀部，看上去就像月圓之時母猿的屁
股。不但如此，他們還挖空心思地設計，讓他們一個褲腿是
白的而另一個褲腿是紅的，從而顯示他們那可惡的突出部
分，使這見不得人的一部分看起來像是有一半已被剝了皮似
的。如果他們讓他們緊身褲的左右兩邊用其他的顏色搭配，
例如白的和黑的，或白的和藍的，或黑的和紅的等等，那麼
由於顏色的變化，他們那一半的陰部像是由於得了聖安東尼
熱[15]、生了癌或患了其他諸如此類的病而腐爛。至於他們的
臀部，這眞是看了叫人噁心。事實上，身體的那個部分是用
來排泄臭烘烘的糞便的，可他們卻神氣活現地在人家面前顯
示這骯髒的部分，根本就不把必要的體面放在眼裡，而耶穌
基督和他的朋友們在世上的時候，是重視這種體面的。現
在，講到婦女衣著的極度奢華，那麼天知道，看她們有些人
的臉，似乎都顯得貞潔又文雅，可是她們又通過衣著表現出
她們的淫蕩和驕傲。我並不是說男人或女人的衣服講究一些
有什麼不合適，但是，穿得過多或過少肯定是應當受到指責
的。還有，在騎馬這方面，用某些裝飾品和配備就是罪孽，
比如，只是爲了消遣取樂，就養了太多膘肥體壯、價格昂貴

420

425

430

---

[15]聖安東尼熱是丹毒、麥角中毒等皮膚炎症，據傳患者求聖安東尼保佑即可
痊癒，故名。

的駿馬；就爲了侍候這些牲口，就用了許多心術不正的馬
夫；還有太多別緻奇巧的馬具，例如馬鞍、尾鞴、馬的胸肩
護甲和馬勒，這些東西上都鑲有珍貴的飾物和金銀。關於這
點，神通過先知撒迦利亞⑯說道：「騎乘這些馬的人要罰入
地獄。」這些人怎麼沒想到聖子騎的是什麼，用的又是什麼
馬具，其實祂當初騎的只是驢子，而且所謂的馬衣也只是祂
門徒的舊大氅；而且根據我們所讀到的，祂從來沒騎過別種
435　牲口。我這樣說，是反對奢侈，而不是反對在情況需要的時
候合理地講究一些。進一步說，有時候家裡僕人多並沒有什
麼好處，甚至完全沒有好處，所以，一個家庭裡有著許多僕
人自然是大大地顯示出驕傲。有時候，這樣一大幫子僕人盛
氣凌人或是狐假虎威，成了百姓的禍害和災難，那麼情況更
是如此。事實上，那些大人物如果慫恿他們手下的人爲非作
歹，那他們就是把他們的大人物身分賣給了地獄裡的魔鬼。
這一條也適用於地位低一些的人，比如開設和經營客棧的人
440　慫恿他們的夥計以各種方式進行偷盜。這類人是到處找蜂蜜
的蒼蠅，是到處找腐肉的野狗。這種人實際上掐死了他們老
爺的靈魂；關於這一點，先知大衛這樣說過：「這樣的老爺
一定不得好死，神會把他們罰入地獄，因爲在他們的屋子裡
有罪孽與惡行。」而天主也不會在那裡。事實上，如果他們
不改正，那麼正像神因爲雅各的侍奉而給拉班⑰祝福，又因
爲約瑟⑱的侍奉而給法老祝福一樣，神也會詛咒那些慫恿自
己的僕人幹壞事的老爺，除非他們改正。在餐桌上常可以看

---

⑯撒迦利亞爲西元前六世紀時的希伯來先知，曾勸猶太人重建聖殿。《舊約
全書》中有〈撒迦利亞書〉。

⑰拉班是《舊約全書·創世記》中的人物，是雅各的舅父，他的兩個女兒都
給雅各爲妻。見〈創世記〉29章。

⑱這個約瑟也是〈創世記〉中的人物，爲雅各的愛子。事見〈創世記〉37，
39～41章。

到那種驕傲的場面；事實上，擺的宴席只請富人去吃，窮人
則被趕開並受到斥責。驕傲的罪孽還表現在飲食的過分講究
和鋪張，特別是有些烤肉和拼盤，端上來時有的用烈火燒
著，有的用紙裝飾得像個城堡；諸如此類的浪費想起來也叫
445　人感到憤慨。驕傲的罪孽還表現在用的器皿過於珍貴和樂器
過於珍奇，因為這樣一來，人的享樂之心就更被激發起來，
而一個人如果因此不再一心地想著耶穌基督，那麼這肯定就
是罪孽；在這情況下，一個人的尋歡作樂當然很可能過了
頭，這樣他就很容易犯下重罪。事實上，凡是由驕傲而產生
的各種各樣的罪孽，不管其產生是出於惡意或受到教唆或蓄
意如此或出於習慣，統統都是重罪；這是毫無疑問的。如果
一個人犯這些罪孽是出於他比較脆弱和一時疏忽，而犯了罪
孽之後就立刻不幹了，那麼儘管這些罪孽很嚴重，我想還不
算是重罪。現在人們也許要問：驕傲是怎麼產生的？是怎麼
形成的？我說，這有時出自先天得到的優點，有時出自命運
450　的賜予，有時出自後天得到的優點。天生的優點當然分兩方
面，一是身體方面，一是心靈方面。身體方面的優點包括身
體好、有力氣、動作靈活、容貌出眾、血統好和享有特權。
心靈方面的天生優點是聰明、理解力強、機靈、天然美德⑲
和好記性。命運的賜予是財富、高位和百姓的讚美。後天得
到的優點包括知識、承受精神煎熬的能力、溫厚、做道德冥
455　想和抵制誘惑的毅力等等。上面說到的各點，如果一個人讓
自己為其中的任何一點而驕傲的話，那當然是非常愚蠢的。
關於先天得到的優點，老天知道，有時候我們接受的這類天
生的東西既對我們有利，也對我們有害。就拿身體健康來說
吧，當然健康很容易失去，但更重要的是，身體健康往往會
成為靈魂犯罪的緣由；因為老天知道，肉體是靈魂的大敵；

⑲中世紀時，將公正、謹慎、勇敢、自我克制等稱為天然美德。

所以，我們的身體越是好，我們犯下罪孽的危險性越是大。同樣，爲自己的體力而感到驕傲也非常蠢；因爲肉體想望的事情對心靈肯定是有害的；而肉體越強壯，靈魂一定就越是倒楣；而比這一切更嚴重的是：身體的力量和俗人的放肆，

460　常常有可能使人做壞事。同樣，爲自己高尚而驕傲也很蠢；因爲這種高尚有損於心靈的高尚；再進一步說，我們大家都是同一對祖先的後代，所以我們都有一種腐化墮落的天性，不管是富人還是窮人。不過，也確實有一種高尚是值得稱讚的，這就是用道德和美德充實一個人的心，使其成爲基督的孩子。請你們務必相信：不管是什麼人，只要他讓自己被罪孽控制，那麼他就是罪孽的眞正奴隸。

　　28.說到高尚的一般標誌，這就是在言行舉止上避免罪惡和粗鄙，避免受罪惡的奴役；這就是爲人要講道德，要謙恭有禮，純潔、慷慨──這也就是說，大方得頗有節制，因

465　爲這方面如果沒有合理的節制，就是愚蠢和罪孽。高尚的另一個標誌是，在心裡牢牢記住人家所給予自己的恩惠。還有一個標誌是，寬厚地對待他的好下屬；塞內加由此說道：「一個身居高位的人最要緊的品質就是仁慈寬厚、謙恭有禮和富於同情心。正因爲如此，人們喚作蜜蜂的那種飛蟲總是挑沒有刺的做蜂王。」還有個標誌是，這人有一顆善良而勤奮的心，想要達到高度的道德境界。事實上，一個人爲後天得到的優點而驕傲也是極其愚蠢的；因爲正像聖格列高利說的那樣，同樣的這些後天得到的優點，本該對他有利，減輕他受到的折磨，但是也可以使他變得毒辣並使他毀滅。事實

470　上，誰因爲命運的賜予而驕傲，那麼他也就是個徹頭徹尾的大笨蛋；因爲有的時候一個人在上午還是個大人物，但不到天黑已成了不幸的囚徒；有的時候，一個人的財富成了他喪命的原因；有的時候，一個人樂極生悲，在高興之時得了重病，就此一命嗚呼。事實上，人們的讚譽有的時候很虛假很

脆弱，完全不能信賴；今天他們在稱讚，明天他們卻會指責。老天知道，很多忙忙碌碌的人爲了想博取人們的讚美，結果卻斷送了性命。

驕傲之罪的救治辦法

29.現在，既然你們已經明白什麼是驕傲，驕傲分哪幾種以及驕傲的起因，那你們就應當知道，對驕傲之罪的救治辦法，這就是謙虛。謙虛是一種美德，通過這種美德，人就會眞正地了解自己，而且對自己的優點也認爲不值一提，因爲他時時考慮的是自己的弱點。謙虛分三種：一種是心的謙虛，另一種是嘴的謙虛，再一種是行動上的謙虛。心的謙虛有四種：一是人感到自己在天主面前是毫無價值的。二是他絕不瞧不起任何人。三是即使人家認爲他一文不值，他也毫不介意。四是他受到了屈辱也不會難過。同樣，嘴的謙虛也有四種，這就是說話溫和，言辭謙恭，嘴上能承認自己心裡對自己的估價；而另一點則是，讚揚別人的優點而絕不貶低這種優點。行動上的謙虛也有四個方面：一是把別人放在自己前面；二是爲自己選擇最低的位置；三是愉快地接受人家的忠告；四是愉快地接受他的支配者或者位置比他高的人所做的決定；當然，這是一種重大的謙虛行爲。

下面講妒忌

30.在驕傲之後，我要來講講妒忌這種令人噁心的罪孽。用哲人的話來說，妒忌就是因人家興旺發達而難過；用聖奧古斯丁的話來說，妒忌是爲人家的好運而難過，爲人家的倒楣而高興。這種令人噁心的罪孽是絕對反聖靈的。儘管每一種罪孽都是背離聖靈的，然而，因爲寬厚完全歸屬於聖

靈，而妒忌卻又完全出自惡意，因此妒忌與聖靈的善是完全
485　對立的。惡意有兩類，就是說，一類是根深蒂固的壞心眼，
要不然就是這個人的肉體的存在已完全是盲目的，所以他根
本就不認為自己是在罪惡裡，或者根本就不在乎自己身陷罪
惡之中，這可就是魔鬼一樣的蠻橫了。另一類惡意是，一個
人明知一件事是事實，卻要同事實作對。同樣的情形是，一
個人的鄰人得到了神的恩典，於是這人就同這恩典作對；而
這些都出於妒忌。所以可以肯定地說，妒忌是最壞的罪孽。
事實上，所有其他的罪孽有時候只是同某一種美德相抵觸，
然而，妒忌卻同一切美德和一切善相抵觸；因為有了妒忌，
就會為鄰人的一切有利之處而感到難受；於是，妒忌就同其
他所有的罪孽有了區別。因為，幾乎任何一種罪孽都會提供
某種歡快，唯獨妒忌不是如此，它可以提供的始終只有痛苦
490　和憂傷。妒忌有下面這幾種：第一種，因為別人的善行和興
旺而感到難受；其實，興旺自然是一件令人高興的事，所
以，妒忌是一種違反天性的罪孽。妒忌的第二種是幸災樂
禍；這就自然像是魔鬼了，因為魔鬼一向為人們的倒楣而感
到高興。從這兩種妒忌就產生了詆毀，也就是背後說人家壞
話；詆毀這種罪孽有下面這樣幾種形式：一個人安著壞心讚
揚他的鄰人，因為他總是在讚揚的結尾處來個險惡的花招，
也就是在那結尾處放上個「但是」，那意思就是：與其說應
當讚揚，倒不如說應當譴責。第二種形式是，一個好人好心
好意地做了或說了一件事，但詆毀者卻故意顛倒是非，把好
495　說成壞。第三種方式是，貶低鄰人的優點或善舉。詆毀的第
四種形式是，詆毀者在聽到人家誇獎某人時，說上一句「千
真萬確的是，某某人比他好」，從而貶低人家誇獎的人。而
第五種形式是，津津有味地聽人講別人的壞話，而且還欣然
附和。這是一種很大的罪孽，而且，詆毀者的用心越是惡
毒，這種罪孽也就越大。詆毀之後則是抱怨，也就是發牢

騷；這有時候是因為對神不滿，有時候是因為對人不滿。對神不滿的時候，人們或是抱怨地獄裡的痛苦，或是抱怨貧困或破財，或是抱怨暴風雨；要不然，就是為無賴發財而不平，為好人遭難而叫屈。其實，對於所有這些事，人們都應當耐心地忍受，因為它們來自神的正確判斷和安排。有時候，抱怨來自貪心，就像猶大的抱怨那樣，因為抹大拉的馬利亞⑳用她珍貴的香膏抹在我們主耶穌基督的頭上。這種不滿就同一個人為他自己幹的好事——或者為其他人以他們自己的錢幹的好事——而抱怨一樣。有時候，抱怨來自驕傲，就像抹大拉的馬利亞來到耶穌基督面前，並在他腳前為自己的罪孽哭泣時，法利賽人西門對抹大拉的馬利亞的不滿。有時候，抱怨出自妒忌，這就像人們發現了某人掩蓋著的弱點，或指控某人在某事上作假。抱怨在僕人中也是常有的事。主人要他們去做正當的事情，他們也會發牢騷；對於主人的吩咐他們既然不敢公開違抗，就懷著怨氣在私下裡講主人壞話並發發牢騷——人們稱這種話為魔鬼的主禱文，當然，魔鬼是從來沒什麼主禱文的，只是一些粗俗的人這樣稱呼抱怨話罷了。有時候，抱怨來自怒氣或私憤；以後我要講到：這種怒氣會使心中滋生敵意。再下面就是心中的憤懣；一個人有了這種憤懣，鄰人做的每一件好事在他看來都只是叫他感到憤憤不平和不是滋味。然後就是不和，這使一切形式的友誼遭到破壞。然後是怨恨，這是指一個人找機會招惹他的鄰人，儘管那鄰人一向很好。然後是指責，這是指一個人找機會冒犯他鄰人，而這像是奸詐的魔鬼，他日日夜夜地找機會陷害我們大家。然後是險惡的用心，一個人有了這險

⑳抹大拉的馬利亞是個女罪人，她在法利賽人西門請耶穌吃飯時，誠心地以行動懺悔自己的罪孽，於是她的罪得到了耶穌的赦免。事見《新約全書·路加福音》7章36～50節。

惡用心，如果有可能，他就要在暗地裡加害於他的鄰人；而如果沒有這種可能，那麼他的壞心思也不會找不到辦法去損害鄰人，比方說燒掉他的屋子、毒死或殺死他的牲口或做出其他諸如此類的事情。

妒忌之罪的救治辦法

31.現在我要來講講，對妒忌這種令人噁心的罪孽有什麼救治辦法。首先就是神的愛，就是愛鄰人要像愛自己一樣；因爲事實上一個人不可能獨自生活，總得有別人。你們要相信我這話：要知道，你們稱之爲鄰人的實際上是你們的兄弟；因爲我們大家有著一對生養了我們的男女祖先，這就是亞當和夏娃；我們甚至還有著一個共同的精神上的父親，這就是天主。你注定了應該愛你的鄰人，應該希望他萬事如意；關於這一點，神說：「愛你的鄰人要像愛你自己一樣。」這也就是說，在拯救生命和靈魂兩方面都要這樣。不僅如此，你要用你的言辭去愛他，用你善意的勸告和懲戒去愛他；在他煩惱時要安慰他，要用你的整個心靈爲他祈禱。在行動上你也要愛他，要滿腔好意地對待他，就像你希望人家就這樣對待你一樣。所以你不應該用惡言惡語傷害他，更不應該傷害他的身體、財產和心靈，不要看到了這種壞樣就忍不住要去學。你不得覬覦他的妻子以及他的任何東西。還應該懂得，在鄰人一詞裡也包括敵人。根據神的吩咐，人自然應當愛他的敵人；當然，你應當爲神而愛你們的朋友。我說，你應當爲了神的緣故而愛你的敵人，也要根據祂的吩咐而愛你的敵人。因爲，如果說一個人恨他的敵人是有道理的話，那麼我們既然是神的敵人，祂就不會把我們接納到祂的愛中。一個人的敵人有可能以三種方式來傷害他，對此，他應當有三種回報，就是：對敵人的仇恨和惡意，他應當從心

底裡愛敵人；對敵人的咒罵和惡言惡語，他應當爲敵人祈
525 禱；對敵人的惡意行動，他應當以德報怨。基督說：「要愛
你的敵人，要爲咒罵你的人祈禱；也要爲迫害你的人祈禱；
要對恨你的人施加恩惠。」看吧，我們的主耶穌基督就是這
樣吩咐我們，要我們這樣對待敵人的。事實上，天性使我們
愛我們的親友，但千眞萬確的是，同我們的親友相比，我們
的敵人更需要我們的愛；而既然他們更需要，那麼人們自然
就應當多對他們施加恩德；而在這樣做的時候，我們當然會
想到耶穌基督的愛，因爲祂爲祂的敵人而死。正因爲要實施
這種愛確實很難，所以其價值相應地也就很大；於是我們對
敵人的愛可以挫敗魔鬼的惡毒。因爲，正像謙虛可以擊敗魔
530 鬼，我們對敵人的愛也可以使魔鬼受致命傷。所以可以肯
定：愛是一種藥，它能清除人心中的妒忌之毒。這種罪孽的
形形色色情況在以後的章節中還要詳談。

下面談憤怒

32.講過了妒忌，我要來講講憤怒的罪孽。因爲事實
上，無論誰對他的鄰人懷有妒忌，他通常會在言辭或行動上
顯示出他對他妒忌對象的憤怒。憤怒來自妒忌，也來自驕
傲；因爲，一個驕傲的人或一個妒忌的人，肯定都是很容易
發怒的。

33.這種憤怒的罪孽，用聖奧古斯丁的話來說，是一種
535 惡毒的意願，要以言辭或行動進行報復。按照這位哲人的說
法，憤怒是一個人的心中的血激動起來，要想傷害他所仇恨
的人。事實上，一個人的血如果激動得厲害，他的心就會大
受困擾，以至於他完全喪失用理智進行判斷的能力。但是你
們應當明白，憤怒有兩種，一種是好的，一種是壞的。好的
憤怒由熱心爲善而引起，由此，一個人會反對罪惡並被罪惡

激怒。關於這一點，一位智者說：「憤怒好於嬉戲。」這種憤怒是溫厚的，沒有惡意的，它並不是因人而發，而是因人的罪行而發。先知大衛說道：Irascimini et nolite peccare[21]
540　（你們可以生氣，但不希望犯罪）。現在你們要懂得，壞的憤怒有兩種情況，這也就是說，一種是突如其來的憤怒，沒有得到理智的忠告和建議。這句話的意思是，人的理智不贊成這種突如其來的憤怒，所以這是可以寬恕的。另一種憤怒是十分惡毒的，它來自惱怒的心，而這顆心裡早就懷有惡意，早就想好了要發洩的壞主意，而且這人的理智也同意這麼做；所以這確實是一種重罪了。這種憤怒特別招神的討厭，它擾亂了神的居所；把聖靈從人的靈魂中趕出來，而且還破壞與神有相似之處的品性，也就是說，破壞人的靈魂中的美德；同時，它還在人的心中放進與魔鬼有相似之處的品
545　性，並且把人拖離神，拖離他正式的主人。這種憤怒很能討魔鬼的歡心，因為這是魔鬼的火爐，爐子裡燒的是地獄之火。事實上，就像火是世界上最強有力的破壞手段，憤怒對精神方面的東西也具有最強的破壞力。你們觀察一下，看看在灰燼下悶燒著的小煤塊吧，雖然已幾乎熄滅，但只要一碰上硫磺，立刻就會旺起來；同樣，怒氣碰上了隱藏在人心裡的驕傲，也會立刻爆發出來。事實上，火不可能從無中生出，而應首先自然存在於某一物體之中；就像用鋼從燧石中把火打出來。憤怒常由驕傲而生，同樣的道理，憤怒常由敵
550　意所維持。聖伊西多爾說過，有一種樹，人們如果用這樹的木頭生火，然後用灰燼把餘火蓋住，那麼這餘火可以悶燒一年或一年以上。敵意的情況也一樣；有些人一旦心中有了敵意，這種敵意就一定會保持下去，可能從這年的復活節保持到來年的復活節，甚至還不止。事實上，在這期間，這些人

_____

[21]原文為拉丁文，後面括號中為其意義。下文中均做同樣處理。

離神的恩典非常遙遠。

34.在上面說起的那個魔鬼鍛爐裡，鍛煉著三種罪惡。首先是驕傲，這驕傲用咒罵和惡言惡語煽著那火，使那火越來越旺。其次是妒忌，這妒忌用一把持久的敵意長鉗把那火熱的鐵塊鉗牢在人的心上。再其次是那種爭吵漫罵之罪，這就是用惡毒的辱罵來鍛打了。其實，這種可惡的罪孽既傷害這樣做的人，也傷害了他的鄰人。當然，任何人給他鄰人造成的傷害幾乎都來自怒氣，而暴怒則肯定按魔鬼的指令行事，因為暴怒絕不會顧及基督和祂親愛的母親。唉，許許多多的人在發怒與暴怒的時候，無論是對基督，還是對祂的那些聖徒，心裡都懷著惡意。這是不是可惡的罪惡呢？當然是的。唉，暴怒使人喪失智慧，喪失理性，喪失理當保護其心靈的一切溫雅安恬的精神生活。事實上，暴怒還奪走了神的應有權威，而這就是人的靈魂和他對他鄰人的愛。暴怒總是與真理相對抗的，它奪走了人們心靈的安寧，並且敗壞人的靈魂。

35.從憤怒可以產生出這樣一些糟糕東西：首先是仇恨，這也就是宿怨；不和，這使人同他一向熱愛的老朋友分手。然後是衝突以及一個人對鄰人的肉體和財產所進行的種種傷害。由憤怒的這一可惡罪孽還產生殺人之罪。你們要明白，殺人一事有各種不同的種類，有些是精神上的殺人，有些則是肉體上的。精神上的殺人體現在六方面。首先是仇恨；正像聖約翰說的那樣：「誰恨他的兄弟，誰就犯了殺人之罪。」在背後說人家壞話也是犯了殺人罪；對於這種人，所羅門說：「他們有兩把刀可用來殺他們的鄰人。」事實上，破壞人家名聲同要人家性命一樣，都是窮凶極惡的。給人出欺騙性的惡毒主意，例如給人家出點子橫徵暴斂，也是在殺人。對於這種人，所羅門說：一個主人如果不給僕人工資或者克扣他們工資，那麼「這個殘酷的主人就像吼叫的獅

子和饑餓的熊」；此外，放高利貸或不給窮人施捨也一樣。
在這點上，這位賢者說過：「要給快餓死的人吃東西。」事
實上，如果你不給這人吃東西，你就等於殺了他；而所有這
一切都是重罪。肉體上殺人指的是，你以某種方式用你的嘴
巴殺人；比如你下令殺人或者給人家出點子殺人。事實上的
570 殺人有四種類型。一種是根據法律殺人，就像審判官判處罪
人死刑。但是，要讓這審判官注意，他做這事要做得光明正
大，只是爲了正義才這麼做，而不是爲了圖快活而殺人流
血。另一種殺人是出於必要而不得不這樣幹，比如一個人爲
了自衛而殺了人家，或是他不這樣幹，自己就難逃一死。當
然，如果他不殺死對手也能逃生，而他卻殺了對手，在這情
況下，他就是犯了罪，而且將爲這重罪而受懲罰。同樣，如
果一個人爲形勢所逼，或者出於偶然，射出一支箭或扔了一
塊石頭，卻射死或砸死了人，這也是殺人。同樣，一個女人
如出於疏忽，睡覺的時候壓死了她的嬰兒，這也是殺人，而
575 且是重罪。同樣，如果一個人讓女人喝下一些有毒的草藥，
使她不能受孕或生不出孩子，或者故意狂喝濫飲使胎兒流
產，或者用藥或把某些東西放進女人陰部，故意把胎兒弄
死；或者不管男人女人違背自然的天性，讓他們天生的那種
體液白白糟蹋而不能成孕；或者一個懷了孕的女人故意傷害
自己，使孩子胎死腹中，這都是殺人。有些女人因爲怕在世
上丟人現眼就弄死她們的孩子，我們該怎麼稱呼她們呢？當
然，就叫作可怕的殺人者。同樣，如果一個男人爲了想縱慾
而親近一個女人，結果卻讓那孩子胎死腹中，或者故意打女
人，打得她流產，這都是殺人。所有這些都構成殺人的事
實，都是可怕的重罪。另外，從憤怒還產生其他很多罪孽，
這些罪孽或者是言辭上的，或者是思想上的，或者是行動上
的，比如指控或責備神，說他自己也犯有罪孽；又比如在一
些國家裡，邪惡的賭徒們瞧不起神和他的所有聖徒。他們犯

580　下這可惡罪孽的時候，他們的心裡對神、對他所有的聖徒都
有一股強烈的怨毒。同樣，他們如果對聖壇上的聖餐不敬的
話，他們也犯下了可惡的罪孽，而這種罪孽十分嚴重，幾乎
難以饒恕，幸好神的恩典無處不在；這也說明神的恩典之大
以及神的慈愛。憤怒還會發展成惡毒的憤怒；一個人原想通
過懺悔來擺脫罪孽，但懺悔後受到了嚴厲的指責，於是他感
到憤怒，答話時顯得不屑而又怒氣衝衝；他為自己的罪孽辯
護，說他的犯罪是他肉體軟弱的緣故；要不然，他就說他那
樣做是為了維持與夥伴們的關係，或者說是魔鬼引誘他；要
不然，就說他那樣做是因為他還年輕，或說他本性容易衝動
灘以自制；要不然，就說在沒到一定的年齡前，那樣做是他
的命運；要不然，又說他那樣做是由於前輩的教育結果，以
及諸如此類的說法。所有這一類的人都讓他們自己沉浸在他

585　們的罪孽中而不能自拔。事實上，任何為自己的罪孽進行辯
護的人，都不可能得到赦免，除非他們低頭認罪。在這以
後，就是發誓，而這顯然是違反神的戒律的；一個人憤怒或
發火時常常會發誓。神說：「你不要妄稱天主之名。」同
樣，我們的主耶穌基督通過聖馬太說：「Nolite iurare omni-
no[22]（你不要發任何誓）；不要憑天發誓，因為天是神的寶
座；不要憑地發誓，因為地是神的腳凳；也不要憑耶路撒冷
發誓，因為耶路撒冷是這位偉大君王的都城。你也不要以你
的頭發誓，因為你不能使你的一根頭髮變白或變黑。所以，
你還是只用你自己的話說『是，是』和『不，不』吧；多說
了，就是罪惡。」這都是基督的話。為了基督的緣故，不要

590　發那種罪惡的誓，不要在發誓中把基督的靈魂、心臟、骨頭
和身體支解開來。事實上，這樣做就好像你們認為，那些可
惡的猶太人把基督寶貴的身子肢解得還不夠，所以你們要進

---

[22][23]原作中為拉丁文。

一步地肢解祂。如果碰到法律強迫你們發誓的情況，那麼你
們在發誓的時候要讓自己按神的律法行事，就像耶利米在
〈耶利米書〉quarto capitulo㉓（第四章）說的："Iurabis in
veritate, in indicio et in iusticia"㉔（你必憑誠實、公平、公
義起誓）。」也即：「你得遵守三個條件，你發誓要講眞
話，要講正義，要講公義。」這也就是說，你發誓得講眞
話，因爲任何謊言都是反基督的。因爲基督是絕對的眞理。
請你們好好想想這一點：任何一個胡亂發重誓的人，如果不
是在法律的強迫下發誓的，那麼只要他繼續濫發這種違禁的
誓，災禍就不會離開他的家。同樣，在審判官要你爲事實作
證時，你要爲正義而發誓。還有，你不能爲妒忌而發誓，你
不能爲放交情或報酬而發誓，只能爲公義，爲榮耀神，爲幫
助你的基督徒兄弟姐妹，爲伸張正義而發誓。所以，任何人
595　凡妄稱天主之名，或者嘴裡發假誓，或者假藉神的名義而自
稱基督徒，然而在生活中卻不以基督的生活爲榜樣，違背基
督的教導，所有這樣的人都是妄稱天主之名。你們看看聖彼
得說的話吧：Actuum quarto capitulo㉕（〈使徒行傳〉第四
章），「Non est aliud nomen sub celo, etc,㉖（在天下人間沒有
賜下別的名。）」聖彼得這是在說：在天底下沒有給人們可
以因之而得救的其他名字，這也就是說，只有憑耶穌基督之
名才可以得救。你們還要注意基督之名有多麼珍貴；聖保羅
在Philipenses secundo㉗（〈腓立比書〉第二章）中說：「In
nomine Iesu, etc.㉘（因耶穌的名），叫一切在天上的、地上的
和地底下的無不屈膝。」因爲這個名極其崇高可敬，連地獄
裡的魔鬼聽到有人叫出這個名也會發抖。由此看來，人們如

㉔原作中爲拉丁文，可參見《舊約全書·耶利米書》4章2節。
㉕㉖原文爲拉丁文，可參看《新約全書·使徒行傳》4章12節。
㉗㉘原文爲拉丁文，可參看《新約全書·腓立比書》2章10節。

果以基督的神聖之名亂發一些可怕的誓，就比一切可詛咒的
猶太人更放肆地藐視耶穌基督；他們這樣做甚至比魔鬼還放
肆，因為魔鬼聽到基督之名還會發抖。由此看來，那些以基
督神聖之名濫發凶誓的人目無基督，甚至比可惡的猶太人或
聽見基督之名就發抖的魔鬼還要放肆。

36.既然沒有正當理由的發誓是嚴格禁止的，那麼發假
誓就更壞，更要不得。

37.有些人以發誓為樂，把發那種措辭強烈的重誓當作
體面的行為或具有男子漢氣概的事。對於這種人，我們該怎
麼說呢？還有一些人，出於習慣，就是要發重誓，儘管促使
他發誓的理由不值一根麥稈。對這些人又怎麼樣呢？當然，
這是一種可怕的罪孽。不加思索地隨便發誓，這也是一種罪
孽。不過現在還是來講講另外一種裝神弄鬼的發誓情況，就
像有些弄虛作假的巫師神漢憑著一滿盆的水、一把亮晃晃的
劍、一個圓圈、一團火或一塊羊的肩胛骨所幹的那樣。對
此，我沒別的好說，我要講的只是：這種作法邪惡又可恨，
完全是反基督、反基督教信仰的。

38.有些人相信占卜，比如憑鳥飛或鳥叫占卜，或者憑
牲口的情況或抽籤占卜，或者撒一把泥土在地上後以其形狀
占卜，或者以夢、以門的吱嘎聲、以屋子的開裂、以老鼠的
啃咬占卜，還有其他諸如此類的歪門邪道。對於這種人我們
該怎麼說呢？當然，所有這種事都是神所禁止的，是整個神
聖教會所禁止的。有這種卑下信仰的人要為做這種事而大倒
其楣，除非他們悔改。人或者牲口受了傷或生了病之後，用
符咒治療如果居然有效，那麼這也許是神允許這樣，為的
是讓人更加信仰祂，也更加尊奉祂的名。

39.現在我要來講講撒謊的問題，這通常是指一個人為
了欺騙他的基督徒同伴而講的假話。有些謊言對任何人都沒
有好處；有些謊言則可以使有的人得到好處和利益，但對別

人卻只有壞處和不利。另一種撒謊是爲了保護自己性命或財產。再有一種撒謊，則只是爲了取樂，有些人就爲了這種樂趣，編造了長長的故事，還加上了各種細節，這種故事在根本上就是虛構的。有些人撒謊是爲了維持他講過的話，而另有一些人撒謊則未經深思熟慮，或者是由於魯莽草率等諸如此類的原因。

40.現在我們來講講奉承的罪惡。其實，奉承話不是心底裡自願產生的，而是由於恐懼和貪婪才產生的。奉承通常是一個人所不該得到的讚揚。奉承者都是魔鬼手下的奶娘，這些奶娘用諂媚之奶餵他們的孩子。所羅門講得好：「奉承比詆毀還壞。」因爲有時候，詆毀可以使高傲的人變得比較謙虛，因爲他害怕詆毀；但是奉承卻肯定只會使人趾高氣揚。奉承者是魔鬼手下的巫師，因爲他們使人得意忘形，自以爲了不起，而忘了自己究竟是什麼人了。他們就像是出賣耶穌的猶大；因爲奉承者的目的，就是要把他們的奉承對象出賣給其敵人，就是說，出賣給魔鬼。奉承者都是魔鬼的祭司，他們老是在唱讚美歌。我把奉承諂媚這一類罪惡歸在憤怒這類罪惡一起；因爲一個人如果對某人極爲憤怒，那麼他便會常常去奉承另一個人，以便在他的這場爭執中能有個支持者。

41.現在我們來講講心裡氣憤時的詛咒。一般來講，詛咒一詞可以說已包含了各種罪惡。據聖保羅講，詛咒可以使人不得進入神的國度。而且，詛咒這東西常常會落到詛咒者自己的頭上，就像鳥兒回到自己的窩裡。而最要緊的是，人們應盡力避免詛咒他們的孩子，避免把他們的後代交給魔鬼；這當然極其危險，而且這也是很大的罪孽。

42.現在我們來講講責罵；這是人心中的大惡，因爲人心中的友誼之線會被它扯斷。事實上，一個人很難同公開痛斥和辱罵他的人和解。基督在〈福音書〉裡說過，這是一種

可怕的罪孽。現在你們來看看指責人家的人，無論他罵人家
身上的某種令人痛苦的不幸情況，比方說，罵人家是「瘋瘋
病人」或「駝背小丑」，或是責備人家犯了什麼罪孽。好
吧，如果他罵人家某種令人痛苦的不幸，那麼這一責罵實際
上是針對耶穌基督的；因為不管這種不幸是患了瘋病或別
的病還是身體有缺陷，這都是基督給的，給得完全合乎道
理，也得到神的准許。而如果他無情地罵人家的罪孽，比方
說，罵人家「好色之徒」或「酒鬼」等等，那麼這就會使魔
鬼高興，因為他一向為人們犯罪而高興。事實上，責罵只能
出自有罪的心，因為這符合言為心聲的道理。你們應當明
白，任何人想要別人改正錯誤時，可不要用指責的辦法。事
實上，如果他不注意這一點，他就很容易被他應該平息的怒
火煽動起來，結果，本來可以用好言開導並使之改正的人倒
可能被他一怒之下殺掉。所羅門說：「親切的語言是生活之
樹。」這裡的生活指的是精神生活。事實上，惡言惡語既消
耗責罵者的生命力，也消耗被責罵者的生命力。請看聖奧古
斯丁是怎麼說的：「最像魔鬼子女的人就是責罵者。」聖保
羅也說：「我是神的僕人，我不該罵人。」然而，儘管在各
色各樣的人之間發生吵罵都是一種有罪的事情，這一條卻完
全不適用於夫妻之間；因為在夫妻之間永遠也不會有太平。
關於這一點，所羅門說：「一間屋頂漏雨的房子，一個愛吵
吵罵罵的妻子，這兩者是相像的。」一個人待在多處漏雨的
屋子裡，儘管可以避開一處漏下的雨水，但在別處，漏下的
雨還會淋在他身上；同一個愛吵吵罵罵的妻子過日子，情況
也如此。她不在這個地方罵丈夫，就在別的地方罵丈夫。所
以所羅門說：「寧可高高興興地吃一口麵包，也勝似在罵聲
中享用滿屋子的好東西。」聖保羅說：「你們這些婦人哪，
要服從你們的丈夫，這符合神意；而你們這些男子啊，要愛
你們的妻子。」Ad Colossenses, tertio[29]（〈歌羅西書〉第三

625

630

章）。

43.下面，我們來講講對人的奚落。這是一種很惡毒的罪孽，特別是因爲人家做了好事而奚落人家。實際上，這種奚落人家的人就像是令人噁心的癩蛤蟆，在葡萄樹開花的時候，那種甜美的香味會使牠們受不了。這種奚落人的傢伙是魔鬼的同夥；因爲魔鬼占了便宜，他們就高興，而魔鬼吃了虧，他們就難受。他們是耶穌基督的敵人；因爲他們討厭基督喜愛做的事，就是說，他們討厭靈魂的得救。

44.現在我們來說說給人出壞主意的情形。給人出壞主意的人是奸賊，因爲他欺騙了信任他的人，Ut Achitofel ad Absolonem[30]（就像亞希多弗對押沙龍那樣）。不過，他的壞主意首先傷害的是他自己。因爲，正像一位賢者所說的，每個在世的奸人身上都有這樣一個特點，就是他們想傷害別人，但首先傷害他們自己。另外，人們應當知道，他們不該採納奸人的主意；同樣，發火的人，惹是生非的人，太看重自己利益的人，過於世故的人，他們的主意也不要採納，特別是在有關靈魂的問題上。

45.現在要講的罪孽是在人們中製造不和；這是基督深惡痛絕的一種罪孽。這自然毫不奇怪，因爲他就是爲了建立一個和諧的世界而死的。同那些把耶穌基督釘上十字架的人相比，製造不和的人更讓基督蒙羞；因爲祂愛人們之間的友誼勝於愛自己的身體，並爲這種團結和睦而獻身。所以，凡是製造不和的人，都是魔鬼的一路貨。

46.現在來講兩面三刀的罪孽；這種人當人家面說一套

㉙拉丁文。可參見《新約全書·歌羅西書》。

㉚拉丁文。押沙龍是大衛王之子，亞希多弗是大衛王的謀臣。押沙龍欲殺大衛王而自立，攜亞希多弗同謀。事敗，亞希多弗自縊，押沙龍戰死。事見《舊約全書·撒母耳記下》。

好話，背地裡卻說壞話；要不然，就是說話時裝出一副模樣，好像出自一片好心，或是裝得像開玩笑似的，而實際上卻包藏禍心。

645　47.現在來講辜負人家的信任；這種行為會使人家出醜，事實上，這樣造成的傷害幾乎是無法彌補的。

現在來講對人家進行威嚇；其實這是公開幹蠢事，因為經常威嚇人家的傢伙，往往是威脅的成分多於他能那麼幹的能力。

現在我們來談人們講無聊話的情況；這種罪孽在於：無論是對講的人還是對聽的人，無聊話都沒有好處。無聊話也指那種毫無必要又沒有任何較好目的的話。當然，有的時候講無聊話只是一種輕罪，但人們還是應當對此保持警惕，因為今後在神的面前，我們得為此付出代價。

現在來講饒舌；幹饒舌這種事，不可能沒有罪孽。所羅門說：「在人家面前幹傻事就是罪孽。」所以，當一位
650　哲人被問到怎樣取悅人們時，他說道：「多做好事，少說廢話。」

現在來講小丑的罪孽。這些都是學魔鬼壞樣的人，因為他們以他們粗俗的滑稽話使人們哈哈大笑，就像人們看到猴子胡鬧時大笑一樣。聖保羅曾禁止這種小丑行徑。你們看看吧：對於勤勤懇懇侍奉基督的人，那種純潔而虔誠的話能給以多少的慰藉，那麼，對於為魔鬼效勞的人，這類小丑和講笑話者所講的鬼話和所耍的花招也能給以同樣的慰藉。上面所講的這些，都是由嘴巴犯下的罪孽，是由憤怒和其他罪孽所引起的。

下面講憤怒的救治辦法

48.能夠治憤怒的，是人們稱作愷悌的美德，這也就是

溫良；還有另外一種美德也行，那就是人們所說的忍耐或容

49.性情溫和，就能夠控制和抑制人心中的急躁和衝

655 動，使之不在怒火中燒的時候爆發出來。人們施於他人身上的種種騷擾和不公正待遇，耐心好的人都可以若無其事地承受下來。關於溫良，聖哲羅姆是這樣說的：「這絕不傷害任何人，絕不講傷害人的話；即使人家傷害了自己或說了傷害自己的話，也絕不會喪失理智而動怒。」這種美德有時候是天生的；因為正像這位哲人講的：「人是一種活生生的東西，從天性上說是溫和與向善的；然而，如果溫和中還含有寬厚的成分，那就更加可貴。」

50.耐心是另一種救治憤怒的美德，它既能溫文爾雅地承受人家的善意，而受到人家傷害時也不會被激怒。那位哲人說：「耐心這種美德對一切肆虐的惡運和各種惡毒言辭都

660 能逆來順受。」按照基督的說法，這種美德能使人變得神聖並使之成為神的親愛孩子。這種美德能夠克敵制勝。所以那位智者說：「如果你想戰勝你的敵人，那就要學習忍耐。」要知道，外界施加給人的苦惱有四種，所以人也得有四種耐心，以與之抗衡。

51.第一種苦惱來自惡言惡語；然而，耶穌基督很有耐心並毫無怨言地忍受了這種苦惱，儘管猶太人多次指責祂，不把祂放在眼裡。所以你們要耐心地忍受，因為那位智者說過：「如果你同一個蠢貨去爭吵，那麼無論這蠢貨是發火還是大笑，你心裡都不會安寧。」另一種外來的苦惱，是你的財產遭受了損失。基督曾被搶走了祂在世上的一切，這也就

665 是說，祂的衣服，但祂同樣很耐心地忍受了這一損失。第三種苦惱是一個人的身體受到傷害。在這方面，基督耐心地忍受了祂被釘上十字架的全部痛苦。第四種苦惱是過度的勞累。對此我要說一句：有些人讓他們的僕人幹活幹得太苦，或是幹活的時間太長，或是休息日也得幹，說實在的，這些

人是在犯大罪。而在這方面，基督卻非常耐心地忍受了下來，儘管祂將被無情地釘死在十字架上，祂卻讓祂那神聖的肩膀扛著那十字架並教導我們，要我們有耐心。由此，人們可以學得有耐心；事實上，不僅基督徒為了耶穌基督的愛，為了獲得永生這一神聖的回報而應當有耐心，就連那些老異教徒，那些從來不是基督徒的異教徒，也稱讚耐心這一美德並身體力行。

52.曾經有一位哲人要責打他的門徒，因為這門徒做了件大壞事，使這位哲人大為惱火；於是他拿來一根棍子，準備打這年輕人。年輕人看到這棍子，便對他師傅說道：「你想幹什麼？」師傅說：「我要打你，讓你改正。」「說真的，」年輕人答道，「你因為一個年輕人犯了過錯而完全失去了耐心，首先你就得讓你自己改正。」「不錯，」師傅流著淚說道，「你的話很對；我親愛的孩子，你拿好這棍子，為我這樣沒有耐心而幫我改正吧。」有了耐心，就會有順從；這樣，一個人便會順從基督，就會順從他因順從基督而應順從的一切。你們要明白，一個人在做他應當做的一切事情時，如果完全是真心實意的，是高高興興並勤勤快快的，那才是十足的順從。一般說來，順從就是一個人把神的教導貫徹到行動中去，就是在行動中貫徹他尊長的教導，而這些尊長是他完全應當恭而敬之的。

下面講懶惰

53.在講過了妒忌和憤怒這兩種罪孽之後，我要來講講懶惰的罪孽。妒忌能夠蒙蔽一個人的心，憤怒會使一個人困擾，而懶惰則使一個人呆滯、心眼多、容易生氣。妒忌和憤怒使一個人的心裡感到怨恨；這種怨恨是懶惰之母並奪走他對於一切善的熱愛。再有，懶惰是一顆忡忡憂心中的極度痛

苦。聖奧古斯丁說：「善爲之怨，惡爲之喜。」當然，這是一種令人憎惡的罪孽；按所羅門的說法，這種罪孽極大地傷害了耶穌基督，因爲人們本來應當勤勤懇懇地侍奉基督，但由於懶惰，人們的侍奉不像他們應該做到的那樣。懶惰的人絕不會非常勤快；無論做什麼事，他們都是滿心委屈，滿腹牢騷，少不了託辭藉口，而幹起事來既鬆鬆垮垮又懶懶散散。所以《聖經》裡說：「誰侍奉神不力，誰就得受到詛咒。」再說，懶惰是各種處境的人的大敵。事實上，人的處境可以分三等。第一等是天眞無邪的狀態，就像亞當在犯罪之前的狀況，那時有一種力量支持著他，要他讚美神、崇拜神。另一種是有罪之人的處境；處在這種狀況下的人不得不努力地向神祈禱，彌補他們的罪孽並求神賜恩，讓他們從罪孽中擺脫出來。再有一種狀況是祈求寬赦的處境；處在這種狀況下的人不得不採取悔罪的種種行動。確實，對所有這些情況而言，懶惰是個大敵，是截然與之對立的。因爲，懶惰的人只愛無所事事。事實上，懶惰這一罪孽非但十分可惡，而且也是要維持生計的人們的大敵；因爲懶惰絕不能爲人們生活的需要提供任何東西，相反，懶惰只會浪費東西，聽任東西毀壞掉，而且，由於懶惰而疏於照管，人間的財富也就會消耗殆盡。

54.第四點是，懶惰的人就像那些因懶散和怠惰而在地獄中受苦的人；因爲被罰入地獄的人在那裡動彈不得，既不能好好做事，也不能好好思想。首先，由於懶惰的罪孽，一個人的情況會變得十分悲慘又十分不便，以至於不能做任何好事，所以聖約翰說，神厭惡懶惰。

55.接下來要談的是另一種懶散的人，這種人受不了任何艱苦和任何自我懲罰。事實上，正像所羅門講的那樣，懶人十分嬌弱，既受不了苦，也受不了自我懲罰，所以即使他想做些什麼，也必將一事無成。爲了同懶惰這種腐朽透頂的

罪孽作鬥爭，人們應當盡力地做好事，要憑勇氣和道德觀念來下定行善的決心；同時要記住，對於任何善行，無論這善行多麼微不足道，我們的主耶穌基督也會給以回報的。養成勞動的習慣很重要；因為正像聖貝爾納說的那樣，勞動的習慣能使勞動者手臂粗而肌肉硬，可是懶惰卻使人軟弱無力。接下來產生的問題是，對於要開始幹好事心存疑慮；因為對一個傾向於犯罪的人來說，他確實會認為要開始幹好事是一項十分艱巨複雜的任務，因此心裡不免嘀咕，只怕需要他去好好幹的事將十分繁重而累人，使他承受不起，因此就不敢去承擔任何這樣的工作；這是聖格列高利說的。

56.接下來談絕望，也就是對神的恩典喪失希望；這有時來自過度的憂傷，有時來自過度的疑慮，以為自己犯的罪太多，已沒法通過懺悔來擺脫罪孽。按照聖奧古斯丁的說法，正由於這種絕望和疑慮，他就橫下一條心，讓自己去犯各種各樣的罪孽。如果聽任這種可詛咒的罪孽發展下去，到頭來，這就是對聖靈犯罪。這種可怕的罪孽非常危險，因為對於一個絕望的人來說，沒有哪一種罪孽或重罪會使他去幹的時候有所猶豫；在這點上，猶大就是很好的證明。所以，同其他的罪孽相比，這種罪孽自然最使基督生氣，最惹基督討厭。事實上，一個絕望的人就像是一個懦弱膽小的武士，還沒打，就毫無必要地承認失敗。唉！他本不必膽怯，也不必絕望。事實上，神對於任何一個懺悔者永遠是慈悲為懷的，神的恩典是祂的一切事業中最偉大的。唉！人們為什麼不想想〈路加福音〉十五章呢？在這一章裡，基督說：「天上為一個罪人的悔改而歡喜，就像為九十九個不用悔改的義人而歡喜一樣。」[31]請你們再看看，在這同一章〈福音書〉

---

[31]可參看《新約全書·路加福音》15章7節。這裡又是一個明顯的例子，說明作者的引文不同於「欽定本」《聖經》：「一個罪人的悔改，在天上也要這樣為他歡喜，較比為九十九個不用悔改的義人歡喜更大。」

裡，那位一度失去兒子的好人多麼高興，他為他懺悔的兒子
歸來而大開筵席。人們為什麼不回憶一下Luk XX III°capi-
tulo㉜（〈路加福音〉23章）裡講的事呢？那一章裡說到，釘
在耶穌基督邊上一個十字架上的盜賊對他說道：「主啊，你
到了你那國度以後，請記住我。」基督對他說：「我實在告
訴你，今天你同我將在天國裡。」事實上，一個人所犯的罪
孽即使再可怕，但憑著耶穌基督在十字架上的受苦和死亡，
這人也總能在生前靠懺悔來贖罪。唉！既然神如此慈悲，如
此有求必應，人又何必感到絕望呢？只消要求，就會得
705　到。接下來要講貪睡，也就是睡懶覺；這使人的肉體和靈魂
遲鈍又呆滯。這種罪孽來自懶惰。當然，從道理上來說，一
個人不應當在早晨睡覺，除非確實有合乎情理的緣故。因為
對每個人來說，早晨這時間最適宜於祈禱，最適宜在心中默
唸神及崇拜神，同時也最適宜於給窮人施捨，施捨那些第一
次以基督的名義向他乞求的人。請看所羅門是怎樣講的：
「誰在早晨醒來並尋找我，就能夠找到。」接下來就是疏忽
大意，也就是不把任何事放在心上。如果說，無知是一切罪
惡的母親，那麼疏忽無疑就是一切罪惡的保姆。疏忽的人什
710　麼也不管，如果必須做一件事，他根本不管這件事做得是好
是壞。

　　57.至於救治這兩種罪孽的辦法，那位智者說過：「敬
畏神的人絕不會不盡他的本分。」而敬愛神的人為了取悅
神，一定會努力地工作，會盡心盡力地行善。下面我要講無
所事事，這是通向一切罪惡的門戶。一個無所事事的人就像
是一處沒有圍牆的地方，他完全暴露在各方面的誘惑之下，
惡鬼們可以從四周任何一處進入這屋子並發動攻擊。無所事
事是個垃圾桶，裡面裝的是一切卑鄙無恥的思想，一切無聊

㉜可參看《新約全書·路加福音》23章33～43節。

715 的閒言碎語、雞毛蒜皮和一切污穢的東西。當然，天國是給辛勤勞作的人去的，不是給無所事事的人去的。大衛也說：「不同人們一起耕作的人，就不得同人們一起打麥脫粒。」這是在說煉獄。事實上，如果他們不立即懺悔的話，那麼看來他們難免將在地獄裡受到魔鬼的折磨。

58.接下來的一種罪孽被人們稱作tarditas[33]（遲緩），這也就是一個人在信仰神的這方面太拖拖拉拉，耽擱的時間太長；這當然是一件大蠢事。這種人就像是跌進了水溝而不想爬出來。這種罪來自一種不著邊際的希望，懷有這種希望的人自以為會活很長時間，但他的這一希望常常落空。

59.接下來要講懈怠，這是一個人開始幹某件好事情，但很快就住手不幹了；比方說，有些人本該管束人家的，可
720 是碰上一點反對和麻煩，他們就放任不管了。這些人就像現代的牧羊人，他們明知樹叢裡有狼，卻聽任他們的羊跑進樹叢，或者根本就不管他們該照管的羊群。懈怠的結果是精神上和物質上的貧困和敗壞。然後就是一種冷漠，使人的心變得冰冷。然後是人的虔誠消失，於是，就像聖貝爾納說的那樣，人變得非常盲目，他的靈魂也變得十分消沉，結果，他既不能在神聖的教堂裡唸經文和唱讚美詩，不能傾聽和考慮任何虔敬天主的事情，也不能動手做些好事，因為這都讓他感到枯燥乏味。接著，這個人會變得遲鈍，變得昏昏欲睡，變得很容易發脾氣，很容易仇視人家和妒忌人家。接下來的一種罪孽是稱作tristicia[34]的蒼生之憂，而根據聖保羅的說
725 法，這可以殺人。事實上，這種憂愁能使心靈漸漸死亡，也能使肉體漸漸死亡；因為，一個人由此會對自己的生活感到厭倦。所以，憂愁常常會縮短一個人的壽命，使他不能安享

---

[33]拉丁文。
[34]拉丁文。

天年。

懶惰之罪的救治辦法

60.要對付懶惰這種可怕罪孽以及由此派生出來的種種
罪孽，可運用一種稱爲Fortitudo⑤或稱爲堅韌的美德；這是
一個人個性中的那種藐視一切不利因素的毅力。這種美德非
常強有力，具有這種美德的人很有勇氣，敢於堅決而明智地
保護自己，抵抗來自邪惡的種種危險，並且敢於同來犯的魔
鬼搏鬥。因爲堅韌正好同懶惰相反：懶惰使人的心靈變得軟
弱無力，而堅韌卻使人的心靈變得堅強有力。有了這種
Fortitudo，一個人就能承受長時間的辛勤勞作之苦，只要這
730　種勞作是他力所能及的。

61.這種美德包括幾個方面；第一個方面稱爲高尚，也
就是說，心胸開闊。事實上，爲了使心靈不致因憂愁或絕望
這樣的罪孽而被懶惰吞沒或摧毀，就得同懶惰做鬥爭，而這
就非常需要心胸開闊。這種美德使人們主動地承擔一些困難
或艱苦的任務，而這樣的選擇是很明智、很合理的。再說，
魔鬼對人的攻擊與其說是憑力量，不如說是憑花招和詭計，
所以，人們要抵抗魔鬼，就應當憑智慧、理性和謹愼。這種
美德接下來的一個方面是：無論是對神還是對其聖徒們，都
懷有信心，都充滿希望，努力去完成自己已下定決心去幹到
底的善事。接下來是堅定不移；這也就是說，一個人對於自
己已開始在做的好事，對於做這事所付出的辛勞的價值，他
735　永遠也不會懷疑。接下來是慷慨，這也就是說，一個人在進
行他已開始做的偉大好事時，應當慷慨；而這也是人們做好
事的目的，因爲完成了偉大的好事，就會有巨大的報償。接

---

⑤拉丁文。

下來是恆心，就是要堅持自己的目標，而且，這一點應當以心中的堅定信仰、以言辭和行動，以態度和表現來做到。另外，還有一些對付懶惰的特殊辦法，那就是做一些不同的工作，經常想想地獄裡的痛苦和天堂裡的歡樂，並且篤信聖靈的仁慈，因為聖靈會給人力量去貫徹他的良好願望。

下面講貪得無厭

62.講了懶惰之後，現在我要講貪得無厭和覬覦之心；關於這類罪孽，聖保羅ad Timotheum, sexto capitulo㊱（在〈提摩太書〉第六章）說過：「貪財是萬惡之根。」事實上，如果一個人的心裡本自困惑迷亂，而在性靈上又失去了神的慰藉，那麼他自然要在凡俗的事物中尋求空虛的安慰。

63.根據聖奧古斯丁的說法，貪婪就是一心想要塵世間的東西。另外有些人則說，貪婪是一種慾望，就是要獲得人間的資財而對那些需要周濟的人卻什麼也不給。你們要知道，貪婪不僅僅只是要土地，要資財，有時候貪得無厭與覬覦之心還表現在要知識，要榮譽，要各種非分的東西上。貪得無厭與覬覦之心是有區別的，這區別在於：覬覦之心是想要人家的東西，而這東西是自己沒有的；貪得無厭則是毫無必要地盡力保有自己已有的東西，一點也不肯給人。實際上，貪婪這種罪孽是極其可惡的；一切經書都譴責這種罪惡，痛斥這種罪惡，因為這種罪惡傷害了耶穌基督。本來人們對耶穌基督懷有敬愛之心，但貪婪卻毫無道理地抑制了這種感情，從而使耶穌基督喪失了人們的這種愛；而且有了這種罪孽之後，一個貪婪的人對耶穌基督所抱的希望，將不如他對自己的財產所抱的希望，他對耶穌基督的侍奉，也將不

㊱拉丁文。引文出自《新約全書·提摩太前書》6章10節。

如守住自己財寶那樣努力。所以，ad Ephesios, quinto[37]（在〈以弗所書〉第五章裡），聖保羅說：「貪婪的人必受偶像崇拜的奴役。」

64.一個偶像崇拜者也許只有一二個偶像，而一個貪婪的人則有很多偶像。除此之外，貪婪的人同偶像崇拜者還有什麼差別呢？事實上，對貪婪吝嗇的人來說，他錢櫃裡的每一枚金幣都是他的偶像。而且，根據Exodi, capitulo XX°[38]（〈出埃及記〉第二十章）記載，在神所規定的十條戒律中，
750　崇拜偶像的罪孽恰恰就是其中的第一條：「除了我以外，你不可有別的神，不可為自己雕刻偶像。」所以，一個貪婪吝嗇之徒既然愛財寶勝於愛耶穌基督，那麼，正由於他所犯的這種可惡的貪婪之罪，他就是一個偶像崇拜者。從覬覦之心可產生各種橫徵暴斂，由此，人們付出的各種稅金、租金和徭役超過了他們應承擔的義務，或是超過了合理的範圍。另外農奴主也常對他們的農奴課以罰金，而這種處罰如果稱為敲詐勒索倒更加合理。當然，有些農奴主的管家說，這種對農奴罰款之類的作法是正當的，因為那些草民在人世所有的一切無不屬於其主人。但是，如果農奴主從他們的農奴那裡拿走的東西並不是他們給的，那麼他們的這種作法肯定是錯的：Augustinus de Civitate, libro nono[39]（奧古斯丁《神國論》第九卷）。事實上，農奴制的存在以及農奴制的起因就
755　是罪孽，Genesis, quinto[40]（〈創世記〉第五章）。

65.由此你們可以看到，人的罪惡使人受到奴役，而人本來是不受奴役的。所以，有權有勢的人不該為他們的權勢

---

[37]拉丁文。可參看《新約全書・以弗所書》5章5節。

[38]拉丁文。引文可見《舊約全書・出埃及記》20章3～4節。

[39]拉丁文。該書共二十二卷。

[40]拉丁文。

而感到十分光榮，因為在本來的自然狀況下，他們並不是人家的主子，並不能奴役別人。後來，之所以有了奴役，首先是為了懲罰犯了罪孽的人。進一步來講，法律上雖然說農奴在世上的財物都歸其主人所有，也就是說，歸皇帝所有，但是皇帝應當保衛他們的權利，而沒有權利對他們進行搶劫或掠奪。所以塞內加說：「你的審慎應當讓你仁慈地同你的奴隸們相處。」要知道，你們稱之為你們農奴的那些人是神的子民，因為卑賤者是基督的朋友，他們同我們的這位主是很熟的朋友。

66.再說，你們也要想一想，草民們的先祖也就是權勢人物的先祖。草民同權勢人物一樣能得到拯救。草民同權勢人物一樣會死亡。所以我勸勸你，如果你身處你手下那些草民的困境，如果你希望你的主人怎麼待你，那麼你現在也就這樣待他們。每個有罪的人都是罪孽的奴隸。所以我真的要勸你們這些老爺，對待自己手下的奴僕要寬厚一些，要使他們愛你而不是怕你。我知道得很清楚，人的地位有上下尊卑之分，這很合理；當然，人們繳付他們應當繳付的租稅也很合理，但是，別瞧不起地位在你之下的人並勒索他們，這肯定是令人憎惡的。

67.不僅如此，你們還應當明白，征服者或暴君常把一些人貶為奴僕，而這些人本同那些征服者一樣出生於帝王之家。這奴僕一詞原先從來沒有，是挪亞第一個使用的；那時他說他的孫子做錯了事，得給其弟兄當奴僕。[41]所以，對於那些搶劫和勒索神聖教會錢財的人，我們得怎麼說呢？當第一個人受封為騎士，人們給他授劍時，這把劍意味著他應當保衛神聖教會，而不是對神聖教會進行搶劫和掠奪；所以，誰這麼做，誰就是背叛了基督。聖奧古斯丁說：「誰撲殺耶

[41] 事見《舊約全書·創世記》。

穌基督的羊，誰就是魔鬼的狼。」他們比狼更壞。因爲千眞
萬確的是，狼只要塡飽了肚子，就不再把羊咬死；可是，對
神的神聖教會進行搶劫和破壞的人不是這樣，他們永遠也不
會停止劫掠。好，正像我已說過的那樣，既然罪孽是奴役的
第一原因，那麼就有了這樣一種情形，也即：只要這整個世
界一直處於罪孽之中，那麼這世界也就處於奴役和壓迫之
770 中。當然，後來開了天恩，神決定讓一些人有較高的身分與
地位，讓另一些人的身分與地位較低，並讓大家按自己的身
分與地位得到相應的待遇。所以在有些國家裡，人們雖買來
了奴隸，但是當他們使奴隸改變了信仰並入了教之後，也就
使他們擺脫奴隸身分。所以事實上，主人應當給他奴僕的東
西，也正是奴僕應當給主人的。教皇稱他自己是神的眾多僕
人的僕人；然而，要不是神當初決定讓一些人地位較高，而
讓另一些人地位較低，那麼神聖教會也就不會有今天這樣的
地位，公眾的利益與世上的和平與安寧也就難以維護；所
以，君主被授予權力，爲的是要他盡力在合情合理的範圍內
保護、捍衛他的臣民並維持他們的生計，而不是毀滅他們、
打擊他們。所以，我說那些主人像狼一樣，他們毫不留情又
775 毫無節制地肆意呑吞窮人的財物和家產；然而他們對窮人的
所作所爲會受到耶穌基督的同樣對待，除非他們痛改前非。
接下來是商人和商人之間的欺騙。你們要知道，交易有兩
種；一種是物質上的，一種是精神上的。一種是正當的，合
法的；而另一種是不正當的，不合法的。關於守法而正當的
物質上的交易，我們可以看到這樣的情況：神讓有的王國或
地區相當富足，於是這個地區的人以這個地區豐富的物資去
幫助另一個比較匱乏的地區，這就很正當，很合法。所以，
也就應當有商人，應當讓他們把貨物從一個地方運到另一個
地方。而人們進行的另一種交易用的卻是欺騙、詭計、背信
棄義，用的卻是花言巧語和虛假的誓言，所以是受到詛咒並

780　令人憎惡的。精神上的交易實際上就是買賣聖物或聖職罪，因為有人很想買精神上的東西，就是說，這種東西屬於神的聖所並可治療靈魂。一個人如果十分積極地設法實現他的這種強烈願望，那麼即使他的這一願望沒有結果，他仍然是犯了重罪；而如果他居然買到了聖職，那麼這也是非法的。西門尼[42]一詞來自行邪術的西門，他想運用人間的財物，購買神通過聖靈給予聖彼得和其他使徒的賞賜。所以，你們應當明白，凡是買賣這種精神方面的東西，雙方都叫買賣聖職者或買賣聖物者，不管買方憑的是財物、央求，還是請朋友們（世俗的朋友或精神上的朋友）出面說情。世俗的朋友有兩種，一種有親屬關係，另一種則沒有。事實上，如果朋友們求情成功，那人得到了聖職，但那人既不配又無能力，那麼這就算買賣聖職；而如果那人很配，也很勝任，這就不算買

785　賣聖職了。另一種情況是，一個男人或女人請人家提升自己，憑的只是人家對自己的邪念；這種私下授受聖職的罪就更加邪惡了。當然，對於僕人的服務要給以酬報，對於僕人的有些服務要給以精神上的東西，但是必須明白，這種服務應該是正當的，做這種服務不是為了進行交易，而當事人則應當是夠格的。聖達馬蘇斯[43]說：「同這一罪孽相比，世上其他的一切罪孽都算不上什麼。」因為除了路濟弗爾和敵基督[44]的罪孽之外，什麼罪孽都沒有這種罪孽深重。人們有了這種罪孽，就會使基督喪失教會和以他寶血換來的靈魂，因為人們把教會給了不配擔任聖職的人。這樣一來，人們就讓竊賊進了教會，他們偷竊屬於耶穌基督的那些靈魂並破壞教

---

[42]西門尼為英語Simony的音譯，意為買賣聖職或聖物（罪）。
[43]達馬蘇斯一世（304～384）為義大利人，曾當教皇，382年宣布羅馬教會為一切教會之首，並責成哲羅姆修訂《聖經》拉丁文本。
[44]敵基督：據《聖經》稱，敵基督是基督之大敵，因為他在世上傳布罪惡，但終將在救主復臨前被救主滅絕。

790　會的財產。由於這種不合格的教士和堂區牧師的存在，無知
的人對神聖教會所舉行的聖事缺乏虔敬之心。因此，私下授
予聖職的人實際上趕走了基督的孩子，迎來了魔鬼的子子孫
孫。他們把他們應當像守護羔羊一樣守護的靈魂出賣給了
狼，讓狼把那些羔羊撕碎。所以，在放牧羔羊的牧場，也就
是說，在無限幸福的天國裡，他們將永遠也得不到一席之
地。接下來是擲骰子等等賭博，如巴加門和拉弗爾斯㊺；由
於這些賭博，產生了欺騙、偽誓、吵罵、偷盜、褻瀆並背叛
神以及對鄰人的仇恨，還造成了財產的損失、光陰的浪費，
有時甚至還為此而殺人。當然，賭博的人只要繼續搞他們的
那套把戲，就必然犯下深重的罪孽。從貪婪也會產生撒謊、
偷盜、做偽證和發偽誓。你們應當明白，這些都是大罪，是
795　公然違背神所規定的戒律的；這些我已講過。做偽證包括言
辭和行動兩方面。在言辭方面，你如果做對你鄰人不利的偽
證，你就會奪走他的好名聲；或者，你為了洩憤、為了妒忌
或為了得到好處，做了偽證，使他喪失財產或遺產的繼承
權；或者，你也可以用偽證來指控你的鄰人或為他辯解，要
不然，就為你自己進行狡辯。所以，你們這些陪審員和書記
員注意啦！由於偽證的緣故，蘇珊娜自然就大為傷心和痛
苦，而其他許多人也一樣。偷盜罪也是公然違背神的戒律；
這種罪也分兩種：物質方面的和精神方面的。物質方面的，
如違背鄰人的意願而拿走他的東西，不管是用硬搶還是軟騙
的手段，也不管是用短斤缺兩還是私下克扣的辦法。同樣屬
於偷盜的，還有對人家進行誣告，或者借了鄰人的財物根本
800　就不想歸還，以及諸如此類的情形。精神上的偷盜就是褻瀆
神聖，就是損害神聖的東西或對基督說來是神聖的東西。這

㊺巴加門，見〈平民地主的故事〉172行註。拉弗爾斯是一種古老的擲三粒
骰子的賭博，凡擲出三粒骰子為同一點數者就是贏家。

也分兩類。像教堂或教堂庭院這樣的地方，當然是神聖的，因此，人們在這種地方犯下的任何邪惡的罪行，在這種地方幹出的任何暴行，都可稱爲褻瀆神聖。同樣，誰無理扣留理當屬於神聖教會的東西，也是犯了褻瀆聖物罪。用清楚明白的話來概括一句：褻瀆神聖就是從神聖的地方偷盜神聖的東西，或是從神聖的地方偷盜並不神聖的東西，或者從並不神聖的地方偷盜神聖的東西。

對貪婪之罪的啟示

68.現在你們應當知道，要從貪婪中解脫出來，就需要格外的憐憫和同情。人們也許會問：爲什麼憐憫和同情可以解救貪婪？這當然是因爲：貪婪的人對貧苦的人毫無憐憫與同情；他們只愛自己的財寶，一心保住它，而不肯對他們的基督徒同伴進行救援和幫助。所以我首先講憐憫。根據一位哲人的說法，憐憫是一種美德，有了這種美德，一個人的感情就會被一個不幸者所遭到的不幸觸動。有了這種憐憫，也就有了同情，也就有了出於這種憐憫的慈善之舉。當然，這一類的事情會把人推向耶穌基督的憐憫——祂爲了我們的罪孽而獻出了自己，爲了憐憫我們並寬恕我們的原罪而被處死；由此，祂把我們從地獄的痛苦中解救了出來，讓我們憑懺悔而減輕在煉獄中的痛苦；祂恩典我們，讓我們行善，而最後又給我們天國的無窮幸福。憐憫可以有各種各樣表現：可以是借貸、贈送、寬恕、解救和惻隱之心，可以是對同道基督徒的苦難懷有同情，在必要的時候甚至可以是懲戒。救治貪婪的另一個辦法是合理的慷慨；在這方面，確實應當考慮一下耶穌基督的恩典、人在這塵世上的財富以及基督給我們的永恆的財富。還應當記住，一個人總是要死的，只是不知道什麼時候死，在哪裡死和怎麼死；而且，一個人終究得

撤下他所有的一切，唯獨他爲做好事所花掉的不會被撤下。

69.但是有些人很沒有節制，所以人們同樣應當避免慷慨得沒有道理，這就是人們所謂的浪費。當然，揮霍成性的人不是在把自己的財富給人，而是在讓自己的財富消失。如果說他把錢給了行吟詩人和別的人，是出於虛榮，是爲了要人家替他在世上揚名，那麼這不是在給人家施捨，而是在犯罪。這種人喪失自己的財富當然很可恥，因爲他賞賜人家的目的就是罪孽而不是別的。這種人就像一匹馬，只想喝渾水或泥漿水而不想喝井裡的清水。至於有些人施捨了不該施捨的，那麼到了對那些將被罰入地獄者進行末日審判之時，基督的嚴厲判詞就是對他們說的。

下面講貪吃

70.貪婪之後，接下來是貪食，這也是公然違背神所規定的戒律的。貪食指的是沒有節制的貪吃貪喝，或者說，是遷就那種暴飲暴食的貪饞慾望。這種罪孽腐蝕了這整個世界；關於這一點，亞當和夏娃的犯罪就是很好的證明。再看看聖保羅對於貪食是怎麼說的吧。「我已經，」聖保羅說，「多次對你們說到生活方式，現在我流著眼淚說：有些人是基督十字架的敵人，因爲他們把他們的肚子奉爲上帝，他們把恥辱當作榮耀，他們關心的是這塵世間的事情；而他們的結局是滅亡。」陷入了貪吃的罪孽而不能自拔的人，根本就無法抵制其他的任何罪孽。這種人甚至會爲一切罪惡奔忙，因爲其藉以藏身和棲身的地方是魔鬼的藏金窟。這種罪孽分成好幾類。第一類是酗酒，這是葬送人們理智的可怕墓穴；所以一個人酗酒之後就喪失了理智；而這是一項重罪。不過話得說回來，如果一個人並不是一貫喝烈酒，或者不知道他喝的酒有多兇，或者意志不堅定，或者幹了重活，反正由於

這種種原因他喝多了酒，結果一下子醉倒了，這就不算重罪，只是輕罪而已。貪食的第二類是，一個人喝醉了酒，喪失了清醒的神志，變得糊里糊塗的。貪食的第三類是，一個

825　人吃東西狼吞虎嚥，沒有規規矩矩的吃相。第四類是，由於吃得太多，結果體內功能失調。第五類是，由於喝多了酒而健忘，而一個人由於這種健忘，有時候在早上就忘了前一個傍晚或夜裡自己所做的事。

71.根據聖格列高利的說法，貪食還可以按別的方式分類。第一類是，不到吃的時候就吃。第二類是，一個人為自己搞來過於精緻的食品或飲料。第三類是，人們吃得太多，吃得過量。第四類是，過於講究，過於注意食物的製作和加工。第五類是，吃得非常貪饞。這些就是魔鬼手上的五個手

830　指，用這五個手指他可以把人抓進罪孽。

貪吃之罪的救冶辦法

72.根據加倫的說法，救治貪吃的辦法是節制；但是我認為，一個人如果只是為了自己的身體健康而這樣做，那就不值得讚揚。聖奧古斯丁則希望，堅忍不拔地實行節制是為了培養美德。他說，除非一個人對節制抱有良好的願望，除非是為了神的緣故，為了對天堂裡的幸福抱有希望，從而懷著博愛並堅忍不拔地實行節制，否則節制就沒有多大的價值了。

73.節制有一些「同伴」，首先是不過量，這就是在做任何事情時都採取折衷的辦法；再就是羞恥之心，即避免一切不正當的事物；然後是知足，就是不去追求豐盛的吃喝，不貪圖過於奢靡的錦衣珍饈。還有適度，就是把過度的吃喝慾望控制在理性的範圍之內；還有持重有節，就是約束自己那種大飲特飲的慾望。還有就是珍惜時間，避免舒舒服服地長

時間坐在筵席上，也正因爲如此，有些人出於自願，吃飯時
835 寧可站著，爲的是在吃的方面少花些時間。

下面講淫蕩

74.貪食之後，接下來是淫蕩；因爲這兩種罪孽關係十
分緊密，所以常常不能把它們分開。天知道，神十分討厭這
種罪孽，因爲神曾親口說過：「不可淫蕩。」所以在其古老
的律法中，神對這種罪孽規定了很重的刑罰。如果一個女奴
犯了這種罪而被人發現，她就得被棍子打死。如果一個有身
分的女人犯了這罪，她就得被石頭砸死。而如果她是主教的
女兒，那麼按照神的戒律，她得被燒死。不但如此，就因爲
淫蕩之罪，神用洪水淹掉了整個世界。而在那以後，他用雷
電燒掉了五座城，把它們沉到了地獄裡面。

75.現在我們來談淫蕩行爲中一種極醜惡的罪孽，人們
稱這爲已婚者的通姦，這也就是說，通姦的一方或雙方是結
840 了婚的人。聖約翰說，通姦者要進地獄，要待在硫磺熊熊燃燒
的火湖裡；待在火裡，是因爲他們淫蕩；待在硫磺裡，是因爲
他們的猥褻發出惡臭。當然，破壞婚姻的神聖約束是一種可怕
的罪行；因爲這是神親自在伊甸園中規定的，而耶穌基督也重
申了這一點，正如聖馬太在〈福音書〉中記載的那樣：「因
此，人要離開父母，與妻子連合，二人成爲一體。」⑯這種神
聖的約束表明基督與神聖教會的緊密結合。神不但禁止通姦
行爲，而且不許人們對他們鄰人的妻子存覬覦之心。據聖奧
古斯丁說，神的這一命令實際上是禁止一切想搞姦淫活動
的願望。請看聖馬太在〈福音書〉中是怎麼說的吧。他說：
「凡是看見婦女就動淫念的，這個人心裡已經與她犯姦淫

---

⑯見《新約全書·馬太福音》19章5節。

845　了。」⑰從這裡你們可以看到，受到禁止的不單是這種罪
　　　行，而且，想犯這種罪行的慾望也是受到禁止的。對於容易
　　　犯這種罪的人來說，這種可憎的罪孽危害極大。首先，這危
　　　害他的靈魂；因爲這使他陷於罪惡之中，而且使他受到萬劫
　　　不復的懲罰。對於他的肉體來說，這也是一種很大的損失，
　　　因爲這淘空他的身體，浪費他的精力並把他摧毀，這是他在
　　　把他的血獻給地獄裡的魔鬼；再說，這也浪費錢財等東西。
　　　如果說一個男人爲一些女人浪費錢財是醜事，那麼女人爲了
　　　幹這種骯髒勾當而在男人身上耗費錢財，那就更是醜事了。
　　　先知說，這種罪孽使男人和女人喪失名譽和廉恥，卻使魔鬼
　　　大爲高興，因爲憑這個他就可以贏得大半個世界。魔鬼爲這
850　種下流事情所感到的快活，就像商人爲他獲利最多的交易所
　　　感到的快活。

　　　　　76.這是魔鬼的另一隻手，這隻手的五個手指也可以把
　　　人抓進他的罪惡。第一個手指是傻男傻女之間的那種傻乎乎
　　　的目光，這種目光也能殺人，就像蛇怪⑱劇毒的目光一樣；
　　　因爲覷覬的眼光會引來覷覬之心。第二個手指是不懷好意的
　　　邪惡觸摸；對此，所羅門說過，誰觸摸或撫弄女人，就像在
　　　撫弄蠍子一樣，牠會突然螫人並立刻叫人中毒身亡；這也像
　　　用手去碰燒熱的瀝青，從而弄髒了手。第三是挑逗話，這種
855　話就像火，立刻就可以使心靈燃燒起來。第四個手指是接
　　　吻；說實在的，只有大傻瓜才肯去吻燃燒著的爐灶的爐口或
　　　灶口。而那些爲心懷邪念而接吻的人更是大傻瓜，因爲他們
　　　吻的嘴是地獄的入口。我特別要講講那些已經不中用的老色
　　　鬼，他們雖然已經幹不成什麼事了，卻還要接吻，但只能是

---

⑰見《新約全書・馬太福音》5章28節。
⑱蛇怪是傳說中的怪物，由蛇從公雞蛋孵出，狀如蜥蜴，有一雙可怕的紅眼睛，人觸及其目光或氣息即死。

淺嘗而已。他們確實像是狗，因為狗跑過玫瑰叢或別的什麼花叢時，儘管尿不出來，還是要把一條後腿抬起來，做出一副撒尿的樣子。很多人認為，一個人如果是同他老婆放肆胡鬧，那麼再怎麼亂來也不算罪孽；當然，這種說法是錯的。上天知道，一個人可以用自己的刀殺死自己，可以喝自己酒桶裡的酒而喝醉。可以肯定的是，不管是妻子，不管是孩子，不管是世上任何東西，只要一個人愛過了頭，愛得超過了他對神的愛，那就成了他的偶像，而他也就成了偶像崇拜

860 者。一個人愛妻子，應當愛得明智，愛得有分寸有節制，要讓他的妻子就像他的姐妹一樣。那魔鬼之手的第五個手指是那污穢不堪的淫蕩的動作。事實上，魔鬼用貪食的五個手指插進人的肚子，而用五個淫蕩的手指抓住他的腰，為的是把他扔進地獄之爐；在那裡，人永遠要受到火燒蛇咬，要流淚哭號，要感到饑渴難忍，還有許多模樣可怕的惡鬼不斷地踐踏他們，叫他們永遠也沒有喘氣的時候。像我說的那樣，從姦淫罪裡也可以分出好多種；例如私通就是其中之一，這是指沒有結婚的男女之間發生的清況；這是違背天理的重罪。

865 所有與天理為敵並對天理起摧毀作用的，都是反天理的。請相信我的話：既然神禁止姦淫，那麼人的理智就清楚地告訴他，姦淫是重罪。聖保羅會把這種人送給魔鬼王國，因為那正是犯重罪的人應該得到的報應。姦淫中的另一種罪孽是，破壞處女的童貞，因為誰這樣做，誰就的的確確地把一位姑娘從現實生活中的最高位置推下來，就奪走了她最珍貴的果子，這果子《聖經》中稱為「一百果」。用英語來表達，我只會這麼說，而在拉丁語中這就叫作centesimus fructus（百樂）。事實上，這樣做的人會造成許多危害和惡果，其數目之多是人們難以計算的。這就像有時候人們破壞了樹籬或柵

870 欄，結果大批野獸就進來肆虐。所以這種人造成的損害是難以彌補的。事實上，失去了童貞是沒法恢復的，這就像從身

上砍下來的手臂沒法再長在身上一樣。當然，如果那女子懺悔的話，她會得到寬恕，這一點我知道得很清楚，但她已無法恢復原有的清白。剛才我講到了通姦，我想最好還是再講一些由通姦引起的危險，以便讓大家避免這種下流的罪孽。通姦這個詞在拉丁語中的意思是「走近別人的床」，由此，那些身子本來已經合成了一體的人卻又把身子給了別人。先賢說過，由這種罪孽會生出很多罪惡。首先是破壞了信仰，而基督教的關鍵恰恰就建立在信仰上。事實上，信仰一旦受到破壞並喪失，基督教也就空空洞洞並毫無結果了。這種罪孽也是一種偷盜行為；因為一般來說，偷盜就是違背人家的意願拿走人家的東西。事實上，如果一個女人從她丈夫那裡盜用她的身子供姦夫糟蹋，如果她從基督那裡盜來她的靈魂交給魔鬼，那麼這種偷盜是再也惡劣不過的。同闖入教堂去偷盜聖餐杯相比，這種偷盜更加可惡；因為那些通姦者是從精神上闖入神的聖殿，去偷盜神的恩典的接納者，也就是人的肉體和靈魂；據聖保羅說，為了這種罪孽，基督要毀滅他們。事實上，對於這種偷盜行為，約瑟就非常警惕，所以當他主人的妻子要求同他幹那種壞事時，約瑟就說：「我的女主人哪，你看看，主人把他世上所有的一切都交在我手裡；他沒有留下一樣不交給我，只留下了你，因為你是他妻子。我怎麼能做這大惡，得罪神並得罪主人呢？神禁止這種事情。」[49]唉，這樣的忠誠如今太不容易見到啦！第三種罪惡是，這種醜事破壞了神的戒律，敗壞了基督的名譽，因為他是婚姻的締造者。事實上，婚姻的誓言越是崇高並值得尊重，那麼破壞這種誓言所犯下的罪孽也就越大；因為神在伊甸園裡為純潔無邪的人締結了婚姻，為的是繁衍人類來侍奉神。所以，破壞這種關係就更其惡劣了。而由於這種破壞，

875

880

---

[49] 參看《舊約全書・創世記》。

常常會出現一些假的繼承人，他們侵占了人們的遺產。所以
基督把他們排除在天國之外，因為天國是屬於好人的。由於
這種破壞，還常常發生人們同他們的親屬結婚或者同他們的
親屬幹下罪惡的勾當；特別是一些浪蕩子常去妓院嫖妓，然
而妓女就像是給男人去排泄的公共廁所。妓女賣淫就已經犯

885　了可怕的罪孽，但還有一些人是靠人家賣淫為生的，他們強
迫女人把賣身的錢交給他們一定的數額，甚至有時候還有人
像妓院老闆或老鴇那樣，逼他們的妻女去賣淫。對於這種人
我們該怎麼說呢？當然，這些都是極其可憎的罪孽。你們還
要知道，在十條戒律中，姦淫放在偷盜和殺人之間非常合
適；因為偷盜肉體和靈魂，是最嚴重的偷盜。同時，這種罪
孽也同殺人相像，因為它把本來已合為一體的斬開，使之又
一分為二，所以，根據神的古老律法，通姦者是要處死的。
然而，根據耶穌基督的充滿憐憫之情的律法，情況就有所不
同了。一個女人因為通姦而被人捉住，猶太人根據他們的法
律要用石頭把她砸死，但耶穌基督對她說了一句：「去吧，
不要再有犯罪的念頭了，」或者是「去吧，不要再犯罪
了」。事實上，通姦者受的懲罰是到地獄裡去受折磨，這一

890　點只有懺悔才能改變。這種邪惡的罪行還分成好幾種情況，
例如有時候一方是篤信宗教的，或雙方都是篤信宗教的；有
時候這種人已擔任聖職，或是當了副助祭或助祭，或是當了
司祭或教會中的護理人員。這種人在教會中的地位越高，他
的罪孽也就越大。使他們罪孽大大加重的原因是，他們在接
受聖職時曾立誓要保持純潔，但他們破壞了自己的誓言。不
但如此，事實上，聖職是神的寶庫中最為主要的東西，是神
的聖潔性的特殊標誌，表明擔任聖職者已參加了純潔的行
列，過的是一種世界上最珍貴的生活。而擔任聖職的人尤其
應當獻身於神，他們是神的家族中的特殊成員；正因為如
此，他們若是犯了重罪，他們對神和神的子民的背叛就尤其

嚴重；因為他們是靠神的子民生活的，是為神的子民祈禱的，而一旦他們成了這樣的叛逆，他們的祈禱對神的子民就毫無用處。由於教士們的崇高職責，他們簡直就是天使；但是事實上聖保羅這麼說過：「撒旦自己就化身為光明天使。」確實如此，凡是經常犯重罪的教士，都可以比作是化身為光明天使的黑暗天使；他們看上去是光明天使，實際上卻是黑暗天使。這些教士都是以利⑩的兒子，也是〈列王紀〉中所說的彼勒⑪的兒子。彼勒也就是魔鬼，這個名字的含義是「無法無天」。事實上也這樣；他們以為自己要怎樣就可以怎樣，沒有誰能夠管他們，就像不受拘管的農場上的公牛，愛找農場上的哪條母牛就找哪條。他們也就是這樣對待女人。在農場裡，這樣的公牛有一頭就夠了，同樣，對整個教區甚至一個更大的地區來說，有這樣一個邪惡而腐敗的教士也就夠了。《聖經》上說，這些教士既不知道對百姓盡他們的教士之責，心目中也沒有神；也正像《聖經》上說的那樣，他們不會滿足於人家燒熟了獻給他們的肉，而是要強搶生肉。事實上，對這些壞蛋來說，人們恭恭敬敬送給他們吃的烤肉和煮肉不會使他們滿意，他們要的是人家妻子女兒的生肉。當然，同意與他們鬼混的那些女人也大錯特錯，她們對不起基督，對不起神聖教會，對不起所有的聖徒和一切靈魂，因為她們使基督、神聖教會、聖徒等等失去了一個人，這人本來應當崇拜基督，尊奉神聖教會並為基督徒的靈魂祈禱的。所以，無論是這些教士，無論是那些同意做他們情婦的女人，都要被一切基督徒法庭驅逐出教會，除非他們改過自

⑩以利是以色列先知撒母耳幼年時的大祭司兼士師，他的兩個兒子與婦人苟合，見《舊約全書·撒母耳記上》。

⑪彼勒是《聖經》中魔鬼的別名，也就是撒旦和敵基督（後來的大詩人彌爾頓也以此作為一墮落天使之名）。

新。第三種通姦行爲有時候發生在夫妻之間；用聖哲羅姆的
話來說，他們這時的同房並不想得到什麼，而只是爲了圖肉
體上的快活；他們什麼也不在心上，只是想兩個人攪在一
起；他們以爲，反正他們是夫妻，這樣做十分正常。天使拉
905　弗爾[52]對多比亞司[53]說過，魔鬼對於這種人有控制力，因爲
在他們同房的時候，他們的心中就沒有了耶穌基督而只顧幹
他們那些骯髒事。第四類是，有親屬關係的人，或者有姻親
關係的人，或者犯過過姦淫罪的人的子女或親屬在一起鬼
混；這種罪孽使他們落到狗的地步，因爲狗是不管這種關係
的。事實上，親屬有兩種，一種是精神上的，另一種是血緣
上的。精神上的，比如同教父、教母的關係就是。一位父親
生了個孩子，他就是這孩子的血緣上的父親；同樣的道理，
教父就是孩子精神上的父親。正因爲這個緣故，一個女人如
果同她的教父睡覺，其罪孽不會小於她同自己的親兄弟睡
覺。第五類是一種極可憎的罪孽，這種罪孽簡直使人難以說
出或寫下，儘管在《聖經》上有過公開討論。犯這種可憎罪
910　孽的人男的女的都有，他們的目的各式各樣，他們使用的方
式五花八門；但儘管《聖經》上講了這種可怕的罪孽，《聖
經》是絕不可能被玷污的，就像照在糞堆上的太陽不受玷污
一樣。另有一種罪孽也屬於淫蕩，它發生在睡覺的時候；這
種罪孽常發生在處女身上，也發生在墮落者身上。人們稱這
種罪孽爲泄遺，它產生的原因有四種。有的時候是因爲身子
比較鬆弛；這是由於男人的體液又旺又多。有的時候是因爲
意志薄弱；這種由於控制力差的緣故在醫書裡有所討論。有
時候是因爲飲食過度。有時候則是因爲人在睡覺的時候心裡
在胡思亂想；發生這樣的情況是不能沒有罪孽的。所以，人

---

⑫拉弗爾是《聖經》中的天使長之一，司醫療。

⑬多比亞司是基督教次經〈多比傳〉中的多比之子。

們必須好好地自我控制，以免犯下嚴重的罪孽。

淫蕩之罪的救治辦法

　　77.現在來談救治淫蕩的辦法；一般說來，這就是潔身自好和自我克制，而這二者可以壓制由於肉慾而引起的過度衝動。誰越是能壓制這種下流罪孽的邪惡引誘，誰就越是有功德。這也分成兩種情況，就是說，婚姻生活中的自我克制與喪偶生活中的自我克制。現在你們要知道，婚姻關係就是男人和女人可以合法地同房，因爲他們兩人憑著莊嚴的誓言，接受婚姻的約束，且終生不許擺脫這種約束，這就是說，只要他們兩人都活在世上就不許那樣做。《聖經》上說，這是一項非常莊嚴的誓言。我曾說過，神在伊甸園裡定下了這種誓言，而且讓祂自己成爲婚生兒子⑭。爲了表示對婚姻的認可，祂參加了一次婚禮，並且在這婚禮上使水變成了酒，而這是祂在門徒們的面前在世上行的第一個奇蹟。婚姻的眞正結果是清除私通，使神聖教會滿是出身清白的信徒，因爲私通是婚姻的終結；對於那些結了婚的夫婦來說，婚姻使他們的重罪變成輕罪，使他們的肉體和心靈結爲一體。神當初建立的是眞正的婚姻關係，那時世界上還沒有罪孽，而在伊甸園裡自然法占據著其應有的位置；當時就有了規定：一個男人只應該有一個女人，而一個女人也只應該有一個男人，正像聖奧古斯丁說的那樣，這有很多理由。

　　78.首先是因爲婚姻象徵基督與神聖教會的結合。其次是因爲男人是女人的頭；不論怎麼說，神的規條就是這麼定的。因爲，如果一個女人有好幾個男人，那麼她就應該有好幾個頭，而這在神的面前是很可怕的事，再說，女人也不可

---

⑭這裡指耶穌由童貞女馬利亞所生，然而馬利亞是有丈夫（約瑟）的。

同時去滿足很多人。那樣的話，那些男人之間將永無安寧，
因爲每個人要求得到自己的一份。進一步說，這樣的話，沒
一個男人知道他的後代是誰，也不知道應當讓誰繼承他的財
產；而且，女人只要一開始同許多男人發生關係，那麼她受
人家鍾愛的程度就會降低。

　　79.現在要談到男人該怎樣對待妻子，特別是在容忍和
尊重這兩個方面，且看神在創造第一個女人時是怎樣的態
度。神不是用亞當頭部的某一部分創造這女人的㉟，因爲女
人不應當自以爲享有高高在上的權利。，因爲無論是在哪
裡，只要女人當了主宰，她就會生出許多亂子來。關於這一
點，已無須舉什麼例子了；因爲日常的經驗應該提供了足夠
的例子。當然，神也沒用亞當腳的一部分來創造女人，因
爲女人不應當被認爲處於太低下的位置，再說，女人也難以
心甘情願地忍受這一點。神創造女人，用的是亞當的肋骨，
因爲女人應當做男人的伴侶。男人對妻子應當信任，應當忠
實，應當愛；因爲聖保羅說：「丈夫們，要愛你們的妻子，
就像基督愛教會並讓自己爲教會獻身。」所以，如果有必
要，男人應當爲妻子而獻身。

　　80.至於女人該怎麼服從丈夫，現在我們來看聖彼得的
說法。首先就是忠順。同時，按照教令上的說法，女人作爲
妻子，只要她身爲人妻，就無權發誓，也無權做見證，除非
得到她丈夫的首肯，因爲丈夫是她的主人。當然，在任何事
情上都應當是丈夫作主，這是合情合理的。妻子應當恭恭敬
敬地侍候丈夫，應當衣著樸素。我知道得很清楚，當妻子的
應當要取悅於丈夫，但這不是靠衣著華美。聖哲羅姆說過，
凡是穿綾羅綢緞和穿珍貴的紫色服裝的女人，就不可能以耶

925

930

㉟據《聖經》中說：「耶和華上帝就用那人身上所取的肋骨造成一個女人。」
見《舊約全書・創世記》2章22節。

穌基督作她們的衣著。在這點上，聖約翰是怎麼說的？還
有，聖格列高利說，一個人追求貴重的衣物是出於虛榮，是
要在人們面前更受尊敬。對女人來說，外表弄得漂漂亮亮而
內心污濁不堪，是件大蠢事。做妻子的還應當在外表上、舉
止上和談笑上謙恭有禮，要慎言慎行。而在世俗的事情中，
妻子最重要的就是全心全意地愛丈夫，要讓自己的身子也忠
實於丈夫；做丈夫的當然也應當這樣對待妻子。既然妻子的
整個身子都屬於丈夫，那麼她的心也應當如此，否則的話，
在夫妻之間存在的就不是完美的婚姻了。接下來，人們應當
知道，夫妻同房是爲了三點。第一點是要生兒育女，讓他們
侍奉神；當然，這是結婚的主要理由。另一個理由是，夫妻
雙方彼此償付他們的身子所欠對方的債，因爲他們雙方對自
己的身子都不能完全作主。第三點是，爲了避免好色和下
流。第四點則確實是重罪了[56]。說到那第一種情況，那是應
當受到稱讚的；第二種情況也是，因爲教令中說，女人如果
向丈夫償付她身子所欠的債，那麼這女人就具有貞潔的美
德；對，是這樣，哪怕她自己不愛幹這事而且這麼幹違背她
的心願。第三種情況是輕罪，事實上這一類的交歡都很難避
免輕罪，因爲一方面人的原罪已使人墮落，另一方面則是因
爲其快感。至於第四種情況，大家要明白，如果夫妻倆同房
只是爲了你憐我愛、男貪女歡，而不是爲了上述的任何一條
理由，只是爲了滿足那股力求痛快發洩的慾火，那麼不管這
樣幹的頻繁程度如何，這確確實實就已經構成重罪了。然
而，令我難過的是，有些人卻還拚命這麼幹，幹得已超過了

---

[56]上面明明說是三點，怎麼來了第四點呢？這種看來似乎不夠嚴密的地方，
本書中還有一些。但在這裡似乎可以這樣解釋：夫妻同房的目的只有三個，
若有第四個的話，那就是犯重罪無疑。出於這種理解，譯文中加了個「則」
字。

他們的實際需要。

81.第二種貞潔是指孀居的婦女潔身自好，避免男人的擁抱而只求耶穌基督的擁抱。這裡所指的婦女包括曾經身為人妻而後來喪夫的孀婦，也包括原先曾與人私通而後來通過懺悔而得救的女子。當然，如果妻子竟然能得到丈夫的同意，保持自己的冰清玉潔，那麼她就永遠都不會引起丈夫犯罪，而這也就是她的一大美德了。這些保持貞潔的女子，其心靈必然同她們的身體和思想一樣純潔，她們的衣著和舉止必然非常端莊，而且在飲食與言行上都很節制。她們就是那個玉瓶或盒子，那個使神聖教會散發芬芳的玉瓶或盒子，拿在受耶穌祝福的抹大拉的馬利亞手中。第三種貞潔是童貞，這樣的女子應當心靈聖潔而身子純潔；她是耶穌基督的配偶，是天使們的生命。她是這個世界的榮譽，與殉教者們一樣；她的靈魂裡有著一種言辭無法表達而心靈也難以揣度的東西。是處女生下了我們的主耶穌基督，而耶穌基督自己也保持著童貞。

82.防治淫蕩的另一個辦法，就是特別要注意消除那些會挑動人們下流本能的事物，例如安逸和吃喝；因為鍋子裡燒得滾滾沸騰的時候，最好的解決辦法就是把火移開。另外，在十分安靜的情況下睡覺的時間太長，也同樣會使人大動淫念。

83.防治淫蕩的另一個辦法是，無論男女都要避開他們感到可能會誘惑他們的人，不同這種人來往；因為儘管行動上受到了克制，但仍有很大的誘惑存在。事實上，如果把蠟燭放在一堵白牆邊，儘管這牆沒有因此而起火，但還是會被那蠟燭火燻黑的。我反反覆覆地講，要人們千萬別過於自信，別以為自己完美無缺，除非有人比參孫更堅強有力，比大衛更聖潔，比所羅門更明智。

84.現在，我已盡我所能，對你們著重地講了那七項重

罪，講了一些由它們派生出來的罪孽，還講了救治這些罪孽的辦法；說真的，要是有可能的話，我真想對你們講講十條戒律。但是這教義太高深了，我還是留給神學家們去講吧。話雖這麼說，我還是希望在我的這番話中，神已經讓我把它們中的每一條都講到了。

懺　悔

85.我在第一節中說過，悔罪的第二部分是口頭的懺悔；我說聖奧古斯丁說過：只要違背了耶穌基督的戒律，那麼任何言行和人們的一切慾望都是罪孽；這也就是說，人們通過自己的五種感覺在心裡，在言辭上，在行動中犯下罪孽，而五種感覺就是視覺、聽覺、嗅覺、味覺和觸覺。現在，你們最好能了解一下，哪些情況會大大加重各種罪孽。你們應當考慮考慮，犯下罪孽的你是什麼人，是男人還是女人，是年輕人還是老年人，是貴人還是農奴，是自由人還是奴僕，是健康人還是病人，是已婚的還是單身的，是擔任教職的還是不擔任教職的，是聰明人還是蠢人，是入教的還是在俗的；也應當考慮考慮，那女方是不是你血緣上或精神上的親屬，你的親屬中是否有人同她發生過罪惡的關係；還要考慮其他很多情況。

86.另外一類要考慮的情況包括：是通姦還是淫亂什麼的，是否是亂倫，是否是處女，是否牽涉到殺人，是可怕的大罪還是小罪；還有，你犯下罪孽的時間有多長。第三類要考慮的情況是，你們在什麼地方犯下那罪孽；是在別人的屋子裡還是在自己的屋子裡，是在田野裡還是在教堂或教堂墓地裡，是不是在供奉聖徒的教堂裡。因為如果那教堂受到過祝聖，那麼無論男人或女人，只要是由於犯罪或由於受到罪惡的誘惑而讓他們那種髒東西流出來，那教堂就得停止聖事

965 活動，直到主教通過特定的儀式使之恢復聖潔。至於幹出這
種邪惡勾當的教士，則終生不得唱彌撒曲；如果他唱的話，
那麼他每唱一次就犯一次重罪。第四類要考慮的情況是，爲
了引誘或慫恿對方，或是爲了爭取對方同意與自己相好，派
了些什麼人去當說客，去從中穿針引線；因爲是有這麼一些
無恥之徒，爲了找相好，寧可進地獄去見魔鬼。所以，那些
鼓動或默許犯罪的人都參與了犯罪，應該受到懲處。第五類
要考慮的情況是，他犯罪犯了幾次（如果他還記得起來），
他墮落過幾回。因爲一個人經常落進罪惡泥潭，就會不把神
的恩典放在眼裡，就會增加他的罪孽並對基督忘恩負義；他
的意志會變得更加薄弱，更加難以抵制犯罪，於是就更容易
970 犯罪，更難從罪惡中自拔，也更不願意通過懺悔而得以解
罪，特別是不願讓聽他懺悔的神父爲他解罪。爲此，人們重
蹈覆轍時，或者完全避開以前聽他們懺悔的神父，或者把他
們的懺悔分開在不同的地方進行。然而事實上，人們把懺悔
分開來做並不能使神寬恕他們的罪孽。第六類要考慮的情況
是，人爲什麼會犯罪，是由於什麼樣的誘惑造成的；這誘惑
是他自己花了力氣招來的呢，還是由其他人挑起的；這男人
是硬逼女人供他犯罪呢，還是女人自己同意的；如果這罪人
是個女子，那麼她應當講出來，人家是否不顧她的努力而逼
迫她；還有，是不是有所貪圖或出於貧困，是不是她自己招
來了這種事等等。第七類要考慮的情況是，那男人是以什麼
方式犯下罪孽的，或者，那女的怎麼會讓男人對她這麼幹
975 的。男人應當同樣把事情和盤托出，講明全部的前因後果；
還有，他是不是同那些人盡可夫的妓女一起犯過罪；犯罪的
那段時間是不是本來應當奉獻給神的；是不是發生在齋戒期
間；是在懺悔之前呢，還是在上回做了懺悔，並且得到解罪
之後；是不是他由此就可能破壞原先責令他進行的悔罪和補
贖；還有，得到了誰的幫助，聽了誰的建議；是中了巫術還

是中了魔法；反正一切都得說出來。根據所有這些事情的大小，它們或重或輕地壓在人的良心上。把這些都講出來之後，作爲你的判官的教士也就能更了解情況並做出判斷，也就是說，根據你痛悔的情況，給你適當的救贖。你們要清楚地知道，當一個人的罪孽玷污了他所受的洗禮或浸禮之後，如果他還想獲得拯救，那麼沒有別的辦法，只有靠認罪、解罪和贖罪；如果有聽懺悔的神父爲他解罪的話，那麼特別是靠前面兩點；而如果他在有生之年能進行贖罪的話，那麼特別是靠第三點。

87.接下來，一個人應當好好考慮一點，就是如果他要很有收穫的真正懺悔，那就有四個條件。首先，心裡必須感到憂傷而痛苦，就像希西家⑰王對神說的那樣：「我要懷著痛苦的心情回顧我一生中所有的日子。」痛苦這種狀況有五個標誌。第一個是，懺悔時必須面帶愧色，而絕不能掩蓋罪孽和隱瞞罪孽，因爲罪人已經使神不快並玷污了自己的靈魂。關於這一點，聖奧古斯丁說：「心靈爲其罪孽帶來的恥辱而痛苦。」如果他感受到的恥辱非常大，那麼他也就非常值得神賜以大恩。古羅馬的那個稅吏就是這樣，他在懺悔時眼睛都不朝天上望一下，因爲他冒犯了天上的神，而正由於有這種羞恥之心，他很快就得到了神的寬恕。因此，聖奧古斯丁說過，這種臉帶愧色的人易於得到寬恕和赦免。另一個標誌是，懺悔時要謙恭。」關於這一點，聖彼得說：「在神的力量下，你得使自己謙恭。」對於懺悔者，神的手是強有力的，因爲憑這手，神能夠寬恕你的罪孽，而且只有祂才有這種權力。這種謙恭既應當是深藏內心的，也應當是流露在外的；因爲，正像他對神懷著謙恭的心情一樣，對於那位代表神坐在那裡的教士，他的身體在外觀上也應當顯示出同樣

⑰見第8節註。但在原文中，這個名字的兩種拼法略有不同。

的謙恭。既然基督是至高無上的，教士是介於基督和罪人之
間的中保和斡旋人，罪人是處在末位的，那麼按照道理，罪
990　人就絕不該坐得同聽他懺悔的教士一樣高，而是應當跪在教
士的面前或腳邊，除非他身體虛弱，做不到這點。因爲他不
應當考慮是誰坐在那裡，而只應當考慮教士是代表誰坐在那
裡。假定有人得罪了大人物，現在來請求寬恕和重歸於好，
如果他一來就坐在大人物的身邊，那麼人們會認爲這人相當
放肆，會認爲不該很快就寬恕或赦免他。第三個標誌是，你
在懺悔時應當熱淚盈眶，這是對哭得出來的人而言的；如果
一個人的肉眼流不出眼淚，那麼就讓他在心裡哭吧。聖彼得
的懺悔就是這情形，因爲他在離開耶穌基督後就外出痛哭。
第四個標誌是，罪人絕不因爲感到羞恥而放棄懺悔的機會。
995　抹大拉的馬利亞就是這樣懺悔的，她不管當著那些在吃飯的
人們的面這麼做有多麼丟人，還是去找主耶穌基督，向他承
認自己的罪孽。第五個標誌是，無論是男是女，爲了他們的
罪孽，都應當順從地接受爲他們規定的自我懲罰；因爲事實
上，耶穌基督爲了人的罪孽，當時曾順從地接受了死亡。

　　　　88.要做到真正的懺悔，第二個條件是懺悔得要快。事
實上，一個人如果受了重傷，那麼他的治療耽擱得越久，他
的傷口就越是爛得厲害，他死得也就越快；而且，拖的時間
越長，這傷也就越難治好。對於罪孽來說，如果一個人長期
不爲之懺悔，那麼情況也一樣。事實上，人們應當盡快地把
罪孽坦白出來。這有好幾層理由；例如，應當考慮到死亡的
因素，因爲死亡常常不期而至，根本就無法確定人在什麼時
候死，在什麼地方；另外，犯某種罪孽的時間一長，就會
1000　引起其他的罪孽；再說，誰拖延的時間越久，他離開基督也
就越遠。如果他等到他末日來臨時懺悔，那麼他也許因爲病
危已很難向神父懺悔，也許已不記得他犯過的罪孽並爲之懺
悔了。正像他在一生中沒有聽耶穌基督說的話一樣，他在他

末日來臨時即使大聲呼喚耶穌基督，耶穌基督也很難會聽他呼喊。你們要明白，這個條件得包含四個因素。你們向神父所作的懺悔必須是事先經過好好考慮的，因為過於匆忙沒有任何好處。而且，一個人應當能根據種類和情況，將其所有的罪孽向神父懺悔，不管這些罪孽是驕傲或者是妒忌等等；他心裡應當已經弄清楚自己所犯罪孽的數目和嚴重程度，犯下罪孽已有多久；還有，他應當為其罪孽而痛悔並憑著神的恩典，下定決心，以後再也不犯；同時，他還得保持警惕，讓自己遠離那些會引誘他犯罪的場合。你們還得把你們所有的罪孽都對一個人懺悔，不能因為怕羞和恐懼心理，而進行分散的懺悔，把有些罪孽向這個人懺悔，把另一些罪孽向另一個人懺悔，你們要知道，這樣做只是在扼殺你們的靈魂。因為事實上，耶穌基督是至善的，他沒有任何的不完善之處；所以，他要麼就完全寬恕，要麼就完全不寬恕。我並不是說，如果你因為某種罪孽而被打發去找指導神父懺悔時，你得把你已經向堂區教士做過懺悔的其他一切罪孽再說一遍（除非你自己出於謙卑而要這樣做）；這不算把認罪一事分散做。說到把懺悔分開來做，我也不是說一定不可以：如果你願意向一位謹慎而誠實的教士懺悔，那麼只要你得到你堂區教士的同意，你就可以那樣做，而不必把你所有的罪向他懺悔。但是，你得就你的記憶所及，盡量懺悔你犯下的每一項罪孽，不要漏掉，不要留下污點。而當你要向你的堂區教士懺悔的時候，你就照樣把上次懺悔並得到解罪以來所犯的罪孽統統告訴他；這並不是故意把懺悔分開進行的邪惡用心。

89.真正的懺悔還需要某些其他條件。首先，你為自己懺悔是出於自願，不是由於被迫、羞於見人、生病或其他諸如此類的原因。因為一個人犯罪既然是出於自願，那麼懺悔自然也應當同樣出於自願，不能由別人替他認罪，只能由他自己認罪；他不該拒不認罪，也不該因教士告誡他遠離罪惡

而對教士發火。第二個條件是，你的認罪和解罪都是符合規定的，這也就是說，作爲懺悔人的你以及聽你懺悔的教士，都應當是眞正信仰神聖教會的；而且你這人有望得到耶穌基督的寬恕，不像該隱與猶大⑱那樣被剝奪了這種希望。還有，一個人必須把其所犯的罪孽歸咎於自己，而不是歸咎於人家；應當爲其罪孽責備自己和自己的不良居心，而不是責備人家。然而，如果是人家使他犯下了罪孽，或者是人家引誘他犯下了罪孽，或者由於別人所處的地位會加重他的罪孽，或者他若不說出同他一起犯罪的人就不能徹底地懺悔他自己的罪孽，那麼在這些情況下他可以把人家說出來；這樣做的目的不是在背後說人家壞話，而只是徹底地懺悔自己的罪孽。

90.你也不能在懺悔時撒謊；或許，你爲了顯得謙卑，就胡說自己犯了根本就沒犯的罪。聖奧古斯丁說：如果你由於自己的謙卑，撒了對你自己不利的謊，那麼儘管你先前並沒有罪孽，現在卻由於你撒了謊而有了罪孽。你坦白你的罪孽時必須親口說出來，不能用文字來認罪，除非你變成了啞巴；因爲你既然犯下了罪孽，就應當承受這罪孽帶來的恥辱。在懺悔中，你不得用花言巧語弄虛作假，不得掩蓋自己的罪孽，因爲這是在欺騙你自己而不是在欺騙教士；你必須把你的罪孽老老實實講出來，不管這些罪孽多麼醜惡可怕。你得向謹言愼行的教士懺悔，聽取他的建議，不但如此，你的懺悔不得出於虛榮，不得出於僞善，不得出於其他不良目的，只能是出於對耶穌基督的敬畏，是爲了你靈魂的健全。你也不應當突然就跑去找教士，心情輕鬆地把你的罪孽告訴他，好像是在說笑話或講故事一樣，你得經過深思熟慮並懷

---

⑱該隱事見《舊約全書‧創世記》4章1～17節。猶大原是耶穌的門徒，但為了金錢而出賣耶穌，見《新約全書‧馬太福音》26章14～50節。

著虔誠的心情去找他。一般來說，你得經常去懺悔。
1025 如果說你經常跌倒在罪孽裡，那麼你就經常憑懺悔站
起來。即使有的罪孽你已經做了懺悔，你還是一再為
之懺悔，那麼這就更有效果。因為正像聖奧古斯丁說
的那樣：在罪孽和懲罰方面，你這樣就更容易得到神
的寬恕。當然，每一年至少應當領一次聖餐，因為每
過一年，確實萬象更新。

悔罪的第二部分結束

下接悔罪的第三部分：贖罪

91.現在我已經對你們講了真正的懺悔，那是悔
罪的第二部分。

悔罪的第三部分是贖罪；一般說來，贖罪要靠施
捨和肉體上的磨難。施捨有三種情形：首先是心中痛
悔，由此，一個人把自己獻給神；其次是，對自己鄰
人的弱點懷有同情；第三是人們有需要的時候，給以
精神上和物質上的幫助，特別是為人們提供食物。
1030 要注意的是，人一般都需要這樣一些東西：他需要食
物，他需要衣服和住處，他需要慈悲為懷的忠告，需
要去看看監牢、病家和為他今後遺體準備的墓地。如
果你沒法親自去探望那些需要幫助的人，你可以請別
人帶信去和帶禮物去。對於有一定塵世財富或善於提
出謹慎建議的人們來說，這些作法也就是一般的施捨
或慈善之舉了。關於這些善舉，你在末日審判時將會
聽到。

92.進行這種施捨，你得用你自己的東西，而且
要進行得及時，如果可能的話，要悄悄地進行；然

而，如果你無法悄悄地進行這事，那麼即使在眾目睽睽之下，你也不必就此不進行施捨，只要你施捨的目的不是為了博取世人的讚揚，而只是為了讓耶穌基督高興。用聖馬太在 capitulo quinto[59]（第五章）中的話來說：「城造在山上是不能隱藏的。人點燈，不放在斗底下，是放在燈台上，就照亮一家的人。你們的光也當這樣照在人前，叫他們看見你們的好行為，便將榮耀歸給你們在天上的父。」

93.現在來說說肉體的磨難，這包括祈禱、守夜、齋戒和祈禱中的道德教訓。你們要知道，不管是什麼樣的祈禱，得有虔誠的心願，而這顆心既向神懺悔，也通過言辭表達其要求，即赦免其罪惡並得到比較持久的精神上的東西，當然，有時也要求得到物質上的東西。關於這種祈禱，事實上基督已在主禱文中幾乎提到了所有的各條。當然，其中包括三條涉及神的尊嚴問題，因此，主禱文比任何其他禱詞來得莊嚴。這是耶穌基督親自定下的[60]；而且它很短，為的是學起來可以比較容易，也比較容易牢記在心裡，讓人們可以通過經常誦唸它而幫助自己；它這樣短，又這樣容易，所以人們誦唸起來不大會感到厭倦，而且也難以找到藉口而不去學它；再說，它還包含了所有的優秀禱詞。這段神聖的禱詞極其出色也極有價值，對它進行闡述的事，我就讓神學大師們去做了，在這裡我只想講這麼一點，就是說：當你們祈求神寬恕你們犯的罪，就像你們寬恕別人對你們犯的罪，你們要充分意識到，你們不是不寬厚的。這段神聖的禱文還能使輕罪變得更輕，所以用於悔罪就特別適合。

---

[59]拉丁文。下面的引文見《新約全書・馬太福音》5章14～16節。

[60]主禱文是耶穌傳給門徒們的禱告詞，通用於基督教禮拜儀式。它見於《新約全書》，有兩種形式，一是〈路加福音〉11章2～4節的短本文，一是《馬太福音》6章9～13節的長文本，後者為「登山寶訓」一部分，兩者都是禱告的範文。一般認為，前者更接近原始文句，後者則加有若干禮拜禱文用語。

94.人們唸誦這禱詞的時候應當完全是誠心誠意的，這樣，對神的祈禱才能做到有條有理，慎重而又虔敬；而且人
1045 還應當時時讓自己的意志服從於神的意志。唸誦這禱詞的時候，還必須極其謙卑，既正大光明又心無雜念，絕不使任何男人或女人感到煩惱。唸過這禱詞以後，還必須有慈善之舉。這對於克服靈魂中的種種罪惡也很有用；因為，正像聖哲羅姆說的那樣：「通過齋戒，可從肉體的罪惡中得救；而通過祈禱，則可從靈魂的罪惡中得救。」

95.在這之後，你們還應當明白，肉體的磨難還包括在祈禱中守夜；因為耶穌基督說：「不要睡覺，要祈禱，免得你們受到邪惡的引誘。」⑥你們還要明白，齋戒有三個方面，就是不進飲食，不圖塵世的快樂，不去犯重罪；這也就是說，一個人應當盡他的一切力量不讓自己犯重罪。

96.你們還應當明白，是神規定了要齋戒；而且，有四
1050 件事情同齋戒有關：對窮人要慷慨；精神上要愉快，心裡不要感到煩惱或生氣；不要因為齋戒而抱怨；還有，要合理掌握飲食的時間，做到飲食有度；這也就是說，一個人吃東西要注意時間，而且，不要因為進行了齋戒，就在餐桌上消磨較長的時間。

97.你們還應當明白，人身的磨難還包括接受訓誡，無論是口頭的、書面的還是以模範行動而體現的。當然還有苦行修煉，例如為了基督的緣故，貼身穿那些用硬毛編織或粗布製成的襯衣，或乾脆貼身穿鎖子甲等等，作為一種自我懲罰。但是要注意，別讓這一類肉體上的自我懲罰使你對你自己又氣又惱又恨；因為，扔掉你的硬毛襯衣比扔掉對耶穌基督的堅定信心要好。所以聖保羅說：「你們要像神的選民一樣，以心中的憐憫、仁厚、忍讓等等作為你們的衣裳。」比

---

⑥可參看《新約全書‧馬太福音》26章41節。

起用硬毛編織的襯衣或長長短短的鎖子甲來，耶穌基督倒是更喜歡這種衣裳。

98.接下來，苦行修鍊還包括捶打自己的胸膛，用棍子抽打自己，跪倒在地上，折磨自己；忍受人家對你的傷害，忍受病痛的折磨和損失財產、妻子、兒女或其他親友所帶來的痛苦。

99.現在你們應當明白，妨礙自我懲罰的是什麼。這有四種情況，就是恐懼、羞愧、希望和無希望，也就是絕望。首先來說恐懼；恐懼是因為有時候人會以為他受不了那種自我懲罰。治療這種恐懼的藥方是：好好想一想，對於地獄裡那種殘酷而無窮無盡的長期懲罰來說，肉體上的自我懲罰是短暫而又輕微的。

100.人們在向教士懺悔時會感到羞愧，特別是那些偽君子更是羞愧，因為人們本以為他們完美無瑕，沒什麼需要懺悔的。對於這種羞愧感，人們應當很理性地想一想，既然當初他們在幹骯髒勾當時並無羞愧之感，那麼現在他們更不必懷著羞愧感去幹正事，就是說，去懺悔。人們還應當想到，神既能看到，也完全知道他們的一切心思和一切行為；對於神，他們沒法隱瞞和掩蓋任何事情。人們還應當記住，一個人在今生今世裡不肯悔罪並得到解罪的話，那麼在末日審判時他將會蒙受的恥辱。因為到那時，他在這世上所隱瞞的所有罪孽都將暴露在光天化日之下，讓地面上和地獄裡的一切生靈看得一清二楚。

101.現在來談談有些人所抱的希望，他們遲遲不肯去向教士懺悔，不把這事放在心上；他們的希望分兩種。一種是希望自己壽命很長，希望能在獲得財富並享樂一番後再去懺悔；這種人自說自話地以為，他們以後有的是時間去懺悔。抱另一種希望的人則過於自信，認為自己會得到基督的寬恕。對於第一種錯誤想法，人們應當考慮一下，我們的生命

1055
1060
1065

長短是說不定的，而這世上的一切財富也是沒個準的，它忽去忽來就像牆上的影子一樣。聖格列高利說過：有些人永遠不肯從罪孽中自拔，而是要一直把罪孽維持下去，對於這種人，神的嚴厲懲罰不會停止；這也是神的偉大而公正之處，因為既然永遠想犯罪，那他們就得永遠受到嚴懲。

102.絕望有兩種：一種是對基督的寬恕感到絕望；另一種是，那些罪人們感到自己沒法堅持好下去。第一種絕望的根源是，有的人認為自己犯的罪很重，又經常犯罪，而且犯罪的歷史又很長，所以不可能得到拯救。其實，對於這種可惡的絕望情緒，這種人應當想到，儘管罪孽束縛人的力量很強，但耶穌基督由於為人受難而產生的解罪力量更強。對於第二種絕望，這種人應當想到，只要通過悔罪，他跌倒多少次，就可以重新站起來多少次。而且，即使他非常長久地沉浸在罪孽中，仁慈的基督總是隨時會接受他，寬恕他。對於有人認為自己不能堅持好下去的那種絕望，人們應當想到，魔鬼是很虛弱的，他幹不成什麼壞事，除非人們容許他幹；再說，只要人們願意，就會從基督和一切神聖教會的幫助中得到力量，從天使的保護中得到力量。

103.接下來，人們得了解為贖罪而進行自我懲罰的結果。按照耶穌基督的說法，這是天國裡無窮無盡的最大幸福，那裡只有歡樂，沒有悲傷或憂愁，沒有此生此世的一切禍害；在那裡，絕對沒有地獄裡的酷刑折磨；在那裡，大家都受到祝福，彼此都為對方的無窮歡樂而喜悅；在那裡，人們原先又臭又黑的身子會比陽光還清亮；在那裡，儘管人們原先的身體孱弱多病又不免一死，卻得到永生並健康強壯，不會受任何傷害；在那裡，沒有飢渴，沒有寒冷，每個靈魂都變得目光深邃，能看清神的全知全覺。人們可以用精神上的困厄換取這受到祝福的天國，可以用謙卑換取那榮耀，用飢渴換取那無限的歡樂，用辛勞換取安逸，用死亡和對罪孽

1080 的苦苦懺悔換取永生。

本書作者
在此告辭

104.現在，我要請求所有聽了或讀了我這小小記事的人，如果這裡面有東西使他們高興，那他們就感謝我們的主耶穌基督，因為一切知識和善都來自於祂。如果有東西使他們不高興，那麼我要請求他們，把這歸罪於我的才疏學淺，而別歸罪於我的願望，因為我非常希望講得比這好，可惜我沒這種本事。我們的《聖經》上說：「凡是寫下來的東西，都是為讓我們受教益而寫。」而這也是我的願望。所以我要恭順地懇求你們，請你們看在仁慈的神的份上，為我祈求基督的恩典並寬恕我的罪惡——特別是我那些講空幻塵世
1085 的譯文和作品，在這裡，我撤回我的那些書，諸如《特羅伊勒斯之書》、《聲譽之書》、《十九貞女之書》、《公爵夫人之書》、《聖瓦倫廷節百鳥會議之書》、⑫《坎特伯雷故事》中帶有犯罪傾向的部分、《獅子之書》，還有其他許多書，可惜現在我記不起來；還有許多詩歌和淫詞艷曲；所有這些，只求基督大恩大德，饒恕我的罪孽。但是說到我翻譯波伊提烏斯的《哲學的安慰》，說到我寫的其他一些聖徒行傳、講道文和有關道德與獻身於神的書，我要感謝我們的主耶穌基督，要感謝聖母和所有天上的聖徒。我要祈求他們，求他們從今以後眷顧我，讓我為自己的罪而哀傷到我末日來臨，讓我為拯救自己的靈魂而孜孜不倦——我但願得到
1090 基督的眷顧，讓我在今世裡真正地悔罪、懺悔和贖罪。基督是萬王之王，是教士們的教主，祂以祂心頭的寶血救贖了我

---

⑫這些書名與現在通用的書名有所不同。但原文如此，只能照譯。

們；但願憑著祂慈悲的恩典，在世界末日到來時我也將是那些得救者中的一個。Qui cum patre, etc.[63]（同天父在一起的人……）

坎特伯雷故事

到此結束

作者傑弗瑞·喬叟

但願耶穌基督

眷顧他的靈魂

阿門

---

[63]拉丁文，這是一祝禱詞的開始部分。

附　錄

無情的美人

（三疊迴旋曲）[1]

1.被征服

你那大眼睛能突然把我殺掉，
它們的美麗使得我難以抵擋，
我的心兒被刺出劇痛的創傷。

只有你的話能很快把我治好，
趁我心上這創傷還沒有潰瘍。
　　你那大眼睛能突然把我殺掉，
　　它們的美麗使得我難以抵擋。

我向你保證我在把實情奉告，
我是生是死都憑你這位女王，
因爲我的死會使你了解眞相。
　　你那大眼睛能突然把我殺掉，
　　它們的美麗使得我難以抵擋，

---

①這種詩體流行於十四世紀法國，三首一組，每首13或14行，第二及第
三節中分別有兩行及三行疊句，全詩只用兩韻。

我的心兒被刺出劇痛的創傷。

2.遭拒絕

你的美已使你的心排斥憐憫，
我苦苦哀求再也沒什麼用處，
因爲你仁慈的心被高傲鎖住。

既然你這樣要我無辜的性命，
我要告訴你我沒什麼要瞞住：
　　你的美已使你的心排斥憐憫，
　　我苦苦哀求再也沒什麼用處。

造化呀竟然讓你長得這麼俊，
哪怕痴心漢痛苦得一命嗚呼，
他也得不到你即憐憫和賜福。
　　你的美已使你的心排斥憐憫，
　　我苦苦哀求再也沒什麼用處，
　　因爲你仁慈的心被高傲鎖住。

3.脫身後

既然這麼就逃離了愛神手心，
我再也不願被投入他的羅網；
既已自由，我不再把他放心上。

他說這說那，也許會辯個不停；
我不在乎，怎麼想我就怎麼講。

　　　既然這麼就逃離了愛神手心，
　　　我再也不願被投入他的羅網。

愛神從他石板上勾銷我姓名，
我別無選擇，只能在我的書上
也永遠把他的名字塗個精光。
　　　既然這麼就逃離了愛神手心，
　　　我再也不願被投入他的羅網；
　　　既已自由，我不再把他放心上。

向他的錢袋訴苦②

我的錢袋呀，我單單向你訴苦，
因為只有你才算是我的情人。
現在你的分量輕，我滿心淒楚——
除非為逗我高興你再度變沉，
否則我寧可就此了卻這一生；
所以我這樣籲求你對我仁慈：
請再變得沉，要不我就只能死。

請你能俯允：在今日天黑以前，
讓我聽到你那喜洋洋的聲響

---

②這首打油詩實際上是在向剛登基的英王亨利四世訴苦，結果新王不但
下令恢復他在蘭開斯特家族失寵時期被停付的每年二十英鎊的年金，而
且還增加了金額。

或看見你那陽光一樣的燦爛——
同這金黃比，一切都黯淡無光。
你是我的命，是我心兒的領航；
你是慰藉的女王，是個好伴侶：
請再變得沉，要不我就只能死。

錢袋呀，你曾是我生命的光明、
生命的救星，因為在這世界上
你有力量救我出這困難處境，
既然現在是你不肯為我付帳；
因為我已被刮得同教士一樣。
我要祈求你顯示仁厚的好意：
請再變得沉，要不我就只能死。

獻詞（致亨利四世③）

啊，布魯圖，阿爾比恩的征服者！④
你憑血統和意願自由的選擇
成了君王；這首詩我向你獻上。
你既能平復我們的一切創傷，
那就請聽聽我的懇求和訴說。

---

③亨利四世（1366～1413）是1399～1413年間的英格蘭國王，也是英王亨
利三世之後、蘭開斯特公爵之子。1398年，他父親死後，領地被理查二
世沒收。在海外遠征的亨利以此為藉口入侵英格蘭。同年九月，理查退
位，亨利接位，稱亨利四世。
④據傳說，創建羅馬的埃涅阿斯是特洛伊的英雄之一，而發現不列顛的
則被認為是埃涅阿斯的孫子布魯圖，據說是他以新特洛伊（倫敦）為都
城。又：不列顛或英格蘭對希臘、羅馬人來說，稱為「阿爾比恩」。

國家圖書館出版品預行編目資料

坎特伯雷故事／喬叟（Geoffrey Chaucer）著；
　黃杲炘譯．——初版．——臺北市：貓頭鷹出
　版：城邦文化發行，2001〔民90〕
　　冊；　公分．——（經典文學系列；31-32）
　譯自：The Canterbury tales
　ISBN　957-469-215-9（上冊：平裝）．——ISBN
957-469-216-7（下冊：平裝）

817.412　　　　　　　　　　　　89016535

貓頭鷹讀者服務卡

◎**謝謝您購買《坎特伯雷故事（下）》**

　　為了給您更好的服務，敬請費心詳填本卡。填好後直接投郵（免貼郵票），您就成為貓頭鷹的貴賓讀者，優先享受我們提供的優惠禮遇。

姓名：＿＿＿＿＿＿＿＿＿＿＿　□先生　民國＿＿＿＿年生
　　　　　　　　　　　　　　　□小姐　□單身　□已婚

郵件地址：□□□＿＿＿＿＿＿　縣　　　　　　　　鄉鎮
　　　　　　　　　　　　　　　市＿＿＿＿＿＿＿＿市區

＿＿＿＿＿＿＿＿＿＿＿＿＿＿＿＿＿＿＿＿＿＿＿＿＿

聯絡電話：公（0　）＿＿＿＿＿＿宅（0　）＿＿＿＿＿＿

■**您的E-mail address：**＿＿＿＿＿＿＿＿＿＿＿＿＿

■**您從何處知道本書？**

□逛書店　　　□書評　　　□媒體廣告　　□媒體新聞介紹
□本公司書訊　□直接郵件　□全球資訊網　□親友介紹
□銷售員推薦　□其他＿＿＿＿＿＿＿＿＿＿＿＿＿＿＿＿

■**您希望知道哪些書最新的出版消息？**

□百科全書、圖鑑　□文學、藝術　□歷史、傳記　□宗教哲學
□自然科學　　　　□社會科學　　□生活品味　　□旅遊休閒
□民俗采風　　　　□其他＿＿＿＿＿＿＿＿＿＿＿＿＿＿＿

■**您是否買過貓頭鷹其他的圖書出版品？**□有　□沒有

■**您對本書或本社的意見：**

- -

*查詢貓頭鷹出版全書目，請上城邦網站 http://www.cite.com.tw

城邦文化事業股份有限公司

貓頭鷹出版事業部 收

100

台北市信義路二段 213 號 11 樓